INOCÊNCIA

Kathleen Tessaro

INOCÊNCIA

Amor. A maior
de todas as tentações

Tradução
Márcia Arpini

Rocco

Título original
INNOCENCE
Love. The Greatest Temptation of All

Este romance é uma obra de ficção. Nomes, personagens e incidentes são produtos da imaginação da autora. Qualquer semelhança com pessoas reais, vivas ou não, acontecimentos ou lugares é mera coincidência.

Copyright © Kathleen Tessaro 2005

O direito moral de Kathleen Tessaro de ser identificada como autora desta obra foi assegurado.

Nenhuma parte desta obra pode ser reproduzida ou transmitida por qualquer forma ou meio eletrônico ou mecânico, inclusive fotocópia, gravação ou sistema de armazenagem e recuperação de informação, sem a permissão escrita do editor.

PROIBIDA A VENDA DESTA EDIÇÃO EM PORTUGAL

Direitos para a língua portuguesa reservados
com exclusividade para o Brasil à
EDITORA ROCCO LTDA.
Av. Presidente Wilson, 231 – 8º andar
20030-021 – Rio de Janeiro, RJ
Tel.: (21) 3525-2000 – Fax: (21) 3525-2001
rocco@rocco.com.br
www.rocco.com.br

Printed in Brazil/Impresso no Brasil

preparação de originais
MÔNICA MARTINS FIGUEIREDO

CIP-Brasil. Catalogação-na-fonte.
Sindicato Nacional dos Editores de Livros, RJ.

T323i	Tessaro, Kathleen, 1965-
	    Inocência/Kathleen Tessaro; tradução de Daniel Frazão. – Rio de Janeiro: Rocco, 2009.
	
	    Tradução de: Innocence: love, the greatest temptation of all
	    ISBN 978-85-325-2398-3
	
	    1. Romance americano. I. Frazão, Daniel, 1978-. II. Título.

09-0024	CDD – 813 CDU – 821.111(73)-3

Para a minha família

"Minha alma não é covarde."
EMILY BRONTË

A primeira coisa que vocês deveriam saber sobre Robbie é que ela está morta. Morreu num acidente de carro — atropelamento e fuga — em Nova York, ao atravessar a rua numa tarde de fevereiro para comprar Coca-Cola Diet. Ela adorava Coca-Cola Diet. Tomava o tempo todo. E nunca foi uma garota do tipo que atravessa a rua na esquina.

A segunda coisa que vocês deveriam saber é que tínhamos perdido contato anos antes. Não foi bem uma briga, foi mais como se tivéssemos desistido uma da outra. Não víamos mais o mundo da mesma maneira. Ela se recusava a virar adulta e, naquela época, eu achava que ser adulta era uma coisa séria, de suma importância.

Já não tenho tanta certeza disso.

Ela era uma pessoa fora do comum, mesmo aos dezenove anos. Fora do comum até demais, como ficou provado. Às vezes, porém, o destino é avaro em suas dádivas de amor, ousadia e heroísmo. As cores arrebatadoras da tela são reduzidas àquela irritante precisão pontilhada de Seurat, o homem com todos os pontos que a distância se unem, quando o que desejamos é a audácia e a eloqüência de Michelangelo; aquele sentimento raro de que estar vivo é uma coisa formidável e gloriosa.

Viver é uma arte. Algumas pessoas têm esse talento. Uma esperança sem limite as ilumina. Enquanto outras são vagas e imprecisas, elas só têm contornos nítidos e claros. A energia dispara, as luzes brilham mais quando elas entram num lugar.

E esta é a outra coisa que vocês deveriam saber sobre Robbie.

Ela possuía essa capacidade, de sobra.

Pensando bem, foi um erro servir vinho nas oficinas de poesia e arte dramática para adultos nas noites de quinta-feira. Imaginei que pudesse ajudar o grupo a se integrar, que todos fossem ficar mais descontraídos.

O Sr. Hastings certamente está descontraído agora. Na verdade, está bêbado.

Ele decidiu declamar o poema "A terra desolada".

De novo.

Ele o lê toda semana. Diz que é o melhor poema jamais escrito e nunca será demais ouvi-lo. Alguns de nós discordamos. Mas ele é imune a qualquer incentivo para ampliar seus horizontes poéticos.

Então sentamos, os oito, em um círculo de cadeiras de madeira e sofás velhos, contemplando da nossa sala, no sótão daquela instituição de ensino – a City Lit –, os telhados de Londres, e ouvimos a leitura semanal, agora já insuportável, do Sr. Hastings.

As luzes fluorescentes piscam, o exaustor chia e, do lado de fora, a chuva martela sem cessar no vidro sujo da janela. Lá embaixo, as ruelas e os becos tortuosos e estreitos de Covent Garden serpenteiam entre teatros famosos, contornam o Theatre Royal e o Lyceum, atravessando uma multidão elegante e afluente de uma noite de estréia na Royal Opera House. Desviam-se do Wyndham, do Garrick e do Duke of York; espremem-se numa galeria baixa e escura entre o Vaudeville e o Adelphi, onde maquinistas e coristas se abrigam nos portais, apagando os cigarros minutos antes de a cortina subir, sem perceber que outro grande espetáculo já começou.

O Sr. Hastings adora pronunciar um "r" vibrante. Ele consegue fazer com que John Gielgud soe como uma versão pré-Rex Harrison de Eliza Doolittle. E não tem medo de dar um grito de vez em quando, aumentando aleatoriamente o volume de qualquer palavra que lhe dê na telha. Durante algum tempo, pensei que devia haver uma lógica interpretativa por trás disso. Enganei-me.

> *"Abril é o mais cruel dos meses, germina*
> *Lilases da terra morta, mistura*
> *Memória e desejo, aviva*
> *Agônicas raízes com a chuva da primavera."*

Clive Clarfelt, cujo grande topete de cabelo preto resistiu aos estragos do tempo melhor do que o seu rosto, tenta encher de novo o copo. O Sr. Hastings lança-lhe um olhar fulminante. Clive o desafia, chegando até a bufar, provocante. O Sr. Hastings arregala os olhos – algo no estilo Drácula hipnotizando uma virgem.

Clive recua.

E a leitura prossegue.

A voz do Sr. Hastings, irregular e monótona, aliada ao calor sufocante do aquecimento central, tem um efeito narcótico quase instantâneo. Meu coração desacelera, a respiração fica mais leve. E a cabeça viaja...

De repente, silêncio.

Acordo sobressaltada.

O Sr. Hastings chora de emoção. E limpa o nariz no que pensa ser o seu lenço, mas de fato é a luva de lã da Sra. Patel. Ela é educada demais para reclamar, e sorri nervosamente, enquanto ele enxuga a testa e depois enfia a luva no bolso do paletó.

É o momento certo para uma intervenção.

– Isso foi lindo! Muito emocionante! Vocês não concordam?

Olho em volta da sala. O som da minha voz acorda os outros, que piscam como um bando de animais noturnos surpreendidos por uma lanterna.

– O senhor lê de uma maneira tão... *clara*, Sr. Hastings, tenho certeza de que todos ficaram inspirados.

Alguns concordam com a cabeça e até emitem ruídos de aprovação.

Eu me arrisco.

– Sendo assim, por que não damos uma oportunidade a outra pessoa? Que tal você, Brian?

O sorriso do Sr. Hastings desaparece.

– Mas eu ainda não terminei! Tem mais doze páginas!

Mentalmente, conto até três.

– Sim, mas acontece que é um poema muito longo e o nosso grupo hoje está bem grande. Acho melhor nos apressarmos para que todo mundo tenha uma chance. Aí, talvez, possamos voltar ao Eliot, se sobrar tempo no final. Olho para Brian com esperança. – O que você preparou para nós hoje?

– Ninguém pode interromper Eliot assim, sem mais nem menos! – o Sr. Hastings diz, ofendido. – Todo o *sentido* do poema será perdido! Quebrado! Onde eu parei? – E ele acelera, elevando a voz:

"Que raízes são essas que se arraigam, que ramos se esgalham
Nessa imundície pedregosa? Filho do homem,
Não podes dizer, ou sequer estimas, porque apenas conheces
Um feixe de imagens fraturadas..."

– Sr. Hastings, por favor!

"E vou mostrar-te algo distinto
De tua sombra a caminhar atrás de ti quando amanhece
Ou de tua sombra vespertina ao teu encontro se elevando;
Vou revelar-te o que é o medo num punhado de pó."

– Por favor, Sr. Hastings!
Deve ser o vinho.

Normalmente, tenho jeito para lidar com octogenários rebeldes. Nesses três anos em que dei aulas noturnas na City Lit, controlei dúzias de excêntricos e suas explosões artísticas com pouco mais do que um punhado de elogios e algo que atraísse sua atenção. Mas é só dar uma bebida e eles viram uns espertalhões; numa hora se aproveitam da sua boa vontade e na outra fingem ser surdos.

– Sr. Hastings – grito, ameaçadora (ou tão ameaçadora quanto me dou o trabalho de parecer) –, chega!

Ele me olha com fúria.

– Agora você, Brian...

– Onde está aquele lenço, droga! – O Sr. Hastings dá uma cutucada na Sra. Patel. – Espero sinceramente que você não esteja sentada nele!

Ela se desculpa em voz baixa.

Volto a prestar atenção em Brian, um jovem magricela de Dulwich, funcionário dos Correios. Brian é meio tímido e nunca leu para o grupo. Observo enquanto ele ajeita a gravata e se atrapalha com uma folha de papel fotocopiada e gasta.

– Pronto? – Sorrio para encorajá-lo. – O que você tem aí?

– Bem... – Ele é ligeiramente maníaco. – He he he he! Não é nada demais – diz com voz estridente. – Só um pouquinho de Emily Dickinson.

– *Pelo amor de Deus!* – reclama o Sr. Hastings.

Doris Del Angelo mete o bedelho.

– Eu *adoro* Dickinson! – E ela faz cara feia para o Sr. Hastings, que se serve de mais um copo do Bordeaux na mesa à sua frente, ignorando Clive e seu copo vazio e olhando fixamente para os seios de Doris, que, é forçoso reconhecer, são incríveis. Com seus sessenta e tantos anos, ela não tem nenhum receio de exibi-los em blusas bem justas e decotadas. Toda semana eles desempenham um papel importante na dinâmica do grupo. Ela ergue os seios, desafiadora. – Mal posso *esperar* para ouvir esse poema!

Será que eu deveria tentar tirar o vinho do Sr. Hastings? Nas visões que enchem a minha cabeça, luto com o velho e o derrubo no chão. Talvez um deslocamento tático da garrafa. Reparo, porém, que ela já está vazia.

Tudo bem.

Voltemos ao Brian.

– Não seja tímido, Brian. Todo mundo tem que começar um dia.

Ele sorri.

– Na verdade, acho que gostaria de ficar de pé.

E se levanta, corajoso. Após um momento, seus joelhos se dobram. Ele desaba novamente na cadeira.

– Ah, sim, é meio assustador ficar de pé e ler pela primeira vez, não é? – (O truque é usar essas coisas de maneira construtiva.)

– He he he he he! – Ele está histérico. Suas mãos tremem.

– Por que você não tenta ler sentado? – sugiro. – Vá com calma. Com calma você consegue.

O grupo espera enquanto Brian reúne suas forças.

"Não viverei em vão, se puder..."

– Puta merda! – O Sr. Hastings põe as mãos na cabeça.
– Por favor, continue, Brian. Você está ótimo!

"Salvar de partir-se um coração,
Se eu puder aliviar uma vida [he he he]
Sofrida, ou abrandar uma dor,
Ou ajudar exangue passarinho
   [estranha tremedeira no olho direito]
A subir de novo ao ninho –
Não viverei [he he he!] *em vão."*

Ele está prestes a vomitar ou ter um desmaio.
– Muito bem, Brian! De verdade. Você foi muito bem.
Doris bate palmas, os seios tremelicando entusiasticamente.
– Bravo, garoto!
Uma onda de aplausos desanimados espalha-se pelo círculo. Brian sorri, enrubescendo.
– E como você se sentiu?
– Meio, hum, estranho!
– Bem, ficou pra lá de estranho mesmo! – O Sr. Hasting se levanta com dificuldade.
– Sr. Hastings...
– Que se dane Emily Dickinson! – Ele caminha em direção à porta, cambaleando como um marinheiro em alto-mar. – E que se danem vocês todos! – Segurando o batente da porta, ele dá um giro. – Eu não atravessei Londres inteira para ouvir as meditações de uma americanazinha mórbida! Boa-noite!

Não fica claro se esta última declaração refere-se a Emily Dickinson ou a mim, mas minha língua está coçando para lembrar a ele que T. S. Eliot era um americanozinho mórbido, também.

É nesse momento que noto uma mancha molhada no sofá. A Sra. Patel, sempre vigilante quanto à possibilidade de uma situação delicada, rapidamente cobre a mancha com a sua echarpe.

A voz de Hastings ecoa pelo corredor, alta e agressiva:

– Boa-noite, senhoras, boa-noite, gentis senhoras, boa-noite, boa-noite!

Enquanto olho para a echarpe e o horror que ela esconde, sabendo que o restante da turma, por sua vez, espera a minha reação ao motim do Sr. Hastings, o pensamento reaparece. Tenho tentado evitá-lo com habilidade, desviando-o a cada vez que vem à tona. Só que, essa noite, não tenho mais energia para fazer a circunavegação.

Não era isto que eu queria.

Quando saí da minha cidade natal, Eden, em Ohio, há catorze anos, para seguir a carreira de atriz em Londres, com certeza não era isto que eu queria.

E é aí que eu a vejo, parada na porta.

É só um momento, depois ela se vai. Mas é ela, com certeza. E sorri para mim. Mesmo do outro lado da sala, consigo ver a abertura leve, suave, dos seus lábios; um sorriso tranqüilo, gracioso, brincalhão, como se dissesse: "Quer dizer que tudo acabou assim, não é?"

Sim, Robbie. Tudo acabou assim.

PARTE UM

Fevereiro de 1986

Estou sentada no avião ao lado de uma ruiva. O meu jantar, frango real ao molho cremoso e arroz, está intacto à minha frente. Em vez de comer, fixo o olhar no meu novo relógio Keith Haring Swatch (um presente de despedida do meu namorado, Jonny). É minha primeira viagem internacional. Em apenas oito horas e vinte e dois minutos estaremos aterrissando em Londres, e um capítulo inteiramente novo da minha vida vai começar. Quem pode comer frango num momento como esse?

A ruiva pode. Ela é uma viajante experiente. Acendendo mais um cigarro, ela sorri para mim.

— Ah, Londres é fantástica! Ótimos pubs. E você pode comer peixe com *chips*. "*Chips*" é como os ingleses chamam as batatas fritas — traduz ela. — Lá eles usam sal e vinagre para temperar.

— Argh! — digo, sempre sofisticada.

— Mas é bom! O acompanhamento é papa de ervilhas.

— Papa de quê?

— De ervilhas! — Ela ri. — As ervilhas são meio que amassadas. Mas você pode dispensar a papa.

— Ah, mas eu quero comê-la — garanto rapidamente. — Eu quero experimentar de tudo!

Ela sopra a fumaça.

— De onde você é?

— Eden, Ohio.

— Fica perto de Akron?

— A bem da verdade, não fica perto de nada.

— E o que você vai fazer? Estudar?

— Teatro. Vou ser atriz. Atriz clássica — acrescento, para ela não pensar que vou me contentar com qualquer coisa. — Fui aceita na Academia Oficina de Arte Dramática. Já ouviu falar?

Ela faz um gesto que não.

— É como a Real Academia de Arte Dramática?

— Quase.

— Bem, você é uma moça bonita. Tenho certeza de que vai ser uma grande atriz. E ela confirma com a cabeça, tamborilando no braço da poltrona com as longas unhas cor-de-rosa. — Claro, em Londres você fará sucesso. É bem diferente de Ohio, menina.

É exatamente isso que eu espero.

Eu não combino com Ohio. Não combino com lugar algum, ainda. Na minha cidade, parece que ninguém me entende — com exceção do meu namorado, Jonny. Ele vai estudar Artes Gráficas na Universidade Carnegie Mellon, no próximo período. Ele entende o que é ter alma de artista numa cidade de operários. Por isso nos damos tão bem. Pego a carta de despedida que ele me escreveu e leio mais uma vez.

Sei que esta será uma aventura incrível para você, meu bem. E mal posso esperar para ouvir cada capítulo. Nunca perca a fé em si mesma. E pense em mim, trabalhando na minha prancheta de desenho e sonhando com você e com o seu rosto bonito, perfeito, até você voltar... sã e salva e carinhosa para os meus braços. Tenho muito orgulho de você.

Meu querido Jonny,
Estamos namorando há quase dois anos. Quando eu voltar, vamos morar juntos. Em Nova York, se tudo der certo. Já posso imaginar nós dois: tomando café, de manhã, e andando pelo nosso apartamento tipo loft com vista para o Central Park – às vezes imagino que temos um cachorro, outras vezes somos só nós dois.

Dobro cuidadosamente a carta e coloco-a de volta na bolsa.

Penso nos meus pais, lado a lado no portão de embarque do aeroporto de Cleveland. Eles não conseguiam entender por que eu tinha que ir para tão longe; por que alguém quereria deixar os Estados Unidos. Sou a única pessoa da família que tem passaporte.

Há todo um mundo novo, cheio de lindas palavras, emoções esmagadoras, enormes, e histórias emocionantes, de partir o coração – mas não em Eden, Ohio. Como posso explicar a eles que quero fazer parte desse mundo? Aproximar-me da cultura que inspirou Shakespeare e Sheridan, Coward e Congreve, a inteligência de Wilde, a sátira de Shaw, a pura maldade de Orton... Quero ver, tocar; experimentar tudo eu mesma, em vez de ler a respeito nos livros enquanto anoto pedidos no Doughnut Express.

E, finalmente, estou quase lá.

Recostando-me no assento, olho pela janela. Em algum lugar, lá embaixo, os meus pais estão agora voltando para casa, pensando sobre o que comer no jantar. E, além desta vastidão azul, numa pequena ilha verdejante, pessoas que ainda vou conhecer estão adormecendo, sonhando com o que o amanhã poderá lhes trazer.

A aeromoça se inclina e pega a minha bandeja de comida, intacta.

– Não está com fome?

Abano a cabeça.

A minha próxima refeição será peixe com batatas fritas. Com muita papa de ervilha.

O Hotel e Casa de Hóspedes Belle View, na Russell Square, é bem mais escuro, frio e, no todo, mais amarronzado do que nas fotos do prospecto. Os quartos, tão espaçosos e convidativos no folheto, são como celas, generosamente equipadas com apetrechos para fazer chá e café (uma chaleira e uma xícara numa bandeja plástica) e uma pia no canto. Água fervente jorra de uma torneira e água gelada, da outra. Precisa-se de uma boa dose de velocidade e resistência física para lavar o rosto, mas a recompensa é uma genuína sensação de conquista.

A realidade do banheiro compartilhado, no entanto, é outra história. Nada poderia ter-me preparado para agachar-me, nua, numa banheira rasa de água morna, enquanto três gordos homens de negócios alemães, enrolados apenas em velhos roupões, aguardam do lado de fora. A experiência é como uma visita ao ginecologista, ao mesmo tempo íntima e profundamente desagradável. Os ingleses devem ter uma relação com seu corpo que é estranha para mim; como um casal já divorciado, mas que ainda mora na mesma casa, obrigado a se tratar com educação, mesmo se odiando.

Depois de tomar banho e fazer um café solúvel (café-da-manhã com os alemães seria ir longe demais), chegou a hora. Estou pronta para ir ao escritório da Academia Oficina de Arte Dramática, no norte de Londres, e me apresentar às pessoas que vão moldar o resto da minha vida.

É mais longe do que pensei. Tomo um ônibus para a estação Euston, o metrô para Camden Town e troco de linha antes de chegar na Tufnell Park Road. Caminho para cima e para baixo na comprida rua residencial, que a essa hora da manhã parece atrair velhinhas olhando fixamente para a calçada e arrastando seus carrinhos de compras de vinil azul. E, de repente, estou lá, em frente à Filial do Norte de Londres da Associação de Dança Morris do Reino Unido. Este é o endereço. Não há nenhuma indicação de academia, em lugar nenhum.

Um porteiro escocês, de Glasgow, vem em meu socorro. Ele explica, na linguagem universal da mímica, que o endereço que tenho está correto. A academia fica em algum lugar no subsolo.

O prédio parece vazio. Meus passos ecoam no corredor. Uma crescente sensação de tragédia me embrulha o estômago. Este não é o lugar fervilhando de atividades artísticas que eu tinha imaginado, com alunos ensaiando nos corredores, cantando e dançando como os figurantes de *Fama*. E se eu cometi um enorme e caríssimo erro? E se viajei essa distância toda para nada?

Faço uma curva e desço os degraus.

– Droga, onde estão os formulários de matrícula dos alunos? Pelo amor de Deus, será que ninguém aqui sabe fazer alguma coisa certa? Eu quero esses formulários e quero agora! Gwen!

Fico imóvel ao pé da escada.

Uma mulher de quarenta e poucos anos, quase sem fôlego, passa por mim voando, com uma pilha de fotocópias nas mãos. Seu cabelo é louro pálido, cortado em estilo Chanel, e ela usa uma saia de lã azul-marinho e um casaquinho verde, largo e meio embolotado. Em volta do pescoço, uma coleção de longas correntes douradas, algumas com medalhão, outras sem, tilintam e chacoalham, balançando de um lado para o outro.

– Posso ouvir você muito bem, Simon. Você não está representando para a última fila do Theatre Royal Haymarket, lembra? – Ela entra num escritório pequeno.

Escuto o barulho de papéis atirados no chão.

– Estes são os formulários do ano passado! Meu Deus! O que eu fiz para merecer isso? Me diga, Senhor! Como traí o Senhor para ser atormentado por tamanha incompetência?

Posso ouvi-la recolhendo os papéis.

A voz dela é baixa, mas letal.

– Estes não são os formulários do ano passado, Simon. São deste ano. Sei porque eu mesma fiz as cópias. Agora, se você pretende continuar com esse mau humor, vai ficar sozinho, porque só mais uma palavra e eu vou embora. E você vai ter que apanhar os seus papéis, da próxima vez.

Ela bate a porta e entra pisando duro numa sala maior, do outro lado do hall.

Talvez eu não tenha chegado numa boa hora.

Quando me viro para escapar escada acima, a porta do escritório se abre e de lá sai um homem numa cadeira de rodas motorizada. É um homem alto – apesar de sentado, dá para notar – de cinqüenta e poucos anos, com uma cabeleira grisalha desgrenhada. Suas pernas são finas e, estranhamente, parecem pernas de boneca sob o terno desbotado de tweed que está usando.

– Gwen! – grita ele, desaparecendo na outra sala. – Eu sou um *idiota*!

– Claro, todo mundo sabe disso.

– Ei, você aí! Perdida na escada! Entre!

Hesito.

– É, *você* – troveja ele.

– Pare de assustar os alunos, Simon. Nós já conversamos sobre isso.

Chegando mais perto, dou uma espiada. A sala é espaçosa, com uma grande janela de guilhotina que dá para um jardim mal cuidado atrás, no nível da rua.

— Olá. — Sinto-me como uma bisbilhoteira, pega em flagrante, que é exatamente o que eu sou. — Meu nome é Evie Garlick. Estou matriculada na oficina de representação avançada.

Simon roda a cadeira e aperta a minha mão com tanta força que daria para estrangular uma criança.

— Seja bem-vinda, Evie! Bem-vinda a Londres e à Academia Oficina de Arte Dramática! Eu sou Simon Garrett e essa é minha assistente, Gwen. — Ele abre bem os braços. — Não se deixe enganar por este ambiente humilde; estas salas são temporárias, enquanto esperamos a reforma dos nossos novos estúdios em South Kensington. Bem ao lado de Hyde Park e do palácio de Kensington. Você vai adorar. Sente-se, por favor! — Com toda pompa, ele indica uma cadeira de armar, no canto. — Fique à vontade.

Sento-me.

Gwen sorri para mim.

— Aceita uma xícara de chá? Eu até ofereceria um café, mas os coadores acabaram. Claro, poderia fazer um solúvel. Você toma café solúvel? Como é americana, eu diria que não. É Nescafé. — Ela desencava um vidro de dentro da gaveta. — Tenho isto guardado há bastante tempo. — Gwen balança o vidro, nada se mexe; o granulado formou uma massa arqueológica sólida, grudada num dos lados.

Sorrio de volta, grata pela hospitalidade.

— Não, obrigada. Não precisa.

— Como foi a viagem?

— Longa.

– Sim, claro. – Ela faz uma cara de consternação. – Deve ter sido horrível! Muito ruim! Acho que não há nada pior. Tem certeza de que não quer uma xícara de chá? – oferece ela de novo, como se isso pudesse apagar a lembrança por completo.

– Não mesmo, obrigada.

Simon move-se rapidamente para perto de mim, parando a poucos centímetros dos meus pés.

– E então, Srta. Garlick! O que a faz pensar que gostaria de ser atriz? – Ele está me encarando com uma intensidade que me deixa insegura.

– Bem... – Sei a resposta a essa pergunta: eu a ensaiei durante quase metade da minha vida. Mesmo assim, a esta hora da manhã, sou apanhada de surpresa. – A linguagem me fascina e aprecio profundamente a tradição dramática...

– Bobagem! – Ele me interrompe. – Tem a ver com se exibir! Você gosta de se exibir, não gosta?

Fico perplexa.

Venho de uma comunidade pequena e rural, de fazendeiros. Exibir-se é uma coisa que ninguém que eu conheça admitiria fazer.

– Bem, para mim tem mais a ver com descobrir as verdadeiras intenções do dramaturgo, chegar à raiz da história – explico devagar.

Ele não se convence.

– Não seja tímida comigo, Srta. Garlick! E com se exibir! Vamos, admita!

Impossível se dar bem numa situação como essa.

Inocência

Eu me encolho. – E com me exibir.

– Boa menina! – Ele dá uma palmadinha no meu joelho. – Lembre-se, tudo que Shakespeare queria era se exibir e ganhar rios de dinheiro. Todas aquelas peças maravilhosas, os versos lindos, os sentimentos surpreendentes tinham uma única finalidade. Tudo que ele queria era escapar de Stratford-upon-Avon, chegar a Londres e divertir-se para valer! Espero que você tenha a intenção de seguir o exemplo dele.

Ele me sorri esperançoso. Seu hálito tem um cheiro doce, vagamente familiar. Tento rir educadamente, mas, em vez do riso, sai um tipo de ronco. Ele parece não notar.

– Agora... – Simon roda com a cadeira. Gwen, equilibrando duas xícaras de chá quente, desvia-se dele com perícia. Ele abre uma das gavetas do arquivo e pega uma câmera instantânea.

– Sorria, Evie!

Pisco os olhos, e o flash dispara. A foto é cuspida. Simon joga a câmera de volta na gaveta.

– Aqui está! – Ele escreve o meu nome embaixo, em grandes letras de forma, com um marcador vermelho. – Agora não vamos esquecer quem é você! – E me dá um sorriso largo, pregando a foto no quadro de feltro com um alfinete. – Aqui está ela! Evie Garlick! Prestes a conquistar a cena teatral londrina. Agora, tenho muitas coisas para fazer. Muitas coisas. Foi um prazer conhecê-la, Evie. Os seus pais pagaram em cheque?

Confirmo com a cabeça.

— Bacana! Boyd Alexander é o seu professor. Ele ganhou um Olivier o ano passado, por *Senhorita Júlia*, no National. Perito em Ibsen. Um diretor bacana.

De novo confirmo com a cabeça. Não tenho nem idéia do que é um Olivier, mas tenho quase certeza de que *Senhorita Júlia* é de Strindberg.

— Bacana — digo. Parece óbvio que esta é uma palavra importante, que se deve aprender.

— Sem dúvida. — Ele acelera pelo hall. — Gwen, avise quando estiver pronta!

— Sim! Tudo bem! Tome aqui. — Ela me entrega um pedaço de papel onde está escrito um endereço. — Consegui que você divida um apartamento com duas garotas muito simpáticas, que continuam aqui depois do último período. Elas são muito simpáticas mesmo, muito esforçadas. E... simpáticas. Tenho certeza de que você vai ficar bem confortável...

— Gwen! Por favor!

— Tudo bem, estou indo! Ai, meu Deus! Prazer em conhecê-la. — Ela se vira e corre para a sala ao lado, carregando as duas canecas de chá, uma agenda de couro grande e um pacote de biscoitos.

E, pela primeira vez, estou sozinha no escritório da Academia Oficina de Arte Dramática.

Que está custando uma fortuna aos meus pais. Que me exigiu uma campanha de seis meses inteiros, para poder vir para cá. Que é o mais longe de casa que eu jamais estive.

E só essas três coisas já são impressionantes.

Fecho os olhos e tento não chorar. Depois me levanto e olho a minha foto. Claro, um olho está aberto e o outro fechado. Pareço uma bêbada cantando.

Aqui está ela, Evie Garlick. Prestes a conquistar a cena teatral londrina.

Chego ao endereço de Gloucester Place, meu novo lar em Londres, puxando minhas malas abarrotadas (embrulhadas em camadas de plástico adesivo marrom para evitar que explodam). Elas ficaram presas nada menos do que quatro vezes nas terríveis garras da escada rolante do metrô. Durante a hora do rush. A experiência equivale a mais um círculo no inferno de Dante. Os passageiros regulares pulam os degraus na fila da esquerda, os outros se apertam uns contra os outros no lado direito. Os turistas, porém, sofrem uma humilhação pública; eles emperram todo o sistema, tentando, sem ajuda, carregar suas malas pelos túneis intermináveis até as plataformas, que, no mapinha multicolorido, parecem estar todas no mesmo lugar. Na verdade, estão tão próximas quanto Roma e Amsterdã. O porteiro do Belle View insistiu em dizer que pegar o metrô seria barato e fácil. Mas aqui estou agora, morrendo de calor, suada, e muito mais velha do que quando acordei hoje pela manhã.

Respiro fundo e toco a campainha.

Uma garota magra e alta, vestindo um quimono vermelho de seda chinesa, com uma máscara facial verde, abre a porta. Seu cabelo está enrolado numa toalha em volta da cabeça.

– Tenho um encontro esta noite – anuncia ela, fazendo sinal para eu entrar. – Um encontro de verdade e ao vivo com um inglês!

Não sei bem o que dizer.

– Beleza. – Arrasto minhas malas escadaria acima.

– Olha que máximo. – Ela segura a porta enquanto eu continuo a lutar com a minha bagagem. – O nome dele é Hughey Chicken! Não é incrível? Consegui o telefone dele com uma amiga em Nova York. Ela disse que ele é lindo. Você veio ocupar o quarto, não é?

– É, sim.

Ela estende a mão.

– Eu sou Robbie.

– Evie – apresento-me. – Evie Garlick.

– Como? – Ela franze a testa e a máscara verde racha um pouquinho. – Já pensou em trocar de nome?

– Bem, eu...

– Podemos falar sobre isso depois. Acho que você quer ver o quarto. – Ela já se adianta pelo corredor, o roupão de seda abanando em torno dos tornozelos finos. Empurrando a porta, ela acende a luz. – Tchan-tchan-tchan-tchan!

Entro e olho em volta.

É um armário. O tipo de espaço que nos Estados Unidos seria usado para pôr máquinas de lavar e secar roupas. Há uma cama de solteiro estreita, coberta por uma colcha marrom, um guarda-roupa de madeira, meio torto, no canto, e uma janela que dá para uma parede de tijolos. As paredes têm revestimento em padrão floral, estilo anos 1960,

Inocência

grená e verde-limão. O tapete, que um dia foi cor-de-rosa, agora tem pontos totalmente gastos: partes desbotadas de tão puídas, quase invisíveis à luz mortiça da única lâmpada pendendo do teto, encaixada numa cúpula de papel empoeirada.

Por 70 libras semanais, eu esperava algo melhor. Muito melhor.

– Não é o céu? Tudo o que você sempre sonhou? Não se preocupe, o meu quarto é tão ruim quanto este. – Ela passa o braço pelos meus ombros. – Venha. Vamos tomar um porre.

Ponho minha bolsa na cama e vou com ela até a cozinha.

– Está a fim de um *sidecar*?

– O que é um *sidecar*?

– Ora, Evie! É o paraíso na Terra! Ou num copo. Ou, no nosso caso – ela vasculha o armário –, em duas canecas de propaganda de posto de gasolina, meio lascadas. – Observo enquanto ela mistura doses generosas de conhaque e licor *triple sec* e depois esmaga com os dedos um limão velho e enrugado. – Gelo?

– Claro. – Sua máscara facial, ressecada, começa a soltar pedaços.

– Saúde! – Ela me entrega uma caneca. – Venha comigo enquanto eu tiro essa porcaria do rosto.

Entro com ela no banheiro e sento no vaso, bebericando o meu coquetel, enquanto ela joga água fria no rosto. O banheiro é comprido e estreito, com um tapete azul-marinho de pêlo alto e emaranhado. Todas as superfícies imagináveis estão cobertas de cosméticos – cremes de limpeza, adstringentes, xampus –, lâminas de barbear usadas estão empilhadas nos cantos da banheira, junto com um cinzeiro cheio e várias xícaras de café abandonadas. O ambiente é pesado e úmido, com um cheiro meio adocicado de óleo de banho perfumado e sabonete de pétalas de rosa.

Tomo mais um gole do coquetel e observo Robbie retirando a máscara. Seu rosto é pálido, levemente sardento, sem sobrancelhas visíveis. Inclinando-se, ela desenrola a toalha da cabeça e uma cascata de cachos louros, quase brancos, se espalha pelos seus ombros. Ela acende dois cigarros do maço no bolso do quimono e passa um para mim, encostando-se na pia e dando uma tragada longa e profunda. Eu nunca fumei para valer antes, nunca peguei o jeito. Mas agora, com a mistura doce e forte de conhaque e *triple sec* abrindo caminho pelas minhas veias, é fácil tragar sem tossir. Sinto a fumaça no céu da boca e sopro devagar, exatamente como Lauren Bacall em *À beira do abismo*.

De repente, as coisas não parecem ir tão mal assim, afinal de contas.

Sou livre. Sofisticada. Bebendo no meio do dia e conversando num banheiro com uma garota que acabei de conhecer.

– Vamos sentar em algum lugar no qual possamos desmaiar confortavelmente – sugere Robbie, e eu a acompanho até a sala. Escura e exposta ao vento, a sala fica de frente para uma rua movimentada. As cortinas rendadas escurecidas se agitam cada vez que um caminhão ou ônibus passa acelerado. Ela põe uma fita de Van Morrison para tocar e se joga no sofá desbotado, de falso couro preto, suas pernas compridas penduradas na lateral. Ela não está usando roupas íntimas. Sento-me de frente para ela, numa das horríveis poltronas que combinam com o sofá.

– E então, o que vamos fazer a respeito desse seu nome? – Ela sopra anéis de fumaça no ar; eles flutuam, como halos que vão desaparecendo sobre sua cabeça.

– Temos, mesmo, que fazer alguma coisa? Afinal, não é tão ruim assim, é?

Ela levanta uma sobrancelha.

– Você quer mesmo ser uma atriz com um nome como Evie Garlick? Já posso imaginar: *Romeu e Julieta*, estrelando Tom Cruise e Evie Garlick. Evie Garlick é *Ana Karenina*. A vencedora do prêmio Revelação é Evie Garlick!

Ela dá uma risadinha.

– Tá bom. – E pensar que tive esse nome a vida inteira. – O que você sugere?

– Hum... – Ela aperta os olhos. – Raven, eu acho. É isso. Gosto do nome Raven para você. Por causa do seu cabelo.

– O meu cabelo é castanho.

– Ah, mas podemos mudar isso, sem problema. O que você acha?

– Evie Raven?

– Não, querida. Raven seria o primeiro nome! Vejamos... Raven Negra, Raven Escura, Raven Noite, Raven Noturna! Perfeito! Raven Noturna. Agora com certeza você vai ser famosa!

Nunca pensei em tingir o cabelo. Por outro lado, não viajei essa distância toda até Londres para ser do mesmo jeito que eu era na minha cidade. Mesmo assim, é um grande passo. – Raven Noturna. Não sei. Parece nome de artista pornô.

– E Tom Cruise, não? Acho que é fantástico. E, sabe, sou boa nisso, escolhi nomes para todas as amigas na minha cidade. Minha amiga Blue: ela foi a primeira a adotar essa moda de pessoas com nome de cor.

– É mesmo? – Nunca ouvi falar dessa moda.

– Com certeza! Você não acredita que o meu nome de verdade é Robbie, acredita?

De repente, não me sinto mais tão sofisticada.

– Meus pais me deram o nome de Alice. – Ela faz uma careta. – Dá pra acreditar? Eu tinha que tomar uma atitude, e androginia é tão mais moderno, não acha?

– Quantos anos você tem? – Talvez ela seja mais velha e por isso saiba essas coisas todas.

– Dezenove. E você?

– Dezoito. E você é de...

– Do Village.

Olho para ela, confusa.

– Cidade de Nova York – ela explica. – A Grande Maçã. Nascida e criada lá.

– Uau!

Ela é nova-iorquina. E não é importada, ela *sempre* viveu lá. Jamais conheci alguém que tivesse vivido em Nova York a vida toda. Parece inconcebível que permitam crian-

Inocência 35

ças em Nova York; meio profano e perigoso, como permitir a entrada de bebês num clube noturno. Certamente toda a população é formada por adultos ambiciosos de Iowa e Maine, todos galgando posições até o topo de suas carreiras enquanto vão a exposições de arte, shows na Broadway e festivais de filmes estrangeiros.

– Uau – repito.

Ela sorri, deleitando-se com a minha admiração de caipira.

– Eu... talvez eu vá morar em Nova York em breve – arrisco.

– É mesmo?

– Vou fazer um teste na Juilliard no mês que vem.

– Entendo. – Seu rosto é duro e impenetrável, como uma porta fechada com violência. – Esses testes são uma merda. Um bando de filhos-da-puta, na minha opinião.

– Ah.

Um ônibus passa em alta velocidade, e uma lufada de ar frio invade a sala. Robbie desvia o rosto. Eu sigo o seu olhar, mas vejo apenas uma estante vazia e a superfície negra e brilhante da tela da televisão.

– Sabe como é, não sei se vou ser aceita, nem nada. Mas, afinal de contas, é a Juilliard, não é? *Todo mundo* faz teste na Juilliard! – Dou uma risada, ou melhor, emito um chiado que poderia ser uma risada numa conversa frívola.

Ficamos ouvindo a música e bebericando nossos coquetéis.

Subitamente, ela sorri, e a porta se abre de novo.

– Ei, não ligue para mim! Mais cedo ou mais tarde você vai descobrir mesmo, então é melhor contar logo: eu sou uma atriz de merda.

Estou pasma.

– Ah, tenho certeza de que isso não é verdade, Robbie!

Ela faz sinal com a mão para eu me calar.

– É verdade, sim. Acredite em mim. Fiz teste na Juilliard três vezes. E em Nova York, Boston e, bem, em quase todos os outros lugares do planeta Terra. Sabe, isso nem me abala. – A voz dela é alegre. – Já aceitei a coisa toda. De verdade.

Aos dezoito anos, não conheço ninguém que tenha aceitado nada, muito menos um reconhecimento devastador de suas próprias limitações artísticas. Para mim, é uma ameaça... Como ela pode chegar a dizer essas palavras em voz alta? Tenho um desejo incontrolável de mudar a sua opinião.

– Tenho certeza de que você *é* boa, Robbie! Sabe, às vezes leva anos para uma pessoa amadurecer seu talento. E, até que isso aconteça, as coisas podem ser difíceis. Afinal de contas, nem todo mundo é talhado para o papel de mocinha ingênua.

– Você é, não é? – Esticando as pernas, ela se acomoda de novo no sofá. – Então, conte-me como você começou.

Ela está mudando de assunto.

– Não sei. – Eu me recosto na poltrona. – Atuei numa peça, na época da escola. Eu era um pouco mais alta do que as outras... De fato, tinha repetido o ano. A verdade é que não sabia ler direito, nem ver as horas, nem nada...

Inocência

Não sei por que conto tudo isso a ela. Só a conheço há cerca de meia hora. Mas, instintivamente, sinto-me segura. Há uma energia em torno dela, uma leveza que nunca encontrei em outra pessoa, como se faltasse alguma coisa. E, onde normalmente haveria uma espessa camada de convenções e críticas, existe apenas ar.

— Isso é dislexia — diz ela, em tom prosaico.

— É? — Meus pais se sentiam tão constrangidos com o meu atraso que nunca discutiam o assunto. — Você tem certeza?

— Acredite, passei mais tempo fazendo exames clínicos fisiológicos do que você pode imaginar. Continue — ela me encoraja, e isso também parece normal.

— Ah. — Estou abalada pelo diagnóstico inesperado. — Bem, quando eu era pequena, na Virgem do Sagrado Coração, uma escola para meninas, você era considerada burra, e pronto. Enfim, lá estava eu, muito desligada e meio burrinha, mais alta do que todas as outras garotas, e com uma aparência estranha, porque minha mãe queria mesmo era um menino — ela cortava o meu cabelo curto — e aí eu consegui o papel principal na peça da escola porque era alta e tinha cabelo curto.

Uma expressão de carinho aparece no seu rosto.

— E você teve sucesso em alguma coisa!

Olho para ela fixamente.

— Como você sabia?

— É sempre a mesma história. Você quer ser outra pessoa e então você se torna outra pessoa e todo mundo aplaude... – Ela sorri. – O seu segredo está bem guardado comigo.

– Que eu me lembre, foi a única vez que me senti feliz comigo mesma. Até então, ninguém queria ser minha amiga. Depois, os meus pais se aproximaram.

Vejo o sorriso radiante da minha mãe, meu pai de gravata, sentado na primeira fila do auditório da escola.

– Eles estavam orgulhosos de mim. E nunca tinham tido orgulho de mim antes. Foi quando decidi que seria atriz.

Ela está imóvel e calada; olha para o chão, franzindo a testa.

Falei demais. Volto a sentir a mesma ansiedade de quando eu era criança. De repente, estou de novo na escola, com o meu cabelo curto e uniforme feio, tentando desesperadamente fazer amizade com as garotas legais.

– Agora já sei ver as horas – acrescento rapidamente. – Só demorou um pouquinho mais para eu aprender.

Ela ri. A expressão séria desaparece, e, com ela, se vai o meu desconforto.

– E você? – pergunto.

– Eu? – Ela aperta os olhos. – Eu representei a vida inteira.

– Então você deve ser boa nisso – insisto.

– Sabe o que mais? – Ela endireita as costas. – Não estou nem muito interessada nisso. – E reclinando-se, remexe os dedos dos pés com unhas pintadas de vermelho, admirando o seu trabalho.

Inocência

Por um momento, mal posso falar.

– Mas... mas, por que está aqui, então?

– Ah, querida! – Ela sorri com indulgência. – Quem nesse mundo quer conseguir um emprego? Além disso, sei que tenho algum tipo de talento, só que ainda não encontrei o meu lugar. É tudo uma questão de tempo. Não se preocupe.

Ela acende outro cigarro, o brilho da chama iluminando sua pele de porcelana.

– Então, o que estou pensando, Raven...

Eu me encolho.

– Esse nome me parece muito estranho.

– Você vai se acostumar. Então, o que estou pensando é que tenho este encontro fantástico com Hughey Chicken, e ele vai se encontrar com um amigo esta noite em Camden. Então, o que pensei é que talvez você queira vir conosco. Tipo um encontro duplo.

– Você quer dizer um encontro às cegas.

– É, bem, acho que sim, se você quiser ver dessa maneira.

Há alguma outra maneira?

– Acontece que tenho um namorado. Ele é artista gráfico na Universidade Carnegie Mellon.

Ela me olha.

– E...?

– Bem, não estou a fim de traí-lo nem nada. Sabe como é, provavelmente vamos morar juntos quando eu voltar.

– Relaxe! Não estava sugerindo que você oferecesse a ele cama e café-da-manhã. A gente só vai sair. Afinal de contas, estamos em Londres! Você não quer conhecer pessoas? Divertir-se?

Hesito.

Claro que o legal seria dizer sim. Mas e se ele for feio? Ou esquisito? Ou mesmo nem feio nem esquisito, mas bom demais para mim – lindo e interessante? Penso em Jonny; no seu sorriso engraçado, meio de lado. Se for só para sair, acho que não tem problema. Ele não é possessivo. E eu não estaria indo sozinha... Mas com que roupa eu iria? Acabei de chegar, ainda nem desarrumei as malas.

Robbie está sorrindo para mim, balançando as pernas.

– Então, o que acha? Vamos nos encontrar num pub e de lá vamos ver uma banda no Camden Palace.

– Eu... não sei.

– Rave... – Ela já está abreviando. Agora tenho um apelido tirado de um nome que não é meu. – Rave, o detalhe é o seguinte, eu também não conheço o Hughey. Sacou? Então, vai ser divertido. Uma aventura!

Não sei por que isso faz sentido, mas faz. (Os coquetéis podem ter algo a ver com isso.)

– Está bem. Para fazer companhia a você, só isso. Mas, se não se importa, acho que esta noite vou usar o meu próprio nome.

Ela dá de ombros.

– Tudo bem. Mas, se eu fosse você, não mencionaria o sobrenome.

A porta da frente se abre.

— Olá!

— Estamos aqui! — grita Robbie. — Tomando um porre!

Surge uma garota bem nova, vestindo um casaco marrom mal-ajambrado. Ela parece ter uns quinze anos, cabelo farto e liso até os ombros — afastado da testa por uma fivela rosa-choque — e olhos azuis, redondos e enormes. Carrega uma pilha de livros — uma reimpressão, grossa e encadernada em couro, de uma edição antiga de peças de Shakespeare, um guia Penguin para *Romeu e Julieta*, um exemplar de *A gaivota* e uma edição bem usada dos contos de Tchekhov.

— Oi. — Ela atravessa a sala e estende a mão. — Sou Imogene Stein.

Levanto-me.

— Evie Garlick. Muito prazer.

— Evie vai comigo ao encontro com Hughey Chicken! — Robbie dá um largo sorriso, levantando a caneca.

— Antes você do que eu. — Imogene põe os livros no chão com cuidado e sacode os ombros para tirar o casaco. O vestido por baixo do casaco é no estilo avental, com cintura baixa, pelo menos dois tamanhos acima do dela, e os sapatos são marrons, do tipo fechado e amarrado com cadarços de que a minha avó tanto gostava. — O que vocês estão bebendo?

— *Sidecars*. Quer que eu faça um para você?

— Sim, por favor.

Robbie se levanta e Imogene desaba no sofá.

— Você tem um cigarro? — pede. Robbie joga o maço para ela antes de se encaminhar para a cozinha.

Observo enquanto ela acende o cigarro. Tem algo errado nessa cena. Ela parece uma garota-propaganda da Laura Ashley, mas traga profundamente, com sofreguidão, cruzando as pernas como uma prostituta de 40 anos depois de uma noite longa.

— E aí? — Arrisco começar uma conversa. — Você estava fora?

Nada como dizer o óbvio.

Ela passa a mão nos olhos.

— Ensaiando. *A gaivota*.

— É mesmo? Qual cena?

— A última. Aquela do "Eu sou uma gaivota... Não, não é isso." — Ela dá nova tragada no cigarro e por um momento parece que vai fumá-lo todo de uma vez só.

— É uma grande cena. — Tento parecer animada. — E uma fala sensacional.

Ela concorda, soprando um rolo de fumaça pelo nariz.

— É isso. Eu sou uma gaivota. Definitivamente, *sou* uma gaivota.

Ficamos em silêncio.

Talvez ela seja uma atriz do "método". As atrizes do "método" levam *muito* a sério seu trabalho.

Nossos olhos se encontram e eu sorrio.

Ela me olha fixamente. E então, para meu desespero, seus olhos começam a se encher de lágrimas.

Merda. Se ela pensa que é uma gaivota, vamos ter problemas sérios.

Inocência

— Eu o amo. Amo, e ele nem sabe que eu existo! — Ela esconde o rosto nas mãos.

Estará representando? Será que eu deveria improvisar junto com ela? Levanto-me.

— Acho melhor desarrumar as malas, ou... então...

— Mas eu o amo! Sei que tem que ser ele! Sei!

Robbie está de volta e dá a ela uma xícara sem alça.

— Ele é gay, Imo. Todo mundo sabe. Sinto muito. Não temos mais canecas. — Ela enche de novo o meu copo com a bebida que está numa molheira de prata manchada.

— Ele não é gay! — sibila Imo. — Ele é inglês, só isso!

— Ele usa meias de cashmere, acha futebol violento e mora com um homem chamado Gavin. Que é *organista* — acrescenta Robbie. — Admita. Ele é gay. Claro que você não tem que acreditar em mim, mas eu cresci no Village, e, para não identificar um gay, só sendo cega.

— De quem estamos falando?

— Do parceiro de cena de Imo, Lindsay Crufts. Ele é lindo, fala muito bem e é uma bicha louca.

— *Robbie!* — Imo lança-lhe um olhar feroz. — Não quero ouvir de novo o termo "bicha louca" para se referir ao amor da minha vida!

Robbie pisca um olho para ela.

— Puxa, você fica bonitinha quando se zanga!

— Sabe de uma coisa? — Imo balança a cabeça. — Para uma garota que vai transar com algum babaca que atende pelo nome de Sr. Chicken, você tem muita coragem!

Robbie dá uma risadinha.

— Você é tão invejosa!

— Ah, sou!

Estou à margem dessa conversa, morrendo de vontade de participar. Ergo a minha caneca afetadamente.

— E enquanto você transa com o Sr. Chicken, eu vou ter que transar com o amigo misterioso do Sr. Chicken!

Ambas olham para mim e morrem de rir.

Eu rio também. Mas não sei por quê.

Imo faz uma pausa para tomar fôlego.

— Você não tem nem idéia do que significa transar, tem?

— Claro — digo, atrapalhada. — É sair, não é?

— Trepar — explica Robbie. — Transar é a palavra inglesa para trepar. Para parecer que é outra coisa.

Finjo que não é novidade.

— É, eu sabia. Só fiquei... confusa.

Elas trocam sorrisos disfarçados.

Não estou certa se gosto delas. Detesto a maneira como sabem fumar e fazer coquetéis, e o banheiro é nojento... Talvez eu devesse arranjar um apartamento só para mim.

Ouve-se uma batida, ou melhor, um murro na porta da frente.

— Olá! Olá!

— Merda! É a Sra. Van Patterson, a proprietária. Já a conhece?

Abano a cabeça.

— Ela é um pesadelo. Holandesa. E durona como ela só. — Robbie cutuca Imo com o dedão. — Vá falar com ela. Ela gosta de você.

— Gosta nada! — Imo empurra o pé de Robbie. — Vá você.

— Ela me odeia! Pelo menos você tem cara de virgem.

— Eu *sou* virgem. — Imo suspira, repousa a xícara e se levanta do sofá. — Tudo bem! Manda a virgem fazer. A virgem faz. — E sai resmungando em direção à porta.

Eu me aproximo de Robbie.

— Você não acha que ela é um pouco nova demais para beber?

Robbie nega.

— Ela tem dezenove anos. Apesar de não parecer. O pai é um agente importante em Hollywood. Montes de dinheiro. Mas a mãe é completamente maluca. Veste a filha como se ela tivesse doze anos, insiste em telefonemas todos os dias. Ela é evangélica. Toda ligada em Jesus. Uma tristeza, mesmo.

— Mas o sobrenome dela é Stein. É judeu, não é?

Robbie confirma com a cabeça.

— Já ouviu falar de Judeus por Jesus?

Nunca ouvi falar. Mas estou cansada de estar por fora. Dou uma resposta evasiva.

— Puta merda!

— Exatamente! — concorda ela.

Ouvimos a porta da frente se abrir, e ela faz sinal para eu me calar.

— Olá, Sra. Van Patterson. Como vai a senhora?

— Vocês, meninas, estão usando água quente demais! A conta de luz está altíssima! É um absurdo a quantidade de água que vocês usam! O aquecedor tem um timer! Não apertem o botão de imersão. Nunca!

— Mas a água quente acaba todas as vezes que lavamos louça. Ou quando uma de nós toma banho.

— Francamente! Nunca vi nada igual! O que vocês andam fazendo? Tomando banho todos os dias?

— É, acontece.

— Não venha bancar a sabidinha comigo! Duas vezes na semana é mais do que suficiente.

— Lá na minha terra, é normalíssimo tomar banho todos os dias.

— Lá na sua terra, as pessoas são mimadas! Os americanos acham que o mundo é feito de dinheiro! Vocês, meninas, não sabem como são sortudas! Gloucester Place é um dos melhores endereços de Londres. Você alguma vez já jogou Banco Imobiliário?

— Já, Sra. Van Patterson, já joguei.

— Bem, é como Park Lane. Não está no tabuleiro do Banco Imobiliário, mas poderia estar.

— Hum...

Faz-se um silêncio pesado.

— Vocês andaram fumando aqui?

— Não, Sra. Van Patterson! Claro que não! Por quê? A senhora está sentindo cheiro de cigarro?

— Sim, sinto cheiro de cigarro!

Imo fala mais baixo.

— Acho que são os rapazes do andar de cima. Quer dizer, não é da minha conta. Mas tenho quase certeza de que já os peguei acendendo cigarros no corredor algumas vezes.

– Ah-ha. Entendo. Certo. Você é uma boa menina, Imogene Stein. Uma moça simpática, bem-educada. Muito melhor do que aquela sua colega de apartamento. Mas vocês não podem usar tanta água quente, está bem? Certo?

A porta se fecha e dá para ouvir a Sra. Van Patterson subindo as escadas, pisando com força.

Imo volta para a sala e se senta.

– Bem, mais uma vez a Casa de Tchekhov escapou por pouco. – Ela levanta a sua xícara.

Robbie e eu olhamos uma para a outra, depois levantamos as nossas canecas, também.

– Eu sou uma gaivota! – falamos em coro.

Imogene sorri. Ela é nova e velha, tudo ao mesmo tempo.

– É isso, eu sou uma gaivota. E aí – ela bate um cigarro na lateral do maço e o acende, pondo as pernas na mesinha do centro –, alguém está a fim de um banho gostoso e demorado?

∽∾

Exposta ao vento e à chuva, na entrada da porta da frente, vasculho o bolso da jaqueta à procura das chaves. E então me viro e procuro, pela última vez.

Não, com certeza ela não está aqui. Não está flutuando atrás da árvore, nem à espera do outro lado do portão.

Não que eu acredite mesmo em fantasmas.

Mas ver Robbie é diferente.

Ela não parecia nem diáfana nem branca, nada etérea ou "fantasmagórica". De fato, parecia normal, de carne e osso, usando jeans e um pulôver daqueles horrorosos, cor de laranja, que ela havia tricotado quando achou que sua verdadeira vocação era ser designer de malhas. (Ela nunca parou de procurar sua vocação; todo ano descobria uma nova. E naquele ano, todas nós ganhamos suéteres. Ainda tenho dois – um fúcsia e outro num tom de verde que lembra lixo tóxico. Ambos conseguem ser ao mesmo tempo muito apertados e muito folgados; acho que os buracos dos braços e do pescoço estão invertidos. Ela os chamava de "peças assinadas".)

Quando a aula acabou, ela havia desaparecido. Procurei-a, enquanto caminhava para a estação do metrô de Covent Garden; eu meio que esperava vê-la se arrastando atrás de mim, demorando-se nas sombras de Drury Lane, ou mesmo parada na plataforma do metrô, lendo um exemplar da *Vanity Fair*. Robbie gostava de Covent Garden, estava sempre procurando australianos em algum bar do mercado.

Mas ela não estava lá.

E não está aqui, agora.

Claro, devo ter imaginado tudo isso. É incrível o que um pouco de insônia e a falta de algumas refeições podem fazer com uma pessoa. Eu deveria estar aliviada. Ao contrário, porém, estou estranhamente decepcionada. Quanto mais velha você fica, mais amigos perde por motivos como casamento, filhos, trabalho – a vida de adulto. A própria amizade torna-se uma aparição; um espectro fugaz, que rapidamente se evapora na ofuscante luz do dia.

Viro a chave na fechadura da enorme porta pintada de vermelho.

O número dezessete já foi uma magnífica construção georgiana, de cor bege, com fachada de estuque, muito semelhante a todas as outras magníficas construções georgianas bege com fachada de estuque da Acacia Avenue, norte de Londres. Atualmente, pode-se dizer que já teve dias melhores. É a única casa da rua onde o portão do jardim guincha como um porquinho zangado, toda vez que é aberto, e a fachada cor de baunilha está soltando pedaços, como raspas de chocolate branco num bolo de casamento de luxo. E, numa vizinhança onde as sebes formam caixinhas perfeitas e os loureiros em topiaria são *de rigueur*, o jardim, sem dúvida, tende ao romântico, selvagem, exuberante; muito mais para Brontë do que para Austen. No verão, as figueiras soltam seus pesados frutos, que formam uma compota gosmenta e espessa na calçada, e, no outono, as castanheiras altíssimas lançam suas castanhas nos passantes com uma precisão assombrosa. Uma imponência desafiadora e decadente substituiu a impecável fachada do passado. Nos cinco anos em que morei aqui, porém, ela ficou cada vez mais interessante.

Não é uma pensão comum. E Bunny Gold, a proprietária, também não é uma senhoria típica.

Quando o marido de Bunny, Harry, morreu de repente, há dez anos, descobriu-se que, além de marido e pai dedicado, respeitável pilar da comunidade judaica e proprietário de uma firma de contabilidade muito próspera, ele tinha sido também um jogador inveterado.

Já havia sacado a pensão, o seguro de vida e grande parte das economias do casal para pagar dívidas. Bunny, que tinha passado a vida inteira numa confortável redoma de shoppings, atividades sociais e cuidados com a única filha, Edwina, ficou arrasada. Um caso extraconjugal teria sido um problema. Mas deixá-la na ruína financeira era muito pior. Acima de tudo, ela não estava preparada para abrir mão da casa que tanto amava.

Começou, então, a alugar quartos, mas ficaria chocada se ouvisse sua casa sendo descrita como "pensão". Para ela, o nosso acordo sobre moradia é o resultado de um patrocínio artístico íntimo; ela é uma patrocinadora, não uma senhoria, e só aluga quartos a intérpretes ou artistas cujo trabalho admira. E, com setenta e dois anos, seu entusiasmo por quase todas as formas de música, pintura, dança e teatro, juntamente com o seu apetite notável pela *avant-garde*, é, no mínimo, inspirador.

Então somos eu, a atriz/professora, Allyson, uma cantora de ópera/professora australiana e o recém-chegado Piotr, um pianista clássico/professor da Polônia.

E, claro, o amor da minha vida, Alex. Ocupamos dois quartos e um banheiro privativo na parte mais alta da casa, que dá para o jardim dos fundos.

Somos os privilegiados.

Postais do mundo todo chegam regularmente, enviados pelos ex-inquilinos, com convites para Bunny visitá-los em Roma, Paris, Nova York, Berlim... Ao longo dos anos, eu mesma conheci alguns deles. Como diz Bunny: "Evie, se continuarmos juntas por mais tempo, uma de nós vai ter que propor casamento!"

E ela está certa. Eu deveria me organizar e cuidar da minha vida. Mas nunca é tão fácil quanto parece. Anos inteiros se evaporaram, enquanto eu esperava a chaleira ferver. Talvez um dia seja eu a enviar postais, mesmo que só consiga chegar ao sul de Londres.

Neste momento, porém, estou simplesmente feliz de estar em casa.

Largando minha bolsa e meu casaco no cabide de chifre de rena no hall de entrada (trabalho de um designer de móveis norueguês que morou aqui dois anos atrás e agora projeta cadeiras plásticas para a Habitat), vou em direção à cozinha para tomar uma xícara de chá e ver se tem alguma coisa na geladeira, e encontro Allyson e Piotr discutindo sobre canções clássicas.

Eles quase não notam que estou ali, enquanto encho e ligo a chaleira. Ambos são impressionantes; é como uma cena de *O crepúsculo dos deuses*. Piotr é incrivelmente alto e magro, e caminha com uma desenvoltura e segurança pouco comuns em homens da sua altura. O cabelo escuro, cortado bem curto atrás, ainda assim lhe cobre os olhos, que são de um castanho vivo, especial, tão intenso e concentrado quanto o castanho dourado dos olhos de um tigre. Seu traço mais marcante, porém, são as mãos. São mãos de Rachmaninoff, grandes e poderosas; cada uma atinge facilmente o tamanho do rosto de um homem adulto. Ele só está aqui há uma semana e nunca o ouvi dizer mais do que três palavras seguidas. Por isso, é uma surpresa ouvi-lo conversar em frases completas.

Allyson, por outro lado, está numa fase Maria Callas. Enquanto o traço mais marcante de Piotr são as mãos, o de Allyson são as maçãs do rosto. São como duas prateleiras alinhadas, sobre as quais se equilibram os olhos verde-acinzentados, com maquiagem pesada. Seu longo cabelo avermelhado está preso num coque perfeito, e ela é curvilínea, sólida, dramática e enfática, ou, como ela mesma diz, "grande, mas ágil" (o mundo da ópera agora dá muito mais importância à imagem do artista do que antigamente). Apesar da sua aparência impecável, entretanto, ela xinga como um marinheiro de beira de cais. Depois de três anos de luta na Inglaterra, só agora está começando a conseguir papéis em Covent Garden e a fazer algumas personagens importantes na Opera North e no Welsh National. Com isso, e mais um fluxo contínuo de jovens alunos, está sempre ocupada. Sua grande oportunidade, no entanto, será no mês que vem. Ela vai interpretar um recital de canções clássicas na St. John's Smith Square, e gostaria muito de conseguir ensaiar com Piotr. Mas agora, pelo visto, vai ter que ensaiar sozinha.

(Essa é uma das poucas vantagens das pensões: nem todos os dramas são seus.)

Ando silenciosamente até o escorredor e pego uma caneca.

— Mas *por quê*? — Allyson gesticula loucamente para os céus, um movimento que ela usou com muito sucesso numa produção regional da *Tosca* em março passado. — Pelo menos dê um motivo para não querer. Ora, porra! Eu pago o que você quiser!

Piotr está encostado na bancada da cozinha, as mãos nos bolsos da calça jeans, divertindo-se.

— Já expliquei a você. Alemão é uma língua que não deveria ser usada para o canto! Nunca! Italiano, sim. Francês, sem problemas. Russo, perfeito! Mas alemão? Parece... Parece o barulho que a gente faz quando, sabe como é, quando escarra! — E ele imita o barulho.

Largo a caneca. Talvez eu dispense o chá.

Uma fatia de pão pula da torradeira.

— Mas você toca música alemã! Você toca Beethoven, Mozart, Liszt... — prossegue Allyson.

Piotr joga a torrada num prato, e abre gaveta após gaveta à procura de uma faca.

Passo uma faca para ele.

— Obrigado. Liszt não é alemão.

Ele olha em volta.

— Não seja tão pedante! — acusa Allyson, empurrando a manteigueira na direção de Piotr.

Ele suspira, espalhando uma camada grossa de manteiga.

— Quando toco Beethoven ou Mozart, não tenho que ouvir alemão. Ouço a música. Quando tenho que ouvir

alemão, já não há nenhuma música. – E ele dá de ombros, em câmera lenta, com um jeito típico da Europa oriental.
– Sinto muito.

Allyson se vira para o outro lado, incapaz de combater essa lógica curiosa, a não ser com uma enxurrada de obscenidades.

Piotr, aparentemente desatento, vira-se para mim, enquanto mastiga a torrada.

– Como foi a sua aula?

– Um velho se aborreceu comigo e saiu no meio da aula – confesso, desviando-me de Allyson, que está resmungando em voz baixa no canto. – Ele quer ler sempre o mesmo poema. Um poema longuíssimo.

– Ponto para ele! É tão importante preservar os seus ideais, não acha?

Ele dá um grande sorriso. Allyson rosna ameaças.

– E você? Quando vamos vê-la no palco?

Dou um risinho nervoso, alto e agudo. De repente, sinto-me pouco à vontade; uma intrusa nessa conversa de ideais e preferências artísticas.

– Ah, não, eu... eu quase não represento mais. Na verdade, agora sou só professora.

Ele ergue uma sobrancelha.

Eu me atrapalho com uma caixa de saquinhos de chá. Mesmo sem olhar, sei que ele está me observando.

– Estou velha demais para essas bobagens – digo, afinal. – Há muito tempo abandonei isso tudo. Ou melhor, fui abandonada.

– E como isso aconteceu? – Ele dá mais uma mordida.

A esta hora da noite, já está muito tarde para revelar os fatos da minha fracassada carreira de atriz a um estranho.

Mas faço a bobagem de tentar, mesmo assim.

– Bem, no teatro não é como na música, Piotr. Quer dizer, são tão poucos empregos e tantas pessoas...

Ele joga a cabeça para trás e dá uma gargalhada.

– Ah, isso é verdade! Não tem quase *nenhum* músico clássico no mundo!

Enrubesço.

– Desculpe, não foi isso que eu quis dizer. Só quis dizer que... Ah, não sei o que eu quis dizer... – Tento de novo. – Bem, nunca cheguei a representar nenhum dos papéis com que tinha sonhado. Nunca cheguei nem perto deles. Acabei atuando só em filmes B, de terror, alguns poucos comerciais...

– Você era uma atriz. – Ele dá de ombros, de novo. – E é isto o que as atrizes fazem.

– Não, isto é o que as atrizes *fracassadas* fazem, Piotr.

– Não. – Ele sorri. – Isto também é o que as atrizes de sucesso fazem. De fato, é tudo a mesma coisa.

Assim como Allyson, bati de frente com o Mundo Segundo Piotr Pawlokowski. Aqui, as regras são diferentes.

– Bem, não... – gaguejo, tentando articular um raciocínio ainda não formado.

– Você é americana. – Ele diagnostica a minha deficiência com um único gesto de sua mão enorme. – Você dá importância demais à idéia de "sucesso". Nenhum artista encara a vida como sucesso ou fracasso, lucro ou prejuízo, bom ou mau. O objetivo da arte se perde se ela é medida em termos comerciais.

Fico atônita.

— Mas foi horrível — balbucio debilmente.

Ele franze o cenho, pondo na boca o último pedaço.

— E você achou que seria *divertido*?

Faz-se um longo silêncio.

Eu nunca tinha pensado no assunto daquela maneira.

— Sim — admito. — Eu esperava que fosse muito mais divertido do que trabalhar num escritório ou dar aulas a pensionistas ou... ou mesmo qualquer outra coisa.

Ele ri.

— De onde você tirou essa idéia?

— Porque era assim que costumava ser. — Não posso evitar um sorriso ao me lembrar. — Era sempre mais divertido do que qualquer outra coisa na face da Terra.

— Você não gosta de tocar piano? — Allyson vem em minha defesa.

De novo, ele dá de ombros.

— Às vezes. Mas "divertido" não é uma boa palavra para descrever a relação com uma forma de arte que há séculos abrange todos os aspectos da experiência humana. — Ele me olha com tristeza. — Acho que vocês, americanos, são como crianças, vocês não gostam de crescer. O que é isso? "A busca da felicidade." O que é aquilo? "Ser feliz." Onde está a nobreza de uma vida dedicada à felicidade? É um objetivozinho bem medíocre.

— Pegue leve, companheiro. — Allyson se aproxima de

mim; ela adora conflitos. – Não precisa implicar só porque ela é americana!

– Eu não estou implicando com você. – Piotr olha para mim e depois para Allyson. – Mas lá vem você de novo! "Pegue leve!" Nada pode ser sério. Tudo deve ser pequeno, rápido... leve! – Ele anda de lá para cá, frustrado, procurando pelas palavras como se elas estivessem flutuando no ar em torno dele.

– Você é o herói da sua vida, especialmente quando se trata de arte! Sem adversidade, obstáculos, onde está a aventura do herói? De que adianta? Claro que você faz filmes ruins! Comerciais bobos! E daí? Eles são os seus dragões; você os mata, e continua. Você é maior do que essas coisas! – Ele dá uma virada. – O que você tem para oferecer às pessoas, que experiências, se a vida for só "divertida"?

Abro a boca.

Depois fecho.

Já é tarde; estou sensível demais. Concentro-me em empilhar as caixas de chá em filas certinhas. O silêncio cresce, inflando entre nós.

– Este não foi o único motivo – digo. – Eu não me preocupei apenas com a minha felicidade.

– Meu Deus, Piotr! – Allyson abana a cabeça. – Será que você consegue ser mais mal-educado do que isso?

– Mal-educado? – Ele se vira para ela, sem entender. – Estamos só conversando. Uma conversa, certo? – E ele ri, pondo as mãos na bancada. – O que você quer? Que fiquemos aqui elogiando uns aos outros a noite toda?

Há uma longa pausa.

— Ah. Compreendo. — Sua voz é incisiva. — Claro. Não tive intenção de ofendê-la. — Por um momento, seus olhos encontram os meus. Fico surpresa com a doçura que vejo neles.

Ele se vira.

— Eu esqueço como é importante que concordemos a respeito de tudo o tempo todo. Vou me ater ao piano. Boa-noite, senhoras. — Ele faz um cumprimento de cabeça para cada uma de nós, um gesto formal, ligeiramente sardônico, antes de subir com ligeireza os degraus, dois a dois.

Allyson se adianta e rouba a caneca que eu tinha acabado de soltar, enchendo-a com água quente.

— Caramba! Que porra!

Toda a conversa me deixou desorientada. Abro a porta do armário, procurando algo para comer.

— Acho que ele tem direito a...

— Meu Deus! — Ela bate a caneca na bancada com força, derramando metade do conteúdo. — Pensei que seria genial ter um pianista em minha própria casa para trabalhar comigo, mas nunca na vida encontrei alguém tão difícil! — Pegando uma faca afiada, ela começa a estraçalhar um limão e jogar os pedaços na caneca, junto com uma colherada de mel. — Que prima-dona fodida! E o que foi aquela conversa toda? Americanos e felicidade e... porra! Dá vontade de bater nele!

Preciso fazer umas compras. Fecho a porta do armário.

— O inglês dele é bom...

Inocência 59

— Tinha que ser! Ele estudou no Instituto Curtis, na Filadélfia. Mas é muito mal-educado!

— O negócio, Ally, é que estou aqui há tanto tempo...

— Cacete! Acho que estou ficando gripada! — Ela se vira e me encara de forma acusadora. — Alex está gripado? Não posso ficar gripada, Evie.

Faço que não com a cabeça, perdendo toda a esperança de conseguir terminar uma frase.

— É o estresse. O estresse é terrível! Este concerto está me deixando maluca! Pode examinar os meus gânglios, por favor?

Nem sei dizer quantas vezes por semana tenho que examinar os gânglios de Allyson.

Ela bota a língua para fora.

— Você vê alguma coisa? Minha garganta está vermelha? Manchada?

Ninguém é mais paranóico a respeito da saúde do que Allyson. A bancada da cozinha está coberta de frascos de vitaminas e tinturas de ervas. Por baixo da porta do seu quarto, saem brumas avalonianas, resultado de um umidificador constantemente ligado num canto, e ela dorme mais horas por dia do que um gato. Ainda bem que todo esse esforço é recompensado: ela tem uma das vozes mais claras e poderosas para o canto que já ouvi.

Dou uma espiada.

— Não, querida, está tudo bem.

— Obrigada. Ai meu Deus, Evie! O que que eu faço?

— Bem — pego outra caneca do escorredor —, você poderia...

– Merda! Vou ter que chamar a Junko de novo. Mas ela é como um robô; não entende nada da força e da paixão que preciso para essas peças! – Ela olha para mim. – Você ouviu falar do Piotr, não ouviu?

Faço que não, e ela se inclina para a frente e abaixa a voz de maneira atípica.

– Foi ele que saiu no meio de uma das etapas finais do Concurso Tchaikovsky em Moscou, há alguns anos!

Ela me olha com ansiedade.

Não tenho a menor idéia do que ela está falando.

– É o concurso de piano mais famoso do mundo, Evie! Ele simplesmente parou de tocar no meio do seu segundo concerto e foi embora! Quando estava muito perto de ganhar!

– Mas por quê?

– Não estava bom o bastante... Ele não gostou do jeito que estava tocando. – Allyson revira os olhos. Sua natureza competitiva é tão forte que para ela a idéia é claramente um anátema. Para mim, é curioso. – Ele é doido, Evie! Maluco! Estava tocando o terceiro de Prokofiev com toda a orquestra, e de repente se levanta e vai embora!

– Então, Ally, se ele é doido, por que você quer tanto trabalhar com ele?

– Você já o ouviu tocar? Ontem ele estava tocando *Gaspard de la Nuit* e eu quase desmaiei de emoção... Puta merda, puta puta puta! – Ela deixa cair a cabeça entre as mãos. (Se Puccini tivesse composto para Allyson, *Un bel dì* teria se tornado "Onde diabos é que ele se meteu?".)

Tiro um pedaço de queijo da geladeira, enquanto penso sobre essa nova informação.

– E agora ele dá aulas na Royal Academy.

– Mas poderia ter feito muito sucesso! – resmunga ela.

Ficamos pensativas por um momento.

Logo depois, ela levanta os olhos.

– Sabe o que a gente deveria fazer? Deveria sair, você e eu, só as meninas! Poderíamos ir dançar, ou fazer qualquer outra coisa.

De dois em dois meses, Allyson faz isso; lança uma campanha para forçar a minha socialização, geralmente assim que ela termina um trabalho grande.

– É, talvez. Não sei, Ally. Acho que estou meio velha para dançar.

– Sou mais velha do que você – observa ela.

– Sei, mas você é, assim, moderninha...

– Você poderia ser moderninha. Vamos fazer umas compras. Vai ser divertido!

Ela está me fitando, com aqueles enormes olhos de diva, firme.

– Vou pensar no assunto.

– Você sempre diz isso. Se eu tivesse o seu rosto e o seu corpo...

– Ally! Pare com isso!

Por que fico tão sem graça?

– Você não está nem usando maquiagem, está?

– Por favor! – Abano a cabeça.

– Só estou dizendo que é um desperdício! Um dia vou parar de convidá-la e aí você vai se arrepender! – Abrindo um dos vários frascos, ela joga alguns comprimidos na boca. – Então o coroa abandonou você, foi? Você já falou sobre ele, como é mesmo o nome dele?

– Sr. Hastings.

– Coitado do Sr. Hastings.

– Na verdade, ele é uma pessoa muito difícil – comento, já na defensiva.

– Sim, mas você também seria difícil, não seria? Se nunca tivesse concretizado os seus sonhos. Faz as pessoas ficarem malucas, Evie. – Ela pega o seu chá e me dá um beijo no cocuruto. – Boa-noite, querida.

Sozinha, despejo o resto da chaleira na minha caneca. Não é suficiente para enchê-la, então deixo para lá. E meu olhar se fixa no grande espaço escuro que é o jardim dos fundos.

Eu nunca tinha pensado no Sr. Hastings como uma pessoa que tem sonhos. Ou pelo menos, nenhum além de fazer da minha aula uma tortura. A revelação de que talvez ele os tenha confere-lhe uma vulnerabilidade indesejada na minha cabeça. Esse fato, mais a diatribe antifelicidade de Piotr, foram a gota d'água. Estou exausta e, inesperadamente, cheia de dúvidas.

Chega de matar dragões por hoje.

Com movimentos mecânicos, limpo a bancada da cozinha antes de apagar as luzes. E tenho o sentimento de sempre, no final de quase todos os dias: a sensação de ter saído do meu corpo e observá-lo a distância – uma espécie de *déjà vu* físico. Ao caminhar para o hall, estou flutuando, sem substância; repetindo os mesmos rituais noturnos; parando para confirmar que a porta da frente está trancada, checando e rechecando.

Viro-me para subir as escadas.

E lá, sentado no escuro da sala, está Piotr.

Ele está ao piano. Mas não dá a impressão de ação iminente. Nenhum sinal de movimento, como se fosse, a qualquer momento, começar a tocar. Ao contrário, ele está envolto em profunda calma.

Minha língua está coçando para perguntar a ele se está bem. Para quebrar o silêncio, atenuá-lo com barulhos, perguntas e conversas.

Mas, então, uma intimidade inesperada me desarma.

Sua quietude é reveladora. Como se ele estivesse se abrindo, lentamente, diante dos meus olhos, camadas invisíveis dissolvendo-se nas sombras. Quanto mais tempo eu fico ali, mais consigo ver...

Dou um passo para trás.

Eu não deveria estar tendo esta experiência com um homem que não conheço. Um homem que nem mesmo gosta de mim.

E, no entanto, uma forte carência toma conta de mim: estar num lugar em que não estou só, mas onde nada – nem palavras, nem movimentos, nem explicações – é necessário.

Subindo as escadas, movimento-me tão silenciosamente quanto possível, mas o terceiro degrau de cima para baixo faz um rangido insuportável. Ela está acordada.

– É você, Evie?

– Sim, Bunny. – É como se eu fosse de novo uma adolescente.

– Você trancou a porta da frente?

– Tranquei, sim.

– Venha aqui me dar boa-noite direito, então.

Empurro a porta larga e pesada. Seu quarto é espaçoso, com um conjunto de pequenos cômodos contíguos que ocupam todo o primeiro andar. Ela está sentada na sua cama *lit-bateau*, recostada em pelo menos duas dúzias de travesseiros, vestindo uma camisola de linho coberta por uma *liseuse* dourado-pálido. No seu colo, uma edição antiga de *No caminho de Swann* disputa espaço com meia dúzia de exemplares de *Hello!* e *Tatler*, que cobrem a colcha da cama.

Tirando os óculos de leitura, ela inclina a cabecinha grisalha para um lado, enquanto me examina com atenção.

– Ah, Evie! Se você ao menos fizesse um pequeno esforço! Um pouco de maquiagem, um bom corte de cabelo...

Fixo o olhar no tapete e sorrio.

– Ora, Bunny, por que eu deveria fazer isso?

Ela dá palmadinhas na ponta da cama, convidando-me a sentar.

– Nunca se sabe, querida. Muitas moças conhecem homens simpáticos no trabalho. Foi assim que Edwina conheceu a sua parceira.

(Edwina, sua única filha, revelou ser lésbica e se mudou para o Arizona com uma mulher da firma de contabilidade do pai, logo depois da morte de Harry. Bunny passou um mês com as duas no verão passado. Elas administram uma pequena galeria chique e caríssima, especializada em arte nativa americana, e não são, como diz Bunny, "gays fora de moda". – São umas gracinhas – garante ela. – Discretas, com cabelos muito bem cuidados. E é um alívio não ter que tentar agradá-las, como seria com um homem. Sabe como é, Evie, desde que uma das duas saiba cozinhar, não pode ser assim tão ruim. – Não estou certa se ela compreende que é mais do que apenas um acordo de moradia conveniente; com Bunny, é quase impossível saber.)

– Acredite em mim, não tem nenhum homem simpático onde eu trabalho. Pelo contrário. Além disso, você esquece que tenho um homem totalmente maravilhoso, que é meu. Ele ficou bem esta noite?

Ela sorri.

– Como sempre, perfeito. Embora sua alimentação seja um espanto, querida. Fiz *borscht* esta noite. Você viu? Tem uma sobra na geladeira. Pensei que seria uma boa idéia, para Piotr, sabe.

– Mas *borscht* é russo, não é?

– É, bem, fica tudo perto. Mas Alex não quis nem experimentar. Acredita?

– Quem ousaria recusar o seu *borscht*?

– Harry não gostava muito. – Ela alisa uma dobra no lençol. – Mas também, Harry não tinha bom gosto. Nem paladar ele tinha. Charutos demais. Prometa que você nunca vai deixar Alex fumar!

– Farei o possível. – Levanto-me para sair e depois paro. A menção a Harry me lembra... – Bunny, desculpe se a pergunta for inconveniente e você não precisa responder se não quiser, mas...

Ela ri.

– Meu Deus, Evie! Tão *formal*!

– Desculpe. É que... – Como formular a pergunta? – Você tem visto o Harry? Quer dizer, ultimamente?

Ela me olha.

– Ele está morto, querida.

Sinto-me uma boba.

– Sim, sei, eu só estava pensando... Quero dizer, você acredita que as pessoas possam voltar, sabe como é, depois que elas...

– Partiram?

Faço que sim.

– Bem... – Ela pensa por um momento. – Às vezes ele aparece de manhã. Entra aqui se arrastando, com aquele robe velho horroroso, carregando o *Times*. Quer ajuda com as palavras cruzadas. Coisas assim. Conversa fiada, de fato.

Meu coração dá um salto.

– E o que você faz?

– Bem, aquele merda sabe que eu não falo com ele. – Ela apanha de novo o livro de Proust. – Eu não dou bola e ele vai embora. O que me aborrece é o atrevimento, o fato de ele achar que pode simplesmente recomeçar de onde parou.

Ela fala sem nenhum vestígio de falsidade ou ironia... Será que é verdade? Enfim, ela recomeçou a leitura – sua dica para o término da nossa conversa.

Deslizo em direção à porta, ainda cheia de perguntas, mas incapaz de ordenar o emaranhado dos meus pensamentos.

– Durma bem, Bunny.

– Você também, querida. – Ela me olha. – E, sinceramente, se o Harry aborrecer você com perguntas, diga a ele para dar o fora. Ele nunca soube escrever direito.

– Certo.

Ela volta à leitura e eu fecho a porta. Como em outras tantas conversas com Bunny, não tenho a mínima idéia se ela fala a sério ou de brincadeira.

Quando passo pelo quarto de Allyson, ouço o seu cantarolar suave. Uma música agradável. Uma música que desconheço. Provavelmente alemã.

Subo o último lance de escada e viro a maçaneta com muito cuidado. Devagarinho, caminho sem fazer barulho até o quarto ao lado.

E lá está ele, dormindo. Com seu pijama do trenzinho Thomas. Alex, o meu filho de quatro anos, lindo, fantástico, perfeito. Inclino-me para dar um beijo carinhoso na sua testa. E ele se mexe, fugindo do excesso de cuidados da mãe atenta, mesmo durante o sono.

Eu poderia passar a noite toda observando o meu filho, a curva suave da sua testa, o rosto macio e rosado, o desenho angelical (quando em repouso, pelo menos) da boca. Ele fica mais bonito a cada dia.

Como o pai.

Uma nuvem atravessa o céu noturno. O luar branco, frio, entra pela janela. Tudo está iluminado, os inúmeros brinquedos espalhados pelo chão, a cadeira de balanço de segunda mão no canto, o colorido baú de brinquedos... Eis um mundo no qual nada fica perdido por muito tempo, e tudo é recuperável. Um universo temporário, frágil.

Como faço tantas noites, acomodo-me em silêncio na cadeira de balanço de madeira, e observo.

Ele vai estar maior amanhã, porém nunca vou conseguir, nem de relance, vê-lo crescer durante a noite. Mas estou aqui, mesmo assim. Uma sentinela, montando guarda contra todo um futuro impossível, desconhecido.

E aqui, na quietude do quarto do meu filho, acompanhada pelo ritmo suave e lento da sua respiração, o pensamento aparece de novo, sem ser convidado.

Será que eu faria tudo de outra maneira?

Se eu tivesse que escolher de novo, seria este o destino que eu escolheria?

Olho para a rua silenciosa lá embaixo. Para os narcisos curvados pelo vento e pela chuva.

É um universo temporário, frágil.

E sempre foi assim.

⁂

– É aqui – diz Robbie.

Estamos do lado de fora de um pub chamado Black Dog, em Camden Town. A batida pulsante da música lá dentro reverbera cada vez que a porta é aberta.

Hesito.

— Vamos — diz ela, abrindo bem a porta. Robbie é nova-iorquina; nada a intimida. Ela me sorri e eu a sigo.

Está lotado, um mar de gente. Como é típico das noites de sexta-feira, uma mistura de irlandeses bêbados e rapazes da City, que vieram direto do escritório. Jesus and the Mary Chain berram nas caixas de som. Três fileiras de pessoas se aglomeram no bar. Achamos um cantinho numa das mesas baixas e redondas.

— Podemos sentar aqui? — pergunta Robbie. É um grupo de garotas fofocando. Elas concordam e acenam com os cigarros em nossa direção. — À vontade! — Nós nos equilibramos na pontinha dos bancos; eu aperto a minha bolsa contra o peito, como uma velha senhora esperando o ônibus. Robbie empurra a bolsa para o meu colo.

— Vou pegar uma bebida para nós. O que você quer?

Procuro minha carteira.

— Ah... não sei... uma cerveja, eu acho.

Ela prende a minha mão.

— Que tal um *pint*? Eu pago.

E ela desaparece, tragada pela multidão. Sorrio para as garotas do outro lado da mesa. Elas me ignoram. Será que sabem que nunca fui a um pub antes? Dá para ver que sou americana? Ajeito o casaco bordado dos anos 1920 que Robbie me emprestou e a calça jeans da Guess. Todo mundo parece mais chique, mais bem arrumado. Com cabelos mais longos, saias mais curtas e ombreiras mais pontudas. Eu sou a única com rabo-de-cavalo. Tiro o elástico, meu cabelo cai sobre os ombros. Olho as horas no meu Swatch. Quase nove horas.

Robbie volta, trazendo dois copos bem cheios.

– Tome. – Ela me entrega um dos copos. Dou um gole e quase imediatamente cuspo fora.

– Credo, Robbie! Está quente!

As garotas me olham como se eu fosse um monstro. Robbie dá uma risadinha.

– É isso aí – diz, acomodando-se no banco ao meu lado. Ela pega um estojo de pó compacto e retoca o gloss labial. Admiro sua segurança. Esse é o tipo de coisa que ela deve fazer sempre lá no Village.

Tomo mais um gole da cerveja quente.

– Como vamos reconhecê-los? – Sinto-me infantil e idiota só por perguntar.

– Bem – ela faz um bico para o espelho –, Hughey vai estar de camisa branca e com o *Evening Standard* na mão.

Olho em torno do bar. Todos os homens estão de camisa branca e com o *Evening Standard* na mão.

– Robbie...

– Brincadeira. – Ela guarda o estojo de pó na bolsa e cruza as pernas. – Ele vai me trazer um buquê de flores, nós só precisamos localizar o babaca com o buquê e estamos feitas.

Fico impressionada.

– Que romântico!

Ela faz uma careta.

– Eu pedi as flores. Você deve começar bem, para continuar bem, Evie. Eu posso ser fácil, mas não sou *barata*!

Eu rio e assim ficamos, sentadas uma ao lado da outra, olhando para a porta, que abre e fecha. Mais homens de camisa branca. Mais exemplares do *Evening Standard*. Nem uma pétala à vista.

As garotas à nossa frente estão rindo alto, abrindo um novo maço de cigarros, flertando com os caras da outra mesa.

– Que tal mais um? – Estou me sentindo corajosa.

– Claro. – Robbie me dá o seu copo e eu vou ziguezagueando até o bar.

– O que vai ser? – pergunta o barman.

– Mais dois *pints* – digo, orgulhosa, porque já domino o jargão local.

– Sim, mas de que tipo? – Ele aponta para uma série de chopeiras.

Fico em dúvida.

– Todas estão na mesma temperatura?

Ele fecha a cara.

– Todas.

Escolho a chopeira que tem o desenho de uma harpa. Acho bonito.

– Aquela ali, por favor.

Ele levanta uma sobrancelha.

– Pois não. – E começa a encher os copos.

O líquido é preto.

Entro em pânico.

– É preto – digo.

Ele me entrega os copos.

– É o que você pediu. – E pega a nota de cinco da minha mão. Espero algum troco, mas ele se dirige ao próximo cliente. Acho que esse é o preço.

Volto para a mesa com as bebidas.

– Desculpe, Robbie. É preto. Acho que pode estar estragado.

– É Guinness. – Ela toma um gole e limpa a espuma branca do lábio superior. Seguro o meu copo com desconfiança. Quente e amarelo já é ruim o bastante. – Não se preocupe. – Ela faz sinais encorajadores. – É sexy. E irlandês.

Bebemos devagar. A música e a multidão ficam mais barulhentas. Vou ao toalete e volto. Em seguida, é Robbie quem vai. Ela compra um maço de cigarros e pedimos um isqueiro emprestado. Dois caras com espinhas no rosto tentam nos paquerar. As garotas em frente a nós saem com os caras da mesa ao lado. São 10:10.

Olho para Robbie. – Bem...

Ela dá de ombros.

– Não estou preocupada. – E acende outro cigarro, apesar de ter um ainda aceso no cinzeiro.

Às 10:20, um homem aparece na porta. Atarracado, usa óculos redondos estilo John Lennon e seu cabelo ruivo é cheio e espetado. Ele tem na mão uma única rosa, meio amassada, envolta em plástico transparente.

Robbie o vê e fica de pé. Aproximando-se, tira a rosa da mão do rapaz. – Isto não é um buquê, Hughey, é? – Ela deixa a rosa cair no chão, onde vira um brinquedo de mastigar do cachorro de alguém. – E então, vai me pagar uma bebida, ou o quê?

Ele sorri e passa um braço pela cintura dela.

– Eu teria vindo antes se soubesse que você era tão bonita.

– Você devia ter me visto uma hora atrás. – Ela o empurra em direção ao bar. – A propósito, estamos bebendo champanhe.

Ele assovia baixinho e anda lentamente até o bar.

Robbie pisca para mim.

– Eu falei que ia dar tudo certo.

Nesse momento, reparo no cara atrás dele. Alto e magro, usando um terno desbotado e camiseta, ele se demora na porta, passando a mão pelos longos cabelos negros.

Ele me olha, inclinando a cabeça para o lado.

– Oi. – Sua voz é baixa e grave.

– Oi. – Minha voz saiu baixa, também.

Ele estende a mão.

– Jake – apresenta-se. Seus olhos são escuros e doces, com os cílios mais longos que já vi.

– Raven – falo, estendendo a mão.

Os seus dedos envolvem os meus, e se demoram por um tempo um pouquinho longo demais.

E eu deixo. Por mim, ele pode demorar o tempo que quiser.

∽

– Não!

– Bem, então que tal uma torrada? Todos os super-heróis que conheço comem torrada no café-da-manhã. Muitas vezes com manteiga de amendoim e banana.

Alex cruza os braços na frente do peito.

— Mamãe, *ninguém* conhece um super-herói de verdade!

— Eu conheço você, não conheço? E você vai ter que sentar direito. Não pode subir nas cadeiras da cozinha. Então, com ou sem manteiga de amendoim? — Coloco duas fatias de pão na torradeira.

— Bom-dia, companheiro! — Allyson está usando um robe atoalhado branco. Ela se inclina e levanta Alex num grande abraço. — Ei, senhor! Onde está o meu beijo? — exige, fazendo cócegas embaixo dos braços dele.

— Argh! Nojenta! Garota australiana feia cheia de micróbios! — Ele ri sem parar. — Argh!

— Sem perdão, companheiro! Desista! Diga: "Eu amo Allyson!"

— Nunca! — grita ele, alegre. — Nunca, nunca! Sua bicha fedorenta!

Eu me viro rapidamente.

— Ei! Onde você aprendeu essa palavra? Não quero ouvir essa palavra de novo, entendeu? Onde você ouviu isso?

Ele olha para Allyson, que, por sua vez, abaixa os olhos para os pés.

— Desculpe, companheiro. A culpa deve ser minha — admite. — Vou tentar melhorar meu palavreado. Prometo.

Às vezes, odeio ser a mamãe.

— Então, quero que vocês dois nunca mais falem essa palavra. Entenderam?

Eles se olham e riem.

Inocência 75

A torrada pula e Bunny entra, despreocupada, carregando uma pilha de revistas velhas, que ela joga na mesa da cozinha. Ela é sempre a primeira a acordar, fazer café e pegar o leite e o jornal na porta.

– Estou de saída – anuncia. – Allyson, você poderia, por favor, pegar para mim uma sacola plástica na gaveta da direita? Vou deixar estas revistas na clínica. Fui lá outro dia para darem uma olhada no meu dedão e só tinha um monte de exemplares de uma revista sobre hipismo. Podem imaginar como é deprimente?

Dou a Alex a torrada com manteiga de amendoim, cuidadosamente cortada em tiras, e não em quadrados, já que, por algum motivo, os quadrados são totalmente inaceitáveis.

– O que há de errado com o seu dedão?

Bunny joga uma maçã na mochila escolar de Alex.

Ele tira a maçã quando ela não está olhando.

– Nada, segundo me disseram. Só parecia *esquisito*. E não vou falar mais nada porque vocês estão no meio de uma refeição.

Allyson e eu trocamos um sorriso; só no mundo de Bunny torrada com manteiga de amendoim é uma "refeição".

– Ah! – Bunny se vira, mãos nos quadris. – E alguém andou fumando nesta casa!

– Fumando! – Allyson abre a boca, espantada, pondo as mãos na frente do rosto para se proteger. – Esta é uma casa de não-fumantes! Aqui não se fuma!

– Sim, mas tinha cinzas num dos meus cachepôs de cerâmica preferidos, aquele com as orquídeas brancas. Eu sei que não há possibilidade de ter sido uma de vocês duas. – Mesmo assim, ela nos olha com severidade. – Preciso falar de novo com Piotr. Droga, a lavanderia! Eu esqueceria até a minha cabeça se ela não estivesse presa no pescoço, meninas. – E sai apressada, os saltos altos estalando no chão de pedras da cozinha.

Allyson me lança um olhar feroz.

É a minha vez de me sentir como uma criança.

– Pára! Não fui eu! Certo?

– Bem, foi alguém! Provavelmente aquele animal lá em cima.

Ela se serve de café e senta-se à mesa.

– É um hábito nojento! – continua, folheando números antigos de *Hello!* – Não posso morar numa casa de fumantes! Acaba com a voz... Meu Deus, veja essas pessoas! Olhe, Evie, "O tormento da minha cirurgia plástica", de Jordan Halliwell. Credo! Veja só o tamanho desses peitos!

– Ally!

É tarde demais.

– Deixa eu ver! Deixa eu ver os peitos! – Alex dá pulos, empunhando uma torrada e puxando a manga de Allyson.

Ela cobre a boca.

– Merda! Desculpe, querida! Eu me esqueci completamente!

Olho para ela zangada.

— Ih, droga! — Ela dá um risinho.

É uma batalha perdida.

— Sente-se, Alex, e termine o seu café. Vamos nos atrasar e tenho muito trabalho a fazer esta manhã. — A pouca autoridade que eu tinha está rapidamente desaparecendo. Alex me ignora e dança em volta da mesa, mastigando a torrada e repetindo a palavra "peitos" inúmeras vezes.

— Ouça. — Ally está louca para se redimir. — Eu levo Alex hoje. Me dá um minuto para eu me vestir!

— Não, está tudo bem.

— Poxa, Evie. Dá um tempo! — provoca ela. — O que pode haver de tão difícil em levar uma criança à escola?

— É que hoje ele tem que levar o material de ginástica e precisa entrar pela porta lateral e não pela porta da frente, por causa de obras na rua em Ordnance Hill, e ele não tem que dar nada do seu lanche àquele garotinho indiano que tem alergia a nozes; quase aconteceu um desastre da última vez. E ele vai atazanar você para ir à banca de jornais para comprar balas, mas eu não quero que ele chupe balas, Ally...

Ela está rindo de mim.

— Estou falando sério!

— Por isso mesmo você é tão engraçada! — Ela faz um carinho na cabeça de Alex e ele ri. — Fico pronta em dois minutos.

Ela sobe correndo, levando o seu café.

— E nada de palavrões! — grito para ela.

— Mamãe! — Alex me puxa pela manga. — Eu não *dei* a ele o sanduíche, mamãe. Foi ele que *pegou* — esclarece.

Esfrego os olhos.

– Eu sei, querido.

Ela vai comprar balas para ele, sei que vai. Ela sempre compra.

Ah... dane-se.

E sentando-me à mesa, roubo uma tira da torrada de Alex, enquanto folheio as revistas abandonadas. Essas pessoas vivem em outro mundo... socialites, atores de Hollywood, realeza, estrelas do rock...

– Mãe? Mamãe?

Levanto os olhos.

– O quê?

Alex me observa, seu rostinho subitamente sério.

– O que foi?

Fico olhando para ele.

Outro rosto devolve o meu olhar.

– Nada. – Eu me levanto, forçando o meu cérebro a voltar ao momento presente. – Vista o casaco, querido. Está na hora de você ir.

Allyson aparece, com um chapéu de pele estilo cossaco e um casaco longo de lã cinza – como sempre, uma perfeita prima-dona.

– Vamos, companheiro! Vamos lá! Está levando o seu material de ginástica?

– Preciso dos meus lápis! – Alex corre escadaria acima.

Bebendo um último gole de café, ela põe a xícara na mesa com um salamaleque.

– E desta vez, prometo: sem bala, sem palavrão e sem atraso na chegada à escola!

– Tudo bem. – Eu me movimento no piloto automático, tirando a mesa do café.

– Você está bem?

Jogo a torrada na lixeira.

– Estou bem.

Allyson folheia a revista, distraída.

– Ele ainda é um homem atraente. Mesmo depois de tantos anos.

– O que você disse?

– Esse Jake Albery. – Ela levanta a página com a foto. – Ainda bonitão, não acha? Meu Deus, como eu era doida por ele!

Meu coração bate acelerado no peito. Forço os cantos da boca para cima, num sorriso.

– Você está revelando a sua idade, Ally.

Ela ri.

– Eu sei. Estou ficando velha. "*Oh, I lock it down, I lock it down, Baby Home Wrecker's in town!*" Ela canta e dança até a porta, onde Alex está esperando, pronto para sair. Puxando-o pelas mãos, ela gira com ele pelo hall. – "*Oh, I lock it down, I lock it down, da, da, da, da, da, da, da!*"

A porta da frente é aberta e fechada, isolando o mundo lá fora.

Fico algum tempo na pia, forçando-me a lavar os pratos e canecas, enxaguando tudo com vagar na água morna.

Depois fecho a torneira.

Dobro o pano de prato.

E pego a revista de novo. Como eu sabia que ia fazer.

Quer dizer que ele está de volta.

Allyson tem razão. Ele está com ótima aparência – ligeiramente bronzeado, aquela leve cor que se adquire depois de umas duas semanas em Monte Carlo ou Beaulieu, não depois de um mês em Maurício – e naturalmente elegante, num terno escuro bem cortado, com uma camisa branca impecável. Ainda tem, no entanto, aquela antiga expressão, mesmo numa foto, um ligeiro desconforto de quem está ansioso, como se, apesar de todos esses anos sob os holofotes, ainda não se sentisse à vontade. Ele continua a ser, como sempre, o excluído, sempre com um olho na porta de saída.

Sua mão repousa no ombro de uma loura charmosa. Ela tem o mesmo bronzeado perfeito, fartamente exibido no leve vestido cor-de-rosa de alças, e aquele corte de cabelo caro, que parece despenteado. Mas seu sorriso é mais duro, mais direto. As câmeras apontam para ela, e este é o momento tão esperado. Ela parece ao mesmo tempo amedrontada e muito decidida. Sinto um nó no estômago com a lembrança. A manchete é: "Jake Albery foi visto saindo de uma festa no Café de Paris. Uma coletânea de antigos sucessos de sua banda Raven será lançada em maio."

Abro uma gaveta da cozinha, pego uma sacola de plástico e nela ponho com cuidado todas as revistas.

E fico lá, olhando para ela.

Se tudo fosse assim tão simples.

Mas nunca foi simples.

Desde o começo, eu devia ter percebido.

— Não aconteceu nada.

— *Nada?* — Imogene franze o cenho.

Estamos esperando o início do nosso primeiro dia de aula, sentadas na sala que fica no subsolo da Filial do Norte de Londres da Associação de Dança Morris. É uma grande sala quadrada, com piso de madeira e um velho piano de armário no canto. As janelinhas redondas perto do teto deixam entrar a luz; partículas de poeira dançam nos brilhantes raios de sol, que cortam como lasers a calma enevoada.

— Isso mesmo. Ou seja, nós só saímos. Fomos ver a banda, conversamos. Meu rosto está ardendo. Eu me viro para o outro lado, fingindo procurar alguma coisa na bolsa de cotelê marrom. Só consigo encontrar uma bala de menta, velha e mofada, que coloco na boca mesmo assim.

A sala está se enchendo de alunos.

— Você está vermelha! — Ela ri. — Você gosta dele, não gosta?

Sorrio para ela.

Sim, eu gosto dele.

E não deveria. Jake não é o meu tipo de cara, apesar de eu jamais ter conhecido uma pessoa assim. Há nele uma dose de brutalidade. Não que seja fisicamente violento. Mas ele tem uma energia contida, perigosa, e não estou acostumada com isso; como se qualquer coisa pudesse acontecer, a qualquer momento. Além disso, estou destinada a gostar só do Jonny.

Jonny *é* o meu tipo; educado, barba feita, pontual... Aquele cara que comemora o aniversário do primeiro beijo com flores, mesmo quando está sem dinheiro nenhum.

Mas, se amo Jonny, por que continuo pensando em Jake?

Gostaria que ele tivesse me dado um beijo de boa-noite. Não apenas uma bicota no rosto, mas um daqueles beijos completos, que vão fundo e não param no beijar. Mas isso eu não posso contar a ninguém.

Robbie, por outro lado, desapareceu toda feliz com o Sr. Chicken e ficou sumida por um longo tempo.

– Chega de falar de mim. – Estou decidida a parar com esses pensamentos. – Mostre-me qual desses rapazes elegantes é Lindsay Crufts.

Agora é a vez de ela enrubescer.

– Onde está Robbie? – Ela evita a pergunta. – Vocês voltaram tão tarde ontem à noite.

Abano a cabeça.

– Não sei. Ouvi o despertador dela tocar. – Consulto o relógio. – E bati com força à porta do quarto antes de sair. Ela deveria estar aqui.

Um rapaz magro, com cabelo louro e sedoso, entra na sala. Ele sorri para Imo e todo o rosto dela se ilumina. Deve ser o Lindsay. Mas ele se senta do outro lado da sala, cruza as pernas com cuidado e tira do bolso do paletó de tweed um exemplar usado dos sonetos de Shakespeare. E começa a ler concentrado, testa franzida, roendo as unhas.

Imo o contempla com desejo explícito. Aperto a mão dela de leve.

Logo a sala fica cheia; somos cerca de vinte pessoas, e nem sinal de Robbie.

Às dez horas em ponto a porta se abre e Simon entra, manobrando com perícia a cadeira para o meio da sala.

– Bom-dia! – berra ele. – Sejam bem-vindos ao início deste semestre! Eu sou Simon Garrett. Já conversei com quase todos vocês e, sem dúvida, conversarei outras vezes. Caso, porém, tenham dúvidas ou problemas, minha assistente, Gwen, e eu estaremos prontos para ajudá-los. Gwen!

Gwen aparece por trás dele, carregando uma pilha de folhas de papel que ela começa a distribuir pela sala.

Simon agarra uma folha e a levanta bem alto.

– Aqui estão os seus horários para o próximo trimestre. Como podem ver, esperamos muito de vocês. Além das aulas regulares, terão *masterclasses*, oficinas, aulas particulares e inúmeras oportunidades de assistir aos maiores atores em atividade da nossa geração, em atuações ao vivo. Vocês agora estão em Londres, senhoras e senhores. Aproveitem este momento! Se esta é a profissão que escolheram, precisarão de disciplina, determinação, o ego de um ditador e o vigor de um atleta de decatlo! Terão como professores os melhores atores, atrizes e diretores profissionais. Em troca, esperamos de vocês pontualidade, preparo e, acima de tudo, profissionalismo.

Ouve-se um som desagradável, entrecortado, do outro lado da porta, como uma tosse espasmódica, seguida por um gemido longo e deplorável:

– Nossa! Puuuuuuuuuuuta merda!

A porta se abre e, aos tropeços, entra um homem gordo e desarrumado, devendo ter entre quarenta e cinco e sessenta anos, com um cigarro apagado pendurado no lábio inferior. Seus ralos cabelos castanhos estão penteados para trás e ele veste um pulôver cor de vinho, calça cinza de terno e tênis pretos velhos. Parece um vagabundo. De pé logo atrás de Simon, o homem tira um isqueiro de ouro do bolso de trás. O cigarro ganha vida. Ele traga profundamente.

– Salve. – Tem um vozeirão grave; o timbre redondo, comovente, de um herói caído. – Minhas desculpas. Interrompi o seu discurso do Dia de São Crispim, Simon? Uma vez mais à brecha e todo o resto? "Que uma musa de fogo" – brada ele – aqui pudesse subir ao céu seja-lá-que-porra-for da invenção!

– De jeito nenhum, meu caro! – responde Simon, condescendente. Os dois se cumprimentam. – Só estava dando a eles uma idéia do que esperar. – Ele se dirige a nós. – Eu gostaria de apresentar Boyd Alexander, que será o seu professor de arte dramática este semestre. Boyd acabou de chegar da Rússia, onde trabalhou com membros do Teatro de Arte de Moscou numa nova produção de *O jardim das cerejeiras.*

Dá para ouvir um suspiro geral. O Teatro de Arte de Moscou é lendário, a companhia favorita do próprio Tchekhov.

– Ele também vai dirigir *Guerras das rosas* na próxima temporada da CRS, a Companhia Real de Shakespeare, quer dizer, temos muita, muita sorte em tê-lo aqui conosco.

Boyd faz uma pequena mesura, quase se queimando com o cigarro.

– Certo! – Ele puxa uma cadeira e senta-se pesadamente. – Chega de falar de mim. Pode sair, Simon! Agora – ele nos olha, ameaçador – o que eu quero mesmo saber é: vocês são capazes de representar? Ou estão só vadiando em Londres, com despesas pagas pelo cartão de crédito dos seus pais durante alguns meses?

Gwen e Simon trocam olhares.

Boyd faz sinal para eles saírem.

– Saiam, vocês dois! E, Gwen, um chá cairia bem. Acredite – diz ele, pacificador –, sou um profissional, afinal de contas!

Eles saem. Nós ficamos, agarrados às nossas folhas de horários como turistas perdidos se agarram aos seus mapas.

– Vocês devem ter preparado uma fala para teste. E então, quem tem coragem de ser o primeiro?

Todos olham para o chão.

Ele geme e de novo dá uma tragada no cigarro.

– Tudo bem. Então, vamos fazer o seguinte. Quantas Julietas temos aqui hoje?

Três mãos se levantam.

– Claro. Vamos começar com as Julietas. E quantas prepararam cenas de balcão? Por favor, fiquem de pé.

Duas garotas se levantam: uma moreninha de óculos e uma ruiva de rosto corado.

Boyd se inclina para a frente na cadeira, esfregando as mãos.

– Agora, minhas queridas – sua voz é sinistra –, quero que vocês digam a fala em conjunto. – Ele aponta para a morena. Ela está mordendo os lábios. – Você diz uma linha, e você – ele se vira para a ruiva – diz a linha seguinte, entendeu? – Ela confirma, nervosa, puxando a saia. – E sim, meus amores, isto é um castigo, porque ninguém deveria ter que assistir à cena do balcão duas vezes seguidas e também porque, como atrizes, vocês deveriam ser mais espertas. Julieta tem falas geniais, cheias de luxúria, morte, suicídio, fantasmas, tudo que quiserem, e vocês, garotas, conseguiram escolher a fala mais brega de todas!

Elas olham para ele, espantadas. A moreninha de óculos está com cara de choro.

Boyd se vira para nós.

– A primeira regra do ator é atrair os holofotes. Façam as escolhas mais ousadas possíveis. Estejam onde estiverem, encontrem uma lâmpada e posicionem-se debaixo dela! Se não querem ser olhados, se não querem ser notados, estão na profissão errada. E, puta que o pariu, façam algo que valha a pena ser visto! No momento em que conseguirem atrair a atenção, não a deixem escapar! É isso! Podem começar!

As duas estão de pé, juntas, no meio da sala. A morena começa, mãos tremendo.

– "Ah, Romeu, Romeu!" – Quase inaudível, a voz é frágil, embargada de lágrimas. – "Por que tinhas de ser Romeu?"

– Pare! – vocifera Boyd, apagando o cigarro no chão. Ele caminha com passos largos até a garota, agarrando-a pelos ombros. – Você vai chorar?

Inocência

Ela confirma com a cabeça, sem conseguir formar palavras.

– Fantástico! Use isso! Canalize! Incorpore às palavras! Finalmente! Sempre quis alguém que fizesse algo diferente com essa fala! Como é o seu nome?

– Louise – sussurra ela.

– Fale alto, garota!

– Louise! – grita ela, subitamente irritada.

E ele sorri. Um sorriso afetuoso, aberto, sensacional, maravilhoso.

Seus olhos brilham. Pulando para o meio da sala, ele abre bem os braços, joga a cabeça para trás e berra "Louise!", até as janelas vibrarem. Agarrando as mãos dela, ele a faz girar. – LOUISE!! LOUISE!!

E ela está sorrindo, rindo.

– Por que tinhas de ser Louise?

Ele pega a mão da ruiva.

– Continue!

– "Renega teu pai, rejeita teu nome;"

– "e, se assim não o quiseres, jura então que me tens amor"

A ruiva rodopia. – "e deixarei de ser uma Capuleto."

Elas pegaram o ritmo; nós percebemos.

– "É só teu nome que é meu inimigo."

– "Mas tu és tu mesmo, não um Montéquio."

– "E o que é um Montéquio? Não é mão, nem pé" – elas se dão as mãos –, "nem braço, nem rosto, nem qualquer outra parte de um homem."

E assim elas dançam, giram, pulam pela sala, lançando as palavras de um lado para o outro, num voleibol em pentâmetro iâmbico. Os versos se tornam alternadamente ofegantes, urgentes, caprichosos – em alguns momentos misturados com ansiedade, em outros cheios de desejo; tudo que sentiria uma jovem enamorada pela primeira vez, no seu jardim à luz do luar.

– Quero que vocês se lembrem disso. – Boyd puxa as duas Julietas para perto dele. – Quero que vocês se lembrem do que é estar vivo, ser jovem; ter na boca a linguagem mais bela jamais escrita, o sabor das palavras na sua língua e este ritmo que arrebata. É uma experiência sensual. Representar tem tudo a ver com os sentidos. Meus parabéns às duas. – E ele as deixa ir.

Cambaleantes e encantadas, elas voltam aos seus lugares.

– E aí... – Ele estica os braços bem acima da cabeça e boceja. – Quantos Hamlets temos hoje?

Hesitante, levanto a mão.

Imo me olha.

– Sim! – Boyd faz sinal para que eu me levante. – Então, assim meio Sarah Bernhardt, é isso?

Eu sabia que seria complicado.

– E qual é, exatamente, a sua dificuldade com os papéis femininos tradicionais?

– Eles são chatos. – Estou fingindo ser mais segura do que de fato sou. – Não me dou bem em papéis de jovem bonitinha... é só isso que exigem: ser jovem e bonita.

Ele abre um sorriso. Mesmo sentado, dá a impressão de estar lá no alto e olhar para baixo.

— Muito bem, vamos ver o que você preparou.

É estranho estar lá no meio; bem diferente do que imaginei. Todos os olhos estão voltados para mim e meu coração parece que vai saltar do peito, a adrenalina correndo célere pelas minhas veias. O que foi mesmo que ele disse? Fazer as escolhas mais ousadas? Algo que valha a pena ser visto? Correndo os olhos pela sala, vejo de repente o velho piano. E uma idéia ousada, brilhante me vem à cabeça.

Empurro o piano com suas rodinhas barulhentas para o meio da sala, sento-me e começo a tocar, dedilhando as notas da *Marcha nupcial*, de Mendelssohn. Minha intenção é pouco a pouco aumentar o ritmo e a intensidade, uma referência macabra ao casamento incestuoso de Gertrude e Claudius, e depois me virar e lançar a primeira fala.

Dã dã dadã... dã dã dadã...

Minhas mãos começam a tremer.

Há anos não toco piano.

Mal dá para reconhecer a melodia. Na verdade, está mais parecido com Captain & Tennille do que com Mendelssohn. Quanto mais tempo eu toco, porém, mais dificuldade tenho para parar e dar a virada.

Estou perdida.

Merda! Tenho que parar de tocar! Tenho que parar! Estou em pânico! Tenho que dominar o pânico e parar de tocar!

Dou um giro e quase caio do banco. Um mar de rostos atônitos me observa. Sinto-me como uma cantora de cabaré. – "Ser ou não ser" – grito, e meu tom de voz é muito parecido com o do cara que vende o *Evening Standard* na entrada da estação do metrô de Baker Street. – "Essa é que é a questão!"

Tudo bem. Calma. Consegui começar. Isso é o mais importante.

Só que agora estou encurralada atrás do piano. Tento empurrar o banco para trás, num gesto dramático, mas ele faz um barulho áspero, horrendo, assustador. A sala inteira prende a respiração, em suspense. Já de pé, procuro consertar a situação, apoiando-me calmamente na lateral do piano. A tampa se fecha e eu acabo gritando como uma criança.

Sádico, Boyd permite que eu vá até o fim. Quando termino, ele apenas me olha, braços cruzados no peito.

– Obrigado, Srta...? – Ele faz uma pausa, esperando que eu diga o meu nome.

– Srta. Garlick – sussurro.

A fala parecia muito mais impactante no meu quarto, na noite anterior.

– Sim, bem, Srta. Garlick, creio que a senhorita deu a todos uma lição valiosa sobre apoios cênicos.

Ouvem-se risinhos sufocados.

Quero morrer.

– Então, o que faz uma garota simpática como você brigar com um piano? – Ele se recosta na cadeira.

Olho para o chão.

– Não sei... pensei que seria... uma boa idéia. – Pareço uma idiota. Por que ele não me deixa ir embora? Por que tem que continuar me torturando?

— Quantos anos você tem? — pergunta ele.

Hesito. É uma pergunta capciosa?

— Dezoito — admito.

— E o que você gosta de fazer?

— Hum, bem, sair, estar com amigos...

— Você gosta de garotos?

Enrubesço. — Gosto.

— É mais ou menos as mesmas coisas de que Hamlet gosta: garotas, conversar com os amigos, estar no colégio e longe de casa... coisas normais de estudantes. Só que, claro, Hamlet não tem dezoito anos, ele tem trinta.

— Ah. — Parece óbvio que isso é importante. Só gostaria de saber o porquê.

Ele me olha, inclinando a cabeça para um lado.

— Não parece estranho? Veja bem — continua ele, sem esperar pela minha resposta (talvez sabendo que não haverá nenhuma) —, muito antes de a peça começar, bem antes de o pai dele ser assassinado, já havia alguma coisa errada com Hamlet. Ele já entra com problemas.

Não estou entendendo bem.

— Isto é o mais interessante. O herói da nossa história é um fracassado. A peça mais famosa do mundo é sobre um cara que não consegue se controlar, não tem emprego, não conquista a garota e leva quatro horas para realizar algo que disseram a ele que precisava fazer nos primeiros vinte e cinco minutos! E aí ele morre!

Concordo com a cabeça, como se tudo estivesse começando a fazer sentido.

Mas não está.

Ele se inclina para a frente com ansiedade.

— Ser ou não ser não tem a ver com indecisão: tem a ver com fracasso. Ele diz toda a fala, pensa em cada ângulo da questão e acaba voltando ao ponto de partida. — Por que, então, o mundo ama Hamlet, Srta. Garlick?

Dou de ombros, furiosa comigo mesma por não ter ensaiado Julieta.

— Porque — ele fala com uma força repentina, seu rosto iluminado pela emoção — pouquíssimas pessoas sabem o que é ser herói. Todo mundo, porém, sabe o que é fracassar.

Boyd me olha fixamente, procurando no meu rosto algum sinal de compreensão.

Não entendi nada. Desvio o olhar e me concentro na superfície gasta das tábuas do chão, torcendo para ele me liberar rápido. Para eu poder me sentar e ficar anônima.

— Claro que, entre os dezoito e os trinta anos, há toda uma vida — admite ele, calmamente.

— Certo! — Ele troca de marcha. — Vamos dar movimento a essa fala. — Levantando-se, ele vasculha o bolso e me lança uma moeda. — Esqueça o piano, está bem? Vamos fazer da maneira mais simples. Cara, você vive. Coroa, você morre. Vamos lá, jogue.

Lanço a moeda para cima, pegando-a de volta no dorso da mão. — Coroa.

— É o que você queria?

— Não sei.

Boyd caminha até Lindsay Crufts e puxa-o.

— O negócio é o seguinte — explica ele para mim. — Você pode matar este cara ou se matar.

Estou confusa.

— Desculpe, não entendi.

— Vamos, jogue a moeda! Cara, você o mata. Coroa, você se mata.

Com relutância, jogo de novo a moeda.

— Cara.

— Ótimo! — Ele me empurra. — Vá em frente!

Olho para ele, horrorizada.

— Como assim?

— Vamos! Mate-o!

Viro-me para Lindsay. Ele sorri educadamente.

— Vamos lá! O que há com você? — Boyd bate palmas. — O tempo está passando! Vamos! Enfie uma faca nele! Estrangule-o! Bata na cabeça dele com uma cadeira! Faça alguma coisa!

Estou completamente paralisada. — Não!

— Por que não?

— Não consigo!

— Então se mate! — Boyd está andando em volta de mim, encurralando-me. — Vá em frente! Aja! As escolhas são: ele ou você!

— Não consigo! — Sinto-me presa, em pânico. — Não consigo nem uma coisa nem outra!

— Então diga! Comece!

"Ser ou não ser, essa é que é a questão:
Será mais nobre suportar na mente
As flechadas da trágica fortuna,
Ou tomar armas contra um mar de escolhos
E, enfrentando-os, vencer? Morrer – dormir,
Nada mais; e dizer que pelo sono
Findam-se as dores, como os mil abalos
Inerentes à carne – é a conclusão
Que devemos buscar."

– É isso aí! Continue!

Eu vou em frente, as palavras agora chegando com facilidade e rapidez. A fala, que cinco minutos atrás me parecia um longo pesadelo, sai aos borbotões, com uma intensidade renovada.

"Morrer – dormir;
Dormir, talvez sonhar – eis o problema:
Pois os sonhos que vierem nesse sono
De morte, uma vez livres deste invólucro
Mortal, fazem cismar. Esse é o motivo
Que prolonga a desdita desta vida.
Quem suportara os golpes do destino,
Os erros do opressor, o escárnio alheio,
A ingratidão no amor, a lei tardia,
O orgulho dos que mandam, o desprezo
Que a paciência atura dos indignos,
Quando podia procurar repouso

Na ponta de um punhal? Quem carregara
Suando o fardo da pesada vida
Se o medo do que vem depois da morte –
O país ignorado de onde nunca
Ninguém voltou – não nos turbasse a mente
E nos fizesse arcar co'o mal que temos
Em vez de voar para esse, que ignoramos?
Assim nossa consciência se acovarda,
E o instinto que inspira as decisões
Desmaia no indeciso pensamento,
E as empresas supremas e oportunas
Desviam-se do fio da corrente
E não são mais ação."

Antes que eu me dê conta, acabou; é o fim. E, pela primeira vez, sinto que tenho o controle, sou eu que lanço as palavras, em vez de correr atrás delas. É uma sensação de euforia inebriante – como estar ao volante de um potente carro esporte. Eu não tinha certeza de que iria conseguir. E agora quero repetir a experiência.

Boyd está se equilibrando nos calcanhares.

– É isso, assim está bem melhor!

A porta da sala range ao ser aberta e Robbie, com a mesma roupa de ontem à noite e segurando um copo plástico com café, tenta entrar sem ser notada.

Boyd se vira.

– Ahh! Uma Ofélia! Ora, ora! *Com certeza* você andou escolhendo as ervas erradas! E o que é isso? – Ele tira o copo da mão dela, empurra a tampa plástica e toma um gole fazendo barulho. – Mmm! Leite *e* açúcar! Perfeito para ressaca, vocês não acham?

Ela dá um sorriso vago e eu volto para o meu lugar.

Passando um braço paternal pelos ombros dela, ele a conduz com doçura até o meio da sala.

– Deixe-me explicar uma coisa. Você pode se atrasar, mas tem que ser muito boa. Se for uma droga, é melhor daqui pra frente chegar no horário. Então, querida (a propósito, é bom constatar que não sou a única pessoa em Londres a não ligar muito para higiene pessoal), adoraria ouvir a sua fala de teste.

Ele dá um sorriso maroto.

Ela, por sua vez, olha para o chão, pouco à vontade.

O silêncio é geral; um vazio constrangedor, embaraçoso. Tenho pena de Robbie – gostaria de poder socorrê-la. Mas o melhor que posso fazer é desviar os olhos, como se fosse mais gentil ignorá-la, neste momento em que ela contempla o espaço entre os seus pés, enquanto os minutos passam devagar.

E aí, vagarosamente, ela levanta a cabeça. Os olhos dela encontram os dele. E quando ela fala, sua voz é lânguida, quase embriagada.

"i like my body when it is with your
body. It is so quite new a thing.
Muscles better and nerves more.
i like your body. i like what it does,

*i like its hows. i like to feel the spine
of your body and its bones, and the trembling
-firm-smooth ness and which I will
again and again and again
kiss, i like kissing this and that of you,
i like, slowly stroking the, shocking fuzz
of your electric fur, and what-is-it-comes
over parting flesh...And eyes big love crumbs,*

and possibly [um sorriso brinca nos seus lábios] *i like the thrill*

of under me you so quite new"

A sala está em silêncio.

Ela estica o braço, tira o copo de café da mão de Boyd e, dando uma piscadela, toma um golinho.

Ninguém ousa se mexer.

– E com isso, senhoras e senhores – diz ele, afinal –, acho que está na hora de fumarmos um cigarro.

À medida que os alunos saem, Robbie senta-se ao meu lado. Viro-me para ela, espantada.

– Pensei que você tinha dito que era uma merda!

Ela sorri, radiante.

– Ah, sei representar uma cena, se for preciso. Agora, vamos falar de assuntos mais importantes. Quem acha que eu devo transar com o professor? – Ela ri e levanta a mão.

Imo está praticamente tendo um ataque apoplético de tão indignada.

– Pelo amor de Deus, Robbie! Ele só tem mais ou menos oitenta anos! Isso é *tão* ridículo! – diz ela, zangada. – Por que você nunca leva nada a sério?

Robbie dá um suspiro melancólico.

– Mas ele é sexy! Além disso, o nosso amigo, Sr. Chicken, não sabe a diferença entre o seu pênis e o seu pâncreas. Ou entre os meus peitos e as minhas amígdalas. Ou ainda...

– Ah, *por favor*! – Imo se afasta enfezada, com as mãos tapando as orelhas.

Abano a cabeça.

– Robbie malvada. Menos, garota.

– Ah, Evie! – Ela encosta a cabeça no meu ombro, segurando um bocejo. – É tão chato ser boazinha! E também, estou tão longe de casa.

Boyd se aproxima e senta-se conosco.

– Fez um bom trabalho hoje – diz ele, dando um tapinha no meu joelho.

Olho para ele, espantada.

– Mas eu fiz uma cagada completa!

– O que você fez foi corajoso. Qualquer pessoa que queira ser ator tem que se acostumar a fazer papel ridículo. E, segundo minha experiência, quanto maior o talento, maiores as mancadas. No final, valeu a pena... não valeu?

Meu coração se aquece, cheio de orgulho.

– E quanto a você – ele desvia sua atenção para Robbie –, sou fã de e.e.cummings, mas posso apostar que aquilo é só uma coisinha que você tira do bolso detrás toda vez que não quer pagar as bebidas.

Para surpresa minha, o rosto pálido de Robbie fica vermelho escarlate. E eu que pensei que nada poderia perturbá-la.

— Não desperdice o meu tempo — continua ele. — Aqui não é uma boate do Soho e, apesar das aparências, eu não sou um agente recrutando atrizes para a indústria pornô européia. E da próxima vez — acrescenta ele, levantando-se e pegando de novo o café —, ponha menos açúcar.

Naquela noite, enquanto vemos *Top of the Pops* e jantamos arroz com molho de soja, acompanhado de coquetéis *Singapore slings*, Robbie prepara uma lista de coisas a fazer. Ela está agitada, andando de um lado para o outro da sala e gesticulando com o garfo.

— Em primeiro lugar, garotas, precisamos dar um jeito de fazer Evie entrar na Juilliard!

— Imagino que isso não inclua a minha famosa fala de Hamlet.

Ela me ignora.

— Em segundo lugar, precisamos de um cara que leve Imo para a cama. De preferência, aquele homo, o que é um desafio e tanto.

— Ei! — Imo dá sinal de vida, saindo das profundezas do sofá, onde está em estado de coma há quase uma hora, vendo George Michael, de short, dançar e cantar *"Wake me up before you go-go"*. — Por que eu venho em segundo lugar?

— Porque — Robbie faz uma pausa para tomar mais um gole do coquetel — Juilliard vai ser uma mudança total na vida de Evie, ao passo que, depois de ir para a cama com o

Sr. Boiola, tudo vai continuar praticamente do mesmo jeito para você.

– Ah. – Ela se recosta de novo, parecendo satisfeita, mas muito provavelmente chateada.

– E, por último, precisamos inventar uma maneira de eu impressionar o novo amor da minha vida, Sr. Boyd Alexander.

– Experimente chegar na hora. – Aponto para ela o garfo cheio de arroz.

– Não me interrompa! Estou empolgada! Agora, como vamos fazer isso? O que precisamos é de um evento... algo sofisticado, sexy... uma ocasião para nos produzirmos e ficarmos lindas!

– Você está na frente da televisão. – Imo faz sinal para ela sair do caminho. – Gosto de George Michael.

Robbie abana a cabeça.

– Qual é o lance entre você e os gays?

– Ah, não! Nisso, eu não acredito, nem por um segundo! Esse cara *com certeza* é macho!

– Ele é uma gracinha – concordo, encharcando o arroz com o molho de soja.

Robbie pára.

– Descobri! Vamos preparar um jantar!

– Você acha que faz diferença o fato de nenhuma de nós saber cozinhar? – Imo se vira para mim. – Molho, por favor.

Robbie faz uma pequena pirueta, espalhando bebida para fora do copo.

Inocência

— Deixem tudo por minha conta! Por que vocês sempre pensam tão pequeno? Não entendem? Temos o poder de ser qualquer pessoa ou qualquer coisa que queiramos! A chance de mudar a nossa vida completamente num piscar de olhos! Tudo é possível! Nada pode derrotar a Casa de Tchekhov! Iremos a Moscou, podem crer! Iremos!

Passo o molho de soja para Imo.

— *From Russia with love.*

Robbie afunda numa das grandes poltronas de couro, suspirando de contentamento diante da perfeição do seu plano.

— Sabe — reflete ela, sem se importar com a nossa falta de atenção —, mal posso esperar para ser famosa. De verdade. Tenho certeza de que vou me dar muito bem. — Ela se recosta na cadeira, e seu rosto é a imagem da satisfação e serenidade que ela imagina no futuro.

— Vocês não amam a palavra atrevido? — continua ela, enquanto balança o copo como uma personagem numa peça de Noël Coward. — Assim como os ingleses a usam? Até o jeito deles de dizer atrevido é atrevido.

Imo e eu estamos tão absortas no último vídeo do Duran Duran que não conseguimos fazer nada, além de respirar levemente.

— Bem, eu adoro — murmura Robbie, um pouco para nós, mas, sobretudo, para si mesma. — Não consigo imaginar nada mais excitante do que estar à beira de cometer atos de grande ousadia e enorme potencial de atrevimento.

Estou atrasada. Já são nove e quinze e ainda não saí. Pela décima quinta vez, olho-me no espelho grande do meu guarda-roupa e tento ajeitar o pedacinho de seda em tons claros de rosa e azul que Bunny me deu de presente no meu aniversário. Tento puxá-lo com o mesmo movimento de pulso, rápido e firme, que vi Bunny e Ally utilizarem tantas vezes com ótimos resultados, mas o efeito é desanimador. Pareço uma aeromoça. Da Air Casaquistão.

Não uso echarpes; nunca usei. Então por que, hoje, estou perdendo um tempo precioso ajeitando uma echarpe que, até dez minutos atrás, estava com certeza (ainda que discretamente) destinada a uma instituição de caridade?

Perdi meus livros. Meu quarto, normalmente um paraíso de limpeza e ordem, de repente explodiu numa bagunça de grandes proporções. Não encontro os papéis. Tentei trocar minha bolsa por outra um pouco menor e mais chique, e agora tenho uma bolsa que não consigo fechar, abarrotada de objetos os mais estranhos – balas de menta, canetas coloridas, caixas de passas meio comidas para Alex... A cama praticamente desapareceu sob pilhas de roupas descartadas, seções não lidas do *Sunday Times* estão pelo chão. Dou uma topada num *transformer* de Alex (um super-herói vermelho-vivo que vira um inseto/veículo), pulo segurando o pé e xingando, e então percebo que correu um fio na minha meia-calça.

E sou forçada a concluir que não adianta ter mais tempo. Sou uma dessas mulheres que não sabem mais o que fazer com o tempo. Na verdade, o dia corre melhor quando não tenho tempo para pensar, sentir ou desviar-me em nada da minha rotina fixa. As revistas femininas estão sempre falando das recompensas emocionais de banhos luxuosos, longas caminhadas, horas roubadas dos afazeres para ler, meditar ou simplesmente ser, seja lá o que isso signifique. Elas não levam em conta, porém, mulheres como eu, que entram em pânico se têm vinte minutos a mais de manhã; o equilíbrio frágil da nossa identidade não sabe mais lidar com um mundo cheio de liberdade não programada, sem logo transformá-la numa corrida de obstáculos com escolhas certas e erradas.

Tudo isso porque hoje Ally levou Alex para o colégio.

Basta. Os vinte minutos já se passaram há muito tempo e, como sempre, estou atrasada. Uma parte de mim está aliviada por voltar ao meu estado de pânico normal. E, à medida que arranco a echarpe de seda do pescoço, jogo o conteúdo da bolsa bonitinha de volta na sacola de lona bem grande – que normalmente vive grudada no meu braço – e enfio os pés no par de botas pretas, macias – que já cobriram, cobrem e provavelmente cobrirão nos próximos anos todos os tipos de acidentes com meias –, e sinto a reconfortante injeção de adrenalina nas minhas veias. Melhor o caos que você conhece.

Forço-me a sair do quarto, evitando olhar para a bagunça que deixo para trás (não dá tempo, não dá tempo, a voz canta de novo e de novo na minha cabeça) e desço, saltando cada lance da escada o mais rápido que posso. Quando chego ao último degrau, paro de chofre.

Seria cheiro de fumaça de cigarro? Denso, forte, inconfundível, vindo da sala?

Abro as duas grandes portas. A sala está vazia, iluminada pelo sol. Eu tinha me esquecido de que aqui bate o sol da manhã, e a sala é tão agradável, elegante e convidativa. Há semanas que só a vejo à noite.

Mas o cheiro persiste.

Ando em volta da sala.

Perto da lareira de mármore, uma cadeira Luís XIV e uma mesinha redonda estão expostas ao sol, num quadrado de luz. A cadeira guarda no assento a marca de quem lá se sentou e uma das caixas esmaltadas *Halcyon Days*, da coleção que Bunny tanto ama, está aberta, com um montinho de cinzas esfriando na tampa.

– Faz mal para você, sabia?

Eu me viro. Piotr está de pé na porta. Ele acabou de acordar, seu cabelo escuro lembra mais do que nunca o poeta Byron, a barba está por fazer. Ele veste jeans e camiseta, mas seus pés estão descalços.

– Não fui eu – vou logo avisando. (Não há como falar isso sem parecer imediatamente culpada.) Pondo as cinzas na palma da minha mão, recoloco a tampa. – Não sei quem foi. Nenhum de nós fuma.

Ele enfia as mãos nos bolsos da calça jeans.

– Tudo bem. – Ele sorri; seus olhos são quase âmbar à luz do dia. – Não contarei o seu terrível segredo.

– Não, não fui eu, mesmo! – insisto. – Eu não fumo. Nunca!

Ele levanta uma sobrancelha.

– No entanto, sua mão está cheia de cinzas.

Paro. Tenho de novo aquele sentimento estranho, a mesma sensação repentina de transparência que tive a noite passada.

– Eu as encontrei – digo, evitando o olhar dele.

– Entendo. – Ele estica os longos braços acima da cabeça e corre os dedos delicadamente pelos pingentes de cristal do candelabro no hall. Milhares de arco-íris aparecem.

– Você não acredita em mim, não é? – Eu o sigo. Isso é injusto e irritante demais. – Você acha, sinceramente, que eu levo cigarros em segredo para a sala de Bunny, jogo as cinzas em um dos seus preciosos bibelôs de porcelana e depois minto a respeito quando há o risco de ser descoberta?

Ele inclina a cabeça.

– Por que não?

– Por que não? – Pareço um papagaio. – Por que não? Porque é... porque é falta de educação!

Recuo. Não posso acreditar que acabei de usar palavras assim numa conversa de adultos.

Parece que nem ele acredita.

– Você é uma mulher engraçada! – Ele ri, balançando-se nos calcanhares. – Há muito tempo não encontro ninguém como você.

Nem quero saber o que isso significa.

– Eu não fumo mesmo – acrescento deprimida, mas isso só o faz rir ainda mais.

– Vou fazer chá – diz ele, afinal, esfregando os olhos e controlando o riso. – Chá preto. Com açúcar.

Será que isso é um convite?

—Você toma chá, não toma? Ou — ele está com dificuldade de se manter sério — eu poderia só colocar o chá na mesa, me virar de costas e, caso ele desapareça...

E ele recomeça a rir.

— Estou atrasada — digo, imóvel, sem saber o que fazer com as cinzas na minha mão. — Eu deveria ter saído há dez minutos e... por favor, pare de rir de mim! — Parece que hoje vai ser assim.

O telefone toca.

Ele levanta as mãos. – Ok! Ok!

O telefone toca de novo.

— Com licença. – Atravesso o hall com passo decidido até a mesa estreita onde fica o telefone. – Alô?

— Ah, alô! Quem fala?

É Melvin Bert, o chefe da Dramaturgia na City Lit. Impossível não reconhecer a pronúncia refinada, perfeita, que ele aprendeu em Eton. Minha garganta se contrai no mesmo instante, como mão que se fecha e vira punho.

— Melvin, sou eu, Evie Garlick.

— Impressionante! Eu... eu estava certo de ter ligado para outra pessoa... – Ele faz uma pausa. – Mas... mas, já que estou falando com você, acho que você também serviria...

Faço um sinal com a cabeça.

Piotr entende. Ele vem até onde estou, segura minha mão delicadamente pelo pulso e passa as cinzas para a palma da sua mão. Dá um sorriso, e seus dedos são quentes na minha pele.

Ele desaparece escadaria abaixo em direção à cozinha.

Tenho que me concentrar de novo. – Sim, Melvin, posso ajudar em alguma coisa?

– Bem, a verdade, Edie, é que... – Ele nunca soube o meu nome. Nos três anos em que trabalhei para ele, não consegui deixar nenhuma marca duradoura em sua memória. – Preciso de alguém para substituir Ingrid Davenport no curso de interpretação de três anos. Ela recebeu uma oferta do National e, na idade dela, tem que tentar!

Ingrid tem só cinqüenta anos. Acontece que Melvin, apesar de sua carreira profissional de administrador na área de teatro, nunca foi ator. Para ele, é sempre incompreensível que alguém com mais de trinta anos esteja interessado em atuar profissionalmente, quando poderia, em vez disso, ter um emprego tranqüilo e confortável de professor. – Como disse, minha intenção inicial era convidar Sheila, mas como agora já estou falando com você... – A voz dele vai sumindo, cheia de possibilidades.

É uma chance rara e excepcional: a oportunidade de sair do nível inferior de professora de pensionistas e estudantes noturnos e alçar-me ao patamar do curso de arte dramática propriamente dito, que tem reconhecimento profissional e dura três anos. Talvez eu possa até dirigir. Meu coração pula de alegria. E pavor.

Só preciso dizer alguma coisa. Qualquer coisa.

– Bem, Melvin... – Respiro fundo, decidida a não demonstrar que estou nervosa. – É uma... uma oferta interessante... Pode me dizer, por favor, qual o horário das aulas dela?

Posso ouvi-lo remexendo os papéis. – Vejamos... Sim, os alunos do primeiro ano, de onze à uma, os do terceiro ano, de duas às quatro e meia. Ela dá aulas particulares nas quartas à tarde, até seis e meia.

Ele faz uma pausa completa, abrupta, que clama por algum tipo de reação entusiástica, decisiva. Sinto o tempo passando.

– Ah. – Minha cabeça gira. – É que, bem, o meu filho ainda está no colégio a essa hora – gaguejo, pensando alto – e... eu... eu...

Pelo amor de Deus! Controle-se!

– Deixe-me pensar... – enrolo – geralmente ele sai às três...

Melvin suspira, paciente. Sinto mais nitidamente o tempo passando.

– Eu teria que ir de Drury Lane a St. John's Wood antes que ele... você sabe...

Não consigo nem terminar uma frase! Claro que não sou capaz de assumir o trabalho de Ingrid.

– Melvin, acho que agora para mim não vai dar. Eu tenho que ficar disponível para o meu filho e... os horários dele neste momento estão complicados...

O que estou fazendo? O que estou dizendo?

– Sim, claro, claro. Compreendo. – Posso ouvi-lo batendo com a caneta na mesa. – Bem, só falei porque poderia haver alguma possibilidade. – Ele está louco para desligar.

Inocência

De repente, fico ansiosa de novo. – Ah, e claro que, caso precise de uma substituta só por uns dias, ou... o que eu quero dizer é, se eu puder ajudar de alguma maneira...

– Pode deixar, se houver necessidade falo com você – diz ele, com pressa. – Tchau, Edie.

E a linha fica muda.

Desligo.

Ao me virar, vejo a minha imagem no espelho antigo, pendurado ao pé da escada. Uma camada escurecida, opaca, sombreia sua superfície como um fantasma, escondendo a claridade. Nem mesmo o rebuscamento da moldura dourada pode alterar sua aparência cinzenta.

Lá estou eu, difusa e indefinida, retribuindo meu próprio olhar. Sou engolfada por uma onda de ódio contra mim mesma.

Fiz de novo.

Toda vez que estou quase chegando lá, recuo do trampolim.

Perdi o gosto pelo desafio. Não sei, porém, onde e quando isso aconteceu.

※

– Você não sente falta do seu namorado? – Robbie está deitada na minha cama, olhando para o teto e balançando as pernas no ar. Ela nunca fica no quarto dela, o que é compreensível, considerando-se que aquilo é um chiqueiro.

Estou desempacotando meus livros; pilhas de textos de peças e antologias que carreguei dos Estados Unidos até aqui. – Claro que sinto. Mas nos falamos sempre, isso ajuda.

Ela me olha. – Não é isso. O que eu quero saber é, você *sente falta* dele?

Fico vermelha. – Acho que sim.

– É bom saber que você é humana, Evie Rose Garlick! – Ela dá um puxão no meu rabo-de-cavalo. – Ei! Estive pensando. Tem uma fala do Fassbinder que é fantástica, acho que você devia dar uma olhada. – Ela gira as pernas e se levanta. – Já volto.

E sai andando para o seu quarto.

– Dar uma olhada para quê? – Não há prateleiras. Empilho os livros, do maior para o menor, contra a parede.

Os livros caem.

– Pelo amor de Juilliard! – Posso ouvi-la procurando em meio ao caos.

Recomeço. Duas pilhas, dessa vez.

– Já tenho as minhas falas.

Ela aparece na porta, segurando um livro bem usado.

– Mas veja só isto! – Ela se joga de novo na cama. – É uma maravilha! Este trecho, leia alto. Você vai adorar!

Pego o livro. Tem cheiro de mofo, como se ela o tivesse roubado de uma biblioteca.

– Qual trecho?

– "A modelo."

– "Às vezes eu gosto de me acariciar..." – Olho para ela, chocada. – É sobre... sobre masturbação, Robbie!

Ela bate palmas, alegre.

– Não é maravilhoso? É tão sexy e forte! Se você representasse esse trecho na Juilliard, eles ficariam encantados, Evie! Ninguém faz essa fala!

Inocência

— Mas é... nojento! — digo, sem conseguir parar de ler.

— É Fassbinder. É para ser chocante. E você é tão bonitinha. Tem cara de boa menina... Seria incrível uma virada de mesa assim!

— Sinto muito. — Fecho o livro e o devolvo a ela. — Não posso dizer essa fala.

— Como assim? Você é uma atriz, não é? O que tem de errado com a fala?

Abro as portas do guarda-roupa.

— É tão... tão escancarada! E... de mau gosto, Robbie! — Pego a sacola da lavanderia e a sacudo, fazendo cair no chão as roupas limpas. — Eu ficaria constrangida de falar essas coisas!

— Mas é para isso que você é atriz, certo? Para poder falar um monte de merda que você não diria normalmente. Enfim, você nunca se masturba?

— Pare com isso! — Dobro as roupas sem cuidado. — E nem adianta que não vou contar nada.

Ela dá de ombros.

— Por que não? Eu me masturbo. Todo mundo se masturba. Tenho um vibrador de borracha fabuloso, grande e preto. Quer ver?

— Não! Não quero ver!

— Quer emprestado?

— Não! Não quero mesmo! — Esta é a pilha de roupas para passar. — Pare! Você está sendo desagradável!

— Então, você usa o quê? O chuveirinho do banheiro? — Ela olha em volta do quarto. — Uma vela?

– Robbie! – Pego as roupas para passar e entro na cozinha.

Ela me segue. É óbvio que gosta de me irritar.

– Vamos, Evie! Admita! – Ela sobe na bancada da cozinha, ignorando a pilha de louça por lavar, e observa enquanto luto para abrir a tábua de passar. – Você sonha com o quê? Dois homens ao mesmo tempo? Duas mulheres ao mesmo tempo? Cachorros? – Ela bate os pés no armário como uma criança levada. – Vocês, meninas do interior, são as piores!

– Eu não faço nada disso. – Armo a tábua de passar, que fica precariamente equilibrada e depois desarma de novo.

– Hum... – Ela coça o queixo. – Já sei! Cavalos! Como Catarina, a Grande!

– Pare, Robbie! – Estou ficando chateada. – Por favor.

– Aposto que você tem um fraco por garotos negros, grandes e fortes... ou talvez uma coisa meio incestuosa... oh, papai e tal e coisa... veja bem, não tem nada de errado com isso.

– Estou falando sério! Por favor! Não quero falar sobre isso! – Levanto a tábua outra vez e coloco-a na posição.

– É isso, não é? Você é uma filhinha do papai, não é?

– Robbie... – Quero que ela pare.

– Oh, veja, papai! – Ela imita a voz de uma garotinha. – Eu cresci e o meu sutiã não cabe mais em mim!

– Robbie! – Desvio o rosto.

– Você está chorando?

Uma lágrima quente, de raiva, escorre pelo meu rosto. Eu a afasto com as costas da mão.

Inocência

— Ei! — Ela pula da bancada. — Não quis magoar você. Por que não me disse para eu ir me foder?

Quero que ela me deixe em paz.

— Não consigo. — Minha garganta está tão contraída que chega a doer.

— Como assim, não consegue? Estou mandando você dizer!

— Não, o que eu estou querendo dizer é que não consigo! — Por que ela tem que dar tanta importância a tudo? — Quando fico zangada ou magoada, eu só... só sei chorar, feito uma boba! Nem no palco eu consigo! Quando tenho que ficar zangada em cena, eu me derreto. Fico paralisada e depois... — agora estou chorando mais ainda — não consigo fazer, só isso!

— Por que não? — Ela me oferece uma das cadeiras da cozinha e se senta perto de mim. — Qual a pior coisa que pode acontecer?

— Não sei. Ninguém vai gostar de mim. Vou ficar feia e perversa e má, e essa merda toda vai aparecer e eu não vou conseguir controlar.

— É? — Ela me olha fixamente. — E aí?

— Como assim, e aí? — Ela está se fazendo de burra de propósito. — Ninguém vai gostar de mim! Vou perder tudo que é importante!

— Que bobagem! — Ela passa um braço em volta de mim. — Veja o que acontece comigo, por exemplo. Você poderia me agredir de verdade e eu provavelmente só iria achar engraçado.

— Você não é como as pessoas comuns — esclareço. — Quer dizer, não me entenda mal, acho isso o máximo. Eu gostaria de ser tão livre quanto você e não ligar pra merda nenhuma. Mas eu ligo!

Ela me faz um carinho.

— Você é sensível demais, querida. Temos que fazê-la mais durona. As pessoas são assim tão frágeis em Ohio?

Penso nos meus pais. No silêncio à mesa do jantar; minha mãe sentada em frente ao meu pai, empurrando a comida de um lado para o outro no prato, meu pai cortando a carne em pedaços e forçando-a por entre os lábios, os olhos fixos no copo com água...

— Não. Lá as pessoas não ficam zangadas pra valer.

— Então Nova York vai lhe fazer bem. Aquele lugar ferve!

Escondo a cabeça no ombro dela.

— Talvez eu não vá para Nova York.

— Ah, vai, sim! Se depender de mim, vai! Até porque, preciso de alguém para atormentar dia e noite. Ei! — Ela se vira para mim, toda animada de repente. — O que Raven faria?

— Nada. — Reviro os olhos. — Ela não existe, Robbie.

Ela cutuca meu braço.

— Existe, sim! É para isso que servem os alter egos. Vamos lá, o que ela faria?

Gostaria que ela esquecesse essa história toda de Raven... só porque usei o nome uma noite... passo as costas da mão no nariz, que está escorrendo.

— Não sei... Diria para você ir se foder, imagino.

— Beleza! — Levantando-se, ela me puxa para eu ficar em pé. — Agora me diga para ir me foder!

Inocência 115

– Mas eu não sinto isso.

– Então represente! Seja Raven!

Isso não vai dar certo.

– Vá se foder – resmungo.

Ela está me encarando, mãos nos quadris.

– Não, assim você não vai para Nova York. Vamos lá, Evie, tente com mais vontade!

– Vá se foder, Robbie. – Começo a rir. – Não posso fazer isso!

Ela abana a cabeça, arrastando-me para o corredor.

– Bem, já é um começo. Vamos sair!

– Por quê? Aonde vamos? – Sigo-a até o seu quarto.

Ela pendura a bolsa no ombro, enquanto me atira um casaco de pele soltando pêlos em quantidade.

– Toma! Ao Soho, meu amor! Vamos comprar um vibrador para você, o maior e mais obsceno que encontrarmos! E depois damos uma parada na farmácia 24 horas e compramos tintura pra cabelo. Está na hora de você começar a levar Raven Noturna a sério!

Nunca tive uma amiga como essa – tão sofisticada, instigante e urbana que nem mesmo se importa se eu gritar com ela. Visto o casaco e me olho no espelho. Já estou com uma aparência diferente – mais descolada, muito mais adulta. Nenhuma das minhas velhas amigas ousaria falar a palavra vibrador em voz alta, quanto mais comprar um.

Robbie bate com força à porta de Imo.

– Vamos comprar um vibrador no Soho, querida! Você quer alguma coisa?

Silêncio.

Normalmente, a esta hora, Imo está numa ligação internacional, falando com a mãe, ou folheando o Novo Testamento.

A porta se abre um pouquinho. Uma nota de vinte libras aparece.

– Quero um cor-de-rosa. E que não seja muito óbvio – recomenda ela.

E a porta se fecha.

– Este lugar é uma espelunca. – Imo toca com desprezo a toalha de mesa suja. – Não sei por que temos que fazer isso – repete ela pela nona vez em cinco minutos.

– Porque – os olhos de Robbie passeiam pelo lugar – é aqui que vou ensinar a você como seduzir um homem. E não temos muito tempo. Empine-se, Evie. E levante os seios.

– Já estou fazendo isso – digo, irritada.

– Ah. – Ela me examina. – Está bem.

Estamos sentadas no subsolo de um bar de vinhos chamado Bubbles, na Baker Street, quase esquina do nosso apartamento. Tudo aqui é cor-de-rosa: as paredes, as toalhas de mesa, as cadeiras – um rosa tipo chiclete-de-bola, Pantera Cor-de-Rosa, o que só reforça a impressão de que somos figurantes num filme B do começo dos anos 1960. Em vez de Rock Hudson e Doris Day soltando a voz, no entanto, temos pequenos grupos de árabes e homens de negócios meio carecas, deleitando-se com o talento de Rocco Rizzi e suas jogadas de estilo no vibrafone. Rocco, de smoking preto e camisa branca de pregas, fica num palquinho circular revestido de tapete rosa felpudo, tendo acima da sua cabeça uma bola de discoteca e luzes estroboscópicas. Ele está começando uma interpretação bem lenta e comovente de "Summertime". Com muito vibrato.

— Adoro esta música. — Imo dá um suspiro. E cantarola, com sua voz delicada de soprano, ligeiramente operística.

Minha estola cai a todo momento. Puxo-a para cima mais uma vez. Esta noite estamos usando tesouros descobertos no surpreendente guarda-roupa de Robbie, constituído quase todo por vestidos de festa dos anos 1950, casaquinhos antigos e uma boa quantidade de animais mortos. A estola é uma das suas peças preferidas, feita com duas raposas meio mofadas que mordem a cauda uma da outra; o truque é conseguido com a ajuda de prendedores minúsculos colados sob as pequenas mandíbulas. O olho de vidro de uma delas foi substituído por um botãozinho preto. Ela tem cara de maluca. Nós a chamamos de Dave, e a outra é Derek. Dave e Derek nos acompanham em muitos programas noturnos, e mostram toda a sua utilidade quando já bebemos além da conta. Aí elas dão cantadas em estranhos e fazem passos de dança lascivos. A possibilidade de que isso ocorra esta noite, no entanto, parece bem remota.

Já estamos aqui há vinte minutos e nada aconteceu.

O barman está de volta.

— As senhoritas já querem pedir alguma coisa?

Robbie pega o pequeno menu de bebidas, feito de cartolina, com um entusiasmo exagerado.

– Não conseguimos decidir, com tantos coquetéis maravilhosos! – exclama ela. – Veja, Evie! "Sexo na praia", "Uma transa lenta e confortável"... tantas escolhas, e tão pouco tempo! – Ela ri, um gorjeio de Scarlett O'Hara.

Ele não se impressiona.

– Bem, melhor que seja logo, garotas – avisa, e sai para enxugar copos na curva do bar cor-de-rosa.

– Não temos dinheiro nenhum – lembro a Robbie. (Toda vez que me viro, o barman me olha, feroz.)

– Dinheiro é tapeação. – Ela ajeita o seu bolero branco de vison, correndo os olhos pelo ambiente mais uma vez.

Dois homens com cabelo entram e caminham até o bar. São razoavelmente jovens (menos de cinqüenta anos), estão razoavelmente bem vestidos (ternos e gravatas) e riem alto, parecendo ser razoavelmente divertidos também. Os olhos de Robbie se iluminam.

– Bingo! – Ela se inclina para a frente, como as pessoas se esticam na beirada da plataforma de uma estação, na expectativa da chegada de um trem há muito esperado. – Sorria, Evie! Imo, pare de berrar e sorria!

Ficamos as três sentadas lá, sorrindo. As bebidas deles são servidas. Então eles se viram e percebem o nosso sorriso radiante.

– Agora olhem para o outro lado! – cochicha Robbie. – Imo, desvie os olhos! Isso! Brinque com eles!

Todas nós dirigimos o olhar para Rocco. Ele se anima e passa a apresentar um tributo a Simon & Garfunkel, começando com uma versão disco de "Feeling Groovy".

Inocência

— Certo... preparar... virar e *sorrir*!

Giramos, as cadeiras arranhando o piso, e de novo concentramos nosso bom humor coletivo nos rapazes no bar. Eles parecem perplexos, mas se divertem.

— Agora, frias e distantes, bem frias, senhoritas — sussurra Robbie. — E... voltem a olhar para o pianista!

— Quanto tempo vamos ter que fazer isso? — pergunta Imo, rearrumando o chapeuzinho redondo com véu preto, que teima em não se mover junto com a cabeça, mas sim na direção oposta.

Robbie brinca com as camadas de crinolina no seu vestido New Look.

— Acho que já é suficiente, querida. Agora, lembre-se, o truque é não deixar a peteca cair!

— Que peteca? — questiona Imo.

Robbie, porém, apenas pisca um olho.

— Observe e aprenda!

De fato, dois minutos depois eles se aproximam, exibindo uma garrafa do vinho branco barato da casa e cinco taças.

Andy é de Minnesota e seu colega, Greg, do Alabama. Eles estão na cidade para um seminário de vendas. É a primeira vez que vêm à Inglaterra.

Assentimos com a cabeça, como se estivéssemos aqui há anos.

Nota-se certa decepção de ambos os lados por sermos compatriotas americanos; não há nada de charmoso ou interessante em atravessar o mundo todo para acabar ficando com alguém que se poderia encontrar com facilidade em Nova Jersey. A oferta de tipos charmosos no Bubbles, entretanto, é virtualmente zero. E está ficando tarde. Então acabamos caindo nos assuntos triviais de turistas: como os assentos nos aviões são estreitos hoje em dia, o desastre que é a comida e por que ninguém consegue preparar uma xícara de café decente.

— E aí, por que vocês estão usando estas roupas? — pergunta Greg, com seu sotaque arrastado. Ele é mais novo do que o amigo, tem o rosto corado e uma boca grande e de lábios grossos, que não gosta de ficar fechada.

— Somos atrizes — diz Robbie, bebericando seu coquetel delicadamente. Para ela, isso é motivo suficiente. Mas ele continua a nos olhar sem compreender.

— É mesmo?

— Sim, somos excêntricas — acrescenta Imo, enchendo de novo o copo. Ela empurra o chapéu mais para trás, mas, mesmo assim, o véu fica na boca quando ela bebe.

— Entendo. — Ele aperta os lábios e faz um ar pensativo. — Quer dizer que vocês estão representando agora?

Não gosto dele, tem cara de idiota. E o seu amigo antipático, Andy, não pára de me olhar.

— Estamos sempre representando — rebato. Se ele falar na taxa de câmbio mais uma vez, saio daqui correndo.

— E aí? — Robbie, sentindo a tensão, levanta a peteca de novo. — Onde vocês estão hospedados?

— Nós já dissemos. — O tom de voz de Andy é monótono e denota tédio. Ele se acha moderninho, com seu bigode de Tom Selleck e cabelo escovado. – Do outro lado da rua, no Sherlock Holmes. Estas raposas são muito velhas? – pergunta ele, apalpando Dave e Derek.

Sua mão roça o meu braço nu.

Eu me afasto.

Robbie me olha e eu forço um sorriso.

– Provavelmente morreram antes de você nascer. E quantos anos você tem, Andy? – Flertar com homens que odiamos é muito trabalhoso.

– Trinta e dois. – Ele me lança um olhar firme, duro, como se dissesse: "E daí, isso tem importância para você?"

Para mim, não tem a mínima importância, mas eu sorrio de novo.

Robbie faz sinais de cabeça em direção à garrafa de vinho. Está vazia. Parece que é trabalho meu resolver o problema.

Rocco começa a tocar "Bridge Over Troubled Waters". Imo bate palmas, toda animada.

– Ah! É uma das minhas favoritas!

Ela já está bêbada, fica alterada com facilidade. Começa a falar alto e ficar agitada, e sua cabeça cai, como a de uma boneca sem enchimento.

Andy revira os olhos.

Greg ri, produzindo um som sufocado meio artificial, e ajeita o paletó. É óbvio que a idéia de se aproximar e trazer o vinho foi dele.

– Puxa vida – lá vem mais um comentário espirituoso e brilhante –, vocês não têm idéia de como a taxa de câmbio está baixa! Incrível! Essas bebidas custaram uma fortuna!

— Oh, não pode ter sido tanto assim! — Robbie está brincando de Scarlett O'Hara outra vez, o que talvez não seja uma boa estratégia, considerando-se que ele é do Sul. Ela dá palmadinhas no joelho dele, divertida.

—Você nem imagina — diz ele, silenciando em seguida.

Nosso programa alegre, excitante, no bar de vinhos Bubbles está rapidamente perdendo a graça. "Bridge Over Troubled Waters" começa a surtir efeito.

— Peça a ele para tocar alguma coisa mais animada — sugiro a Imo. — Algo menos mórbido.

Enquanto ela escala, cambaleante, o palco rotativo cor-de-rosa, Robbie faz outra tentativa de conseguir mais vinho: vira a garrafa vazia de boca para baixo.

— Dá para acreditar que acabou tão rápido? — Ela ri. — E agora, fazemos o quê?

Andy a ignora.

— O que você vai fazer hoje à noite? — Ele me olha intensamente.

Eu me afasto dele.

— Umas coisas.

— Que coisas? — insiste ele.

Não consigo pensar em nada.

— Tenho que estudar.

— Estudar? — Ele parece horrorizado.

— Sou estudante — explico, na defensiva.

Ele ri, balançando-se na cadeira.

— Ah, bem, isso explica muita coisa! — Ele esvazia o copo. — Vamos, Greg. Vamos dar o fora daqui.

Greg olha para ele espantado, com a boca aberta como um peixe.

— O quê?

— E agora, uma pequena surpresa para as Damas Muito Especiais! — Rocco sorri para nós. Imo está caindo por cima dele, no banquinho do piano. Dobrada para frente, ela começa a cantar uma versão desafinada de "'S'Wonderful" ao microfone. O problema da cabeça de boneca é grave.

— Maravilhoso! — Robbie acena para o barman. — Mais uma rodada!

Andy esconde as mãos nos bolsos.

— Você está pagando?

E, por um momento, a peteca desaparece completamente.

Robbie suspira; olha para ele, séria.

— Andy, você gosta de jogos?

Ele a avalia, depois volta a se sentar.

— Claro. Por quê?

— Eu sei de um legal. — Ela retira do vestido um broche grande de strass. — Você quer ver até que ponto eu iria para conseguir outra garrafa de vinho?

— Até bem longe! — debocha ele, encostando-se nas costas da cadeira.

Robbie dá de ombros, esticando o braço magro na mesa.

— Vamos ver até que ponto? — Ela abre o broche, de modo que o longo alfinete do fecho fica aberto como uma lâmina. – Confesso que a sua frieza gelou meu coração, Andy. Sinto que precisamos de medidas extremas. E parece que vou ter que cortar meu pulso com este alfinete se ninguém me pagar uma bebida logo.

Ela sorri com doçura.

Cravamos os olhos nela.

O barman se aproxima. – Pois não?

Robbie aperta o punho.

– Você não tem coragem – desdenha Andy.

Ela apenas pisca um olho para ele.

– Quanto a você, não sei – a voz dela é suave e tranqüila –, mas eu estou morrendo de sede.

Sem nem ao menos olhar, ela enfia o alfinete.

Eu reprimo um grito.

Andy se joga para a frente e agarra a mão de Robbie.

– Você é doida! – fala, zangado, e tira o broche dela.

– Estou com sede – lembra ela. – Além disso, quem diria que você é capaz de agir tão rapidamente? Nada mau para um velho. – E ela acaricia a coxa dele.

Agora ele a fita com o mesmo interesse libidinoso dirigido a mim um minuto atrás.

– Não sou tão velho – garante. – Tudo bem. Você venceu. Mais uma garrafa do branco da casa – grita para o barman, que confirma com a cabeça e desaparece.

Robbie relaxa os ombros.

Andy ainda segura seu pulso.

– Você é uma garota completamente maluca – repete, vezes seguidas.

Inocência

Ela liberta a mão e se inclina na direção dele.

—Você gostaria de ver o quanto sou maluca?

Já chega. Agarro-a pelo braço e a coloco de pé.

— Desculpem-nos, temos que ir ao toalete. — E puxando-a pelo salão, praticamente a empurro para dentro do toalete. — O que você está fazendo? — berro. — Esses caras são uns fracassados! O que você está fazendo?

Robbie se encosta na parede e fecha os olhos.

— Estou fazendo o que sempre faço. — Ela parece cansada. —Você não quer mais uma bebida?

— Não, não tanto assim! O que você teria feito se ele não tivesse impedido?

Ela me ignora.

— Robbie! O que você teria feito?

— É um jogo, Evie. — Ela dá de ombros, confere a maquiagem no espelho. — É só um jogo. — Ela faz com que pareça simples, óbvio.

— Mas... Mas você não pode estar pensando seriamente em ir com ele! — Minha indignação, que dois minutos atrás fazia um sentido perfeito, inequívoco, de repente agora parece um chavão.

—Você é uma boa amiga. — Ela me beija no rosto. — Gosto disso.

De novo seguro-a pelo braço.

— Mas... — tento encontrar as palavras —, mas... você nem mesmo gosta dele... Gosta?

Ela está distante, longe.

— Faço coisas que não quero fazer o tempo todo. Não posso evitar. — Ela sorri tristemente. — Sou má.

Não entendo.

Solto o seu braço.

Robbie anda lentamente de volta para a mesa, num passo gingado de modelo. Quando ela se aproxima, Andy se levanta, puxa a cadeira para ela e serve mais bebida. Ele já tirou a gravata e abriu os botões de cima da camisa.

Imo e eu não ficamos muito mais tempo. No meio de "Embraceable You", Imo anuncia em voz alta, no microfone, que acha que vai vomitar. Greg rapidamente se oferece para nos levar em casa.

Espero por ela, sentada na cadeira de couro preto da sala, o queixo sobre os joelhos, escutando no escuro o barulho do tráfego e os sons da cidade adormecida. O tempo passa e, a cada hora, aumenta o silêncio.

Mas nada de Robbie.

O hotel Sherlock Holmes é ali na esquina, em Baker Street.

– Posso ajudá-la? – O gerente da noite levanta a cabeça do jornal.

– Não, obrigada. – Eu me acomodo no canto de um dos sofás de *chintz*. – Estou esperando uma pessoa.

Devo parecer ridícula, com minha camisola enfiada na calça jeans, e, por cima, o casaco de pele de carneiro de Robbie. Mas não me importo.

Quase uma hora depois, a porta do elevador se abre.

Ela caminha com a mesma lentidão atordoada de alguém saindo de um acidente de carro. Pendurado nos dedos, um cigarro apagado. O bolero de vison está torto e sujo, os lábios pálidos inchados e já sem batom.

Levanto-me.

Ela franze a testa, como se não entendesse.

– O que você está fazendo aqui?

Abro a porta de vidro. Um vento gelado nos açoita.

– Venha. – Estendo a mão.

Mas ela apenas me olha.

Não sei o que estou fazendo aqui. Enquanto esperava, fiquei pensando a mesma coisa. E agora são quatro da manhã, a porta está aberta, o gerente da noite nos observa e eu ainda não tenho uma resposta.

– Você não é má, Robbie.

De repente, ela parece bem pequena.

Estendo a mão de novo.

– Na verdade, você é uma das melhores pessoas que conheço.

Dessa vez, ela pega a minha mão.

Quando chegamos em casa, viro a chave na fechadura e abro a porta, tentando não fazer barulho.

Imo ainda dorme.

Lá fora, um pássaro canta.

Ficamos nós duas, na penumbra avermelhada.

– Boa-noite – sussura Robbie. Ela se inclina, sua respiração quente no meu rosto.

Eu me viro.

Seus lábios roçam os meus.

E muito devagar, com muita ternura, ela me beija.

"Aviso aos usuários. Os trens da linha Jubilee em direção ao sul estão com atraso, em decorrência de falha de sinal na estação Finchley Road. A London Underground pede desculpas por qualquer inconveniente."

Ainda estou me recriminando pela conversa com Melvin hoje de manhã e agora estou presa aqui, entre os quase setenta passageiros, calorentos e irritados, que brigam por um lugar na estação do metrô de St. John's Wood. Quase todos nós já estamos aqui há pelo menos um quarto de hora — isto é, quinze minutos de metrô londrino, que são pelo menos duas vezes mais longos do que minutos normais em qualquer outro lugar. E fazemos o que os ingleses fazem para demonstrar frustração: abanamos a cabeça para ninguém em particular, dobramos os jornais com violência e consultamos os relógios com toda a sutileza de uma atriz de pantomima, de tal forma que todos entendemos o quanto estamos indignados e furiosos pela ineficiência do serviço prestado... mas sem nunca chegar ao ponto de dizer isso em voz alta.

Finalmente, movendo-se sem qualquer urgência ou velocidade digna de nota, um trem já lotado de passageiros emerge do túnel. Aglomeramo-nos junto às portas, avançando quando elas começam a se abrir. Uma vez lá dentro, apertados uns contra os outros, aguardamos.

E o trem não se mexe.

Um minuto se passa. E depois outro. Retardatários correm, vindo das escadas rolantes, e se espremem nos vagões já superlotados. Estou entalada entre dois homens gordos e suados; um deles usou loção pós-barba demais, o outro usou de menos. Este último levanta o braço, para alcançar o "pega-mão" no teto. E eu acho que vou desmaiar.

Preciso de uma distração. Ler o jornal está fora de cogitação, já que não posso mexer os braços.

Só restam os anúncios. Olho para cima.

Um enorme pássaro preto me contempla, feroz.

"Som e Fúria: O Melhor do Raven", diz o pôster. "Em breve, maio de 2001."

Fico atônita.

De repente, ele está em todo lugar.

Aí acontece o inevitável. No momento em que toca o sinal e as portas finalmente começam a se fechar, um morador de rua com uma guitarra pula para dentro do trem.

Desvio os olhos. Por favor, Senhor, não o deixe parar aqui. Faça-o ir para o outro vagão.

Mas não. Ele sorri, um grande sorriso desdentado, tira a guitarra da caixa (o que não é fácil, num trem lotado) e começa a cantar "Norwegian Wood".

"*I once knew a girl or should I say, she once knew me...*" Sua voz, rouca de cigarros e álcool, arranha as notas – a perfeita antítese da voz do jovem John Lennon.

O trem dá um solavanco para a frente.

Não há como escapar.

O problema é que é uma canção difícil de esquecer, que gruda na sua cabeça.

E dá voltas e mais voltas, numa valsa interminável.

Voltas e mais voltas e mais voltas.

Regent's Park, em abril, numa tarde de domingo excepcionalmente quente, está apinhado de namorados – passeando de mãos dadas, abraçados à sombra das castanheiras recém-floridas ou, quando mais velhos, sentados lado a lado nos bancos, debruçados sobre suplementos do *Sunday Times*. O mundo está em flor, vistosos campos de narcisos estendem-se ao longo das alamedas e o ar está cheio de flores de cerejeira, flutuando na brisa como neve rosada.

Lindsay Crufts e eu estamos ensaiando ao ar livre. O dia está agradável e bonito demais para ficarmos num ambiente fechado. Além disso, a cena que temos que representar amanhã, entre o famoso escritor Trigórin e a jovem aspirante a atriz Nina de *A gaivota*, se passa ao ar livre, num dia não muito diferente do de hoje. Estamos sentados num aclive gramado, em meio a um arvoredo de bétulas delicadas oscilando ao sol.

Lindsay se levanta, olhando-me com uma expressão de seriedade e sofrimento (é o sinal de que ele está representando).

– "Dia e noite, uma idéia obsessiva me persegue: tenho de escrever, tenho de escrever, tenho... Mal termino uma novela, nem sei por que, preciso logo começar outra, e depois uma terceira, e depois dessa uma quarta..."

Ele se afasta a passos largos, cabeça baixa.

– "Escrevo sem interrupção, como quem viaja numa carruagem em que os cavalos são substituídos a cada para-

Inocência

da, e não consigo viver de outro modo. Pois então, eu lhe pergunto, o que há nisso de maravilhoso e radiante? Ah, que vida absurda! Agora estou aqui com a senhorita, estou emocionado, e enquanto isso, a todo instante, lembro que uma novela inacabada espera por mim."

Lindsay aponta para o céu.

– "Vejo uma nuvem parecida com um piano. Penso: em algum trecho de um conto, terei de citar que pairava no céu uma nuvem parecida com um piano. O ar cheira a heliotrópio. Anoto depressa no pensamento um perfume adocicado, uma flor-de-viúva: usar na descrição de uma noite de verão."

Ele dá uma virada violenta.

– "E é sempre assim, sempre, nunca dou sossego a mim mesmo e tenho a sensação de que estou devorando a minha própria vida, tenho a sensação de que, para fabricar o mel que entrego, num vazio, a pessoas que nem mesmo sei quem são, eu retiro o pólen das minhas melhores flores, arranco da terra essas mesmas flores e pisoteio suas raízes. Será que não estou louco?"

Contemplo-o com um olhar que deve ser de adoração e anseio incontroláveis, embora, de fato, eu esteja apenas esperando minha próxima fala e tentando evitar que minha perna direita fique dormente. (Essas falas são tão longas...) Pedi emprestado um vestido de Imo, florido e solto no corpo, para me inspirar; quando se trata de vestir-se como uma virgem, ela é especialista. Nesse momento, porém, o vestido se enrosca no meu tornozelo. Tento ficar de pé e quase caio. Não sou nem delicada nem romântica.

Lindsay me observa com desprezo.

Finalmente, recupero o equilíbrio.

– "Perdoe-me, mas acaso a inspiração e o mesmo processo de criação não lhe proporcionam momentos elevados e felizes?"

Ele se abaixa, arranca uma margarida do gramado.

– "Sim. Quando escrevo, é bom. E ler as provas impressas é bom. Mas... tão logo o livro é publicado, vejo que não era nada daquilo, vejo os erros e entendo que o livro não deveria absolutamente ter sido escrito e aí fico aborrecido..."

Ele arranca as pétalas, uma a uma.

– "... me sinto péssimo... Mas o público lê e diz: 'Sim, é bonito, tem talento... É bonito, mas fica longe de Tolstói.' Ou então: 'Uma obra magnífica, mas *Pais e filhos*, de Turguêniev, é melhor.' E assim, até a sepultura, tudo será apenas bonito e talentoso, bonito e talentoso, nada mais do que isso e, quando eu morrer e já for bem conhecido, vão passar pelo meu túmulo e falar assim: 'Aqui jaz Trigórin. Foi um bom escritor, mas não escrevia tão bem quanto Turguêniev...' "

Pego a flor (ou o que sobrou dela) e, de brincadeira, coloco-a na lapela do onipresente paletó de tweed de Lindsay.

– "Não me leve a mal, mas não posso entender o senhor. O sucesso deixou-o simplesmente mal-acostumado. Em troca da felicidade de ser uma escritora ou uma atriz, eu suportaria o desprezo dos meus conhecidos, a penúria, as desilusões, eu moraria num sótão, só comeria pão de centeio, suportaria a insatisfação comigo mesma, sofreria com a consciência das minhas imperfeições..."

Abro os braços, giro, o céu azul voa sobre a minha cabeça.

– "... mas, em compensação, eu exigiria para mim a glória... a glória autêntica, estrondosa... Minha cabeça está rodando... Ah!"

Caio nos braços dele.

Olhamos nos olhos um do outro.

Ele se inclina para a frente, afastando o cabelo do meu rosto.

Viro a minha boca em direção à dele. Seus lábios se entreabrem.

– Fim da cena! – grita ele, soltando-me.

Desabo no chão.

Caminhamos juntos para a estação Camden Town do metrô. Jamais conseguimos conversar com facilidade. Nas duas semanas em que estivemos trabalhando nessa cena, quase não nos falamos. Decido aproveitar a oportunidade para incrementar a química entre nossas personagens.

– E aí, como acha que estamos? – pergunto, com um sorriso alegre.

Ele assente com a cabeça, vigorosamente, umas trinta e duas vezes.

– Bem.

Talvez o melhor seja falar só da cena.

– Você tem alguma idéia sobre o que eles falam?
– Às vezes. – Ele olha para mim. – Um pouco.
Continuamos a caminhar em silêncio.
– Com certeza eles conversam muito – acrescento, após uma pausa.

Ele ri, suas feições formais, afiladas, se suavizam e por um momento ele é quase bonito.

– Isso é verdade – concorda.

Sorrio de volta. Agora estamos quase nos entendendo.

– Você quer ser famoso, Lindsay? Ou apenas respeitado?

Ele pára.

Estamos em frente à estação Camden Town. A vida alternativa de Camden Lock fervilha à nossa volta, com pessoas em roupas bizarras examinando e bisbilhotando bancas de jóias artesanais e camisetas pintadas à mão, móveis estranhos de madeira, livrarias New Age; alguém toca uma flauta aborígene e o cheiro forte de incenso de patchuli perfuma o ar vespertino.

Lindsay sorri de novo, tirando com cuidado a margarida amassada da sua lapela e devolvendo-a para mim.

– Boa-noite, Evie.

São só 3:30.

Ele é tão esquisito, penso, enquanto entro na estação, rodando a florzinha entre os dedos. Como é que Imo pode amá-lo, se ele é tão esquisito?

As escadas rolantes são íngremes e traiçoeiras, com velhos degraus de madeira instáveis, descendo vagarosamente em direção às entranhas de Londres. Posiciono-me

Inocência

atrás de um grupo de garotas no lado direito. E, vindo do andar de baixo, de novo ouço o som de um músico que toca "Norwegian Wood" para arrecadar dinheiro, só que dessa vez em ritmo mais acelerado, uma ode vigorosa e intensa a um amor perdido.

Consigo vê-lo agora, dançando agitado na plataforma lá embaixo. Sua voz clara e forte corta a penumbra embaçada dos túneis lotados. As moedas tilintam na caixa da guitarra aberta aos seus pés. As garotas à minha frente dão risadinhas e procuram ansiosamente algum trocado nas bolsas. Eu vasculho o bolso da minha jaqueta jeans. Ele termina a canção e elas aplaudem com entusiasmo. Levanto o rosto.

É Jake.

A escada rolante acaba e eu tropeço.

Ele me agarra.

— Começou a beber sem me convidar, é isso? — Suas mãos se demoram em volta da minha cintura, abraçando-me como se eu fosse propriedade dele.

Enrubesço, dou um passo para trás e ele me solta.

— Que surpresa encontrar você...

— Isso é para mim? — Ele ri, indicando a moeda na minha mão.

Eu tinha me esquecido dela. Não é uma moeda de uma libra; disso, tenho certeza. Apenas peguei o que tinha no bolso. E se for uma moeda de dez *pence*? Ou, pior ainda, de dois *pence*? Fecho a mão com força.

— Eu não sabia que era você — desculpo-me antecipadamente.

– Quer dizer que você não gostou da minha música? – Ele está implicando comigo, enquanto afasta dos olhos o cabelo negro.

– Claro que gostei!

Um mar de gente cresce à nossa volta.

– Então – ele me toca com delicadeza, puxando o meu pulso –, vamos ver o quanto você gostou?

Fecho a mão com mais força.

– Antes que você faça isto, queria que soubesse que sou fã de "Norwegian Wood" e adorei a sua interpretação...

Rindo, Jake abre a minha mão.

– Ah! Cinqüenta *pence*!

Ele fica realmente satisfeito.

– Bem, com isso você compra muito mais do que uma canção!

Ele veste a jaqueta de couro por cima da camiseta e da calça jeans, depois se abaixa, apanha o resto das moedas e enfia nos bolsos.

– Não é todo dia que recebo um elogio tão grande. E aí, onde vamos celebrar?

Fixo o olhar nele.

– Como é?

Ele guarda a guitarra com cuidado e fecha a caixa.

– Pensou que eu ia deixar você escapar tão facilmente? – fala com segurança, olhando diretamente nos meus olhos.

E sorri.

– Acho que devo a você pelo menos uma bebida...

É ele, é este o homem em quem penso o tempo todo e não deveria pensar nunca... O fantasma das minhas horas de vigília...

— Ou estou sendo atrevido? — Ele inclina a cabeça para o lado e imita um sotaque esnobe. — Talvez já tenha outro compromisso?

— Não! Não tenho! — afirmo. De repente, não consigo mais acompanhar o ritmo da minha vida. É como se alguém tivesse apertado o botão *fast-forward*. Fico atrapalhada, na esteira dos grandes eventos; momentos que eu gostaria que fossem preservados em âmbar, para que eu pudesse pensar sobre eles em segredo, muitas vezes.

— Bem, então. — Ele estende a mão. — Vamos?

Ponho minha mão na dele. É quente e macia, com calos em alguns lugares. E ele me conduz na descida através dos túneis.

— Aonde vamos? — Estou eufórica como uma criança pequena, mas fazendo o possível para não demonstrar. — Todos os pubs estão fechados nos domingos à tarde.

— Tenho um plano esperto — promete ele, puxando-me na descida de mais um lance de escada.

— Então, é isto que você faz? Toca no metrô?

Andamos em ziguezague no meio da multidão.

— Exatamente. — Ele me leva até o fim da plataforma. — Dá para tirar um bom dinheiro, se você estiver na estação certa, na hora certa. Até que a banda deslanche, claro. Vestido bonito.

Enrubesço de novo.

– Não é meu. Peguei emprestado.

– Foi um elogio, Raven.

– Ah... – Essa foi horrível. Constrangedora e horrível.

– Aí é outra coisa.

Uma lufada de ar quente, e o trem entra na estação. Eu me preparo para o que vou dizer.

– Tenho que contar a você, este não é o meu nome verdadeiro.

– É mesmo? – Ele ri de novo, e uma covinha charmosa aparece no lado direito do seu rosto. – Você está usando um codinome?

Que vergonha! Tento parecer descontraída.

– Quanto mais cuidado, melhor. Principalmente num encontro às cegas. Enfim, não é Raven, é Evie. Raven é só... só um nome que Robbie inventou...

Esprememo-nos, lado a lado, no corredor do trem lotado. As portas se fecham.

Estico o braço e seguro no corrimão do teto, tentando me equilibrar enquanto o trem se projeta no escuro.

– Então, garota com vestido emprestado e nome emprestado, que quer ser atriz quando crescer. Como vou saber quando você fala a verdade?

Olho para ele de soslaio.

– A verdade é muito importante para você, Jake?

Ele sorri.

– Já que você perguntou, não, Evie. Se é que este é o seu nome de verdade.

Saltamos em Charing Cross e subimos na Strand.

Inocência

— Só existe um local para se levar uma atriz americana que em breve será famosa.

Dez minutos depois, estamos no hall de entrada do hotel Savoy.

O concierge-chefe aparece do nada, de fraque. E pára na nossa frente. — Posso ajudá-los?

Jake passa o braço pelos meus ombros.

— Não, amigo. Está tudo bem.

— Mesmo? — Ele faz cara de desprezo.

— Mesmo. — Jake sorri.

— Se é funcionário temporário — o homem persiste —, deveria usar a entrada dos fundos.

Jake aperta os olhos.

— Vamos encontrar umas pessoas no American Bar. É por ali, não é? — E dá um passo à frente, mas é barrado de novo.

— Há um código de vestimenta para o American Bar, senhor — informa o concierge, afetadamente.

— Bem — Jake levanta uma sobrancelha —, que sorte que vim bem-vestido.

— E essas pessoas, são hóspedes do hotel, senhor?

Jake pára.

E encara o homem durante um minuto.

— Sabe — diz ele, virando-se para mim —, eu sinto muito. Aliás, você nem imagina como estou arrependido de tê-la trazido aqui. Às vezes este lugar é legal e às vezes é tão amador, porra, que dá vontade de gritar. E quanto a você — ele se vira —, "são hóspedes?" Não! Não são hóspedes! São produtos da minha imaginação hiperativa!

– Por favor, senhor... – O concierge passa os olhos pela recepção.

Jake o ignora.

– Eles chegaram hoje de Los Angeles. Joel Finklehymen e Barry Inglesnook. Da EMI. Quer procurar o nome deles no seu sistema? Sabe como se escreve Finklehymen ou quer que eu soletre? Qual é o seu problema? Nunca viu ninguém da indústria fonográfica antes?

O homem hesita, retratando-se.

– Não. Não. Claro, senhor. Está tudo bem. Peço desculpas. O American Bar é por ali. – E ele faz um gesto tímido. – Gostaria que guardasse a sua guitarra, senhor?

Jake aperta a guitarra junto ao peito.

– Está brincando? Não quero que você chegue nem perto da minha guitarra! Sabe quanto vale esta garota? Não? Claro que não sabe. Porra, você não tem nem idéia de quem eu sou, tem?

– Não, senhor – admite o concierge, baixando os olhos. – Infelizmente, não.

Jake dá de ombros, sem saber o que dizer. Ele se vira para mim, incrédulo.

– Raven, você acredita nisso?

– Meu bem... – aliso o seu braço, conciliadora –, nem todo mundo vê *Top of the Pops*.

De pé no meio do saguão, Jake parece atônito.

– Veja bem – diz, finalmente –, não tenho tempo para isso. Tenho uma reunião e já estou atrasado. Tome aqui. – Ele põe uma moeda de vinte *pence* na mão do infeliz. –

Compre um jornal, cara, e da próxima vez, faça o seu dever de casa.

Saímos em grande estilo, andando pelo corredor forrado de mogno, em direção ao American Bar. Nunca conheci ninguém tão ousado. Exceto Robbie. É fantástico. E, por um momento, eu mesma fico totalmente convencida da nossa súbita ascensão ao estrelato.

– Bem, minha querida – diz Jake, ao nos aproximarmos da porta –, seja bem-vinda à curtição em grande estilo!

Entramos.

Está vazio.

Escuro, luxuoso e discreto, só um vislumbre do sol forte lá de fora penetra através das janelinhas com vitrais, meio escondidas nos cantos. As paredes são cobertas de espelhos e gravuras de rostos famosos; existe algo, porém, de Casa dos Horrores nessas superfícies todas que refletem, no desenho em espiral do tapete e nas mesinhas baixas de vidro.

– Parece que Barry e Joel faltaram ao nosso compromisso – digo.

– Filhos-da-mãe. – Jake se joga num banco de veludo verde-garrafa e eu me equilibro em frente a ele num cilindro forrado de preto.

Uma espécie de cadáver ambulante vem se arrastando lá do bar. Ele seria careca, se não fosse por três fios de cabelo branco, cuidadosamente posicionados.

– O que vão beber? – E anda tão devagar que parece um sonâmbulo.

Jake examina o menu de bebidas, e seus olhos se arregalam de espanto. – Duas cervejas, por favor – pede, afinal.
– Está bom para você?

Concordo.

– E amendoins – acrescenta.

O cadáver titubeia.

– Infelizmente, não temos amendoins, senhor.

– É mesmo? O que vocês têm? Azeitonas? Cebolas? Um pacote de batatas fritas?

– Temos biscoitinhos bem pequenos, senhor. No formato de peixes.

– Entendo. – Jake faz uma careta. – Tenho dúvidas se vou gostar disso.

– Posso verificar na cozinha, talvez tenhamos amêndoas, senhor.

– Sim, por favor, verifique na cozinha, companheiro.

Quando as bebidas chegam, Jake paga tudo em moedas de pequeno valor, um processo que leva cerca de cinco minutos e inclui várias paradas e recomeços, mas não parece incomodar em nada o cadáver. Após alguns minutos, ele retorna, e põe sobre a mesa uma pequena salva de prata com amêndoas sem pele, caprichosamente arrumadas, com galhinhos de salsa entre elas.

– Você está sendo muito gentil – digo, roubando uma amêndoa. Minha voz ecoa no pesado silêncio do bar vazio.

Jake recosta-se no banco, esticando as longas pernas.

– Você acha que estou sendo gentil?

Olho para ele. – E não está?

Ele nega com a cabeça, fitando-me detidamente. Seus olhos escuros têm pingos de verde.

– Gentileza é para boas meninas. Minhas intenções são outras.

De novo sinto a vermelhidão subindo pelo meu rosto. Olho para o outro lado e não digo nada, passando o dedo indicador bem devagar pela beirada fria da mesa de vidro.

– Tudo bem – acrescenta ele, pegando sua cerveja –, posso esperar.

Seu atrevimento é excitante e enfurecedor.

– O que o leva a pensar que não sou uma boa menina? Não acredito que acabei de dizer isso.

Ele ri, jogando a cabeça para trás. Fico ainda mais vermelha. Quando ele fala, no entanto, sua voz é baixa.

– As suas amigas não são uma boa recomendação.

Subitamente, sinto-me desconfortável.

– Tenho um namorado – ouço a minha própria voz dizer.

– Você já me disse. – Ele sorri de novo. – Aposto que ele é gentil.

Eu deveria ficar séria, indignada. Em vez disso, sorrio para ele.

Gosto do jeito que ele me olha.

– Você já esteve aqui antes? – pergunto.

– Nunca – confessa, permitindo que eu mude de assunto. – Pensei que fosse um pouco mais... animado. Sabe como é, cheio de gente famosa, bebericando coquetéis...

Ambos olhamos de esguelha para o cadáver e rimos.

– Você está tentando me impressionar?

Um sorriso brinca nos seus lábios.

– Tenho quase certeza de que já impressionei.

– Bem, conte-me alguma coisa sobre a sua vida – peço rapidamente, brincando com uma amêndoa no pratinho.

Ele suspira.

– O que você quer saber?

– Vejamos... Como é a sua família? Onde você morou quando criança? Qual a sua música preferida?

– Nascido e criado em Kilburn. Pai e mãe, nas fases boas. Nenhum dos dois, nas ruins. Minha avó criou meus irmãos e a mim, com a ajuda de Jesus, Maria e do Espírito Santo. Freqüentei uma escola católica, administrada por um bando de padres nojentos. Eu cantava no coro. Coisa de pobre... – Ele pára. – Você sabe o que significa isso?

Jogo a salsa nele.

– Que você não vai herdar o castelo.

– Significa que vou comprar o meu próprio castelo! – Ele dá um peteleco no ombro para tirar a salsa. – Agora, a mais difícil: música preferida... "Twentieth Century Boy", T-Rex, ou "All the Young Dudes", Mott the Hoople, ou Hateful, The Clash, ou... – ele me olha – a que estou compondo agora.

– Como é o nome?

– "Limey Punk Rock Faggot".

Começo a rir. – Está falando sério?

– Você não gosta? – Ele me olha com atenção. – Acho que é um nome fácil de lembrar.

Ele fala sério.

Dou um gole na minha cerveja.

– Não, não, é legal. É... diferente. Deixe-me adivinhar; não é uma canção de amor, é?

Ele toma um grande gole.

– Não escrevo canções de amor. Não acredito em nada disso.

– Ah – tento parecer tão neutra quanto possível.

Empurro as amêndoas de um lado para o outro no pratinho.

E ele fica só me olhando.

– É um título superlegal – acrescento. – Bem original mesmo.

– Você não acredita nessas coisas, acredita? – Ele parece incrédulo, como se eu tivesse acabado de admitir que escrevera uma carta para Papai Noel.

– Que coisas?

– Amor.

– Sim, claro que acredito! – Estou consciente de que é cafona dizer isso em voz alta, mas eu não ligo. – Acredito nisso acima de qualquer outra coisa. É o que dá peso e sentido à vida. De que outro jeito podemos partir deste mundo melhores do que quando chegamos?

E ele não pode conter um sorriso.

– O que nos empurra para a frente? E nos encoraja a ser mais do que somos, senão o amor? – Eu não tinha percebido o meu grau de convicção. Agora as palavras jorram, como um manifesto que vem à luz, ganhando velocidade e urgência. – Eu quero essa experiência. Quero muito. Quero sentir uma paixão cega e incontrolável, não importa o que isso signifique ou como termine! Antes de morrer, quero saber como é se entregar a uma pessoa completamente, pensar nela mais do que em mim, gostar do que ela gosta...

Ele está apático.

Fui longe demais, falei mais do que deveria. E me arrependo de não ter ficado calada.

Agora é tarde. Tento não dar importância.

– Afinal, em que mais se pode acreditar?

Ele se inclina para a frente.

– Fama. Fortuna. Sucesso. Não morar numa droga de favela!

Não é a resposta que eu esperava.

– Ah, bem – dou de ombros. – Se é isso que você quer...

– Não se trata do que uma pessoa quer... – Sua voz de repente se torna ríspida. Ele se recosta de novo. – Você deve vir de uma família muito boa para freqüentar aquela escola chique de arte dramática!

Lanço-lhe um olhar feroz, minha raiva aumentando.

– Eles têm uma loja. Um comércio que eles mesmos construíram. Portanto, não. Acho que eu também não vou herdar o castelo.

– Que tipo de loja? – questiona ele.

– Uma loja de autopeças.

Seu rosto fica menos tenso.

– Desculpe... é que... – E ele emudece.

Espero que continue, mas ele só olha em volta do bar, enquanto bebe sua cerveja.

Eu deveria mudar de assunto. Que me importa o que ele pensa?

Por alguma razão, no entanto, não consigo.

Afasto o cabelo dos olhos. O que Raven faria?

– Então, você não acredita no amor.

Seus olhos encontram os meus.

Dessa vez, não desvio o olhar.

– Quase acredito em você – digo.

Há uma leve mudança em suas feições.

– Por que quase?

– Porque... – tomo um golinho de bebida – você está mentindo.

Ficamos em silêncio.

Como mais uma amêndoa, e o barulho é sinistro. Está mais frio agora.

– Você gosta deste lugar? – pergunta ele, depois de um tempo.

– É meio escuro...

– Você tem razão. – Ele toma um último gole, pousa o copo na mesa e se levanta. – Vamos sair daqui.

E logo depois, tento acompanhar seus passos largos, percorrendo os corredores vazios, enquanto não paro de me culpar. Se eu tivesse ficado calada, ainda estaríamos lá. Agora, porém, tudo acabou; os corredores são como um labirinto escuro, e ele anda tão rápido que praticamente tenho de correr para acompanhá-lo.

Dobramos uma quina.

E então paramos.

Um imenso salão de baile aparece à nossa frente, cercado de dúzias de mesas redondas postas para o chá da tarde, com toalhas brancas impecáveis e delicadas cadeiras douradas. Das janelas, que vão do piso ao teto, descortina-se uma visão panorâmica de Londres: o rio Tâmisa brilha como uma fina folha de cristal frio ao sol do fim de tarde. A vista é deslumbrante, luminosa. Uma orquestra está tocando. E dúzias de casais idosos elegantes, com roupas finíssimas, valsam, desenhando arabescos caprichosos no parquê do salão.

Paro para tomar fôlego.

– Oh! Que lindo! – Encosto a cabeça na moldura do pórtico.

– Você gosta? – Ele está atrás de mim.

Confirmo com um sinal de cabeça.

– Não seria maravilhoso saber dançar? Eu gostaria de saber.

Ficamos ali, observando.

E os casais dão voltas pelo salão.

– Vamos.

Eu me viro.

Ele largou a guitarra e tirou a jaqueta de couro.

– Vamos! – insiste. E, pegando minha mão, ele me leva bem para o meio do salão.

– Mas eu não sei dançar!

Ele me puxa para perto dele. Seus braços são fortes e firmes.

– Apenas relaxe. Eu seguro você.

Meu corpo amolece junto ao dele.

Ele cheira a cigarro, a perfume doce de detergente de lavanderia, e sua pele tem um odor característico, intensamente quente. Seu coração bate junto ao meu.

– Você está sendo muito gentil. – Sorrio.

– Você acha que estou sendo gentil? – sussurra ele.

Faço que sim com a cabeça.

Quase não saímos do lugar, só um ligeiro movimento de um lado para o outro. E à nossa volta, os idosos dançam, giram e volteiam. A música fica mais alta, parece familiar; uma canção das grandes orquestras, que meu pai costumava ouvir. E Jake me faz rodopiar, agora mais rápido.

Fecho os olhos, rindo.

E, quando os abro, ele está me observando.

– É assim que você se sente? – pergunta ele, de repente. – Em relação a ele?

Fico surpresa.

– Não – murmuro, com a garganta apertada, relutando em soltar a palavra. – De jeito nenhum. – Experimento uma inesperada sensação de deslealdade.

Seus olhos escuros se suavizam. – Bom.

Ele me aperta mais, seus lábios roçando meus cabelos.

Encosto a cabeça no seu ombro e fecho os olhos mais uma vez.

Estou sentada na sala dos funcionários da City Lit, trabalhando em minha programação para o próximo período. A sala é como todas as outras na City Lit, só que aqui a mistura de móveis é um pouco mais elegante; num determinado ano alguém teve a brilhante idéia de melhorar as instalações e perdeu a cabeça na Ikea. Os sofás, meio afundados, têm várias manchas de chá, mas são de um azul vivo, com frisos de aço polido, e há uma mesa de jantar meio bamba e cadeiras de madeira encostadas na parede perto da "cozinha".

A cozinha é como todas as cozinhas de empresas: extremamente bagunçada. Tem uma chaleira antiga, com uma crosta de anos de uso, e uma variedade pouco inspirada de chás e cafés instantâneos. Todos os produtos interessantes exibem *post-its* com veementes declarações de propriedade: "R. Fitzroy", está escrito no chá de camomila orgânica, "Não mexa!", e ao lado, um pote de mel de acácia com o mesmo tipo de nota ameaçadora (o que não inibiria ladrão algum). Acima da pia, um aviso plastificado, letras pretas em negrito, diz: "Por favor, lave suas canecas e colheres, AQUI NÃO É HOTEL!" e, sob ele, uma pilha de xícaras e pires sujos. Quase todos estão ali desde a semana passada.

Acima da mesa bamba há um quadro de avisos, cheio de informações importantes que eu raramente leio. O único aviso que me chama a atenção é a atualização semanal da nota de R. Fitzroy: *"A pessoa que escondeu a minha xícara e o pires de porcelana oriental azul e branca, queira por favor devolver imediatamente. Ganhei de presente!!!!"*

É essa última linha, cheia de indignação, que me deixa mais curiosa. Como não conheço R. Fitzroy, tudo que sei dele ou dela (suspeito que seja ela) é sobre a delicadeza do seu gosto e a insistência imprudente em confiar objetos tão sagrados, como o chá, o mel e o que certamente é um finíssimo conjunto de xícara e pires de porcelana, aos freqüentadores malucos e imorais da sala de funcionários da City Lit. Quem faria tal coisa? Que tipo de pessoa traz e deixa aqui qualquer objeto de valor? E, o mais importante, quem deu a ela o precioso presente? Um amante? Um amigo? Sua mãe?

Toda semana, fico fascinada com os fragmentos da vida de R. Fitzroy que se revelam aos meus olhos. Seria fácil procurar o nome na lista de funcionários e me apresentar, mas isso seria trapacear. A vida já tem tão poucos mistérios...

Tiro a tampa do meu café para viagem e me acomodo no canto de um dos sofás azuis.

Certo.

Trabalhar.

O nome do curso é "Poesia e teatro: a beleza da língua inglesa". Um pouco vago, eu sei. Tentei propor currículos mais direcionados: "Os poetas da guerra e a linguagem da perda" ou "De Shakespeare a Mamet: a evolução da fala grandiloqüente através dos tempos", mas não deu certo. O que as pessoas de fato querem é algo mais universal. Um lugar tranqüilo e seguro para trazer suas obras preferidas. Este curso atrai alunos meio estranhos: os que não passaram nos testes rigorosos para os cursos mais avançados de teatro — alunos mais velhos, tímidos. A minha aula certamente não é para atores profissionais. Nem para universitários jovens e ambiciosos. A minha aula é para pessoas que fazem fila para conseguir um lugar em pé atrás da platéia para assistir a *Rei Lear* no National, mesmo que já tenham assistido à peça duas semanas atrás, porque é sua favorita e eles não têm o que fazer numa sexta-feira à noite. Ou num sábado à noite, verdade seja dita.

Pego minha coleção de antologias poéticas e textos de peças. Arrumo em pilhas, de acordo com a seqüência de aulas semanais: Shakespeare (pelo menos duas aulas), Teatro da Restauração (atenção especial à cena da barganha de *Way of the World*, aos monólogos de *Os rivais* e *School for Scandal*), uma olhada rápida em John Donne e nos poetas metafísicos, e depois um grande salto direto para Tchekhov e os poetas românticos, por nenhum motivo especial, só porque são os meus preferidos.

Estou me sentindo satisfeita comigo mesma e muito instruída, cercada por toda essa minha excelente literatura, quando Ellery King entra na sala. Ele é o instrutor de luta no curso de arte dramática propriamente dito, em tempo integral. Com seu andar felino, elegante e seguro, ele vai até os cubículos de madeira que cobrem a parede do fundo e funcionam como caixas de correspondência dos funcionários.

Eu não deveria ficar observando.

Forço os olhos de volta para o caderno, fingindo estar profundamente absorvida em meu trabalho intelectual estimulante e importantíssimo.

"Semana um", escrevo com objetividade, "interpretação dramática dos sonetos de Shakespeare. Incluir sonetos 154, 74, 12 e..."

Concentração. O que estou fazendo é importante e me traz gratificação espiritual. Sou uma professora. Uma mentora. Uma guia numa jornada espiritual de autodescoberta imensamente rica.

"Incluir sonetos 12, 74, 154 e..."

– Oi! – A voz dele é grave e convidativa. – Vamos tomar um café?

Levanto a cabeça, o rosto corado de animação.

Ele está olhando, encantado, para uma aluna de arte dramática jovem, de longas pernas, como se ela fosse a criatura mais fascinante na face da Terra. Ela diz alguma coisa e ele joga a cabeça para trás e morre de rir.

Ai. Erro meu.

Ele afasta o cabelo negro dos olhos, passa um braço pelos ombros dela, empurrando-a em direção à porta. Ela balança a cabeça como um daqueles cachorrinhos que as pessoas põem no banco de trás do carro.

Observo enquanto eles saem. Ele nem mesmo verificou sua caixa, entupida de correspondência. Olho de relance para o canto onde fica a minha caixa. Nada.

Fecho os olhos e sinto o coração batendo acelerado no peito. Isso é ridículo. Ele não sabe sequer que eu existo. E, mesmo que reparasse em mim, o que veria? Uma mãe solteira, de trinta e três anos, que dá aulas no curso noturno para adultos? Uma mulher cuja barriga fica enrugada como um acordeão quando ela se senta na banheira?

Cai na real.

É mais fácil eu seduzir R. Fitzroy do que Ellery King.

Folheando minha cópia bem manuseada de *Complete Works of Shakespeare*, corro os olhos pelas primeiras linhas dos sonetos. Aqui está: Soneto 129.

"Gasto do espírito, em perda e vergonha,
– A lascívia em ação; e até à ação
Ela é falsa, é culpada e a medonha
Selvagem assassina, é traição;
Lenta em fruir-se, mas logo esquecida,
É caça além do siso, relutante,
Mas cansa além do siso, isca engolida
Que ao que fisgou enlouquecera antes.
Tanto no perseguir e em ter pegado,
Coisa tida e havida irrefreável.
Prazer provado e logo reprovado,
Promessa anterior – já sonho instável.
  O mundo o sabe – e não foge ao eterno
  Céu que os homens dirige a este inferno."

Olho para o lugar no qual Ellery King estava; algo da sua aura permanece, pairando intensa e vibrante, pouco acima do tapete cinza perto da porta. Por um momento, quase consigo sentir o perfume do seu cabelo negro desalinhado e o calor da sua pele bronzeada.

Fecho os olhos e inspiro profundamente.

Sim, com certeza temos de analisar o Soneto 129.

– Você sempre é atraída pelo mesmo tipo.

Meu coração dá um salto.

Conheço aquela voz.

Mas nunca pensei que fosse ouvi-la de novo.

Meus olhos se arregalam.

Ali, na minha frente, está Robbie, afundando um saquinho do precioso chá de camomila orgânica de R. Fitzroy na xícara com pires de porcelana azul e branca sumida. Ela inclina a cabeça loura para um lado e sorri. Está usando o mesmo pulôver cor de laranja e calça jeans desbotada de outro dia. Só que desta vez está mais perto... e falando... e numa sala cheia de gente...

Parece que todo o ar foi sugado dos meus pulmões; na verdade, do meu corpo todo. Não consigo respirar.

– O que você está fazendo aqui? – Agarro o braço do sofá como apoio.

– Com licença. – Um homem passa entre Robbie e uma das cadeiras Ikea, dirigindo-se à cozinha.

– Pois não. – Ela se desloca para o lado para ele passar.

– Ai, meu Deus! As pessoas podem ver você! – cochicho, cobrindo o rosto com as mãos, que tremem violentamente. – Pelo amor de Deus, Robbie! O que você está fazendo? Saia daqui! *Esconda-se!*

– Tudo bem, você precisa se acalmar. – Ela abaixa a voz. – Está começando a fazer escândalo.

– Não, não! Só... só desapareça de novo... ai, meu Deus! – Fecho bem os olhos. – Vou vomitar! Por favor, vá embora, *por favor!*

Em vez de ir, ela se senta na minha frente, calmamente pressionando o saquinho de chá na lateral da xícara com a colher.

– Ah, muito legal! Não se diz mais "Oi, Robbie! Que bom ver você! Como tem passado?". Seja educada, Evie. – Ela abana a cabeça com tristeza. – O que vai ser deste mundo, hein? Os jovens de hoje...

Isso não está acontecendo comigo. Ela está na minha frente, em carne e osso, real, a pele viçosa com o calor da vida.

–Você está morta – digo, como se tentasse convencer a mim mesma.

Ela toma pequenos goles de chá.

– Só um pouquinho.

Há uma longa pausa. Nós duas nos fitamos.

Ela dá uma risadinha.

– Não, Robbie. Você está *morta*! – repito acusadora. Se eu falar com convicção suficiente, pode ser que ela desapareça.

– Está bem, você me pegou. – Ela suspira, pousando a xícara e levantando as mãos. – Estou morta! Desculpe, mas esse assunto mexe comigo. Principalmente porque você está viva, tem um filho lindo e está aqui neste buraco perdendo tempo, interessada naquele nojento, quando poderia ter uma vida rica e feliz... Como disse, isso tudo mexe um pouco comigo!

Fecho a cara, ofendida.

– O que você quer dizer com "perdendo tempo"? Quem é você para me dizer como viver a minha vida?

Ela me olha, séria.

— Ah, não sei. Quem sou eu? Bem, sou a morta que voltou do outro mundo com o objetivo explícito de dizer a você que está perdendo tempo. — Ela toma mais um gole de chá. — Que tal? Isso responde à sua pergunta?

— Outro mundo? — Soa tão antigo... — O que aconteceu com céu e inferno?

Ela dá de ombros.

— Nós o chamamos de outro mundo, mas de fato se parece mais com a estação Grand Central numa noite quente de primavera. Muita gente passando... partidas, chegadas... coisas assim. É difícil explicar. Céu e inferno são para amadores. Sabe, acho que esse negócio todo de orgânico é só propaganda. Não consigo sentir diferença no gosto, você consegue? É igual a xixi numa xícara.

Não sei o que dizer.

É tudo tão comum e mundano. Estamos em plena luz do dia. Sinto o gosto de café na minha boca. Ela cheira a cigarro e Chanel Nº 5. Tem um cara na pia atrás de nós lavando xícaras e cantarolando a música de *Havaí 5-0*. Isso não é uma assombração. Não é o choque dramático entre a vida e a morte. E, principalmente, não está acontecendo comigo.

Fico lá, abanando a cabeça e olhando para ela, desanimada. Realmente não sei o que fazer com essa informação. Nem como vou superar este episódio e algum dia viver a vida como uma pessoa normal de novo.

— Sua cabeça deu um nó, não foi? — Surpreendo-me com o tom de compreensão na voz dela.

Faço que sim, incapaz de formular uma frase coerente e não querendo falar em voz alta, como se o som da minha própria voz, conversando com ela, fosse um tipo de conluio, enredando-me ainda mais neste cenário estranho, insustentável.

Apesar do meu silêncio, no entanto, ela continua lá; cruzando e descruzando as pernas, tamborilando os dedos no braço do sofá, roendo as unhas. Ela jamais conseguiu ficar quieta, cinco minutos que fosse.

O cara atrás da gente termina de lavar os pratos e dá início a um pot-pourri de músicas de Bernstein, começando com "I Feel Pretty".

E eu tenho quase certeza de que estou ficando louca.

Daí a pouco, ela se levanta.

– Tenho uma idéia. – Ela estende a mão, mas em seguida coloca-a deliberadamente atrás das costas, após notar o meu pavor à idéia de tocá-la. – Não precisa ser assim. – Ela parece magoada. – Não vim até aqui para fazer mal a você, Evie. De fato, é preciso ter muita energia só para estar aqui.

Nesse momento, percebo: Robbie continua a mesma. Morta ou viva. Acima e além de tudo – é só a Robbie. Na verdade, ela não mudou. Continua tagarela e muito ousada – a mesma garota que morreu porque não conseguia passar um dia sequer sem pelo menos um litro de Coca-Cola Diet.

Fico envergonhada.

– Desculpe – murmuro. E, pela primeira vez, olho nos olhos dela.

Sim, é ela.

Inocência

Alguma coisa, porém, está diferente. Uma luz, ou melhor, um brilho passa através dela, como se, apesar da aparente solidez, ela fosse translúcida. Não parece, no entanto (e isto é que é estranho), nada fora do normal. E tenho a sensação passageira de que poderíamos todos ser assim transparentes, se ao menos pudéssemos nos ver direito.

– Vamos dar uma caminhada. – A atmosfera em volta dela é calma, de uma paz estranha. – Tem umas coisas que eu queria dizer a você.

⁂

– Se vai fazer isto, tem que fazer direito. Entende?

São sete e dez da noite de uma quinta-feira. Robbie e eu somos as únicas alunas que ainda estão no prédio. Lá fora, o céu está totalmente negro e uma lua fina começa a aparecer. As lâmpadas fluorescentes têm um brilho estranho, piscando e zumbindo acima das nossas cabeças.

Aperto o rosto com as mãos.

Ouve-se uma batida à porta da sala e uma faxineira aborrecida enfia a cabeça pelo vão.

– Mais cinco minutos – pede Robbie, com seu sorriso mais simpático. A mulher abana a cabeça, resmunga qualquer coisa, mas nos deixa em paz.

Ou o que seria paz, se Robbie não estivesse me mantendo como refém. Já é tarde. Estamos aqui desde a nossa primeira aula, às nove da manhã, e estou cansada e suada, precisando muitíssimo de um banho daqueles proibidos pela Sra. Van Patterson.

Levanto a cabeça.

– Temos que voltar para casa – digo.

Robbie, no entanto, não se mexe.

– Acredite em mim, Evie. Você só tem uma chance. E em dez minutos tudo estará terminado e você estará de volta à sala de espera com mais umas cem pessoas olhando para você. E eles só vão escolher cinco delas. Só cinco!

Já ouvi essa estatística antes. Na verdade, já ouvi todo esse discurso antes. Muitas, muitas, *muitas* vezes.

– Cada coisinha que você fizer tem que ser perfeita. – Ela ignora meus olhos revirados. – E não sei precisar o quê, mas alguma coisa não está certa...

Isso não é o que eu gostaria de ouvir.

Nunca pedi a ela que me ajudasse; ela simplesmente acordou um dia e resolveu que estava encarregada dos meus testes na Juilliard. E já faz três semanas que não fazemos nada além de ensaiar e ensaiar, de novo, de novo e de novo. No café-da-manhã, indo para a estação do metrô, na hora do almoço, voltando da estação do metrô, na hora do jantar...

No começo, fiquei envaidecida. Depois de um tempo, isso passou.

Nunca vi ninguém tão decidido.

Nem tão irritante.

Nesse momento, ela está no estágio que Imo chama de *Grande Ditador*: cabelo puxado para trás e óculos de leitura com armação grossa. (Imo e eu temos uma forte suspeita de que são falsos.) Ela segura um texto de *Rei Lear* em uma das mãos e uma cópia de *Perversidade sexual em Chicago*, de

David Mamet, na outra mão, e os examina, procurando dicas. Finalmente, abana a cabeça.

— Vamos fazer tudo de novo mais uma vez.

Chega. Não agüento mais.

— Não, Robbie. Já fiz tudo umas cinqüenta vezes esta noite. Estou exausta. — Arrastando meus membros doloridos pela sala, pego meu casaco e minha bolsa. — Quero ir para casa agora. Vamos.

— Você não entende, não é?

Ela não se mexeu, nem parece que vai se mexer. Tirando os falsos óculos, ela me olha com ar severo — sua idéia do que seja uma bibliotecária de escola fundamental.

— Você tem uma janelinha de oportunidade para mudar toda a sua vida, uma chance de garantir que só vai voltar para Ohio num esplendor de glória! E aí? Está danada da vida porque tem que trabalhar para isso? Porque talvez isso exija algum esforço da sua parte?

Robbie é a última pessoa que pode me passar um sermão sobre a importância do esforço concentrado. Só porque ela decidiu não se atrasar para a aula, de repente acha que é Lee Strasberg.

— Não fale comigo sobre trabalho duro, Robbie! Tenho trabalhado como uma condenada para aprender essas falas!

Ela se levanta.

— E eu estou dizendo a você para repeti-las!

— Por quê? — Largo a bolsa e o casaco. — O que tem de errado com elas?

— Apenas não estão boas o suficiente, Evie! Não... não tenho certeza do porquê, exatamente, mas não são fortes o bastante. De fato – ela faz uma pausa, olhando os textos com perplexidade –, ainda acho que são as falas erradas para você. Boyd e eu comentamos a esse respeito outro dia...

— *Boyd?*

Ela sorri timidamente.

— É, estávamos tomando um café juntos, e comentei com ele sobre as suas falas...

—Você se encontrou com ele para um café? Sozinha? – Não acredito no que estou ouvindo.

Ela suspira, dramática.

— Escute, foi só um café! A gente se dá bem, entende? Enfim, comentei sobre aquela fala da modelo que se masturba, do Fassbinder, e ele achou que talvez, se você fizesse Isabela, de *Medida por medida*, essa coisa do contraste prostituta/freira seria fantástica...

—Você sabe que não gosto daquela fala! Eu disse a você que não queria fazer aquela!

— Mas, Evie, você está deixando passar uma oportunidade importante! Como eu disse, você só tem uma chance...

Sua boca se move. Ouço as palavras, mas não consigo registrar mais nada. Estou farta do som da sua voz. Das suas correções, perguntas, instruções de começar e parar, das ordens que me dá só porque fez um teste uma vez na vida... Não acredito que ela esteja seduzindo Boyd! Por algum motivo, é a gota d'água, uma traição a algo importante e sagrado. E agora, ela quer que eu mude todas as minhas falas para impressioná-lo.

Já chega. Pego minhas coisas de novo.

— Você quer engrossar? Então, vá se foder, Robbie! Já agüentei demais essa sua conversa fiada! Seria legal se, pelo menos uma vez, você me animasse e me apoiasse, em vez de me criticar dia e noite! Nunca está bom o bastante para você! E sabe por quê? Porque você não quer que eu me dê bem! Você não quer que eu seja aceita num lugar em que você foi recusada!

Ela parece atordoada.

— Isso não é verdade!

— Da próxima vez, não se dê o trabalho: compre um fantoche. Aí você vai poder enfiar a mão na bunda dele e fazer dele o que quiser!

Saio batendo a porta.

A faxineira está encostada na parede, fumando um cigarro.

Ela vira o rosto.

Subo as escadas sozinha.

Pela primeira vez na minha vida, reagi. Não estou acostumada com a descarga de adrenalina e o nervosismo. Seguro o corrimão, e minhas mãos estão tremendo.

Esta é uma péssima noite para dar um jantar.

Assim que cruzo a porta de Gloucester Place, Imo aparece, equilibrando-se nos sapatos pretos de salto alto de Robbie.

— Droga, Evie! Onde vocês estavam? São quinze para as oito! Eles vão chegar daqui a meia hora!

Paro.

Seu rosto é uma palheta de cores, como as usadas nas escolas infantis: traços de sombra azul nos olhos, círculos de blush rosa, batom vermelho, tudo aplicado com a perícia de uma criança que ainda não consegue pintar dentro das linhas. O cabelo está apertado num coque, com um cachinho pendurado em cada lado do rosto – o máximo da elegância nos idos de 1974. Tudo isso, mais os sapatos de salto alto de Robbie, meio folgados, e o vestido no melhor estilo *Os Pioneiros* confirmam a impressão: é uma garotinha, brincando de se vestir com as roupas da mamãe.

É cruel deixá-la fazer papel de boba. Como contar a ela que está ridícula? Esta noite foi planejada para que, finalmente, ela tenha a oportunidade de seduzir Lindsay Crufts, contando para isso com sua beleza e seu sex appeal sofisticado. E mais uma enorme quantidade de vinho barato. Mas, a menos que ele tenha um gosto ainda mais estranho do que imaginamos, todo o trabalho será perdido.

De qualquer maneira, ela já está nervosa demais para dar importância à minha opinião.

– Não tem comida, Evie! – Ela me agarra pelos ombros. – Não tem comida nenhuma aqui em casa! *Nada!*

– O quê?

Tenho estado tão envolvida com os meus problemas que nem tenho prestado atenção nessa história do jantar.

Arranco meu casaco, que aterrissa numa pilha de roupas abandonadas ali na entrada.

– Pensei que Robbie fosse resolver tudo.

Entro na cozinha e abro a geladeira. Lá tem meio litro de leite velho, um pouco de manteiga e uma cenoura.

Examino os armários. Um pacote de arroz, macarrão e quatro garrafas de bebida – gim azul, gim verde, gim branco e uma garrafa de Cointreau sem a tampa –, todas quase vazias.

Sinto um embrulho no estômago.

– Está vendo? Nada! Eu falei! O que a gente faz?

Sua voz atinge uma freqüência que normalmente só os cães podem ouvir.

– Tudo bem. Precisamos nos acalmar. – (Eu não estou calma.) – Quantas pessoas vêm? – (Existe alguma receita que renda bastante, e que leve só um pouco de arroz e uma cenoura? Queria que minha mãe estivesse aqui.)

– Seremos nós e mais ou menos uns *mil* homens! – Ela está à beira de um ataque de nervos. – Lindsay vem! E aquele tal de Chicken, e um cara da loja onde ela compra café-da-manhã, chamado Carlo, e aquela garota francesa, Pascal...

– Aquela que chora em todas as cenas?

Imo confirma.

– Robbie achou que ela daria "cor e uma dimensão internacional à conversa".

– Mas ela não consegue abrir a boca sem chorar – observo, percebendo em seguida que não foi um comentário feliz.

– Eu sei! *Eu sei!* – Ela está começando a tremer, os dois cachinhos balançando para cima e para baixo, como antenas de alienígenas. – E Lindsay vem! Vai chegar a qualquer momento! Estamos fodidas! Completamente fodidas, Evie!

O verdadeiro horror da noite arquitetada por Robbie começa a ficar evidente. E a sensação de fracasso aumenta de forma dramática. Pascal é maluca. O cara do café mal fala inglês. Hughey Chicken vem há semanas deixando recados que Robbie ignora. E Imo...

Merda!

Abro mais um armário.

Temos três pratos lascados, nenhum copo limpo, nada para comer ou beber, um apartamento que parece Beirute e só mais vinte e cinco minutos.

Odeio Robbie; com todas as minhas forças, eu a desprezo.

Uma coisa é me maltratar, me intimidar e destruir minha segurança até a última partícula. Outra coisa, completamente diferente, é magoar Imo; alimentar suas esperanças e depois abandoná-la dessa maneira. Quero matar Robbie.

Nesse momento, no entanto, tenho de fazer alguma coisa para evitar que Imo tenha uma noite de humilhação radical. Seguro-a pelas mãos.

— Tudo bem, vamos fazer o seguinte: temos que cancelar. Você tem o telefone do Lindsay?

— O quê? — Ela me olha sem expressão, de repente virando Blanche DuBois.

— Temos que cancelar — repito mais alto, como se gritar fosse tirá-la do transe. — Está entendendo, Imo? Temos que fazer com que eles não apareçam!

Ela acorda.

— E se for tarde demais?

— Talvez ainda dê tempo. Se ligarmos agora, pode ser que ainda não tenham saído. Eu ligo para Pascal e teremos que mandar Hughey embora... e o cara do café, também... anda! — Dou-lhe um empurrão. E ela vai se equilibrando até o quarto para procurar a agenda de telefones.

Por um momento, fico grudada no chão. Meu instinto mais forte é de pegar meu casaco e sair correndo. Em vez disso, concentro-me: tente se lembrar... Onde pus aquele papelzinho com o telefone de Pascal? Será que guardei? Minha cabeça dói. Esfrego os olhos. Vamos, concentre-se!

A porta se abre.

— Ei! Preciso de ajuda aqui! — Robbie entra carregada de sacolas, seguida por dois chineses trazendo grandes caixas.

Olho para ela embasbacada.

— O que é isso?

— Isso? Bem, isso é o nosso jantar. Obrigada. — Eles deixam as caixas na comprida mesa de jantar, enquanto ela, colocando suas sacolas na bancada da cozinha, tira algum dinheiro do bolso detrás e dá de gorjeta. — Obrigada pela ajuda, caras. Tchau!

Eles sorriem e dão adeus, saindo pela porta da frente.

Abro uma das caixas. Dentro, pilhas de embalagens de comida chinesa para viagem, montes de pauzinhos, biscoitinhos da sorte, guardanapos... Observo enquanto ela esvazia as sacolas na bancada; uma está cheia de gelo, a outra de cervejas bizarras do Japão.

— Tome. — Ela me passa o gelo. — Feche a pia e jogue isso lá dentro, por favor.

Quando termino, ela rapidamente enfia as garrafas entre os cubos de gelo, até que a pia fique transbordando de cerveja gelada.

Estou surpresa.

— Onde você arranjou tudo isso?

Ela está esvaziando outra sacola, cheia de velas de todos os tamanhos e formatos imagináveis.

— Chinatown — responde ela, simplesmente. E se vira para olhar para mim. — Sinceramente, você não pensou que nós fôssemos cozinhar, pensou?

Olho para o outro lado. Todas as vezes que penso que a entendo, ela faz alguma coisa absolutamente surpreendente. É a única pessoa que conheço para quem o inesperado pode ser considerado rotina.

Observo em silêncio enquanto Robbie transforma a cozinha, jogando os pratos sujos num balde escondido embaixo da pia e enchendo a mesa de jantar de iguarias aromáticas e exóticas.

Nunca teria me ocorrido fazer algo tão ousado, ou extravagante, ou caro; deve ter aqui no mínimo cem libras em comida e bebida. Robbie, no entanto, tem essas atitudes admiráveis sem nem pensar duas vezes. Uma parte de mim tem ciúme; se ela não tivesse chegado, eu ainda estaria tentando fazer um banquete com um pouco de arroz e uma cenoura. A outra parte de mim fica pateticamente agradecida.

— Como você pagou por isso? — pergunto, timidamente. O certo seria cada uma pagar uma parte.

— Cartão de crédito. — Ela cobre a luminária de papel da sala de jantar com uma echarpe de seda escarlate. Uma suave luz avermelhada inunda o ambiente.

— Os seus pais não vão ficar zangados?

Ela me olha.

— E que diferença isso faz para você?

Nesse ponto, eu deveria tomar a iniciativa para uma reconciliação. Afinal, que importa a maneira de ela fazer as coisas, desde que, no fim, dê tudo certo? Ainda guardo, no entanto, um ressentimento que não passa. Abro a boca para dizer as palavras, mas um novo ataque de raiva me enfurece. Minhas boas intenções se evaporam. Temos coisas mais urgentes a fazer. Concentro-me em ajudá-la a arrumar a comida.

— Meus pais vivem para esse tipo de coisa. Vou proporcionar a eles horas de diversão e talvez a única intimidade que podem compartilhar. O que eles sabem fazer melhor é ficar zangados — acrescenta Robbie, incisiva.

Imo sai do quarto acenando com uma agenda de plástico cor-de-rosa.

— Até que enfim! Encontrei! — Ela pára. — O que é isso?

Robbie arregala os olhos e me olha consternada. Não posso deixar de sorrir para ela, o que atenua a hostilidade entre nós. Esta é uma crise conjunta.

Empilhando as velas nos meus braços, ela cochicha:

— Por que não me contou que ela estava vestida como uma boneca de trapo? Você decora o apartamento. Eu vou dar um jeito nela! — Meio à força, ela faz Imo voltar para o quarto. – Pode ser que você fique um pouquinho chateada, mas é para o seu próprio bem!

A porta se fecha.

Eu me apresso, preenchendo todas as superfícies vazias com velas, cobrindo o sofá feio com a colcha da minha cama, um pouquinho melhor, fazendo o possível para recolher os cinzeiros cheios, as pilhas de roupas sujas e as xícaras de café e chá velhos.

– Como vai indo? – pergunta Robbie.

– Não sei... – Dou um passo para trás, examinando o resultado. – Ainda parece... vazio... como se faltasse alguma coisa!

Ela põe a cabeça para fora.

– Pegue! – E joga para mim o seu isqueiro. – Acenda todas as velas. Apague as luzes. Pegue o meu Chanel N.º 5 e borrife as cortinas. Bote a fita da Billie Holiday para tocar num volume um pouco alto demais e depois abra uma cerveja. Garanto a você, o lugar vai parecer bem melhor. – E ela desaparece de novo.

Mais uma vez, como tenho feito nas últimas três semanas, sigo as instruções de Robbie. Em questão de minutos, o apartamento de estudantes, escuro e encardido, se transforma num antro de perversidade sedutor, perfumado, com luz suave e cantinhos escuros e aconchegantes, ideais para conversas íntimas e encontros ainda mais íntimos.

Abro uma garrafa de cerveja e bebo avidamente. Não comi nada o dia todo. Em seguida, desabo numa das cadeiras de couro preto. Vejo-me na tela apagada da televisão em frente, o cabelo pintado de preto caindo pelos ombros, num emaranhado de nós que não são desembaraçados há dias. Meu rosto me contempla, pálido e pequeno. Os olhos estão borrados de rímel e delineador preto da véspera. Os braços são gravetos saindo da camiseta branca, e há semanas estou usando esta mesma calça jeans. Tomo mais um gole.

Tenho que dar um jeito na minha vida.

Se ao menos eu tivesse ânimo.

– Tá-rá! Aqui está ela! – Robbie empurra Imo suavemente para o centro da sala. Seu longo cabelo castanho cai em cascata pelos ombros nus, realçados pelo vestido Norma Kamali de jersey preto de Robbie, que modela os quadris estreitos e depois se abre como a saia de uma dançarina de flamenco. O rosto quase não tem maquiagem: só uma ligeira cor nos lábios e longos cílios escuros. E ela está linda, requintada, uma Audrey Hepburn pré-rafaelita, embora continue a cruzar os braços compridos em volta da cintura, como a se proteger. Será que tem medo de que alguém repare que ela não está envolta em metros e metros de tecido xadrez bordado em casinha-de-abelha?

Começo a rir, encantada.

– Im, você está incrível!

Ela sorri e dá um beijo no rosto de Robbie.

Ouve-se a campainha da porta e nós nos entreolhamos. Robbie nos segura pela mão.

– A única regra, senhoritas, é que somos maravilhosas, sensacionais e inteligentes. Fora isso, nada mais importa! – E ela sai rebolando pelo corredor e abre a porta. – Oi, tudo bem? Ah, obrigada, não precisava se incomodar! – diz ela, encantada, a perfeita anfitriã nova-iorquina.

Descobrimos que Hughey Chicken, Lindsay Crufts, a maluca da Pascal e Carlo Café não são os únicos convidados de Robbie. Carlo Café traz mais três caras – todos estudantes italianos e lindos, iguais ao Davi de Michelangelo, só que de calças jeans apertadas e carregando garrafas de vinho tinto. Pascal traz seu irmão, Jean Luc, um fanático pela dança ceroc, que, além de dançar com qualquer um que ouse ficar parado trinta segundos, ainda teve a gentileza de atacar o jardim dos fundos da casa abandonada onde ele mora para nos trazer uma erva poderosíssima, de cultivo doméstico. E Hughey Chicken arranjou uma atração musical que, ele promete, deve chegar a qualquer momento.

O melhor de tudo é que Lindsay aparece de terno e gravata, com um buquê de rosas vermelhas. Imo timidamente arruma as flores nas três garrafas vazias de gim, enquanto discute as várias traduções de Tchekhov e exibe seus ombros alvos.

A música fica mais alta e os caras do andar de cima descem. Acaba a comida chinesa e pedimos pizza. Garrafas de cerveja vazias se acumulam por toda parte e um baseado após o outro passa de mão em mão. Um dos Davis italianos tenta me cantar. Depois tenta cantar Imo. Depois Robbie. E volta para mim. Ele se aproxima, balançando os ombros e sorrindo.

– Senti sua falta. – Ele se acomoda perto de mim com um copo cheio de vinho. – Sabe, é de você que eu gosto mais.

A campainha toca. Tento ir até a porta, mas não consigo passar por Jean Luc, que me faz girar sob o seu braço.

Alguém abre a porta e Jean Luc me aperta e me leva rodopiando para a cozinha. Olho por cima do seu ombro e vejo uma figura conhecida andando no meio das pessoas.

É Jake, carregando a guitarra num estojo. Ele não está sozinho. Atrás dele, uma loura alta e exuberante olha com desdém para o grupo. Ela usa botas amarradas de cano curto, uma minissaia evasê e uma camiseta rasgada em lugares estratégicos, como uma modelo num vídeo da MTV.

Jean Luc me levanta de novo, me joga para cima e me pega de volta. Tudo que tenho no estômago (três cervejas e dois rolinhos primavera) dá uma cambalhota. Afastando-me, corro para o banheiro.

Olho a minha imagem refletida no espelho. O que vejo bem poderia ser uma das bruxas de *Macbeth*.

Merda.

Por que não fui favorecida com o vestido Norma Kamali e toda a habilidade de Robbie?

Pego um pente e começo a passá-lo pelo cabelo.

Está errado, eu sei. A única pessoa por quem eu deveria fazer tal esforço é Jonny. Mas não posso evitar. Daria praticamente qualquer coisa para ser a loura incrível atrás de Jake.

Alguém bate à porta do banheiro.

– Já vou sair! – grito, jogando água fria no rosto. De jeito nenhum ele vai me ver com olhos de panda.

Mais batidas à porta.

– Já vai! – Abro a porta e um dos caras do andar de cima entra, nem se dando o trabalho de esperar que eu saia para abrir o zíper da calça.

Temos música... música ao vivo... acordes estridentes de rock, tocados com tanta segurança e perícia que chegam a ser chocantes no cenário prosaico do nosso pequeno apartamento. Caminho para a sala e dou uma espiada. Jake está perto da janela, guitarra pendurada no ombro, seu corpo magro quase dobrado pela intensidade com que ele toca. A sala está em silêncio. Até Jean Luc ficou quieto, hipnotizado por esta súbita explosão de puro talento. A loura está encolhida aos pés de Jake, admirando-o com uma petulância possessiva de proprietária.

É injusto. Ele está com ela, e eu estou amarrada ao chato do Jonny...

Certo. Mesmo não tendo vestidos de grife, ainda assim posso melhorar alguma coisa.

Dirijo-me ao meu quarto, abro a porta.

Tem alguém na cama.

Duas pessoas, na verdade.

E ouço gemidos no escuro.

Só me faltava essa.

Pigarreio.

Tusso.

Arrasto os pés, pigarreio e tusso.

Que se foda!

Acendo a luz.

É Pascal, com Lindsay Crufts. Ela está fazendo um boquete nele e me olha zangada, enquanto ele, olhos fechados, cabeça jogada para trás, me ignora completamente. Ela faz sinais furiosos para que eu saia, como se eu tivesse sido muito mal-educada ao interrompê-los.

Apago a luz e volto para o corredor, fechando a porta atrás de mim. Essa imagem ficará comigo para sempre – um excesso de informações, que não quero, nem preciso.

– Você viu Lindsay? – É Imo, segurando dois copos de vinho tinto.

Faço que não com a cabeça.

Imo franze a testa.

– Ele estava aqui há pouquinho. – Ela volta para a sala, onde Carlo Café convida-a a se sentar e pega o segundo copo de vinho, passando um braço pelos seus ombros.

Esse contratempo pode arruinar os nossos planos. Com quem conversar sobre isso?

Encontro Robbie no seu quarto, trocando os sapatos e retocando a maquiagem.

– O que foi? – diz ela quando me vê. – Algum problema?

– Jake está aqui. – Eu me jogo na cama dela. – E o namorado gay de Imo está neste momento ganhando um boquete da nossa adorável Pascal!

– Não! – Ela começa a rir. – Bem, isso não prova nada sobre a sexualidade dele.

– Imo não sabe – asseguro. – E acontece que Carlo está passando uma cantada nela agora.

– Que bom! Carlo não é gay. E sabe o que está fazendo. Pascal pode estar prestando um grande favor a Imo. Quem poderia imaginar que a Chorona tem jeito para a coisa? – Robbie volta a ajeitar o cabelo.

Parece que a conversa acabou, com a conclusão de que houve uma simples troca de parceiros. Observo enquanto ela retoca o batom, esfumaçando o contorno levemente com os dedos, para produzir o efeito de uma boca suave como um botão de rosa. Ela é um anjo, cor-de-rosa e marfim. Seria bem mais fácil fazer as pazes se ela não estivesse tão bonita neste momento. Um silêncio constrangedor se instala entre nós. Olho as roupas de cama amassadas, as manchas de rímel no travesseiro.

Com esforço, tomo uma decisão.

– Escute, Robbie...

Ela me interrompe.

– Apague a luz quando sair – ordena. Ela tira uma jaqueta jeans desbotada de um dos cabides do guarda-roupa.

Fico zangada de novo. Como ela pode não ligar para toda essa confusão e todo esse caos? E para os sentimentos de Imo em relação a Lindsay?

– Aonde você vai? Ei! Você não pode dar no pé agora! – grito. – Estamos no meio de uma festa!

– Posso, sim. – Ela vai em direção à porta.

Agarro o seu braço.

– O que você está fazendo? Por que acha que pode simplesmente dizer foda-se tudo e sair assim? – Engasgo, fico vermelha. Não tenho jeito para isso. Ninguém na minha família briga; só ficamos mudos e emburrados. Nesse momento, porém, tenho vontade de gritar.

Robbie puxa o braço para se soltar.

— Porra, cresça, Evie! — Ela me olha com desprezo. — É a vida! O boiola ganha um boquete e Imo vai para a cama com um homem de verdade. É assim! Carlo, pelo menos, é bom nisso.

Eu recuo.

— Meu Deus! Você dormiu com ele! Tem alguém nesta festa com quem você não tenha transado?

Por um segundo, parece que ela vai chorar, mas sua fragilidade se transforma numa máscara de repulsa.

— Estou cheia da sua cara! — diz ela, ferina. — Estou cheia dessa merda de lengalenga de garota do interior, um poço de virtudes! Eu transo com um monte de gente. E daí? Um monte de gente quer transar comigo! Pelo menos não estou por aí rindo à toa, com tesão por um cara, enquanto fico falando, falando, falando sobre um nerd lá da minha cidade! "Oooohhh, vamos morar juntos em Nova York!"

Meus olhos estão ardendo.

— Pelo menos não sou uma vagabunda idiota e cheia de caprichos como você!

Eu me encolho; ela vai me bater. Mas Robbie diz:

— Quer saber? Você nunca vai conseguir sair de Ohio, garota! Você não tem coragem pra isso!

E ela se vira e sai correndo. A porta bate com violência, mas só eu escuto, acima da música, do riso, da conversa e do barulho.

Escondo o rosto nas mãos.

Não teria tanta importância, se ela não estivesse certa.

Tenho que falar com Jonny. Deu tudo errado. Anseio por ouvir sua voz calma, segura. Enxugando as lágrimas na ponta da camiseta, saio aos tropeços do apartamento e vou para o hall. Tem um telefone público no canto. Pego o fone e encosto na orelha. Está mudo. "Com defeito", é o que está escrito no papel colado no aparelho, na letra irregular, típica de gente velha, da Sra. Van Patterson.

Merda.

Encosto na parede. Ouço aplausos e gritos; Jake terminou mais uma canção.

Não quero falar com ninguém nesse momento, exceto Jonny. Abro a porta da frente e saio na noite.

Tem uma cabine telefônica na esquina. O tráfego é intenso. O vento é como uma mão aberta, firme, empurrando-me para trás. Continuo, mesmo assim, tremendo de frio com minha camiseta. Passo por um pub cheio de fumaça e barulho, próximo a uma fileira de lojas silenciosas, vazias. Lá está a cabine, um retângulo vermelho e brilhante a distância. Agora já correndo, abro a porta e me jogo na cabine, pego duas moedas, enfio-as na abertura. Disco o número e espero. Em algum lugar do outro lado do mundo, um telefone toca.

– Alô?

A voz dele está diferente, mais jovem... distante.

– Alô? – repete.

– Sou eu.

– Meu bem! Que bom que você ligou! Aconteceu alguma coisa?

– Não. – Será que dá para ele perceber que estive chorando? – Eu... eu estou com saudade, Jonny, só isso.

Ele ri.

— Também sinto saudade, benzinho. Tem sido dureza aqui sem você, sacou? — E ele dá uma risadinha maliciosa.

Não é isso que quero ouvir. Por que ele não consegue ser sério e romântico? E, pela primeira vez, fico constrangida e tenho vergonha do Jonny. Ele parece perceber e tenta mudar de assunto.

— E aí, como vai aquele seu professor esquisitão?

Encosto a cabeça na porta de vidro.

— Vai bem. Na verdade, ele é muito bom.

— Ah, bem. Tive a impressão de que ele é um bocado estranho.

Silêncio.

Posso ouvi-lo se espreguiçando na cama. Deve ser começo da tarde, lá. — Então, você está acordada até tarde. O que vocês andam fazendo? Só passando o tempo?

— Bem — hesito —, convidamos uns amigos e...

— Parece legal. — Sua voz é distante, neutra. Ele espera que eu continue.

— É... é legal — concordo. Por que reluto tanto em preencher as lacunas?

— E as meninas? — ele me estimula. — Aquela Robbie parece bem maluca.

— Tivemos uma briga — murmuro, meus olhos de novo se enchendo de lágrimas.

— Qual o motivo?

Não quero contar a ele. Ele não aprovaria Robbie — como não aprovaria muitas outras coisas em Londres. Ou melhor, ele não entenderia. E pela primeira vez me dou conta de que não estamos apenas em lados diferentes do mundo, mas agora vivemos em planetas totalmente diferentes. Algo em mim se afastou do Jonny. E se deslocou para um lugar mais escuro, totalmente desconhecido. É assustador. E ao mesmo tempo excitante.

– Nada importante – minto. – Só umas bobagens.

– Ah. – Ele percebe que estou disfarçando. – Está tudo bem com você?

Não consigo falar; minha garganta está apertada.

Respondo com a cabeça.

– Evie? Você está bem?

– Estou. Só liguei porque...

Começo a ouvir bips. "Se quiser continuar esta ligação", informa uma voz mecânica com sotaque britânico, "favor inserir mais moedas agora".

Entro em pânico.

– Jonny!

Bip, bip.

– O quê? O que você disse?

Bip, bip. Bip, bip.

– Jonny, eu sinto muito!

A linha emudece. Estou sozinha, segurando o fone, com o som monótono e insistente da ligação perdida no meu ouvido. Desligo, entorpecida de frio, e saio da cabine.

E lá, recostado na lateral de uma loja de apostas abandonada, fumando um cigarro, está Jake.

Ele sopra a fumaça devagar.

– Oi.

– Oi. – Dou um passo para o lado. – Já terminei.

Nossos olhos se encontram.

– Não estou esperando para usar o telefone.

Ficamos assim um momento.

Ele me passa o cigarro, que eu pego e levo aos lábios, vagarosamente. Ele tira a jaqueta de couro e a coloca nos meus ombros.

Caminhamos lado a lado, sem nos tocarmos, sem falar, seguindo nosso caminho em silêncio pelas ruas desertas. Não sei mais onde estou. Estou perdida. E isso não tem importância.

Depois de um tempo, ele faz sinal para um táxi. Abrindo a porta, ele me olha.

– Quero levar você a um lugar.

Eu me afasto.

– Quem é aquela garota?

Ele nem titubeia.

– Ninguém. Uma garota que Hughey acha que sabe cantar.

Entro no carro.

Entro, sabendo que estou ultrapassando o limite do permitido. Outros limites serão ignorados no correr da noite, coisas que nunca fiz, coisas que nunca pensei em fazer.

E não ligo mais.

Ele mora num cômodo em cima de uma oficina de bicicletas em Kentish Town. É um espaço grande, com pia e geladeira num canto e um colchão no chão, encostado na parede do fundo. Há mais três guitarras em suportes, próximas umas das outras, um amplificador portátil, alguns equipamentos de som guardados em caixas de metal prateado, pilhas e pilhas de discos e um sistema de som sofisticado, em cima do que parece ser uma escrivaninha antiga, com uma cadeira giratória. Há cinzeiros por toda parte. As paredes são cobertas de pôsteres de The Clash, Jimi Hendrix, Bowie, Sex Pistols e New York Dolls.

Sento na cadeira giratória e observo enquanto ele tira do bolso de trás um minúsculo saquinho de plástico e pega um espelho pequeno, com moldura. Estou numa região desconhecida de Londres, sem dinheiro, sem casaco e sem minhas chaves. Ele arruma as carreiras de coca, enrola uma nota de dez e passa para mim. Inclino-me para a frente e faço o que já vi as pessoas fazerem nos filmes, fechando uma narina e aspirando o pó. Depois mudo de lado. É amargo, metálico, como mercúrio no céu da boca.

Jake se levanta e sorri, pegando na geladeira uma garrafa de vodca. Eu tomo um gole e observo enquanto ele aspira as carreiras restantes.

Ele põe para tocar "Station to Station", de Bowie. É a melhor música que já ouvi. Alguém no quarto ao lado está esmurrando a parede, mas daí a pouco desiste e pára. Sinto-me lânguida, a noite de repente ganhou contornos mais nítidos, mais marcantes. Não sou mais desajeitada e ansiosa, tentando projetar para o mundo uma imagem ideal. Sou esperta e sexy, mais consciente do meu corpo, de cada fibra do meu ser. E amo esta música. Poderia ouvi-la a noite toda.

Recosto-me na cadeira e fecho os olhos. Dando impulso com os pés na escrivaninha, rodo, girando no escuro, encantada com a sensação de liberdade.

E depois paro.

Jake me levanta. Ele aperta sua boca contra a minha. E o gosto dele é exatamente o que imaginei – doce e salgado, tudo ao mesmo tempo. A jaqueta de couro cai. Ele tira minha camiseta e meu sutiã. Eu observo, flutuando em algum lugar fora de mim, enquanto ele se inclina e beija os meus seios. Arqueando as costas, passo os dedos pelo seu cabelo longo e escuro. Ele abre o zíper da minha calça jeans, que eu tiro e deixo no chão. Ele chuta a calça para um lado e, logo depois, arranca minha calcinha rosa-claro. Ela é da cor de algodão-doce. Foi comprada pela minha mãe. Jake me empurra de volta para a cadeira e eu tiro sua camisa, afundando a boca na carne quente do seu ombro. Então ele inclina a cadeira para trás e abre as minhas pernas.

Jonny desaparece, se apaga.

Jake toma posse.

Cheiramos mais carreiras e ele me possui contra a parede. Bowie toca em *loop*, de novo, de novo e de novo. Jake me puxa para junto dele debaixo do chuveiro, lava meu rosto e desembaraça meu cabelo com um carinho que me surpreende. Depois me enrola numa toalha e me carrega para a cama. Ele está excitado de novo. Faço sexo oral nele e depois ele me vira de costas.

– Quero comer o seu rabo – diz.

E eu acho graça. Tudo é tão engraçado esta noite. A coca já está quase no fim. Compartilhamos as últimas carreiras. E qualquer coisa, tudo parece bom. Ele se move lentamente, depois mais depressa, e parece que minha cabeça vai explodir.

São 5:33 da manhã. Estamos deitados, quietos, embolados, uma profusão de membros entrelaçados.

– Tenho que ir – digo.

– Tudo bem.

Continuamos ali.

Começo a me mexer. Ele me prende na cama.

– Não tão depressa – cochicha ele, me beijando.

São 6:42.

– Tenho mesmo que ir.

Ele suspira.

– Tudo bem. – E joga um braço por cima de mim.

São 7:20.

Ando aos tropeços pelo quarto, procurando minha calça jeans.

– Tome. – Ele me dá uma xícara de chá.

Visto-me. Ele me empresta um pulôver preto grande demais. Meu cabelo secou e ficou estranho, num formato quase escultural. Tento abaixá-lo com as mãos molhadas.

Olhando pela janela, procuro em vão algum ponto de referência que me pareça familiar.

– Como vou para casa?

Ele desenrola a nota de dez que está em cima do espelho.

– Eu levo você.

Andamos de braços dados para a rua principal. O dia está agradável, claro e frio. Pegamos um ônibus, sentando nos bancos da frente da parte de cima. Descanso a cabeça no seu ombro.

Descemos na Baker Street e começamos a andar. Quando nos aproximamos do apartamento, ele me entrega um papel dobrado num pacotinho bem apertado.

– O que é isso?

Ele inclina a cabeça para o lado e sorri.

– Considere um convite.

– Para quê?

Ele apenas se curva e roça os lábios muito de leve na curva do meu rosto.

– Por que você não entra?

– Não, quero caminhar. Vejo você mais tarde. – Ele anda a passos largos até a esquina, uma silhueta alta e esguia contra o pálido céu da manhã.

Espero até que ele vire a esquina para abrir o pacotinho de papel.

Nele, leio: "Bem-vinda ao Mundo de Raven." Embaixo, a pequena chave prateada do seu apartamento está embrulhada num papel com o endereço.

Toco a campainha e após algum tempo aparece Carlo Café, desgrenhado e, por ironia, com cara de quem precisa de uma xícara de café. Ele e Jean Luc passaram a noite no chão da sala.

– Onde está Imo? – Avalio o estrago da noite anterior com uma curiosa indiferença.

Ele está encabulado.

– Ela está dormindo. Sozinha – acrescenta, olhando para mim. – Eu não quis deixá-la aqui desacompanhada a noite toda.

Meu rosto fica vermelho e eu me viro para o outro lado.

– Vou me deitar – anuncio, andando para o meu quarto. – Bata na porta se precisar de alguma coisa.

Quando entro, a imagem de Pascal e Lindsay me vem de novo à cabeça, provocando um arrepio que me percorre a espinha. Examino a roupa de cama com cuidado, depois levanto o lençol de cima. Tiro os sapatos e me acomodo na cama, sem tirar a calça jeans, nem o pulôver de lã quentinho de Jake.

Tanta coisa para pensar. Tanta coisa para tentar entender.

Sou feita de vidro: transparente e frágil. Sinto um zumbido na cabeça. Mesmo exausta, não consigo dormir. Viro de costas e olho para o teto na meia-luz acinzentada.

Agora tudo está diferente. Tudo está mudado.

Como se, depois de uma vida inteira acreditando na gravidade, eu tivesse aprendido a voar. A vista é indescritível; a atmosfera é mais limpa, refinada. Deixei de ser uma pessoa comum e transformei-me numa criatura de raros predicados.

Estou apaixonada.

É maravilhoso e muito intenso. Uma luz ofuscante, que inflama a alma e ilumina até mesmo este velho quartinho.

E tenho certeza de que nunca mais vou conseguir dormir.

Acordo com alguém batendo à porta.

Viro-me, esfrego os olhos. Tento me sentar. Minha cabeça pesa demais. Torno a cair no travesseiro gostoso e macio.

— Evie! — Imo me chama, no escuro.

— O quê? — Minha voz parece uma lixa passando no cimento. — Que horas são?

— Duas e meia. Aconteceu alguma coisa com Robbie. A gente tem que ir lá agora.

Sento-me. O quarto gira. Todos os músculos do meu corpo estão doloridos.

— Onde ela está? — pergunto, forçando os meus pés a entrar nos sapatos.

Imo agora está no hall de entrada e eu a sigo. Carlo Café segura o casaco aberto para ela vestir.

— A Sra. Van Patterson recebeu uma ligação de um hotel em Hyde Park. — Ela consulta um pedaço de papel amassado que está na sua mão. — The Bristol, 77 Rutland Crescent.

Carlo abre a porta, pega as chaves com delicadeza das mãos trêmulas de Imo e tranca a porta atrás de nós.

Imo passa os olhos pela rua, à procura de um táxi. Carlo corre até a esquina e faz sinal para um que ia em direção oposta. Esperamos enquanto ele faz a volta.

— O que eles disseram? — Estou enjoada e com frio.

Imo abana a cabeça.

— A Sra. Van Patterson só disse que ela estava com algum problema. E que se recusava a sair.

— O que significa isso? Sair de onde?

Ela apenas abana a cabeça e desvia os olhos. Eu me pergunto, com uma pontada de culpa, se ela acha que eu a abandonei a noite passada.

Carlo abre a porta do táxi e nós entramos. Começo a raciocinar melhor. Abro a janela; um golpe de ar frio me atinge. Inspiro profundamente. Todo o charme decadente da noite anterior desaparece, uma cortina escura de veludo que foi aberta e se revelou suja e esfarrapada à luz do dia. Minha imaginação se adianta, tentando adivinhar como está Robbie. O táxi avança aos arrancos no meio do tráfego. É um dos trajetos mais longos da minha vida.

Finalmente paramos em frente ao hotel, uma casa georgiana alta, espremida numa fileira de construções semelhantes.

Carlo paga o táxi, enquanto Imo e eu corremos para a recepção.

Um indiano de meia-idade, mal-humorado, nos espera.

– Não somos este tipo de hotel – informa ele, zangado, enquanto nos leva ao terceiro andar, carregando um molho de chaves mestras.

– O homem, ele foi embora hoje de manhã. Não permitimos prostitutas. Ele não deveria tê-la trazido. Não aceitamos convidados. Essa é a regra. Vocês pegam a sua amiga e vão embora, certo?

Ele abre a porta.

É um quarto escuro e estreito, cheirando a desinfetante barato e cigarros em excesso. As cortinas estão fechadas para evitar o sol da tarde; uma estreita faixa de luz atravessa o carpete marrom.

– Por favor, deixe-nos sozinhas por um momento – peço.

Ele abana a cabeça, mas sai, mesmo assim.

– Dez minutos, entenderam? Só isso.

Imo e eu entramos.

Robbie está encolhida na cama, usando o mesmo vestido desbotado, de estampa floral dos anos cinqüenta, que ela usou a noite passada, só que agora a saia está toda rasgada e os seus joelhos estão sujos e arranhados. O rímel preto escorreu pelas maçãs do rosto e seus olhos estão estranhamente parados. Ela não se mexe.

Ajoelho-me ao lado dela e sinto o cheiro doce e enjoativo de álcool.

– Meu Deus, Im! Ela está completamente bêbada! Robbie! – Sacudo-a. – Robbie! Você está bem?

Ela pisca e me olha com os olhos parados, como se estivesse a uma grande distância.

Imo intervém. Ela segura o rosto de Robbie nas mãos, forçando-a a focalizar os olhos.

– Você tomou alguma coisa? – Nunca a vi tão brava. – Olhe para mim! Você tomou alguma coisa?

Robbie nega com a cabeça.

– Você jura? – insiste ela.

Robbie confirma.

– Então o que aconteceu? – questiona Imo, soltando-a. – O que foi que aquele filho-da-mãe fez?

Robbie vira a cabeça devagar, olhando primeiro para Imo e depois para mim.

– Nada. Nada aconteceu. – Fechando os olhos, ela se encolhe, com os braços em volta da cabeça. É uma criança, agachada num canto. — Nada, nada, nada — sussurra ela. — Me deixem em paz!

Levanto os olhos para Imo, chocada.

— Precisamos levá-la para um hospital.

Ela discorda.

— Ela está de porre, Evie. Não precisamos de um médico para nos dizer isso.

— Mas tem alguma coisa muito errada com ela! — insisto. — Deveríamos chamar uma ambulância!

O rosto de Imo é duro.

— Não. Precisamos levá-la para casa.

Ela começa a juntar os pertences de Robbie, apanhando o casaco jeans e a bolsa, pegando os sapatos no chão.

Observo, confusa, e depois me viro para o indiano no corredor.

— Acho que precisamos de uma ambulância.

Imo me interrompe.

— Não! Está tudo bem! — diz ela para tranqüilizá-lo, enquanto me puxa de volta para o quarto. — Você não entende! Isso aconteceu no semestre passado. Na verdade, acontecia o tempo todo. Você tem que acreditar em mim. Sei como lidar com isso. Antes de você vir para cá... — Sua voz desaparece. Ela pára, dominada pela emoção. — Era muito pior — acrescenta ela, baixinho. — Agora, vamos tirá-la daqui.

Ela tenta levantar Robbie.

— Me deixe em paz! — grita Robbie, afastando-se. — Não olhe para mim!

Inocência

Contemplo o seu rosto manchado de lágrimas. Ela é conhecida e desconhecida, uma cópia assustadora do que era antes.

O indiano zangado está gritando de novo.

— Eles beberam tudo! O minibar está vazio! Isso custa muito dinheiro, sabia? Vocês me devem muito dinheiro! E não vão embora até me pagar, ou eu chamo a polícia, entenderam?

— Vá se ferrar! — Robbie tenta atacá-lo, quase caindo da cama. Imo e eu conseguimos segurá-la, enquanto Carlo Café negocia com o indiano a conta pendente do minibar.

Carlo liga para um amigo, um sujeito chamado Jim, que faz entregas de produtos alimentícios, e ele nos dá uma carona na sua van.

— Nenhum táxi vai querer nos levar — desculpa-se Carlo, olhando para Robbie.

E Imo concorda, pondo sua mão sobre a dele. Quando chegamos em casa, colocamos Robbie na cama, ainda vestida, com um balde ao lado, no chão.

Só no começo da noite ela volta a si. Estou à espera, sentada no chão, de pernas cruzadas perto da cama.

Ela se vira, solta um grunhido, depois tenta se sentar.

— O que você está fazendo?

Mostro uma caneca no chão.

— Fiz uma xícara de chá para você.

— Com açúcar?

— Sim. — Sorrio. — Mas eu o tomei uma hora atrás.

Ela boceja, esfregando os olhos.

– Você está sentada aí há tanto tempo assim?

Confirmo com a cabeça.

– Por quê?

– Eu queria ter certeza de que você está bem.

– É mesmo? – Ela me olha com curiosidade, levantando-se nos cotovelos. – Porra! Você me arranja um cigarro? E um copo d'água?

Vou até a cozinha e trago os dois. Ela bebe a água de um gole só. Depois ficamos sentadas no escuro, passando o cigarro de uma para a outra.

– Escute, sobre aquelas coisas que eu disse... – começo a falar.

– Esqueça – corta ela. – Já passou, certo?

– Certo – concordo, muito aliviada por ter escapado com tanta facilidade.

– E você nem precisou cair no choro, nem nada!

Sorrio. – Tem razão.

Estou doida para contar a ela sobre Jake; sobre tudo o que aconteceu.

Ela se contrai, passando a mão nos olhos.

Vou esperar até amanhã, quando ela estiver se sentindo melhor.

– Só me prometa uma coisa. – E ela suspira.

– O quê?

Dando uma tragada profunda, ela me passa o cigarro.

– Não quero que você desista de tudo e vire uma cabeleireira em Eden, Ohio. Certo?

– Ah! Certo! – Começo a rir.

Inocência 193

– Estou falando sério, Evie. Prometa que não vai desistir. Senão vou ter que ficar atrás de você! – Seu rosto relaxa e ela sorri. – Poderíamos morar juntas em Nova York. No Village. Só você e eu.

– Tá legal, eu prometo.

Ela se recosta nos travesseiros e fecha os olhos.

– Você colocou o balde aí?

– Coloquei.

– Por que ainda estou toda vestida?

– Por quê? – Parece uma pergunta estranha. – Porque não conseguimos tirar sua roupa.

– Ah.

Ela se vira para o outro lado, dando as costas para mim.

– Nós nos divertimos? A noite foi boa? – Sua voz está fraca e abafada.

Será que ela está de brincadeira?

– Não sei – falo, depois de um tempo. – Você não se lembra?

– Claro que me lembro – confirma ela, rapidamente. – Eu me lembro de tudo.

Observo o contorno de suas costas magras. – Tem certeza?

Mas não recebo resposta.

Ela está dormindo. Ou sonhando.

Ou ambos.

— Quer um cigarro?

Robbie caminha ao meu lado pela Drury Lane. O brilhante sol de primavera reluz nos vidros das vitrines. O céu é de um azul-claro, quase sem nuvens. Sinto-me flutuando, o chão desaparece sob os meus pés. Ela me oferece um maço de Marlboro.

— Parei de fumar. — Minha boca está seca. Tento molhar os lábios com a língua, que mais parece papelão.

— É mesmo? — Ela parece surpresa, como se a idéia de que o fumo é prejudicial à saúde fosse uma novidade.

— Parei de fumar quando fiquei grávida de Alex, ou antes, talvez. Não me lembro.

Ela pega um isqueiro barato de plástico cor-de-rosa.

— Uma das vantagens de estar morta. — E sorri, inclinando-se para a frente e protegendo a ponta do cigarro com a mão.

— Se você não se importa, será que dá para pegar leve nas piadas sobre morte? — pergunto.

Ela me olha de lado.

— Estou deixando você constrangida?

É minimizar demais a questão. Ela sabe disso e se diverte com a situação dramática.

— Um pouco — admito —, só um pouco, bem pouquinho.

Ela ri, com a fumaça saindo pelo nariz.

— Puxa, você é tão sensível! Aliás, você não foi ao meu enterro.

Eu tinha esperança de que ela tivesse se esquecido.

— É, sinto muito. — Fixo os olhos nas rachaduras da calçada. — Eu estava grávida na época. E falida. Nova York parecia um lugar tão distante.

— Nem tão falida assim — lembra ela.

Agora ela me pegou. Mais uma vantagem de estar morta: você sabe a verdade, toda a verdade. E essa foi a maior mancada que já dei. Não tenho alternativa senão abrir o jogo.

— Você tem razão. Desculpe. Eu estava numa fase ruim.

Ela dá mais uma tragada no cigarro.

— Foi uma fase ruim para mim, também.

Caminhamos em silêncio.

Ouço os meus passos, rápidos, tensos. Mas não ouço os dela.

— Você ficaria surpresa de saber como isso é importante — diz ela, depois de um tempo. — E pode até achar que, uma vez morta, seria a última das preocupações na sua cabeça. Mas essa é uma daquelas ocasiões em que quantidade realmente faz diferença.

— Robbie, por favor! — Ela não está facilitando as coisas. — Eu realmente sinto muito!

— Tá bom. Eu sei. De qualquer maneira, naquela época você já tinha deixado de gostar de mim.

Paro.

— Escute, o que é isso? Você veio aqui só para me fazer morrer de culpa?

— Opa. — Ela levanta a mão. — Pegue leve nas piadas sobre morte, por favor!

Isso é insuportável. Talvez eu não devesse me surpreender, no entanto, porque era exatamente assim que costumava ser, o tempo todo. – Continua a ser difícil conversar com você, como sempre – digo. – Nada mudou para você?

Ela pensa por um momento.

– Por acaso já disse que estou morta?

Chego ao meu limite.

Ando para longe dela.

– Você nega? – Ela corre para me alcançar. – Você nega que parou de retornar minhas ligações? Parou de escrever? Parou até de me mandar cartões de Natal de instituições de caridade com figuras de pardais na neve?

Eu me viro rapidamente.

– As pessoas perdem o contato, Robbie! Acontece. Certo? É isso, sou uma droga de amiga. É por isso que você está aqui? Para me dizer que decepcionei você?

– Talvez.

Estamos paradas em frente a um grande templo maçom, enfeitado com estranhos hieróglifos – olhos em triângulos e coisas semelhantes. É como um cenário malfeito de *A flauta mágica*. Ela está arquejante, tentando recuperar o fôlego.

– Você deveria ter mais juízo e não fazer uma fumante morta correr! – Ela se senta nos degraus da frente, pendurando os braços finos nos joelhos.

– O que você quer dizer com "talvez"? – pergunto.

Robbie suspira.

– Bem, de fato, não estou certa de por que estou aqui. Ainda não está claro. Isto é, obviamente você precisa de ajuda, qualquer um pode ver isso. Mas no momento estou só improvisando. – Ela coça o nariz com as costas da mão. – Mais coisas serão reveladas.

Olho bem nos olhos dela. Por acaso, estou sendo perseguida por uma assombração. Uma amiga de escola que está morta e não sabe sequer por que está aqui.

Ela sorri, apertando os olhos contra a luz do sol.

– Quer comprar um sanduíche?

– Não, não quero.

Ando de um lado para o outro. Não tenho certeza do que eu esperava, mas certamente não era isso.

– Então, você pode fazer essas coisas?

Ela me olha. – O quê?

– Comer, pode?

– Claro. Mas quase não sinto o gosto, só a consistência e a temperatura. Essa é uma das desvantagens. Eu daria qualquer coisa para poder realmente saborear um sanduíche de presunto. Você não sabe como tem sorte.

Não há muito que eu possa dizer.

Os pedestres da hora do almoço esquivam-se uns dos outros, correndo para aproveitar ao máximo o tempo livre. O ar cortante da primavera torna tudo mais intenso: todo mundo fica mais animado, mais cheio de vida. Observamos a fila que aumenta na delicatessen italiana do outro lado da rua; garotas tagarelam; homens em mangas de camisa contam piadas e flertam.

Sento-me ao lado dela.

– Você já está morta há cinco anos... Por que voltou agora?

Ela dá de ombros.

– Bem, de fato estou por aqui há muito tempo. Só que agora você pode me ver. O que mudou foi você, Evie, não eu.

– Não estou entendendo. Não sou a única. Todo mundo também pode ver você.

Ela me olha com carinho.

– Não acho que seja uma questão de entender. E as outras pessoas só podem me ver porque você pode.

Não faz sentido. Mas não vou prolongar o assunto. Fico perturbada com a possibilidade de que eu tenha alguma coisa a ver com a sua súbita materialização.

Ela continua a fumar, sem nenhuma pressa, como se fôssemos apenas duas funcionárias de um escritório dando uma fugida para curtir um cigarrinho. Eu continuo a observá-la disfarçadamente, tentando detectar sinais de que ela está morta. Mas, se há algum, a ausência de mudança é o mais chocante. Eu estou mais velha, com roupas diferentes; até o meu perfume mudou. O mais desconcertante sobre Robbie, no entanto, é que ela está exatamente do mesmo jeito. Não apenas não envelheceu, mas ficou fixada, até mesmo momento a momento, como se a fita estivesse sendo rebobinada bem diante dos meus olhos. É uma sensação estranha e profunda, de estar aprisionada; um peso paira acima de nós, como a tampa invisível de um pote de vidro gigantesco.

– Como foi? – pergunto, daí a pouco.

– Como foi o quê?

Não tem outro jeito de dizer. – Morrer.

Ela fica calada por um longo tempo.

– Perfeito. – E parece quase melancólica. – Os grandes momentos têm sua importância; nascer, apaixonar-se, Natal quando você é pequena... morrer é um evento, Evie. Talvez por isso mamãe tenha me enterrado com aquele vestido azul esquisito de baile de formatura. – Sua voz é suave. – De tafetá, com grandes mangas bufantes...

Vem-me à cabeça a imagem desagradável da mãe de Robbie, andando na Saks Fifth Avenue à procura de um vestido para enterrar a filha.

– Mas você está... está vestindo uma das suas criações. – Aponto para a roupa que ela usa. Estou tentando ser diplomática e até fazer um elogio.

Ela sorri agradecida.

– Sempre voltamos a ser o que éramos. Além disso, ninguém pode passar a eternidade num vestido de baile de formatura.

Concordo com a cabeça, como se estivesse muito solidária com a situação dela. Na verdade, só consigo pensar no seguinte: será que ela teve de se trocar, ou as roupas simplesmente apareceram nela, como um camaleão que muda de cor? E se voltamos a ser o que éramos, qual seria a minha roupa escolhida para a eternidade? Jeans da Gap, meio folgado?

– E você estava, assim, pronta?

Ela franze a testa.

Tento mais uma vez.

— Digamos, você estava em paz com a idéia de que a sua hora tinha chegado? — (Todos esses clichês são bem estranhos numa conversa com alguém que está, de fato, morto.)

— Bem... — Ela dá uma longa tragada. — É que foi um acidente.

— O carro apareceu do nada.

— É. — Ela apaga o cigarro, esmagando-o com o salto do sapato. — Mas foi mais do que isso — explica, soprando a fumaça devagar. — O que eu quero dizer, Evie, é que de fato não era a minha hora.

Ela faz uma cara de "opa, essas coisas acontecem".

— Não estou entendendo. — Deu um branco na minha cabeça. — O que você quer dizer, que não era para você morrer?

Ela faz aquela cara de novo. E a repetição não a melhora em nada. Começo a ficar sem graça, numa situação que, a princípio, já não tem graça alguma.

Robbie estica as pernas.

— Acho que era para eu levar um susto; uma experiência de quase-morte, que mudaria a minha vida. Mas aí a perna da minha calça agarrou no pára-choque, eu fui puxada com força e bum!

Eu me encolho.

Ela me olha com um curioso ar de divertimento, alheia ao impacto que provoca.

— Sim, doeu — acrescenta, observando atentamente o meu rosto. Ela sabia que eu queria perguntar, mas não tinha coragem.

Ficamos sentadas por um tempo, olhando o movimento do tráfego.

– Você está dizendo...? – Não tenho certeza se quero mesmo fazer esta pergunta. Tento fazer com que pareça tão trivial quanto possível. – Você está dizendo que Deus comete erros?

Ela dá uma tragada com força.

– É um pouco mais sutil do que isso. Ele não é o único nessa história. Existem outros fatores a considerar. Nem tudo depende d'Ele, sabe?

Estou despencando de uma grande altura; uma idéia nova e chocante me ocorre.

– O que você quer dizer com nem tudo depende d'Ele? Depende de quem, então?

Ela dá de ombros.

Mais perturbador do que ver um fantasma é encontrar-se com um que, como quem não quer nada, informa a você que Deus é um pouco excêntrico e distraído. A sensação de pânico só faz aumentar rapidamente.

– Mas Deus deveria ser onipotente! – Estou indignada, como se eu estivesse devolvendo a uma loja um produto com defeito. Não tenho nada mais profundo à minha disposição. No grande plano do universo, sou pouco mais do que uma cliente furiosa. – Isso significa que erros não acontecem, Robbie, nunca! Nada é por acaso. Tudo foi pensado e planejado com muita antecedência.

Ela se apóia nos cotovelos e ri.

– Puxa, Evie, nesse caso, qual é a graça?

Essa conversa é séria, e ela não está levando a sério.

Meu nervosismo crescente se traduz numa caricatura de Maggie Smith.

— Deus não é um assunto que eu trate com leviandade. Quero certeza, segurança. A convicção de que há uma ordem divina no meio de todo este caos. Tenho um filho, Robbie! Não posso viver num universo sem sentido. Depois que você é mãe, Deus que trate de ter um plano, porra!

Ela parece sinceramente calma, o que me enfurece.

— Mas Deus não obriga você a fazer coisas, Evie. Não somos bonecos ligados a fios celestiais. Ele não me empurrou na frente do carro. E, além disso, a glória de estar viva não vem de saber que tudo acontece por uma razão (que, afinal, você nunca será capaz de compreender mesmo, então qual é o consolo que isso traz?), ou que há um grande controlador de tráfego no céu. Na verdade, o que pode ser mais bonito do que o fato de existir o amor num universo aleatório?

Robbie nunca teve filhos, nunca pareceu capaz de ter relacionamentos sérios. Ela não entende o que é viver ou morrer pela felicidade de alguém.

— O que você está dizendo? — Meu mundo está caindo aos pedaços. — Que todas as minhas preces são inúteis? Que nem mesmo Deus pode proteger o meu filho?

Ela me contempla com seus olhos verde-claros — feições delicadas, pequenas, congeladas no tempo.

Passam mais alguns carros.

Um ciclista.

As garotas da fila cruzam rapidamente, carregando saquinhos marrons com comida para viagem, inocentes e felizes.

– Como posso saber que você não é na verdade uma mensageira de Satã? – pergunto com amargura.

– Satã? – Ela ri e balança a cabeça. – Meu Deus, você é engraçada!

Ela não responde, porém, à pergunta.

Eu me levanto, irritada demais para continuar sentada.

– Não quero parecer mal-educada – disparo –, mas o que é que você quer? Por que está aqui?

Ela me olha, imóvel.

– Você realmente não sabe, não é?

Cruzo os braços sobre o peito, como para me proteger.

– Não, não sei, Robbie. Você disse algo sobre eu estar perdendo tempo, o que, francamente, considero ofensivo.

– Eu estava tentando chamar sua atenção. E você está perdendo o seu tempo – acrescenta ela, antes de silenciar de novo.

Passam-se mais alguns minutos.

– Tem certeza de que não quer um sanduíche?

– Tenho! Tenho certeza de que não quero um sanduíche! – grito. E você não está respondendo a nenhuma das minhas perguntas, e isso não é engraçado, entendeu? Não acho nada disso engraçado, nem de longe!

Ela apenas me olha, distante e enigmática.

Uma nuvem cobre o sol. A temperatura cai. Fecho mais o casaco e consulto o relógio.

— Minha vida vai muito bem, Robbie. Tenho uma aula e ainda um monte de coisas para fazer, então preciso mesmo ir embora.

Uma rajada de vento empurra a nuvem.

Ela concorda com a cabeça, um anjo brilhando ao sol.

— Escute. — Minha voz se suaviza. — Sinto muito mesmo pelo enterro. Foi uma merda eu não ter ido. Eu... pretendia ir... — Paro.

Ela tem razão sobre o que aconteceu, sobre a nossa desavença.

— Esqueça. — Ela sorri. — Quem sabe, da próxima vez.

Enfiando as mãos nos bolsos, desço a Drury Lane, passando pelas garotas com seus sanduíches, fazendo piquenique nos degraus do prédio em que trabalham. É incrível como elas parecem jovens e animadas, rindo um pouco alto demais, ávidas por atenção, por algo excitante que possa acontecer na próxima meia hora da sua pausa para almoço.

Sinto-me velha. Em meia hora, a pouca serenidade que eu tinha foi arrancada de mim. Agora o universo é alternadamente estranho, incompetente e instável, de uma maneira que eu nunca poderia ter imaginado. Minha cabeça dói. Sinto-me sufocada e presa. Além disso tudo, devo estar tendo alucinações. É a única explicação. Alex será tirado de mim e eu vou morrer, balançando-me para a frente e para trás no canto de uma cela acolchoada, sem poder vê-lo crescer...

As garotas riem de novo. Abaixo a cabeça. Eu as odeio. Odeio todo mundo.

— Ei! — Robbie me chama. — Você se arrepende de não ter ido para a Juilliard?

Paro. As garotas me olham.

— Sabia que você foi uma das doze únicas garotas que eles escolheram naquele ano, de um total de mais de dez mil candidatos?

Eu me viro.

Robbie está apoiada nos cotovelos, o esboço de um sorriso brincando em seus lábios. — Ele não facilitou, não é?

Ela diz essas últimas palavras em voz tão baixa que parece impossível que eu tenha conseguido ouvi-las. Não só ouço, como também elas ecoam em minha cabeça uma das poucas verdades que ouvi nos últimos tempos.

O tráfego avança acelerado à minha volta, uma onda traiçoeira em movimento perpétuo sob um tranqüilo céu azul.

O que pode ser mais bonito do que o fato de existir o amor num universo aleatório?

— Tenho que ir — digo.

⁂

— Então. — Ele folheia a pilha de papéis à sua frente. — O que você preparou para nós hoje?

São três: dois homens e uma mulher, sentados atrás de uma mesa de metal dobrável. O barulho monótono da cidade chega abafado e parece vir de longe, muito longe. Na sala, o ar não circula, estagnado. Não há janelas nem móveis, apenas paredes brancas e altas e uma extensão de piso de madeira diante de mim. Eles levantam a cabeça, queixos para cima em ligeira expectativa, mas sem a emoção da espera.

Respiro fundo. Minutos atrás eu estava apavorada: mãos trêmulas e estômago embrulhado. Nesse momento, porém, estou estranhamente calma.

Olho nos olhos dele.

A audácia estimula a segurança, como diz Robbie.

— Fassbinder, a fala da modelo em *Sangue no pescoço do gato*, e Isabela em *Medida por medida*.

Eles trocam olhares.

— Fassbinder? — repete o homem com os papéis. Ele folheia tudo de novo para confirmar. — A sua ficha de inscrição diz *Perversidade sexual em Chicago*.

— Mudei de idéia — digo com um sorriso.

Eles fazem cara feia.

— Não diga nada além do necessário — aconselhara Robbie. — Quanto mais você falar, mais idiota vai se sentir.

A mulher se estica para a frente.

— Qual fala de Isabela? "A quem me queixar?" — Há uma ligeira condescendência em sua voz bem modulada; suas vogais impecáveis são o resultado de anos de ensino de prosódia.

— Não — corrijo-a. — É uma em que reuni trechos do Segundo Ato, Cena Dois. "Assim será o primeiro a pronunciar esta sentença."

Ela levanta uma sobrancelha. — Entendo.

O terceiro homem empurra os óculos mais para cima no nariz e cruza os braços na altura do peito; suas feições denotam um leve ar de diversão.

– Muito bem. Pode começar.

Fecho os olhos por um momento. Uma sensação de calma, pura e serena, me invade. Saboreio a escuridão.

– Faça-os esperar – dissera Robbie. – Quase todo mundo entra em pânico e começa cedo demais. O momento antes da sua fala é muitas vezes o mais dramático.

Quando abro os olhos, alguma coisa mudou. Eles estão atentos, olhando para mim com um interesse real. Já não sou apenas mais uma garota de Ohio.

Sou uma atriz.

E então começo.

São seis horas. Tive três rodadas de testes, incluindo sessões de movimentação e voz. Estou exausta. Quando saio, mamãe e papai estão me esperando no saguão. Eles viajaram até aqui para me ver, para me ajudar a andar pela cidade e ficar um pouco comigo antes que eu pegue o vôo de volta para Londres. Estão sentados, lendo os livros que trouxeram da biblioteca da nossa cidade, com seus casacos cuidadosamente dobrados sobre os joelhos. E desconfio que estão ali há horas – desde que entrei, às dez da manhã.

Minha mãe sorri, ansiosa, e ambos se levantam quando me vêem atravessando o piso de mármore. Parecem mais velhos, ávidos por agradar e infinitamente frágeis em meio ao ritmo agressivo da cidade de Nova York. Não estou acostumada a vê-los desorientados. Tudo anda tão mais depressa aqui e eles são lentos, confusos, fora de sincronia com a vida urbana.

— E então? — pergunta meu pai, tirando os óculos de leitura, daquele tipo que se compra em farmácias, lentes de aumento dobráveis, baratas. Ele nunca precisou de óculos, antes. O livro que tem nas mãos é sobre a criação de Israel e Palestina. Política sempre foi seu assunto preferido.

— Não vou saber o resultado por um bom tempo — explico, com vontade de não ter que falar com ninguém. — Eles dão quatro dias de testes aqui e depois mais um pouco em Los Angeles. — Bocejo, encostando a cabeça no seu peito. Sou grata a ele.

— Parece muito tempo para esperar. — Ele acaricia meu cabelo. E aí, no seu modo típico de reparar nas coisas, com quatro dias de atraso, de repente ele diz: — Eu me lembro de uma cor de cabelo diferente da última vez que vi você!

Mamãe está ocupada, guardando o romance histórico na bolsa, remexendo coisas.

— Temos uma surpresa! — Sua voz é alegre, quase histérica. — Entradas para um show na Broadway!

Ai, não. Não quero um musical horroroso com gatos dançantes. Não esta noite.

Ela está transbordando de energia.

— Sabemos que você tem visto um monte de peças maravilhosas em Londres, e que não gosta de musicais, embora seja o que Nova York tem de melhor — acrescenta ela. (Este é um debate eterno entre nós: eu alego que um musical não é teatro sério. "O que há de errado em se divertir?", diz ela, que adoraria ver um. A última vez que esteve aqui, nos anos 1960, ela assistiu a *Camelot*, com Richard Harris. E desde então não fala em outra coisa.) — Mas — continua, com um brilho nos olhos — conseguimos entradas para ver Glenn Close e Sam Waterston numa peça chamada... — ela consulta as entradas — *Benefactors*. É uma peça inglesa — diz, com orgulho. — Sobre um arquiteto. Os assentos são na galeria, mas o homem falou que dá para ver bem.

— Mamãe! Isso é tão legal! — Passo os braços em volta dela. Ela cheira a Anaïs Anaïs e creme para as mãos Vaselina Intensiva; o cheiro que ela sempre teve, desde que me entendo por gente.

Ela me abraça forte.

— Estamos tão orgulhosos de você — diz baixinho.

— Você está me esmagando, mamãe. — Eu me solto.

— E depois, vamos ao melhor restaurante italiano do mundo! — promete meu pai. — Onde os garçons não só servem a comida, como também cantam árias de óperas famosas!

Visto o casaco.

— Isso é fantástico, papai. Mal posso esperar.

E, de braços dados com ele, estico o outro braço e pego a mão da minha mãe. Juntos, passamos pela porta de vidro espesso e saímos para a noite ventosa.

Meu pai se adianta, levantando a mão para chamar um táxi. Os táxis de Nova York me deixam apavorada. Quase vomitei no que pegamos hoje de manhã.

— Daqui a alguns anos, viremos aqui para ver você na Broadway — profetiza minha mãe.

Sorrio.

— Sabe, Evie — sua voz de repente fica mais baixa —, você não tem que fazer nada que não queira.

Não sei por que ela está dizendo isso, por que está tão séria.

— Eu sei, mamãe.

Ela me abraça de novo.

E dessa vez, cansada demais para resistir, escondo o rosto no seu ombro.

Sinto-me inesperadamente pequena e assustada, como uma criança que não quer ir para a escola no primeiro dia de aula. Quero ir para casa. Já foi um esforço tão grande chegar até esse ponto. Meus pais não são os únicos que estão perdidos e indefesos.

O vento nos fustiga. Meu pai faz sinal com a mão, uma silhueta pequena procurando em meio ao tráfego de final de tarde, que, como um mar contínuo, nos engolfa.

E Nova York, a cidade mais espetacular e ambiciosa do mundo, ergue-se arranhando o céu... empurrando com mais força, mais para o alto, cada vez mais alto, contra a luz minguante.

Cruzando o lobby do hotel, identifico-a imediatamente.

Eu a teria reconhecido em qualquer lugar; com braços longos como uma figura de Modigliani e cabelo branco-cinza, é fácil constatar que ela e Robbie são feitas do mesmo material raro e delicado. Veste uma calça bege-pálido, com um conjunto de blusa e casaquinho de cashmere e sapatilhas em tom marrom-claro, feitas especialmente para seus pés finos.

São só 2:30 da tarde. Mas ela já está elegantemente acomodada numa das poltronas supermacias, com as pernas cruzadas, balançando o pé com impaciência e fumando um longo cigarro Sobranie preto.

Seus olhos cinza percorrem a sala. Quando me apresento, ela não só me olha como também me classifica, avaliando-me dos pés à cabeça, antes de franzir o rosto num sorriso rápido.

Ela se põe de pé.

– Foi muita gentileza sua vir até aqui. Pamela Hale – apresenta-se, apertando as pontas dos meus dedos, sua versão de um aperto de mão. A cadência controlada e uniforme de sua voz indica um leve sotaque da Nova Inglaterra e um toque de escola para moças e temporadas de debutantes. Um diamante amarelo, do tamanho de uma bola de gude, irradia fachos de luz pelo vestíbulo a cada movimento de sua mão impecavelmente cuidada.

– Tão gentil da sua parte. Realmente. – E ela me olha de novo; milhares de informações coletadas, processadas e indexadas, antes mesmo de eu me sentar.

– E então, está gostando de Nova York? Já esteve aqui antes? Como se saiu no teste? – Tragando com força, ela levanta o queixo e me observa atentamente, enquanto faço o melhor que posso para responder às suas perguntas. Ela assente com a cabeça muitas vezes, seus olhos não desgrudam do meu rosto.

— Sim, acho que me saí bem, mas nunca se sabe. E não, nunca estive aqui antes. É tão grande, não é? — E vou tagarelando, dominada pelo nervosismo.

— Foi muita gentileza sua vir até aqui. — Ela sorri quando eu termino.

E de súbito me dou conta de que ela não ouviu nada. Esteve apenas esperando calmamente, absorta em seus próprios pensamentos, até que minha boca parasse de mexer.

Puxando uma enorme sacola da Saks Fifth Avenue de trás da poltrona, ela a empurra até onde estou.

— Poderia me fazer a gentileza de levar isso para a Alice? São só umas poucas coisas. Algumas blusas e calças. Ralph Lauren. Esporte — acrescenta ela, rapidamente. — Roupas elegantes. Ela não gosta das coisas que compro para ela. Eu sei. Mas... mas ela deveria ter uma roupa mais elegante para vestir. Caso vá a algum lugar... elegante. — Ela entrelaça os dedos, movendo-os para baixo e para cima, para baixo e para cima.

Olho para a sacola, desanimada. Quando ela perguntou se poderíamos nos encontrar para que ela me desse algo para levar para Robbie, nem me passou pela cabeça que seria tão grande. Não vai caber na minha mala de jeito nenhum. Vou ter de levar como bagagem de mão.

— E como está ela? — Seus olhos são penetrantes.

Eu me afasto um pouco, tão discretamente quanto possível.

– Está ótima! E me deu uma ajuda enorme, ensaiando comigo para os testes.

Abrindo sua bolsa Chanel, ela tira uma cigarreira e um isqueiro de ouro.

– São anos de prática – fulmina, colocando mais um Sobranie entre os lábios.

Observo enquanto ela acende o cigarro, abaixa a tampa do isqueiro, fecha a bolsa. Jamais conheci alguém como ela – tão bem arrumada, tão naturalmente linda, tão agitada. Ficamos algum tempo num silêncio desconfortável.

Gostaria que ela parasse de me olhar fixamente.

– O trânsito estava ruim? – Fico louca para preencher o vazio com conversa. – Quero dizer, o Village é muito longe daqui?

Ela aperta os olhos.

– O que estaria eu fazendo no Village?

Fico atônita.

– Foi isso que Alice contou para você? Que moramos no Village?

Ela consegue fazer a palavra "village" soar como se fosse uma doença venérea.

– Eu... Eu posso ter entendido mal – gaguejo.

Ela traga vagarosamente, meditando.

– Se eu fosse você, não acreditaria em tudo que ela diz. Eu, com certeza, não acredito. – Ela cruza, descruza e cruza de novo as pernas. – Então, como está ela, de verdade? Foi presa? Não, imagino que isso eu saberia. – Sua voz é dura, seca. – Algum aborto? Drogas? Namorados negros?

Ela me olha zangada, como se tudo fosse culpa minha.

– Ela está bem. Desculpe – levanto-me –, mas eu realmente tenho que ir.

Ela me olha. Depois se vira para o outro lado.

Pamela Hale já me avaliou o bastante.

Não posso ajudá-la.

Ela suspira e, abrindo de novo a bolsa, me empurra um grosso rolo de notas.

– Por favor entregue isso a ela.

Começo a falar, mas ela me lança um olhar. – Pegue.

Escondo as notas na palma da mão, com medo de ser vista no lobby do hotel com tanto dinheiro. Ela se levanta e apaga o cigarro no cinzeiro, esmagando-o furiosamente com o polegar. Por um momento, parece que vai dizer alguma coisa. Sua testa se franze e seus lábios se abrem. Ela pensa melhor, no entanto, e fecha a boca com força.

De novo pegando os meus dedos, ela os aperta, um pouquinho demais.

– Foi muita gentileza sua vir até aqui. Muita gentileza.

Observo-a sair, empurrando as portas duplas que dão para a rua. De repente, ela parece angulosa, muito comprida e muito magra, como um pássaro marinho exótico – um flamingo ou uma garça –, maravilhoso para se olhar, mas que claramente não foi feito para viver em terra firme.

– Venha se encontrar comigo.

– Onde?

– Em Brighton. Vamos tocar num lugar chamado The Cave.

Aperto minhas costas contra a parede.
– Não posso. Tenho ensaio.
Silêncio.
São 10:30 da noite de uma quinta-feira. Estou no hall, cabeça encostada no telefone público, olhando os meus créditos passarem. Ensaiei o dia todo para o nosso show de fim de semestre. Imo e eu vamos fazer uma cena de *As criadas*, e depois eu tenho uma cena de amor de *Tio Vânia*, com um rapaz bem baixinho de Boston, chamado Michael, que gosta um pouco demais de cebolas. Ele é como um Kennedy muito fedorento. Foi um longo dia. Não vejo Jake há semanas; primeiro eu estava em Nova York, e agora ele está em turnê com sua banda, tocando em cantões de Doncaster, Sheffield e agora, a jóia da coroa, Brighton.

– Você poderia, se quisesse – diz ele.

Dessa vez, sou eu que fico em silêncio. Estou atrasada com o trabalho, graças a toda a preparação para os testes, que fiz duas semanas atrás. Embora eu tenha chegado até a etapa final, ainda não recebi resposta alguma. Todo dia espero por uma carta e a cada dia que passa aumenta a minha certeza do fracasso e toda a ansiedade que vem junto. Fixo os olhos numa mancha úmida no teto, no papel de parede descascado e no lustre do hall, que parece estar sempre com a lâmpada queimada.

Tudo está caindo aos pedaços.

Jake e eu estamos distantes um do outro. As semanas têm passado voando; o curso vai terminar e eu vou voltar para os Estados Unidos – um fato que rouba a doçura de cada encontro com ele. Em breve, estaremos separados de forma permanente.

– Você já falou com ele?

Esse é o nosso outro assunto favorito: a conversa Você Já Terminou com Jonny.

– Não, ainda não.

– Porra, Evie! – Posso ouvi-lo abrindo uma cerveja; ele toma um grande gole.

– Jake, não posso terminar com ele assim, por telefone! Já falamos sobre isso milhares de vezes.

– Namoramos durante dois anos! O mínimo que posso fazer é falar com ele pessoalmente. Quando eu chegar em casa.

– Por que não fez isso quando estava em Nova York? – questiona ele.

– Nova York e Pittsburgh não são tão próximas. Não tive tempo.

Mais silêncio.

– Venha para Brighton.

– Jake...

– Venha para Brighton, Evie!

Estou tão cansada que poderia cair dura.

– Não posso, meu bem! Não posso – sussurro. – Por favor...

– Ah, que se foda!

O telefone fica mudo.

Desligo e me arrasto de volta para o apartamento. Quero chorar; preciso chorar. Mas até para chegar às lágrimas estou cansada demais. Entro na cozinha e sirvo-me de um copo de água da torneira.

Tem umas rosas em cima da mesa de jantar – rosas brancas, enviadas por Carlo Café a Imogene. Ele as envia toda sexta-feira; amanhã vai ter um buquê novo, com um cartão simples que diz apenas "Quando?". Robbie e eu implicamos com ela por causa disso: quando o quê? Eles já saíram juntos várias vezes, de modo que a conclusão lógica é mais carnal. Mas Imo apenas sorri e arruma as rosas no vaso que ela comprou especialmente para isso, numa loja de cristais na Burlington Arcade. – Ainda estou apaixonada pelo Lindsay – afirma ela, fiel. Nota-se agora, porém, uma luz suave e sensual em seus olhos, uma segurança tranqüila que floresceu no calor do afeto entusiasmado de Carlo. Quando eles estão juntos, a química é inegável. "Quando?" é a única dúvida. Robbie e eu apostamos que não vai demorar muito.

Tem também um arranjo de rosas vermelhas, murchando no invólucro de papel celofane, enfiadas numa garrafa d'água e apertadas num canto da bancada da cozinha. São do Jonny. Ainda falo com ele, ainda fingimos ser namorados, tudo porque não suporto a idéia de terminar por telefone. Ele sabe que tem alguma coisa errada. Por isso mandou as rosas. Nossas conversas são curtas, sem compromisso; tudo meio alegre demais, meio ansioso demais... sons vazios, sem sentimentos. É horrível e eu me odeio por isso. Com certeza, no entanto, seria errado eu simplesmente comunicar que acabou, que encontrei outra pessoa. Não sei mais de nada.

Minha cabeça dói de tanto pensar.

Vou me sentar na minha cama no escuro, contemplando o nada. Como Jake e eu poderemos ficar juntos? Como posso terminar com Jonny sem partir seu coração? Como posso fazer tudo certo se nada está certo?

Claro que há uma solução. Uma solução fácil.

Eu deveria terminar com Jake.

Nunca mais vou vê-lo quando voltar para os Estados Unidos. Certamente não é o caso de viajarmos daqui para lá e de lá para cá nos fins de semana.

Jonny nunca precisaria saber de nada.

Escondo a cabeça no travesseiro. Se for aceita na Juilliard, estarei ocupada demais para ter namorados.

Se eu fosse esperta, era o que deveria fazer.

Mas não sou esperta.

Prefiro morrer a largar o Jake.

No entanto, não há esperança alguma de que isso vá durar.

Entro em desespero.

São duas e meia da manhã quando a campainha toca.

Acordo assustada e vou tateando até a porta do meu quarto.

A campainha toca de novo, e o som é mais alto, mais longo.

Robbie não acorda por nada, mas Imo e eu nos encontramos na entrada do corredor. Ela está de olhos arregalados, apavorada.

— Quem pode ser?

— Está tudo bem. — Tento acalmá-la, e a mim também. —Vou ver quem é.

— Alô? — grito no interfone.

— Me deixa entrar! — pede a voz.

—Volte para a cama — cochicho para Imo, meu coração aos pulos. — Está tudo bem.

Ela está meio confusa.

— Pode deixar — digo.

Toque de campainha longo. De novo, insistente.

Imo volta para o conforto da sua cama.

Saio para o corredor e abro a porta da frente.

Jake está na entrada, cabeça baixa, encostado no umbral da porta. Ele me olha com uma expressão selvagem, um tanto frágil. Na claridade azul e fria da lâmpada da rua, suas feições aquilinas e o cabelo comprido parecem talhados em mármore.

Não importa o quanto eu ache que me lembro bem dele, vê-lo em pessoa sempre me causa um forte impacto.

— O que você está fazendo aqui?

Será que ele está bêbado?

O ar gelado nos envolve num abraço negro.

—Você quer que eu vá embora? — Sua voz é desafiadora.

Desvio os olhos.

Ele agarra o meu pulso.

—Você quer que eu vá embora, Evie?

Seus olhos negros nem piscam; sua mão me aperta mais. Ele me puxa para perto dele. Sinto o cheiro do vento no seu cabelo, o calor úmido da sua pele.

– O que você quer? Quer que eu caia fora e deixe você em paz?

Jake dá um passo para dentro do corredor escuro. Ele é muito alto; a lâmpada da rua lança uma sombra sinistra no chão.

E aí a porta se fecha.

No negrume espesso e pesado do corredor estreito, ele me abraça, sua respiração quente no meu rosto.

– Eu só penso em você...Você é tudo que eu quero...

Eu poderia fingir que luto, me soltar. Mas não quero. Ele me aperta contra a parede.

– Diga-me para ir embora. – Seus lábios estão colados na minha orelha. – Diga-me para cair fora e deixar você em paz!

Abro a boca.

Suas mãos deslizam sob a minha camisola. Eu me contorço, as palavras ficam presas na garganta.

Ele me empurra para trás.

– Estou apaixonado por você... – Sua boca roça a minha.

Fecho os olhos.

Seu toque é certeiro, seguro.

Ele traça com os lábios a curva do meu pescoço.

—Vamos, diga para eu ir embora!

Inocência

Jogo a cabeça para trás. Estou sem ar, não consigo respirar.

– Diga... – sussurra ele, levantando-me.

Não posso dizer isso.

Nunca vou poder dizer isso.

A camisola flutua, como um fantasma, até o chão em volta dos meus pés.

– Estou tomando posse de você – sussurra ele. – Nunca vai haver nenhum outro.

∞

Os aplausos explodem por toda a sala. Allyson, maravilhosa num vestido tubinho dourado, se vira e faz mais uma reverência.

– Bravo! – gritamos, com as mãos em concha sobre a boca. Até Piotr, muito sorridente e elegante no seu terno escuro com gravata, junta-se a nós gritando "Brava!", mais alto do que todo mundo.

É o terceiro encore. Ela se vira para Junko e faz um sinal com a cabeça. A sala fica em silêncio e os conhecidos compassos iniciais da ária de Mimi, "Sì, mi chiamano Mimì", de *La Bohème*, de Puccini, enchem o ar.

Bunny aperta a minha mão.

– Ah, esta é a minha preferida! – cochicha ela. – Não há nada melhor do que uma história de amor infeliz!

Assistimos, paralisados. A voz de Ally alça vôo, incomparável e clara, desabrochando como as pétalas de uma rosa, cheia de amor, esperança e promessa de primavera.

A noite é um enorme sucesso. E depois tem uma festa privada no restaurante do subsolo. Enquanto o público sai, Allyson é cercada por uma multidão de admiradores, que riem e conversam. Ela segura meia dúzia de buquês recebidos de amigos e alunos. Seu agente, Clive, arrasta-a de um convidado VIP a outro, cheio de orgulho. Vários importantes diretores de elenco, que estavam na platéia esta noite, agora são só elogios. Piotr conversa com Junko, que é muito mais baixa do que ele, e Bunny flerta com um homem de gravata-borboleta que, tenho quase certeza, ela acabou de conhecer, dando palmadinhas no seu braço e rindo alegremente como se eles se conhecessem há anos.

Fico perto da porta, esperando. É raro eu sair à noite assim: usando um vestido adequado, com maquiagem e cabelo arrumado. Brinco com a franja da estola de pashmina verde-esmeralda que peguei emprestada de Bunny. Ela queria tanto que eu ficasse bonita esta noite. No entanto, aqui estou, neste prédio elegante, usando um vestido de seda verde-pálido que eu não usava havia anos, e desejando sumir do mapa. Perdi o jeito para acontecimentos sociais; é como um músculo que, se não for exercitado, atrofia e morre.

Bunny, do outro lado da sala, percebe meu olhar e vem até onde estou. – Vamos, Evie. Faça um esforço – ordena, empurrando-me para a frente. E, de braços dados comigo, ela me apresenta ao homem de gravata-borboleta, que vem a ser um crítico do *Sunday Times*. E, depois, a dois alunos de Allyson.

— Bunny! U-hu!

— Bunny!

São as vozes estridentes e cantaroladas de Babe Heinemann e Belle Frank.

Viro-me.

Elas estão acenando do outro lado da sala.

— Olá! Bunny! Veja só! Evie! Que surpresa! O quê? Você de vestido? — Elas vêm vindo, ziguezagueando no meio da multidão, da mesma maneira que duas pequenas escavadeiras atravessariam uma reserva de vida selvagem desprotegida.

Não tenho onde me esconder. Sinto um profundo desânimo, mas aceno, mesmo sem vontade.

E não há vergonha nenhuma nisso. Babe Heinemann e Belle Frank são muito mais poderosas do que eu e, embora cada uma delas, com seus sapatos Ferragamo feitos sob medida, pareça ter só um metro e vinte, elas têm vitalidade de sobra para enfrentar a vida, e até a morte.

São gêmeas, primas em segundo grau de Bunny. E sabem tudo sobre a morte, que definiu um momento crucial em suas vidas. São viúvas. Viúvas de fato, profissionais. Para elas, usar a expressão "meu marido, que Deus o tenha" é tão natural quanto respirar. Elas consideram Bunny um membro remido do seu clube exclusivo. Só que ela se recusa a ser sócia.

Por isso, elas voltam toda a sua atenção para mim (afinal, mãe solteira é quase o mesmo que viúva).

Bunny se inclina e dá um beijo no rosto de Babe.

– Então, o que você achou? – pergunta.

Babe faz um sinal de aprovação com a cabeça.

– Parece um anjo! – Ela dá um suspiro. – E é bom ver você fora de casa, passeando, para variar um pouco! Você é uma eremita, Bunny Gold!

Bunny sorri, mas não diz nada.

– Evie! – Babe atravessa na frente do homem com gravata-borboleta e agarra minha mão, apertando-a afetuosamente (de repente, somos grandes amigas). – Como vai?

– Você emagreceu! É novo? – Belle está apalpando o tecido do meu vestido, esfregando-o entre os dedos – É da coleção passada ou da nova?

– Belle, pelo amor de Deus, deixe a mulher falar! – Babe me puxa mais para perto. – Você perdeu peso *mesmo*. Está pele e osso! Conheço esse vestido. Coleção passada – acrescenta ela, automaticamente, para Belle. – Eu quase comprei um igual, mas você tem que ter *pernas*. – Ela olha fundo nos meus olhos, com a intensidade de um hipnotizador. – Como vai você? *De verdade*. Como tem passado?

– Bem – balbucio, sem conseguir livrar minha mão do aperto poderoso de Babe. – Está tudo... bem.

Elas continuam a me fitar, esperando.

– Alex está bem – dou um grande sorriso. – Cada dia mais crescido!

– Ele é um amor de menino. – Belle fala como se eu não desse ao fato a importância devida. – Você é uma mulher de sorte – completa, no mesmo tom de advertência.

— Foi uma apresentação maravilhosa, não foi? — Em desespero, agarro a mão de Allyson. — Vocês já conhecem Ally?

— Olá! — Allyson sorri.

Elas se entreolham.

Belle pega no braço de Allyson.

— Meu filho é apaixonado por você! — anuncia ela, tão alto que quase todas as conversas são interrompidas. — O nome dele é David e ele é dono do seu próprio negócio!

— Que bom! — Allyson me olha furiosa, por cima da cabeça de Belle. — Precisamos nos encontrar qualquer dia!

— Ah, claro! — Eu sorrio.

— Sabe, Bunny — Babe volta sua atenção para Bunny — os primeiros dez anos são os mais difíceis, acredite em mim. — Ela tira da bolsa um estojo de pó compacto dourado e confere o batom espesso, numa tonalidade de rosa que deve ter comprado por atacado em 1974. — Você precisa voltar a viver. E *precisa* se livrar daquela casa. — Ela fixa seus olhinhos escuros em Bunny. — Mais cedo ou mais tarde, você vai ter que abrir mão.

Uma sombra de tristeza perpassa o rosto de Bunny. Quero tocá-la, em sinal de apoio. Babe, porém, apropria-se da minha mão, apertando-a com vigor.

— Agora, vamos ao que importa! Quem poderíamos arranjar para Evie, hein?

E ela olha em volta da sala, como se bons candidatos pudessem ser encontrados perdidos em cantos poeirentos.

– Oh! Aquele alto ali! Que tal? – Ela aponta para Piotr.
– Ai, meu Deus, não! – digo.

Piotr levanta a cabeça e percebe o meu olhar.

Ele sorri. – Meu Deus, não, o quê? – pergunta, aproximando-se.

– Nada – digo rapidamente. – Babe, este é Piotr Pawlokowski, que mora conosco. Piotr, esta é Babe Heinemann, prima de Bunny.

– Ah! Então você é o polonês! – Ela agarra a mão dele, puxando-o até a altura dela. Ele fica praticamente dobrado em dois.

– Isso mesmo. O polonês, a americana e a australiana. Parece aquela piada da lâmpada.

Babe alisa a mão dele.

– Ele é uma gracinha! – diz ela para mim.

Piotr me olha. – Claro. Ouviu? Sou uma gracinha.

Babe puxa meu braço.

– Ela não é uma bonita moça? Olhe este corpo! Você gosta de crianças, Piotr?

Vou morrer de tanta vergonha.

Ou melhor, isso é o que eu gostaria.

Ele, porém, apenas ri.

– Sim. Ela é bonita e eu sou uma gracinha. Quanto ao corpo – ele se afasta, avaliando-me –, acho que... hum... acho que eu deveria examinar mais de perto. Numa sessão privada, talvez.

Babe dá risadinhas. Consigo arrancar a minha mão.

– Tá bom – meu rosto está queimando. – Já chega!

Inocência

Mas ele continua.

— Claro, talvez você não saiba, mas ela tem hábitos terríveis. Fuma escondido e anda pela casa só de calcinha e sutiã, quando acha que todo mundo saiu.

— Não! — Babe faz cara de espanto, encantada.

— Não é verdade! — reajo. — Eu não fumo! Nunca! E quando você me viu de calcinha pela casa?

— Não diga que não é verdade! — Ele se vira para Babe. — Gosto de pensar que é verdade. — E sorri para mim. — Algo simples. Calcinha de algodão branco, talvez?

Allyson agarra o meu braço e me puxa de lado.

— Graças a você, tenho um encontro marcado com o filhote maligno da anã! Agora vou ter que sair do país!

— Salve-me! — sopro no seu ouvido.

— Salvar? Eu deveria é matar você! — Mesmo assim, ela me arrasta pela sala e me posiciona em frente a um homem atarracado, cinqüenta e muitos anos e aparência meio de sapo, com óculos grossos de armação preta e um rosto sempre vermelho. — Venha, converse com o Clive. Mas não se surpreenda se ele só conversar com os seus peitos.

Mais tarde, no restaurante do subsolo, meu celular começa a tocar. Saio para os degraus da frente para atender.
— Alô?

É a baby-sitter, Karen. Nada pode ser mais preocupante.

— Alex está bem?

— Com certeza. Só estou ligando para saber se posso comer esse troço de chocolate que está na geladeira.

Dou um suspiro de alívio.

— Na verdade, Karen, isso não é meu. Então, por favor, não coma. Acho que tem pão e geléia... — Sei o quanto essa opção é pouco apetitosa. Sou uma dessas mulheres que nunca deixam nada de gostoso para a baby-sitter.

— Ah.

Pausa.

— Você já comeu o chocolate, não comeu? — deduzo.

— Bem, mais ou menos.

Provavelmente era de Bunny, alguma guloseima pequena e cara da Marks & Spencer.

— Tudo bem. Não tem problema. Amanhã compro outro para colocar no lugar.

— Ah, e só para você saber, não fui eu.

Observo lá fora a arquitetura georgiana uniforme das casas de tijolos vermelhos enfileiradas na Smith Square.

— Do que você está falando? O que não foi você?

— Eu estava descendo a escada, depois que Alex dormiu. E sabe o espelho, aquele velho e grandão que fica no pé da escada, pois é, está quebrado.

— Quebrado?

— É isso, está rachado de cima a baixo.

Sinto um certo desconforto; estou de sandálias de salto alto, mudo de posição.

— Algo mais parece que foi mexido? A janela está aberta? Sumiu alguma coisa?

— Não, já olhei e está tudo trancado. Você deveria comprar uns troços daqueles de chocolate — acrescenta ela, já fazendo o pedido para a próxima vez. — São muito bons.

Inocência 229

– Karen, me faça um favor. Vá olhar o Alex de novo, está bem?

– Sem problema.

– Acho que... Escute, ligo daqui a pouco.

Desligo o telefone. A melhor coisa seria ir para casa agora, só para me certificar de que está tudo bem. Nós viemos no carro de Piotr, mas posso conseguir um táxi com facilidade. Enquanto meus olhos percorrem a praça, vejo Bunny, sentada sozinha num banco de madeira do jardim da igreja. Algo nela me chama a atenção; uma espécie de tranqüilidade, como se estivesse esperando por alguém ou ouvindo uma conversa que ninguém mais consegue escutar.

Vou até lá.

Ela levanta os olhos, sobressaltada. Depois sorri rapidamente.

– Allyson não estava maravilhosa?

Concordo com a cabeça.

– Estava sim, foi um sucesso. Escute, houve algum tipo de acidente lá em casa. Não sei como aconteceu, mas o espelho do hall de entrada está quebrado, rachado.

Ela franze o cenho, mas não parece tão aborrecida quanto eu esperava. – Claro – diz ela, segura –, claro, faz sentido.

– O que você quer dizer? – Sento-me ao lado dela.

Bunny está a ponto de responder, mas muda de idéia.

– Nada, querida. – Ela está mais frágil do que o normal esta noite, quase desligada deste mundo.

– Escute... – começo a falar.

— Ele estava aqui — ela me interrompe —, bem à esquerda do órgão.

— Quem estava aqui?

— Harry, claro — diz ela, como se fosse óbvio.

— Ah. — Agora escuto com toda atenção.

— Lembro-me dos dias logo após a sua morte. Eu não conseguia dormir. Sempre detestei dormir sozinha. Então comecei a ir à opera e sentar nas primeiras filas. Quando as luzes se apagavam, eu cochilava. Era seguro, aquecido e escuro. Ninguém liga a mínima se você dorme durante uma ópera. Aliás, houve uma encenação de *Beatriz e Benedito* em que, ao final do primeiro ato, toda a platéia já estava em sono profundo. Fui praticamente a todas as apresentações. De tanto que eu detestava ficar sozinha. Detestava.

Seguro sua mão. Uma brisa fresca dança à nossa volta.

— O negócio do espelho não tem importância. — Ela parece muito longe. — As coisas acontecem assim, do nada. Simplesmente acontecem.

— De qualquer maneira, acho que eu deveria voltar, só para ter certeza de que está tudo bem.

— Sim, acho que sim. — Um pouco da antiga animação reaparece nos seus olhos. — Posso pedir a Piotr para levar você?

Estou revirando minha bolsa, à procura do porta-moedas.

— Não, não é necessário. Posso pegar um táxi. Só vou antes me despedir de Ally.

Levo mais dez minutos para passar pelo grupo de pessoas em volta de Allyson e me despedir. O céu do crepúsculo é azul-marinho, com faixas pretas. Faz um pouco de frio. Jogo a pashmina nos ombros e estou à procura de um táxi quando Piotr aparece, agitando as chaves do carro.

— Bunny me disse que você precisa ir para casa.

Fico atrapalhada; de repente, só consigo pensar em calcinhas brancas. Olho em volta, rezando para ver a luz amarela de um táxi.

— Está tudo bem. Vou pegar um táxi.

— Tá bom. — Ele coloca a mão nas minhas costas, na altura da cintura, e com firmeza me empurra pelo meio da praça, até onde o seu carro está estacionado. — Eu cobro dez libras para ir a St. John's Wood. Mas, como é para você, quinze.

Ele abre a porta.

Lanço-lhe um olhar furioso e cruzo os braços.

Ele me olha.

— Vai entrar? Ou quer que eu amarre você no teto?

Entro. Senhoras finas devem entrar em carros de uma maneira especial. Não sei como é, mas percebo que estou tentando. Ele fecha a porta, cruza para o outro lado e se acomoda no lugar do motorista.

— Ele está bem, o Alex?

— Está, apenas quebraram alguma coisa. Vou me sentir melhor quando tiver certeza de que tudo está... bem.

— Certo. — Ele liga o carro e manobra para sair da vaga com tanta rapidez que tenho que me segurar no painel. Ele ri. – É assim que dirigimos em Cracóvia. Você vai chegar em dois tempos. Mas aconselho colocar o cinto de segurança.

Aceito o conselho. Enquanto passamos acelerados pelo Embankment e entramos em direção a Victoria, Piotr coloca um disco no tocador de CD. E o carro é invadido pelos grandiosos acordes de abertura do primeiro concerto para piano de Tchaikovsky.

Ele dá uma guinada em Hyde Park Corner. Agarro a maçaneta da porta para me apoiar.

– Escute, Piotr – começo a falar –, eu me senti... – por pouco ele não bate na traseira de uma perua Volvo – eu... eu fiquei meio sem graça com... Caramba! Vá mais devagar!

Ele me olha. – Você confia em mim, certo?

– Olhe pra frente! Piotr, por favor! – Cubro os olhos com as mãos. – Deus nos ajude!

Ele ri.

– Está bem. E você dizia... – E ele avança rápido em meio ao tráfego, troca de pistas e ganha velocidade em Park Lane.

– Dizia que a maneira como você estava conversando comigo, com Babe...

– Flertando – interrompe ele.

– Flertando. Flertando?

– Flertando – confirma ele. – Sim?

– Bem... – Será que ele estava mesmo flertando comigo? – Acho que não fica bem, considerando que moramos na mesma casa.

Inocência 233

Ele corta um ônibus em Marble Arch e freia de repente no sinal.

– Não fica bem – repete.

Sinto-me pouco à vontade. Finjo examinar a caixa do CD.

– Pois é. Talvez seja uma diferença de cultura, mas aqui, em Londres, quando as pessoas moram na mesma casa, como nós, é melhor manter um relacionamento... – qual é a palavra? – mais contido.

Ele pensa e balança a cabeça, sério.

– É, deve ser uma diferença de cultura. Nós, poloneses, somos esparramados.

– Falo sério.

– Claro – debocha ele. – Eu sei! Você é sempre séria!

Não acredito no que estou ouvindo.

– Ora, essa é muito boa, veja quem fala, o Sr. "a felicidade é um objetivozinho bem medíocre!"

O sinal abre.

– A felicidade é um objetivo medíocre. Não deveríamos lutar por uma gama maior de experiências de vida? – O carro dá um salto para a frente. – Enfim, você estava me irritando.

– *Eu* estava irritando *você*!

Ele suspira, aborrecido.

– Você não é o tipo de mulher que deveria ficar... ficar... – ele bate no volante, buscando a palavra – se esgueirando! Dando aulas noturnas! Fingindo ser invisível!

Sinto-me profundamente atingida.

– Eu não fico me esgueirando!

– Ah, fica, sim!

– Não fico! Além disso, o que você tem a ver com isso?

Ele vira na St. John's Wood Road, arranhando as marchas.

– Nada. Continue se esgueirando! – resmunga.

Eu daria qualquer coisa para sair deste carro agora. Estou furiosa e fico tão perto da porta e tão longe dele quanto possível.

– Então, sem flerte – confirma ele.

– Certo – disparo.

– Então, não é uma boa idéia implicar com você.

– De acordo.

– E essa... essa idéia de você passeando pela casa só de calcinha é absoluta e completamente falsa.

– Piotr!

– Só confirmando. – Ele faz uma curva fechada e pega a High Street.

Um silêncio pesado se instala entre nós.

Vou ignorá-lo pelo resto do percurso.

Virando a caixa do CD, examino-a atentamente. É bem velha, e é russa; tem a foto de um adolescente desajeitado na capa, com uma cabeleira rebelde arrepiada e mãos grandes demais em relação ao resto do corpo, fazendo pose ao lado de um piano.

– Quem é esse aqui? – pergunto.

Ele entra na Acacia Road. – Sou eu.

– Você está brincando! – Olho para ele e depois de novo para a foto.

Inocência 235

Seu rosto se suaviza.

— Você gosta do cabelo, não é? Foi a minha fase de rebeldia. Não durou muito.

— Rebeldia? — Não posso evitar uma risadinha. A idéia é ridícula. Nada que se compare aos Sex Pistols.

— Agora você está debochando de mim! — acusa ele.

— É que, até que ponto alguém pode se rebelar contra Mozart, Beethoven, Bach...

Parando em frente à casa, ele desliga o motor e se vira para me encarar.

— Você ficaria surpresa. É natural, quando se ama alguma coisa apaixonadamente. Da mesma maneira que é impossível dormir com alguém com quem não se consegue brigar. Rebeldia é um tipo de amor.

E ele sorri, um sorriso largo, tranqüilo; o pequeno espaço entre os seus dois dentes da frente dá ao seu rosto um irresistível charme de garoto. — E aí, vamos entrar e ver o que a baby-sitter que come tudo deixou para nós?

Enquanto saímos do carro, lembro a mim mesma que estou furiosa com ele.

Karen está largada na frente da televisão, onde antigamente era o escritório de Harry. E, a julgar pelos vários pratos e cumbucas na mesinha em frente, consumiu uma quantidade considerável do estoque de comida da casa. Ela se levanta, enfiando as mãos nos bolsos da calça estilo militar. — Ei — ela nos saúda, balançando-se nos calcanhares. Karen consome mais calorias por dia do que um time inteiro de futebol profissional, mas pesa apenas uns quarenta quilos. Tem o corpo de uma adolescente ossuda, um milagre que desafia todas as leis da natureza.

Primeiro, vou ver Alex, toco seu rosto de leve e beijo sua testa. Ele está bem. Depois, nós três examinamos o espelho. A superfície quebrada dá a impressão de ter sido atingida por alguém com um objeto pequeno, ou mesmo com um soco; estilhaços de vidro estão espalhados, saídos de um buraco negro no meio do espelho. Examinamos a casa toda. Parece não haver mais nada de errado, e digo a Karen que pode ir embora. Ela se vai, andando devagar, mochila no ombro, em direção à estação do metrô.

Fecho a porta da frente.

Uma claridade azul pálido vem da luz da rua, um brilho suave no chão.

Uma mulher que se esgueira. Que finge ser invisível.

Não é uma imagem agradável. Não é a imagem que tento tão arduamente transmitir – a de uma mulher sensível, responsável, capaz, que cuida do seu único filho como uma heroína.

Talvez a visão de Piotr, de uma garota audaciosa, andando por aí de calcinha, fumando às escondidas, de fato tenha certo encanto.

Piotr está descendo a escada. Ele pára no último degrau.

Viro-me no escuro.

– Tenho que ir apanhar Bunny e Allyson. – Ele balança as chaves do carro entre os dedos. – Nós, motoristas de táxi, nunca temos descanso.

Mas não se mexe.

— Obrigada por me trazer. E por verificar que está tudo bem. — Falo num tom formal e duro. — Foi muito gentil.

Ele fica em silêncio.

Piotr não se enganou ao revelar um lado meu que eu preferiria ignorar. — Não fiz para ser gentil — diz ele, por fim.

E vai até a porta, abrindo-a. Ele é muito alto; a luz da rua projeta uma longa sombra no piso.

— Eu não quis ofendê-la. Mas você é o tipo de pessoa que não deveria ter medo. De nada.

Ele fala com muita convicção. Uma parte de mim, no entanto, não pode deixar de pensar que ele se refere a outra pessoa.

Claro que o que eu deveria dizer é "Não tenho medo!", com um ar desafiador. Ou rir, como se ele tivesse entendido tudo errado.

Mas, em vez disso, a verdadeira pergunta que me vem à boca é: "Por quê?"

Por que eu não deveria estar totalmente apavorada?

E, por um momento, sinto como se estivesse vestida só de calcinha.

Ele fecha a porta.

Viro a chave e encosto o rosto na madeira lisa, fria.

E, de repente, sem explicação, eu gostaria que ele ainda estivesse aqui.

◈

The Cave pode ser uma espelunca, mas, às 9:30 de uma noite de sexta-feira, está cheio de sair pelo ladrão. Localizado debaixo do Píer, é uma grande caverna com um bar comprido ao longo de uma das paredes e um palco estreito encostado na outra. Há umas poucas mesas redondas e bancos, mas, na maior parte, é um porão escuro e sem mobília, que pode ser limpo com uma mangueira de jardim e um escovão, se necessário. Hoje será necessário.

Está repleto de habituês bebendo, dançando, se esgoelando; garotas de minissaia e botas de camurça de cano curto; caras com cabelo cortado no estilo moicano, com topetes eriçados e piercing nas orelhas. "Let's Go Crazy", do Prince, está tocando e, enquanto passamos pelos leões-de-chácara, Jake acena para um grupo aglomerado no bar. Deve ser a banda.

– Ei – grita Jake, passando um braço em torno dos meus ombros. – Quero que vocês conheçam minha garota! – Eles se viram e eu sorrio, apertando-me a seu lado, como Eva tentando entrar de volta nas costelas de Adão.

Há três deles: Brian, o contrabaixista, mais velho que os outros, rechonchudo, com feições delicadas e cabelo louro ralo; Pat, o baterista, da Irlanda do Norte, magro, agitado e pálido; e CJ, o primeiro guitarrista, negro com dreadlocks e um sorriso de covinhas, atrevido. CJ está com o braço em volta de uma loura que parece muito familiar.

– Esta é Jazz – diz ele, apresentando-a.

É a garota que foi à festa com Jake.

– É abreviatura de Jasmine – acrescenta ela como quem diz algo significativo, parecendo de repente que estávamos numa competição para ver quem tinha o nome menos convencional e ela tivesse ganhado.

– Que bonitinho – digo, sorrindo.

Inocência

O que ela está fazendo aqui?

Jasmine está vestindo uma jaqueta curta de jeans branco, com minissaia preta e branca de bolinhas e pilhas de crucifixos em camadas no pescoço. Por baixo da jaqueta, aparece o babadinho de renda de um corpete. Seu cinto tem uma fivela dourada grande com a inscrição "À Venda". De repente, este é o último lugar da Terra onde eu queria estar.

Pat dá a Jake um baseado. Ele dá uma tragada e passa para mim. É amargo, forte, queima o fundo da minha garganta; eu me engasgo e tusso e eles riem, enquanto Jake me dá um tapa nas costas. Passo o baseado para Jasmine. Ela faz um biquinho em câmera lenta e traga com facilidade.

CJ pega outro banquinho. Sento-me em frente a Jake enquanto Brian pede outra rodada de drinques. A conversa é ansiosa, entrecortada; todo mundo está fumando, uns completando as frases dos outros, dando olhadelas em seus próprios rostos no espelho atrás do bar. Pat não consegue ficar parado. Usando short e colete, ele fica o tempo todo mexendo as mãos, batucando ritmos complicados com suas baquetas no bar, num copo, nas costas de Jake...

– Então, Evie – diz ele, olhando para tudo menos para mim: para as pessoas, o palco, os seios de Jasmine, meus seios... – Então, o que você acha de nosso novo nome? Acha que vai dar certo? Hein? Você acha que é assim, sabe como é, fodão, cara? Ou então, sabe, o quê?

Nem sei se vale a pena tentar olhá-lo diretamente, coisa tão fácil quanto se desviar de uma bala.

– É, The Thrust é um grande nome.

— Ah, não! — Ele está olhando agora para as pernas de Jasmine, a porta, novamente o palco. — Nós mudamos. É, Jake é o cara! O que Jake diz tá valendo! Certo?

Jake lhe dá uma olhada e ele gira para batucar nuns barris velhos amontoados junto à porta.

CJ se curva para a frente.

— Andy quer ver você. Ele está me enchendo com uma história de que isso aqui não dá merda de dinheiro nenhum. Dá só uma olhada nessa porra deste lugar! Mentiroso!

— Quem é Andy? — pergunto.

— O dono — diz Jake, puxando uma tragada do cigarro que Pat largou no cinzeiro. — Ele nunca nos paga, safado pão-duro.

Jake troca olhares com Jasmine. Ela desvia os olhos.

Brian se levanta.

Viro-me para Jake, mas ele agora está rindo, pegando o baseado de volta de CJ. — Brian, que merda é essa que você está usando?

Todos nós olhamos para Brian. Ele enfia os polegares na cintura do seu jeans de vinil preto.

— Isso é jóia, cara! Comprei no mercado. Agora eu sou um deus do rock, e vocês estão é com inveja!

— Você está parecendo a porra do Michael Jackson! — zomba CJ, puxando Jasmine para ele e enfiando a cara no pescoço dela. Ela cede passivamente, enquanto examina seu perfil no espelho.

— Você vai estar falando diferente quando eu arrumar tudo quanto é mulher! — Brian passa a mão nos cabelos prematuramente ralos.

Inocência 241

CJ e Jake se entreolham e caem na gargalhada. Há algo de incongruente na idéia de Brian arrumar qualquer coisa. Eu rio também. Jake me aperta mais, sacudindo o corpo todo, agarrando-me como um homem que se afoga agarra uma bóia.

— Vão se foder! — reage Brian, virando-se e abrindo passagem à força na multidão. — Vocês me enchem o saco!

— Foda-se ele — diz CJ, enxugando lágrimas dos olhos.

— É, foda-se ele — concorda Jake.

Pat está de volta, rodando por ali como um lutador de boxe, tamborilando no assento do banco.

— Tenho que ir ao banheiro de novo, Jake. OK, cara? Sabe como é, tenho que ir mesmo. Você vem comigo? Vem? Você vem, cara?

Jake abana a cabeça, mas se levanta.

— OK, Pat. Mas não vá ficar ligado demais, entendeu? Só um par, até que acabe o show.

Ele me dá um beijo na testa.

— Fique aqui com Jazz, está bem?

Detesto esse negócio de ele chamá-la de Jazz. E não consigo imaginar perspectiva mais desagradável.

CJ esvazia o copo e sai atrás deles.

A multidão pressiona, cheia de cotovelos e copos até a borda de cerveja; quase levo um banho de um cara enorme que está equilibrando três canecas.

Olho a multidão em volta, viro-me para o palco, mas, afora todo o equipamento, ainda não há sinal de vida. Então, eu me forço a sorrir para Jasmine, que me encara com um olhar sem expressão, morto. Ela enrola o próprio cigarro, segurando-o no alto até que um atendente do bar se curva e oferece fogo.

– Então – diz ela, dando uma tragada. – Que merda você é mesmo?

Esse é o tipo de garota que Robbie saberia destruir num segundo.

– Bem, *Jazz* – faço uma pausa –, sou uma atriz. E acabei se ser aceita na Juilliard – minto. – Vou morar e trabalhar em Nova York dentro de algumas semanas.

Dizer que entrei na Juilliard é maravilhoso; tenho a sensação de que tenho três metros de altura e sou à prova de balas. Só queria que fosse verdade.

Ela me olha piscando e com a cara fechada.

Levanto a minha sobrancelha direita.

– E você, o que faz?

– Sou cantora. E modelo – acrescenta ela, rapidamente.

– Que legal – digo, e volto a prestar atenção no palco.

As luzes diminuem. Um homem vestindo camiseta preta e jeans, exibindo um impressionante barrigão de cerveja, sobe ao palco.

– Um, dois, três, testando! Um, dois, três! Muito bem, pessoal! Vamos fazer silêncio! – Ele está com a cara vermelha por causa do calor e faz força para recuperar o fôlego, enquanto passa as costas da mão na testa. – Vocês conhecem as regras: nada de jogar coisas, nada de surfar na multidão e nada de cuspir! Estou avisando! – grita, apontando para seis seguranças junto à porta. A multidão vaia e ele brande o punho como um clássico vilão de pantomima, com mais ou menos a mesma sinceridade. – Silêncio! E

Inocência 243

agora tenho o grande prazer de apresentar, vindo diretamente de Londres, o grupo antes conhecido como The Thrust, agora, Raven!

Tenho um sobressalto. Ele batizou a banda com o meu nome!

Jasmine me dá uma olhada furiosa.

A banda entra, com estudada segurança e caras fechadas; Jake puxa a guitarra por cima da cabeça e um grupinho de garotas na frente grita, encantado. Debruçando-se para falar ao microfone, ele afasta os cabelos compridos dos olhos.

— Esse show é para Raven. — Ele me procura naquele mar de rostos. — A garota que roubou meu coração.

Então CJ entra em cena, atacando a abertura barulhenta de "Limey Punk Rock Faggot", e a sala enlouquece.

Meu coração sobe às alturas. Eles estão muito além e muito acima de todas as minhas expectativas; Jake sorri para mim, e tenho a impressão de que vou explodir de orgulho e alegria.

Sinto uma mão no ombro; viro-me e vejo Hughey Chicken sorrindo para mim. Ele se curva e grita no meu ouvido:

— E aí, o que você está achando?

— Eles são brilhantes! — grito de volta. — Absolutamente, completamente brilhantes! O que você está fazendo aqui?

Ele ri.

— Não sou músico, mas tenho meus talentos! Este é Alan Weathers. — Ele me apresenta um homem de trinta e poucos anos, muito bronzeado e bem barbeado, vestindo um terno de linho cor de areia, com as mangas dobradas para que ninguém deixe de ver o seu enorme relógio Rolex.

O homem se encosta no bar, segurando uma Perrier com a maior elegância casual possível numa sala cheia de gente suada dançando. E me dá um largo sorriso.

– Prazer em conhecê-la!

– Ele é dessa gravadora nova genial – continua Hughey. – O nome é Virgin. Não é legal?

Obviamente empolgado pelo nome safadinho, ele esconde o riso dentro da caneca como um garoto. Certamente Hughey agora é maior e provavelmente tem mais cabelo do que quando tinha oito anos, mas, afora isso, desconfio que pouca coisa mudou.

– Viu? Eu estou sempre bolando coisas. Vou arranjar um contrato para esses garotos num instante! Ei! Como está Robbie? – pergunta ele, seu rosto redondo subitamente preocupado.

– Muito ocupada! A escola é um pesadelo – minto e, mudando de assunto, faço um gesto para Alan. – Então, o que ele acha?

Hughey acena com a cabeça para Alan, que mostra o polegar para cima.

Jake desfila pelo palco e joga a cabeça para trás, o que provoca outro surto de gritos histéricos das fãs. Hughey e eu rimos, felizes e aliviados. Hoje eles estão botando para derreter.

Jasmine desce do banco e tira a jaqueta jeans, mostrando ombros nus e um par de seios empinados empoleirados no bustier rendado.

— Então, quem é seu amigo, Hughey? — Ela passa a língua nos lábios e se recosta no bar ao lado de Alan, olhando-o com seus olhos azuis penetrantes. Ele pisca. Ela lhe oferece a mão. — Sou cantora, também — diz, chegando mais perto e roçando a mão na coxa dele. A qualquer minuto ela vai transbordar daquele corpete.

Pouco me importa.

Jake gira em meio ao calor e ao barulho, um ser dourado, iluminado — Orfeu tocando no submundo.

Somos imortais.

Invencíveis.

Estamos apaixonados.

❧

— Eles têm um brinquedo chamado Lâmina, mãe! No Vale Proibido, mãe! E ele vai muito, muito, *muito* rápido!

Alex está arrastando pelo chão sua mochila escolar, vermelha e branca, o casaco fora dos ombros, pendurado nos cotovelos. Ele dança uns quatro passos à minha frente, descendo a Ordnance Hill Road, onde acabei de buscá-lo na escola.

— Não vamos a Alton Towers, querido — digo pela quinta vez em três minutos.

— Mas *por quê*? — Ele pára de repente, tropeçando na mochila bagunçada.

— Porque agora não temos dinheiro. — Detesto essa explicação, e, no entanto, ela serve para tanta coisa. Estendo o braço para pegar sua mão. — Outro dia, talvez.

Ele tira a mão.

– Tem outro brinquedo melhor ainda, chamado Buraco Negro! Tem um parque aquático e um trem desgovernado! Você tem que ficar no castelo vermelho e tem batata frita no jantar quase toda noite...

Abaixando-me à frente dele, delicadamente puxo o seu casaco por sobre os ombros.

– Alex, não é que eu não queira ir; parece maravilhoso. E quando nós formos vai ser muito legal. Mas agora não dá para ir.

Ele pensa um pouco.

– Podemos ir amanhã.

Levanto-me, calculando mentalmente, mais uma vez, nossas finanças mensais. Não há muito espaço para manobra.

– Já sei, e se eu te levar ao jardim zoológico amanhã de tarde? Podemos fazer barulhos de meter medo na casa dos répteis e ver os homens darem de comer aos leões...

– Nós sempre vamos lá! – ele reclama. – É tão *chato*, mãe! Tudo que a gente faz é tão *bobo*! (Ele arranjou uma maneira nova de dizer as coisas; uma certa habilidade para usar o inglês que eu, como atriz, tenho que admirar. Ele arrasta as vogais; uma espécie de caricatura verbal. Bobo vira *booooooooooobo*. Para uma criança de quatro anos, é uma forma eloqüente e excitante de se expressar, que só de vez em quando me deixa louca.)

Dobramos a esquina da Acacia Avenue, os altos plátanos repletos de folhas verdes novas, rendadas. Elas oscilam suavemente sob as nuvens de um branco cremoso que voam lá em cima.

— Isso é muito feio, Alex. E o que nós fazemos não é bobo, é divertido. — Pelo som da minha voz, é a antítese de divertido.

Não tenho nenhuma sobra de dinheiro para enfrentar os pedidos intermináveis de Alex — que eu deveria ser capaz de atender, desejo atender e não posso. Sou envolvida e esmagada pelo constante sentimento de fracasso, que me deixa tensa. Reajo irritada.

— E faça o favor de não arrastar a mochila pelo chão!

Ele me ignora, o seu rostinho uma máscara de decepção silenciosa. De propósito, ele arrasta a mochila por uma poça d'água.

Abaixo-me e agarro seu braço.

— Alex! Você escutou? Eu disse para não arrastar a mochila!

Ele deixa cair a mochila.

— Se meu pai estivesse aqui, ele ia me levar! Se meu pai estivesse aqui, aí a gente ia se divertir de verdade!

Volta aquele sentimento: o tapa de uma mão invisível no meu rosto, seguido por um grosso manto de entorpecimento, toda vez que Alex menciona a palavra "pai". Deixo-o ir. Ele entra voando pelo portão, sobe os degraus correndo e abre a porta da frente com um empurrão. Ela fica ali, escancarada como uma boca ofendida. Vejo Alex entrar correndo, todo o seu ser impulsionado por um sentimento de malogro e traição.

Haverá algum dia em que aquela palavra não fará desabar o meu mundo?

— Ah, as alegrias da infância! — Bunny vem vindo do jardim dos fundos, vestindo um avental de brim desbotado sobre a roupa, as mãos negras de terra segurando os narcisos mortos, destruídos pela chuva da noite passada.

Mostro um sorriso e pego a mochila abandonada no chão. Não quero que ela veja que tive mais um dia ruim, só fracasso e culpa.

– Querida, vou lhe contar – ela continua, jogando fora os narcisos na lata de lixo preta –, eu fico é feliz por não ser mais jovem.

Ela tira a terra das mãos.

– Você não teve uma infância feliz? – Faço um esforço para desviar o foco de Alex e de mim.

– Deus do céu, não! – Ela passa um braço pela minha cintura e me faz subir as escadas. – Nunca me adaptei à infância. Ponto. Há uma impotência inerente a ser criança, uma subordinação da vontade que eu nunca pude tolerar, mesmo aos quatro ou cinco anos. As pessoas que dizem que essa é a melhor época da vida são idiotas. Sem querer ofender, querida. Todos nós tentamos ser bons pais. Mas algumas crianças são mais dóceis do que outras. – Ela fecha a porta, tira o avental e o dobra cuidadosamente. – E há algumas, como eu, que começam a se mostrar rebeldes aos cinco anos.

– Então você foi uma menina difícil, é?

Ela ri. – Eu sempre fui difícil e, se Deus quiser, vou morrer difícil. Pobre da minha mãe! Claro que não ajudava o fato de eu ser também uma dessas crianças que ficam excitadas facilmente, sempre disposta a ficar me tocando em público. Isso botava minha mãe maluca. "Onde estão as suas mãos?", ela vivia dizendo. Nem lhe conto que alívio foi crescer e arranjar outra pessoa que fizesse tudo por mim. – Ela pisca maliciosamente. – Agora, que tal eu fazer uma boa xícara de chá para nós duas?

Tenho que rir. Apesar de todas as suas excentricidades, ou talvez por causa delas, Bunny me alegrou.

– Seria ótimo, Bunny. Desço num minuto.

Começo a me dirigir para a escada. Ela me pára, pondo a mão no meu ombro.

– Não é um caso tão sério quanto você pensa – diz ela, calmamente.

Não estou muito certa sobre o que isso quer dizer, mas há uma tranqüilizadora expressão de bondade no seu rosto. Devolvo-lhe o sorriso, como se tivesse entendido tudo, enquanto dou um leve aperto na sua mão.

Nesse momento, quando Bunny se vira, saindo da claridade da entrada e passando ao corredor frio e escuro que leva à cozinha, subitamente ela é uma velha. Com a cabeça baixa, segura o corrimão para se equilibrar e se concentra nos degraus. Dobra uma quina do corredor e some.

Subo até o último andar. Alex, ainda de casaco, está sentado no chão. Tem as costas contra a cama e os braços em torno dos joelhos.

Bato na moldura da porta. – Toc, toc.

Silêncio.

Vou até ele e me sento a seu lado. Ele tem as mãos firmemente entrelaçadas. Estão cobertas de tinta e cola, da aula de arte de hoje; a obra-prima que ele criou está certamente enfiada dentro da maldita mochila.

– Estou vendo que você está zangado comigo – digo.

Ele não se mexe. E eu não sei mais o que dizer, nem o que prometer para abrandar seu aborrecimento. Não tenho piadinhas espertas para arrancar-lhe um sorriso. Assim, ficamos os dois sentados, olhando a dança da luz no assoalho.

– Conta de novo – ele pede, olhando para a frente, os dedos apertados.

Hesito.

– Conta a história de novo – ele insiste.

Em minha defesa: eu não sabia o que contar. Chega uma idade, lá pelos três anos, em que eles começam a fazer perguntas. Então contei isto a ele. Já não estou segura de que é certo e adequado. Mas, claro, agora é tarde demais. Foi o que contei.

Porque talvez algum dia, de alguma forma, as coisas venham a ser diferentes.

Começo falando devagar, macio.

– Antes de você nascer, antes até que seu pai soubesse que você estava vindo para ficar conosco, ele partiu numa longa viagem. Teve que viajar por terras desconhecidas, lugares em que não há mapa e nunca ninguém esteve antes.

Ele me lança um olhar zangado.

– Por que você deixou ele ir, mãe?

Ele nunca tinha perguntado isso antes. Faço uma pausa e me concentro no céu azul visto através da janela.

– Deixei ele ir porque não podia impedir. Quando alguém quer muito ter uma aventura na vida, é impossível segurar, por mais força que você faça.

– Mas você o amava? – pergunta ele, o que soa mais como uma acusação do que uma pergunta.

Inocência

Assinto com a cabeça.

— Sim, Alex, eu o amava. E ele me amava.

Ele apóia a cabeça no meu peito, acalmando-se um pouco.

Ponho meus braços em torno dele. Ele se aconchega mais.

— Assim, seu pai partiu numa longa aventura. E não havia telefones nem cartas. E ele ainda pode estar viajando. Algum dia, talvez ele volte e você vai encontrá-lo. Mas, se não voltar, então com certeza ele está te vendo lá do céu, e mandando todas as coisas boas para você.

— O quê, por exemplo? — Sua voz está abafada, pois vem das profundezas do meu pulôver.

— Por exemplo, dias quentes de sol, ou um gol do Michael Owen, ou quando você perde um brinquedo e pensa que nunca mais vai achar e de repente você acha...

— Como o meu trenzinho Thomas?

— Exato. Ou quando você tem um sonho legal de noite, tão legal que você nem quer acordar... Tudo isso são mensagens de seu pai, cuidando de você.

Ele ergue a cabeça para mim.

— Você acha que ele gosta de mim?

Fito seus grandes olhos castanhos.

— Sim, Alex. É impossível não gostar de você.

— E você acha que um dia ele vai voltar?

Por um instante, ficamos ali, abraçados.

— Não sei, meu anjo. Tudo é possível.

Ele fica imóvel. Está quieto, agora. Mas, em breve, essas respostas não bastarão. Meu prazo está acabando.

Mas, por ora, ele está satisfeito.

E eu decido que algum dia vou levá-lo aonde ele quiser, por mais caro que seja.

⁂

De repente, estou caindo. A grama verde e macia torna-se um abismo negro, escancarado; frio, úmido, infinito. Estou despencando, aos trambolhões, na escuridão. Abro a boca para gritar. Não há som. Estendo os braços. Não há onde me segurar. Vou para baixo, para baixo, cega, muda, cada vez mais depressa...

Acordo ofegante. Focalizo a vista no teto decorado. Ouço o som de ondas quebrando na praia. Meu coração está disparado como um cronômetro. Mas a cama é sólida, real.

Viro a cabeça. Jake está deitado de bruços, o rosto enfiado num travesseiro, os braços abertos, um anjo caído que mal cabe na armação estreita, de ferro fundido, da cama. Ele está desmaiado, dormindo mais profundamente do que qualquer outra pessoa que eu já tenha conhecido, como se alguém simplesmente o tivesse desligado para a noite. Está vivendo outra vida, paralela, num universo privado, inacessível, distante. Estará também caindo, com os dedos esticados para tentar agarrar alguma coisa que está escapando antes mesmo que ele possa tocá-la?

Ainda é cedo, talvez nove da manhã, de um sábado. Um feixe de luz atinge o chão de madeira de nosso quarto no Poppy Bed and Breakfast, através das pesadas cortinas de veludo vermelho.

Minhas têmporas latejam; uma dor surda está aflorando logo atrás dos meus olhos.

Tudo parece igual.

Mas algo mudou durante a noite; algo importante.

Eu me levanto e saio da cama com cuidado. Pé ante pé, o mais silenciosamente que consigo, atravesso o quarto até a poltrona no canto, onde estão todas as minhas roupas, amontoadas desde a véspera. Vestindo meu jeans e uma camiseta, tateio em busca da minha bolsa e saio para o corredor. No andar de baixo, perto da recepção, há um telefone público grandalhão, sobre uma mesa perto da porta.

Ponho um punhado de moedas, disco e espero. Ele fica séculos tocando. Finalmente, Imo atende.

– Alô? – Devo tê-la acordado.

– Im, sou eu!

– Evie! Onde é que você se meteu? Você está bem? – Agora ela está totalmente acordada. – Pensamos que você tinha sido seqüestrada! Boyd está puto da vida! Você faltou ao ensaio. Ele disse que, se você não vier segunda-feira, vai diminuir o seu papel para o de uma empregada muda!

– Eu estou bem. Sério. Desculpe sumir desse jeito, mas estou bem, mesmo.

– Tentei defender você, disse que estava doente... – Ela vai parando de falar. E dá para perceber que não aprova meu comportamento. – Eu estava mesmo preocupada – repete. Nunca pensei que ela fosse ficar tão perturbada.

– Desculpe, nem pensei. Mas amanhã eu volto. Jake fez um show, sabe, e queria muito que eu viesse... – De repente, quando falo, já não parece ser uma coisa tão urgente ou desesperadora. Deixo para lá as explicações e passo à minha verdadeira razão para telefonar. — Im, será que o correio já chegou esta manhã? Eu estava aqui pensando se não teria chegado alguma coisa para mim.

—Vou ver. — Posso ouvi-la procurando pelo chão. — Evie?
— Sim?

Ela fala baixo. — Tem uma coisa. É uma carta. De Nova York.

Engulo em seco. — Abra. Por favor.

Papel sendo rasgado. Depois, silêncio.

Parece que muitos minutos se passam... Ela é a pessoa que lê mais devagar em todo o mundo.

— E aí? O que diz? Imogene! — Estou gritando. — O que diz?

— Evie...

— O quê? Diga logo!

— Evie, você passou. Foi aceita! Você passou! — Ela dá um gritinho, rindo. Posso ouvi-la pulando de animação.

E de repente estou caindo de novo. Fecho os olhos e a sala gira.

O que foi que eu fiz? Que diabos foi que eu fiz?

Volto zonza para o quarto.

A cama está vazia. Não há ninguém aqui.

Ele deve estar no banheiro. Sento-me na beira da cama. Finalmente, posso ouvir seus passos no corredor, abrindo a porta...

Ele sorri para mim, de pé na entrada, vestindo apenas o jeans.

— Aonde é que você foi?

— Fui aceita. — Estou olhando para minhas mãos cruzadas no colo. Sinto um peso gelado no peito. — Entrei na Juilliard.

Levanto o rosto.

Ele me olha de testa franzida.

— Em Nova York — acrescento.

O rosto dele perde toda expressão.

— Entrei na Juilliard. — Talvez, se eu ficar repetindo isso, vai parecer real. — Vou estudar teatro em Nova York.

Fico sentada, olhando para ele.

— E é isso que você quer?

Sinto-me tonta; muito distante. Por que ele está fazendo essa pergunta boba?

— Fiz o teste, não fiz? — A pergunta não sai no tom que eu pretendia. Uma tensão nauseante dá um nó em meu estômago; fito os padrões desiguais dos tacos de madeira. — Sou uma atriz. E esse é o sonho de todas as atrizes.

Ele simplesmente fica ali de pé, olhando para mim.

O que ele está esperando?

— Então? Você não vai dizer nada?

Ele dá de ombros. — Parabéns.

De repente, fico furiosa. — E isso quer dizer o quê?

Ele aperta os olhos.

— Porra, quer dizer maravilha, Evie! Você botou pra foder!

Ele me dá as costas e começa a se vestir. Está pondo a camisa, procurando uma meia, enfiando sua jaqueta de couro.

Foda-se.

– Aonde você vai?

– Sair. – Jake passa a mão nos cabelos, enquanto olha sua imagem no espelho do toucador. Ele não está blefando.

– Meu bem... – Deslizo para fora da cama e dou um passo em sua direção, com os braços estendidos.

Ele recua.

Fico ali, olhando, com um sentimento crescente de indignação; ele está pegando as moedas na mesinha-de-cabeceira, mais os cigarros e o isqueiro; botando tudo no bolso de dentro da jaqueta.

– E o que eu devo fazer, Jake? O que é exatamente que você quer que eu faça?

Ele passa ao meu lado.

– Faça o que quiser.

E vai até a porta.

Agarro seu braço.

– Eu não tenho escolha! Eu sou uma atriz!

Ele solta o braço.

– É o que você vive dizendo.

– Jake!

Ele se volta para me encarar.

– Puta merda, Evie! E eu, devo fazer o quê? Hein? – A porta do quarto é aberta com força e bate contra a parede. Jake sai pelo corredor.

Corro atrás dele, sentindo o chão de madeira frio e duro sob os meus pés nus.

– Jake, espere! – Agarro seu braço novamente, ficando bem junto dele. Há um grupo de turistas americanos, idosos, andando vagarosamente para a sala do café-da-manhã.

– Por favor, vamos subir de novo – sussurro. – Fale comigo, por favor!

Ele me fuzila com o olhar. – Eu lhe disse – ele fala muito claramente, muito devagar – que eu quero ficar sozinho! – E arranca o braço com tamanha violência que me joga para trás, e eu caio, desajeitada, junto ao balcão da recepção.

– Ai, meu Deus! – Uma mulher que poderia ser minha avó tenta me levantar do chão. – Você está bem?

Faço que sim, desejando que ela fosse menos solícita; não posso falar sem chorar.

Volto para o quarto e espero, sentada na cama.

Uma hora se passa.

Lavo o rosto e troco de camiseta. Depois remexo a bolsa procurando alguma coisa para comer. Se eu sair, com certeza vou me desencontrar dele. Acho uns pacotinhos de açúcar, que sobraram da minha compra de café de ontem.

E outra hora se passa.

O céu está plano e cinzento.

Fecho as cortinas.

Deitada na cama, no quarto escuro, eu me enrolo em torno de um travesseiro e choro. Este deveria ser o dia mais feliz da minha vida. Eu deveria estar feliz. É isso que eu quero. Não é?

Não é? Já não consigo pensar.

E, depois de algum tempo, pego no sono.

Não ouço a porta se abrir.

Quando abro os olhos, o sol já está começando a se pôr. Jake está ajoelhado no chão na minha frente, olhando para mim.

—Você voltou – digo.

Ele faz que sim com a cabeça.

Outra lágrima corre pelo meu rosto. – Jake, o que eu posso fazer? – murmuro. – O que posso fazer?

Ele pega a minha mão.

É uma coisa fina, delicada; feita de ouro claro, quase branco, tendo incrustada uma única e lustrosa pérola negra.

— Case comigo.

Ao girar a chave na fechadura, olho mais uma vez para o anel no meu dedo. São só 2:20 de uma tarde de domingo, e em três breves dias toda a minha vida mudou para sempre. E agora, abrindo a porta da frente do apartamento de Gloucester Street, mal posso esperar para contar as novidades a Robbie e Imo.

O apartamento tem o mesmo cheiro de sempre: torradas e tapete úmido... Passo por cima de uma pilha de revistas jogadas por ali. – Olá! Alguém em casa? – Largo minha mochila no chão do corredor. – Meninas!

— Estamos aqui – responde Robbie, da sala. A voz dela parece meio desanimada; provavelmente está de ressaca.

Já estou sorrindo de orelha a orelha, mal consigo controlar meu entusiasmo.

— Tenho uma surpresa enorme! – anuncio.

Imo aparece no vão da porta, com a cara séria. Ela não me perdoou por ter desaparecido. – Também temos uma surpresa para você... – diz ela.

Agarro-a pela cintura e a puxo para o meio da sala.

– Ah, mas a minha é tão grande que não dá para esperar! Olhe! – Levanto a mão bem alto. – Estou noiva!

Isso não tem o efeito que eu imaginava.

Faz-se um silêncio estranho. Robbie está sentada muito quieta, muito empertigada, na beira do sofá... a mão de Imo está no meu braço, apertando com tanta força que dói, e ela me olha como se fôssemos espiãs num filme sobre a Segunda Guerra Mundial, e eu tivesse esquecido a senha...Viro-me para seguir o olhar dela.

E ali, sentado numa das poltronas de couro preto e segurando um buquê de rosas vermelhas, com uma mala ao lado, está Jonny.

Com o rosto muito pálido, seus olhos piscam para mim por trás dos óculos de armação preta.

– Surpresa – diz Robbie.

Ninguém se mexe.

Cerca de um minuto depois, Robbie se levanta e leva Imo pela mão.

E elas saem, fechando a porta.

É o começo da noite de domingo. Fecho a porta do meu quarto com muito cuidado. E vou em direção à cozinha.

Imo e Robbie estão sentadas à mesa da sala de jantar, com xícaras de café, há muito tempo vazias, à sua frente.

– Como está ele? – pergunta Imo.

– Agora está dormindo. – Evito o olhar dela, enquanto ligo a chaleira, depois desligo. Não sei o que fazer com as mãos. Pego um pano de prato e limpo a bancada da cozinha, antes de finalmente me sentar numa cadeira na outra ponta da mesa. – Eu não tinha idéia de que ele estava vindo. – Passo o dedo pela borda arredondada da mesa. – Foi horrível – acrescento. – Ele chorou.

Imo desvia o olhar.

– E aí, que história é essa, afinal? – Robbie acende mais um cigarro e me olha com um jeito de Humphrey Bogart.

Depois de três horas consolando Jonny, repassando de novo e de novo cada detalhe doloroso, esta é a última das conversas que quero ter.

– Jake me pediu em casamento – explico, esfregando os olhos. – Nós nos amamos e ele quer casar comigo.

– Antes ou depois que ele soube que você entrou na Juilliard?

Suspiro com exasperação.

– Qual é a diferença?

Ela e Imo se entreolham.

Em vez de responder, Robbie ignora a pergunta e fica rodando sem parar o cinzeiro de lata, com o dedo médio.

– Você entrou na Juilliard, Evie. Onde vai morar? Em Nova York?

Por que ela está tornando as coisas tão difíceis?

– Não vou para a Juilliard. Vamos morar aqui. Em Londres.

Ela se inclina para a frente.

– Como não vai? É tudo que você sempre quis!

– Isso foi antes de eu conhecer Jake! Além do mais, as coisas estão começando a acontecer para ele aqui. Não podemos simplesmente ir embora quando a banda dele está a ponto de conseguir um contrato!

— Se ele ama você — diz ela, gesticulando com o cigarro —, então ele vai para Nova York!

— Não é assim, Robbie, e você sabe! Eu posso trabalhar aqui. Sou uma atriz. Isso é Londres, a terra do teatro. O que é que ele vai fazer? Levar a banda dele toda?

Ela me olha com irritação.

— Então ele deveria esperar.

Robbie não está entendendo nada.

— Não posso pedir isso a ele.

— Por que não?

— Porque desse jeito vou perdê-lo! — grito.

— E nós? — grita ela de volta. — Nós íamos morar juntas em Nova York!

— Esse homem é o amor da minha vida!

— Puta merda, Evie! Como é que você sabe disso? Você só está viva há cinco minutos!

— O que há de errado com você, Robbie?

— Você não pode me decepcionar assim, Evie! — A voz dela falha. — Não pode!

Imo se levanta.

— Parem com isso! As duas! Vocês vão acordar Jonny. Além do mais, a situação já está muito ruim sem vocês gritando uma para a outra!

Robbie põe as mãos na cabeça.

— Simplesmente não posso acreditar que você vai jogar tudo fora desse jeito!

— O que você tem com isso? — pergunto com amargura.

— Eu já disse, parem com isso! — Imo bate na mesa. Ela pega Robbie pela manga da blusa e dá um puxão. — Você vem comigo. É para isso que inventaram o gim.

Imo arrasta Robbie para a loja da esquina e as duas voltam com um suprimento de bebida, cigarros e chocolate barato. Ela prepara um monte de gim e tônica, despejando metade da água tônica gelada numa jarra e depois enchendo a garrafa com gim. Sentamo-nos em frente à televisão, bebendo e fumando, sem falar, assistindo a alguma coisa estranha e surreal, chamada *Antiques Road Show*.

Um homem de nariz vermelho e com uma gravata-borboleta torta fala sem parar, apontando as qualidades de uma cadeira Chippendale descoberta no consultório de um dentista em Inverness.

Estou enjoada.

A idéia de Jonny dormindo na minha cama, no quarto ao lado, dá náuseas, é repulsiva. A fragilidade e a sincera confusão dele, o jeito que ele chorou, com a cabeça no meu colo – por algum motivo, isso tudo só faz aumentar minha aversão por ele. Está errado, eu sei. É frieza e crueldade. Mas não quero mais tocá-lo, nem que seja como consolo. Eu sou de Jake. E agora, em carne e osso, Jonny é só um garoto de cidade pequena, com sua camiseta dizendo "Frankie Says Relax"... Ele não tem classe, nem sabe o que é classe. Quero que ele pegue seu coração partido, seus olhos de cachorrinho e vá embora; que pegue o próximo avião e vá para casa. Mas, acima de tudo, quero fingir que isso nunca aconteceu, que eu não sou o tipo de pessoa que destrói as coisas sem pensar... só porque... porque sim.

Mas eu sou.

E, enquanto Jonny estiver aqui, não posso escapar: é um letreiro em néon, piscando no meu cérebro: "A culpa é sua. Foi você quem fez isso. Você."

Pego a garrafa na mesa de café e me sirvo de mais um drinque. Robbie olha para mim, mas não me impede.

Levo a caneca aos lábios; a mistura é mais forte do que o normal. Imo não é uma grande *barwoman* – a bebida está amarga e morna.

Elas me odeiam. Posso sentir. As duas me odeiam agora.

Ponho a caneca na mesa e me levanto.

– Aonde você vai? – pergunta Robbie.

Olho para o chão.

– Tenho que dar um telefonema.

Ela abana a cabeça.

– Só espero que ele valha isso.

Vou cambaleando em direção à porta. Apoiando-me na moldura, eu me volto para encará-la.

– Se você fosse mesmo minha amiga, estaria feliz por mim.

Ela me olha com dureza.

– Você está ferrando com tudo – diz, voltando-se para a televisão. – Você está fodendo com toda a sua vida.

– É, mas... – Meus olhos estão ardendo; estou cansada de chorar e, no entanto, aqui estão elas, mais lágrimas. – É a minha vida – digo estupidamente, infantilmente.

Ela me ignora. Imo está examinando as unhas.

O que importa? Agora eu tenho Jake.

Saio, esbarrando pelo corredor.

Respiro profundamente, pego o telefone e disco.

– Telefonista. Posso ajudar?

– Quero fazer uma chamada a cobrar, por favor. Para os Estados Unidos.

Dou nome e número à telefonista e espero, ouvindo o telefone chamar longe, muito longe. Sinto a cabeça leve, o corredor está girando.

– Alô?

– Chamada a cobrar da Srta. Evie Garlick, de Londres. A senhora aceita a chamada?

– Sim.

– Pode falar.

Fecho os olhos e apóio a cabeça na parede.

– Oi, mãe. Sou eu.

– Evie? O que está havendo? Está tudo bem?

– Mãe, tenho uma coisa para lhe dizer.

⁂

É uma tarde nublada, fria, e estou indo me encontrar com Allyson para um jantar cedo em Covent Garden, antes da minha aula. Ela disse que quer conversar comigo sobre alguma coisa, provavelmente vai fazer um relatório detalhado de sua última paixonite. Há um café atrás do teatro, é fácil ela ir lá quando tem uma pausa nos ensaios. Paro numa loja que vende jornais, em St. Martin's Lane, para comprar algo para ler caso Allyson se atrase (ela sempre se atrasa).

Enquanto espero na fila, meu olhar é inexplicavelmente atraído para os cigarros atrás do balcão, aqueles com avisos enormes dizendo coisas como FUMAR MATA e O FUMO PASSIVO FAZ MAL ÀS CRIANÇAS em negrito e letras maiúsculas.

Inocência

O que há de errado comigo hoje?

Tiro da bolsa meu porta-moedas.

– Mais alguma coisa? – pergunta o homem.

Olho em volta. A primeira página do *Sun* grita: "O Fiasco da Farra Sexual de Jordan Halliwell". Sinto um impulso quase incontrolável de trocar o meu exemplar do *Guardian*.

– Não. – Empurro as moedas no balcão. Mulheres finas não lêem o *Sun*. Mulheres finas lêem artigos sérios sobre assuntos internacionais, e não fofocas quentinhas sobre mulheres de seios grandes e seus amantes.

Afastando-me para um lado, dobro o exemplar do *Guardian* e o enfio na minha sacola.

– Só isso e um maço de Gitanes, por favor.

Viro-me rapidamente.

Ali está ela, segurando uma lata de Coca-Cola Diet e sorrindo para mim.

– Pode pagar isso para mim, querida? – Robbie acena com a cabeça para o atendente que está esperando. – Parece que esqueci de trazer a carteira.

O homem me olha, à espera.

E novamente eu me impressiono com o fato incrível de outras pessoas poderem vê-la. É reconfortante; muito melhor do que ser a única. Mas, infelizmente, não torna mais bem-vindas suas imprevistas aparições. Eu mal tinha acabado de bloquear a última – uma façanha em matéria de negação, até pelos meus próprios padrões. E agora ela está de volta. O fundo do meu estômago vai-se embora e uma ansiedade em queda livre toma seu lugar. Catando na minha bolsa, acho outra nota de cinco e entrego ao homem.

Ela me segue quando saio para a rua, tirando um par de notas de dólar amassadas do bolso detrás.

– Obrigada, eu estava precisando muito de uma dose! O problema é que sempre tenho só o que estava comigo quando morri. Dólares, infelizmente. – E ela dá uma pancadinha na tampa da Coca Diet antes de abri-la.

Gostaria de sentir mais prazer ao vê-la, mas não sinto. Ali está ela, aparentemente indiferente ao frio, vestida no que estou começando a achar que é seu uniforme, a mesma velha calça jeans e o pulôver laranja, sorrindo para mim.

– Olhe, eu tenho um compromisso daqui a cinco minutos – minto.

– Quinze – ela me corrige, tomando um gole. – Vou com você até lá.

Eu paro.

– Precisa mesmo? Quero dizer, essas... visitas são realmente muito perturbadoras.

– Ops! – Ela arrota e ri. – Perdão! Escute, Evie, foi você que me trouxe de volta. Então agüente. É meio chato ver você levar um susto toda vez que eu apareço. Mas, de qualquer forma... – Ela me olha de perto. – Andou flertando, hein?

– Eu *não* andei flertando! – corrijo. Ela me desconcertou. Como é que ela sabe disso tudo? – Piotr é que estava flertando comigo! Mas já resolvi, dei uma parada nisso.

Ela revira os olhos.

– Por quê, Evie? Por um momento pensei que você ia acabar se soltando e se divertindo!

Inocência 267

– Por quê? – Entramos numa travessa. – Porque não faz sentido! E porque esse tipo de coisa é sempre uma completa besteira e...

– Você não tem atração por ele?

Faço uma careta para ela. Ela está me maltratando de propósito.

– Não sei do que você está falando. – Puxo meu casaco para me agasalhar melhor.

Ela simplesmente ri.

– Então, querida, diga em que momento exatamente, que dia, você foi transformada num pedaço de madeira ambulante! Estou curiosa.

Olho para ela.

– Certo, não sei por que você está aqui, mas, se tem algo a ver comigo, devo dizer que não está funcionando, mesmo. Você não tem limites, Robbie! Você não entende nada do que é ser adulta num mundo de adultos, com responsabilidades e pessoas dependendo de você... – Ela está sorrindo para mim. – Você não está prestando atenção, está?

Robbie abana a cabeça.

– Não é impressionante? – Ela ergue a lata de Coca-Cola Diet. – Zero caloria, zero valor nutritivo, nenhuma utilidade, e, no entanto, é uma satisfação tão esperta! Um pouco como flertar, você não acha?

Está começando a chover; uma garoa leve, irritante, inevitável.

– Tudo bem – suspiro. – Já entendi.

– Você não respondeu à minha pergunta.

– Nem estou a fim.

Estamos passando em frente à minha loja favorita. Automaticamente, dou uma parada. Ele ainda está lá – o casaco curto de couro preto na vitrine. É macio e lustroso, apertado na cintura e nos punhos, com um cinto largo fechado por uma fivela de prata maravilhosa. É uma obra de arte; resistente, feito sob medida e incrivelmente caro.

– Hummm, Mulherzinha Pão-Dura! Por que você não compra? – Ela esvazia a lata e arrota novamente.

Abano a cabeça.

– São quase duas mil libras.

– Parece algo que uma estrela do rock usaria.

Enfiando as mãos nos bolsos, eu me afasto. – Não sei disso não.

E vamos caminhando, Robbie andando com um jeitão descuidado ao meu lado, satisfeita. Será que ela sente a chuva?

Alguma coisa está se mexendo lá no fundo da minha mente: um pensamentozinho persistente, que não quer ir embora. Olho de esguelha para ela.

– Durante algum tempo você me odiou mesmo, não é?

Ela abana a cabeça. – Não, Evie.

– Você não foi ao meu casamento. Não tive notícias suas durante muito tempo. Quase cinco anos. Fiquei muito animada quando recebi sua carta.

Robbie sorri.

– Fui muito esperta em descobrir onde você estava por intermédio da British Equity, hein? – Ela pára, pescando o maço de cigarros. – Foi uma fase difícil, Evie. Eu não estava muito bem. Não leve isso a sério.

Observo enquanto ela acende o cigarro, curvando-se para proteger a chama.

— Você nunca me disse, exatamente, qual era o problema — lembro.

Ela continua a andar, fingindo estar prestando atenção nas vitrines que vão passando.

— Minha mãe decidiu cuidar de mim. Fui tratada de tudo: vício de drogas, alcoolismo, vício de sexo, depressão psicótica unipolar com tendências suicidas alucinatórias... Você não sabia que eu era tão fascinante, sabia?

Acho que eu sabia. Mas não tinha idéia de como era sério.

— Sinto muito. Eu só... Só lamento que você nunca tenha me contado.

— Não é o tipo de coisa que se fala por telefone.

— Sinto muito — digo de novo.

— Esqueça. Além do mais — ela sorri —, você estava ocupada. Apaixonada.

Retribuo o sorriso, embora algo no tom da sua voz me incomode.

— É.

— Então. — Ela pára, apoiando-se na parede de um prédio de apartamentos. — Foi bom? O casamento?

Reviro os olhos, relaxando um pouco. — Foi... interessante. Meus pais vieram de avião no dia, trazendo um vestido que minha mãe comprou, pelo menos dois tamanhos acima do meu. A mãe de Jake veio de cara amarrada. A avó dele nem conseguiu olhar para a minha cara. Eu nunca tinha visto a família dele antes. Estávamos todos ali, no cartório de Camden...

De repente, eu me vejo de novo lá, na sala quadrada, vazia; fileiras de cadeiras de escritório azul-marinho dispostas de cada lado, minha mãe torcendo um lencinho, os irmãos de Jake tentando fazê-lo rir, e Jake, alto e confiante, segurando minhas mãos, olhando nos meus olhos... "Com este anel, eu os declaro..."

– Você foi passar a lua-de-mel em Brighton, não foi? – A voz dela me desperta.

– Fui. Parecia o começo de uma vida totalmente nova. Sei que soa esquisito – sorrio para ela –, mas foi muito excitante. Até ser pobre era uma aventura, no começo. Havia muita gente interessada na banda... Eles tinham muitos fãs. E estávamos tão apaixonados um pelo outro. A qualquer minuto a nossa sorte parecia que ia mudar.

Ela dá uma última tragada e joga o cigarro no chão, em silêncio. E o velho sentimento volta, aquele abismo inominável entre nós duas. Nunca pude conversar com ela sobre Jake. Sinto-me boba por tentar; como se estivesse tentando convencê-la de alguma coisa.

– Você jamais gostou dele.

Seu rosto é impassível; ela não se dá o trabalho de negar. Por que eu cheguei a imaginar que seria diferente – mesmo depois de tantos anos?

– Você não seria mesmo capaz de entender – acrescento com amargura. – Sexo era só um jogo para você. Você nunca amou ninguém assim, amou?

Ela me lança um olhar tão intenso que de repente sinto medo.

– Eu amei – ela me corrige asperamente. – Amei mais profundamente do que você seria capaz de compreender! É só que eu não fico falando e falando disso, como se fosse uma merda de um conto de fadas!

E, para minha surpresa, ela se afasta, virando a esquina antes mesmo que eu consiga abrir a boca.

Olho para a longa fileira de lojas, buscando algum caminho interior na paisagem de Long Acre.

Não encontro nada.

Um conto de fadas.

Talvez eu tivesse a esperança de que fosse assim.

E, de repente, eu me lembro da última vez em que a vi ainda viva: aquele verão, agosto de 1991.

O conto de fadas com certeza já estava esmaecido naquela época.

Para todos nós.

PARTE DOIS

21 de junho de 1991

— Não, não! – ele se agita, atirando-se de um lado para o outro.

O quarto está negro; não consigo ver nada.

– Evie!

– Shhh. – Viro-me, só meio acordada. – Estou aqui. Estou bem aqui. Deite-se – sussurro, abraçando-o. – Venha deitar no meu colo. É só mais um sonho.

Ele descansa a cabeça no meu peito, o cabelo se espalhando pelos meus seios.

– Não vai acontecer nunca – ele murmura –, e você vai embora!

– Shhh. Você vai acordar os outros. – Acaricio sua cabeça, passando os dedos suavemente pelos seus cabelos. – Vai acontecer. Tão certo quanto eu estou abraçando você agora, vai acontecer. Você será grande, famoso, mais rico do que pode imaginar, e as garotas vão desmaiar quando você olhar para elas.

– Você está me gozando.

– Não, juro. Vai acontecer. – O coração dele está batendo com força; a testa está molhada de suor.

— Diga-me onde estamos... Agora.

— Agora? — Com os olhos semicerrados, arrumo meus pensamentos e me forço a despertar por completo. — Agora estamos em... Roma.

— Roma? E como é?

Faço uma pausa.

— As ruas são estreitas e tortuosas — sussurro —, o ar da noite recende a limão e ao perfume finíssimo e caro de lindas mulheres sentadas à janela de suas mansões antigas, fitando a escuridão, esperando seus amantes ou a chuva, ou os dois... — Ele começa a relaxar, seus membros ficam pesados. — Antigos ciprestes e estátuas sem rosto à espreita em todas as esquinas, silenciosas e paradas, e nós dois estamos de pé, você e eu, ao luar, no topo de uma montanha. O vento sopra, quente e suave na nossa pele...

— Algum dia nós iremos... — Ele se aconchega mais em meu peito.

Aperto-o com força.

— É, algum dia.

Os outros já acordaram. Posso ouvi-los discutindo no banheiro.

Eles sempre discutem sobre as mesmas coisas: lucro insuficiente, pouca publicidade para o novo show, ter de viver conosco... Ela está no chuveiro e ele está se barbeando. Ela sempre toma banho primeiro, porque a água quente acaba e ela gosta de lavar o cabelo. Estou familiarizada demais com cada detalhe da rotina matutina deles, e, sem dúvida, eles com a minha.

Jake ainda está dormindo, tão esparramado que seus pés ficam fora do futon.

Essa é a outra coisa sobre a qual eles discutem: Jake. Se ele deveria estar aqui, se não deveria; como não participa do trabalho. Ele não é ator, como pode contribuir para a companhia? E assim por diante. As vozes ecoam, ricocheteando nos azulejos, e eles já não se dão o trabalho de falar baixo.

Nós quatro dividimos um quarto nos fundos do teatro – o que costumava ser um anexo para guardar objetos de cena. É grande, mas não o bastante. Tem uma cortina pendurada num barbante no meio, para servir de divisória. Mas, depois de quase um ano morando, trabalhando e dormindo no mesmo espaço, um pedaço de pano não pode servir de grande coisa. Todos os nossos pertences estão empilhados; Jake só tem duas guitarras agora, as outras, ele vendeu para pagar aluguel de tempo no estúdio. Mas ainda há caixas de equipamento de som, livros, sacos plásticos pretos cheios de roupas velhas...

Não há por que me levantar agora; o banheiro obviamente está ocupado. Então, eu me viro de lado, ajustando-me à curva do estômago de Jake. Sem chegar a acordar, ele automaticamente passa o braço por cima de mim e me puxa para perto. Adoro o cheiro dele pela manhã.

Parecia um plano tão maravilhoso, ousado. Conheci uma garota chamada Hayley num teste para uma peça, na primavera passada. Gostei dela na hora; ela falou da paixão pelo teatro, da importância de contar histórias. Tinha olhos castanhos doces e cabelo curtinho; parecia vibrante e sensível. Hayley e seu namorado, Chris, metido a ator, diretor e dramaturgo, estavam negociando a compra de um velho teatro abandonado, em cima de um pub chamado Angel, em Islington. Chris estudou em Oxford e planeja dirigir o National Theatre, um dia. Mas, antes disso, ele tinha herdado algum dinheiro do avô. Eles iam formar uma companhia de teatro íntima, honesta; morar e trabalhar juntos, para criar uma nova experiência dramática – assim como "The Empty Space", de Peter Brook. E o melhor é que não se teria de pagar aluguel; nós mesmos remodelaríamos o teatro e moraríamos nos quartos dos fundos, encenando novas obras à noite e criando e ensaiando durante o dia. Eles estavam procurando almas gêmeas para se juntar ao seu grupo de rebeldes artísticos.

A primeira peça que apresentamos foi uma escrita por Chris, *A cela*, sobre refugiados detidos numa sala de espera. Eu fiz o papel de uma garota polonesa que é estrangulada por um suspeito do IRA (Chris) por ter protegido uma garota doente mental (Hayley). Depois disso, fizemos outra das peças de Chris, *A ponte*, sobre gente sem teto que vive debaixo de uma ponte. Nós todos ficamos uma semana ali pela estação Waterloo, e eu acabei fazendo o papel de uma garota doente mental que é estuprada por um velho bêbado (Chris), enquanto sua filha viciada em heroína (Hayley) fica assistindo.

Os críticos estão resistindo a dar valor ao nosso trabalho. Chris diz que a televisão fez uma lavagem cerebral neles. Ele quer fazer uma peça diferente, improvisada, toda noite. Tem uma nova sobre doentes mentais que são maltratados pelos seus cuidadores, chamada *O lar*. Mas ficamos sem dinheiro. Por isso passamos a trabalhar com peças com participação da platéia, *Clássicos torta de creme*. Agora fazemos versões muito resumidas de peças shakespeareanas, vestidos de aventais de plástico. Esta semana é *Macbeth*. E, por uma libra cada, os espectadores podem atirar uma torta em você a qualquer momento. Foi idéia do Jake. Tivemos de arranjar mais atores, mas é um grande sucesso entre o pessoal que fica bebendo até tarde. Foi a única coisa que fizemos que deu algum dinheiro. Mas Chris acha que nós estamos nos vendendo, comprometendo nossa integridade artística como grupo. (A direção da companhia é outro motivo de discussão entre nós. Isso, e quem vai fazer as compras.)

– Deveríamos passar uma mensagem! – resmunga Chris, empurrando os óculos para cima do nariz. Ele tem cabelos ruivos e aquele tipo de pele branca cheia de sardas, que fica vermelha sempre que ele se zanga (e ele está sempre zangado). – O teatro deveria mudar o mundo! Deixar você acordado de noite! Mexer com você!

– Ou pagar as contas – replica Jake.

Eles não se dão nada bem.

Afasto-me de Jake e escorrego para fora da cama. Não temos uma cozinha de verdade; usamos a pia do banheiro, e num canto do chão há uma chapa elétrica e uma chaleira. Ligo a chaleira, dando antes uma sacudidela para ver se tem água. Não temos aquecimento. O chão de cimento está frio sob os meus pés nus. Corro de volta para a cama enquanto espero a água ferver.

Jake agora está acordado. Ele sorri para mim, sonolento. Depois pega minha mão e a coloca entre suas pernas.

– Querido! – sussurro docemente. – Tenho que me aprontar. Robbie vem aí e hoje eu tenho um teste...

Ele põe o dedo nos lábios. – Shhh!

E me virando de costas, levanta minha camiseta.

– Vamos – murmura –, mostre ao papai como você é uma boa menina...

A chaleira está fervendo.

Chris e Hayley discutem do outro lado da cortina.

E Jake está se movendo, lenta e silenciosamente dentro de mim.

– Onde é que ela vai dormir? – Jake acende um baseado, observando-me enquanto enfio nossas roupas sujas num saco para lixo de plástico preto, pronto para ser levado à lavanderia.

– Ajax disse que tem um saco de dormir. Robbie pode dormir no palco. Assim não tem que passar a noite num hotel, e eu posso ficar com ela... – Pulo por cima dele, que está nu e esparramado no meio do futon. Jake fuma demais.

Ele dá mais uma tragada.

– Não gosto dela.

Atrás de uma pilha de potes de tinta, recolho um par de meias de Jake e algo que parece um trapo encardido, mas na verdade é uma calcinha.

— Por quê?

— Ela não gosta de mim. — Ele se vira de costas. — Isso é motivo suficiente, não é?

— Não é verdade. Ela só queria muito que eu fosse para Nova York. Além disso, é só uma noite. — Dou um nó na boca do saco. — Vou ter que levar isso mais tarde, agora não tenho tempo.

Ele se apóia num cotovelo.

— Preciso da minha calça jeans.

Olho para ele.

— Então vai ter que usar a calça suja. Está aí no saco, em algum lugar. — Observo minha imagem num espelho velho, apoiado numa pilha de livros bolorentos. Preciso tirar as sobrancelhas.

Acomodando o cigarro no canto da boca, ele se levanta, abre o saco com violência e joga o conteúdo no chão.

Eu me viro rapidamente. — Jake!

— Preciso da porra do jeans, Evie! A gente nunca tem roupa limpa! — E sacode para fora o que restou no saco.

Eu me levanto e começo a enfiar a roupa de volta.

— Então vá você à lavanderia! O que mais você tem para fazer hoje?

— Tenho que fazer umas coisas. — Ele encontra a calça e a segura longe do corpo, com nojo. — Agora ela está molhada! Que merda!

Jogo o saco no chão.

— Que coisas? Jake, que tipo de coisas você tem para fazer?

Ele se vira para o outro lado, vestindo a calça do jeito que está.

— Jasmine vai dar uma festa esta noite — anuncia, ignorando-me. — The Sluts assinaram contrato com a Virgin, e CJ e eu vamos até lá.

— Ah. Você vai, é? — Minha raiva aumenta. — E quando ia me contar? Robbie só vai ficar aqui uma noite. Pensei que você fosse ficar com a gente, e não com uma... com uma ex-namorada qualquer!

A banda de Jasmine, The Sluts, vem há anos se aproveitando do cartaz do Raven com uma bobagem do tipo Madonna-com-Patti-Smith-de-sutiã-transparente. E agora conseguiu um contrato. No meio de tantas bandas em Londres... Uma veia de ódio, grossa e quente, cresce dentro de mim. Odeio o fato de sentir ciúme dela. Daria qualquer coisa para estar pouco me importando. Mas é que ela nunca deixou de tentar; chega antes de todas as apresentações do Raven, vestindo algo minúsculo e obsceno, distribuindo baseados e carreiras de coca...

Ele veste uma camiseta, rindo.

— Está com ciúme?

Cravo os olhos nele.

— É um negócio, Evie — lembra ele. — Você poderia ir também.

— Preciso de dinheiro. — Volto-me para o espelho.

Ele procura no bolso e joga duas libras no futon.

Levanto o rosto.

— Preciso de mais do que isso, tenho que comprar vale-transporte e almoçar...

— Não tenho mais.

— Mas o...

— Já falei com você — ele me corta. — Depois vou ter mais.

E sai pisando duro.

Subo até o telhado, o único lugar do prédio no qual se tem privacidade. Mas não estou só. Hayley bebe uma xícara de chá preto (nunca temos leite), contemplando a cidade lá embaixo, que vagarosamente desperta para mais uma manhã enevoada de verão.

Sentamos, lado a lado, em duas velhas bocas de chaminé, sem nem nos darmos o trabalho de conversar. Na rua, barris de chope estão sendo entregues e são carregados para o porão do pub lá de baixo. A velha Eileen, com rolinhos no cabelo, gesticula com o cigarro e xinga, enquanto dois motoristas aturdidos rolam os barris para a adega. Ela está sempre de péssimo humor pela manhã — quase sinto pena deles.

— Mais um dia no paraíso. — Hayley sorri. Noto suas olheiras escuras. Ela vê o caderno na minha mão. — Essa é a peça? Como está indo? — E bebe o último gole de chá.

— Não — abano a cabeça —, desisti disso. — Chris falou que faltava uma idéia central forte. Precisava de um tema, não podia ser só amor. Foi uma idéia boba mesmo.

— Eu gostei. — Ela se levanta, esfregando os olhos. — Era diferente, romântica. O músico de rock e a atriz... São grandes personagens.

— Só que eu não sabia o que fazer com eles. Não consegui dar um final feliz.

— Então dê um final triste. Qual é a diferença? Tudo é teatro. — Ela estica os braços acima da cabeça. — Jake está lá embaixo?

— Por quê? — Minha voz é mais incisiva do que eu pretendia.

— Fica fria, Evie!

— Por quê, Hayley? — Não consigo me controlar.

— Credo, só estou perguntando! — Ela sai andando enfezada pelo telhado, em direção à escada de incêndio. Agora vai ficar mal-humorada o dia todo. — A propósito, é a sua vez de comprar o jantar!

Ela desce as escadas de metal. Apóio a cabeça nas mãos.

Ainda é cedo, mas o calor já está pegajoso e insuportável. Nuvens escuras de chuva se amontoam num canto do céu. "O belo é podre e o podre, belo sabe ser"... versos de *Macbeth* marcham como soldados pela minha cabeça. "Os dedões de meus pés estão formigando. Algo de muito ruim está nos alcançando."

Abro o caderno.

Ele é pequeno, lindamente forrado de couro preto macio, bem encadernado em papel grosso, de boa qualidade. Encontrei-o numa liquidação da Liberty's. Parece um diário, mas não é.

É uma coleção de cartas – para Jake.

Mas ele ainda não sabe que elas existem.

Tem tanta coisa que eu gostaria de dizer e nunca digo. Não sei por que é tão difícil, as palavras ficam presas. Então, escrevo. Algum dia vou deixar que ele encontre este caderno. Ou talvez um dia ele o abra por acaso. E vai estar tudo lá: um testamento escrito do meu amor. Todos aqueles momentos que passamos brigando e lutando vão desaparecer. Todo o tempo, eu pensava e acreditava nele.

Virando as páginas, encontro a última anotação. Poucas folhas estão vazias. Coloco uma nova data.

"Meu amado J,"

E paro. O quê? O que eu gostaria que ele soubesse? Olho para o sol, quente e pesado no céu.

"Gostaria de ter o poder de mudar nossa vida. Gostaria de levar para longe nossas dificuldades e transportar-nos para um lugar seguro, limpo, algum dia num futuro não muito distante..."

Fito as palavras escritas.

Em seguida, arranco a folha, que amasso como uma bolinha entre os dedos.

Ele vai entender tudo errado, vai achar que estou criticando e dando ordens. Sinto uma ligeira náusea. O dia está muito abafado, muito quente.

Faço força para me concentrar de novo.

O que o faria sorrir? Divertir-se?

"Jake, o Famoso, Conquista Roma", rabisco no topo da folha em branco.

Roma conhece bem os heróis
A paixão, a arte, a aniquilação dos sentidos
Assim como o meu Jake

Que é o perfeito César
Nobre e corajoso como Davi
Intrépido, perigoso, desafiador

E lindo

Sua atiradeira pendurada no ombro,
Olhando de cima para Golias, confiante, seguro

Nu e intenso
(Dentro ou fora da banheira)

Roma conhece bem os heróis
Mil anos passam num indiferente piscar de olhos
A história vagueia em cada canto

Deuses e deusas escutam as conversas dos passantes
Desejosos de indicar o caminho a turistas
Imobilizados em mármore
Esperam o próximo cerco, o próximo triunfo, a
*   próxima façanha*

E aqui está ele
Forte e esbelto, como

Augusto, Daniel, o rei dos reis

E Roma espera. Sorrindo ao sol vespertino

Veni, vidi, vici!
Chegou a hora.
Para isso ela foi construída, criada, e, no entanto, ainda sonha

Porque Roma conhece bem os heróis.

"Você é o meu herói", escrevo no final.
Algum dia iremos a Roma. E ele se lembrará. Vai me abraçar pela cintura, beijar meu rosto... "Roma conhece bem os heróis", ele vai sussurrar ao meu ouvido. Vamos rir, admirando a cidade...
Fecho o caderno.
Enquanto desço pela escada de incêndio, olho para o céu.
Vai chover, mais cedo ou mais tarde.

❦

Esticando os braços por cima da mesa, Allyson pega minhas duas mãos.
— Vou me mudar para Roma, Evie!
Ela está sentada à minha frente, no Café Brown's, em Covent Garden. Agora começou a chover de verdade, em rajadas cinza, embaçando as janelas. Uma umidade espessa e morna paira no restaurante lotado, onde pratos baratos de massa quente são servidos a turistas exaustos, apertados em

mesas estreitas. O nosso garçom larga sobre a mesa dois copos e uma garrafa de água mineral sem gás, antes de se virar para anotar um novo pedido.

– Desculpe, não entendi... Roma?

Seu rosto está radiante.

– Consegui um papel no Teatro Dell'Opera di Roma! Em *La Somnambula*! Ian... você se lembra do Ian, não lembra? O barítono de Queensland?

Concordo, anestesiada.

– Pois é, ele está se dando muito bem na Europa e agora rompeu com o namorado, e tem um apartamento fantástico bem no centro de Roma. Pode ser um começo para mim, Evie... Os ingleses não valorizam a minha voz, e aqui são poucas as chances de construir uma carreira. Estou cansada de ser a substituta de prima-donas que não sabem interpretar nem cantar, enquanto espero no camarim noite após noite! E afinal, não sou mais uma menina...

Sua voz não me atinge. Ela vai tagarelando, fala sobre seus planos, sobre a Itália e os italianos, sobre o maior número de teatros de ópera na Europa e como eles pagam bem... Chega o nosso almoço, dois pratos fumegantes de espaguete estão à nossa frente, intocados.

– Você vai embora – digo, depois de um tempo.

Seus olhos estão animados, a paixão incendeia suas feições. Percebo, admirada, como ela é bonita.

– Tenho que partir para outra. É isso que eu quero, Evie, muito! Sempre quis, desde que me entendo por gente.

Concordo, mais uma vez.

Eu compreendo. Claro que compreendo. Lembro-me do que é arriscar tudo – tomar uma resolução e partir em busca de um sonho. Só que agora parece que foi há tanto tempo; como uma coisa que tem a ver com outra época e outra mulher, muito distante de mim.

Tento engolir. Minha garganta está seca. Bebo um gole d'água e levanto o copo.

– Muito bom! Meus parabéns, querida!

E ela ri, tocando o seu copo no meu.

– Você vai me visitar, não vai?

– Mesmo que você me proíba!

– E Alex também? – insiste ela.

– É claro! – Estendo o braço, envolvendo os seus dedos com a palma da minha mão. – Você está fazendo a coisa certa. Não tenho a menor dúvida.

Pela primeira vez, desde que chegamos, seu sorriso desaparece e uma sombra de medo passa pelos seus olhos. Ela segura minha mão com força.

– A gente tem que tentar, não tem? Quer dizer, na verdade nunca se sabe, não é, até tentar.

Antes dessa tarde, eu nunca tinha percebido o quanto gosto dela, o quanto vou sentir sua falta. Tenho uma visão do seu quarto, desabitado e silencioso, do espaço vazio na bancada da cozinha onde ficavam suas inúmeras vitaminas e tinturas de ervas...

Pego o garfo e empurro o macarrão pelo prato.

– Pule primeiro e olhe depois. É assim que se faz!

— Estou com um pouco de medo — confessa ela.

— Não fique com medo. Você é uma estrela, Ally. Isso sempre ficou claro para mim, desde o momento em que nos conhecemos. Você tem algo de especial.

— Que coisa engraçada! — Ela enrola habilmente o espaguete no garfo. — Foi isso que pensei quando conheci você!

— É mesmo? — O sangue sobe ao meu rosto. — E aí, vamos fazer uma festa de despedida?

— Com certeza! Mas dessa vez trate de aparecer, está bem? — Ela me lança um olhar de ameaça. — Promete?

— Prometo.

— Essa é a Evie Garlick que eu gosto! — Ela ri. — Ei, esse não era o seu nome artístico, era?

— Não. — Dou um suspiro. Tem coisas que nunca mudam.

Ela faz sinal para o garçom.

— Vou pedir um chá de menta. Você quer alguma coisa?

Abano a cabeça.

— E qual era o nome? — Ela faz sinal de novo, sem conseguir atrair a atenção do garçom.

— Albery. Eve Albery. — Faz tanto tempo que não digo esse nome em voz alta, só de ouvi-lo minha pele fica fria. Olho para longe, por cima da cabeça de Allyson, para evitar que algo no meu rosto me denuncie.

Mas isso não acontece.

Ela está mais interessada em atrair a atenção do garçom do que em desenterrar o meu passado.

— Uau. É uma gracinha. De onde vem?

— É só um antigo nome de família.

— Eve Albery — repete ela, saboreando as vogais abertas, do jeito que só uma cantora pode fazer. — Mas você voltou ao nome antigo.

— É que é preciso tanto tempo para se estabelecer na profissão — explico — que eu não ousava mudá-lo quando estava trabalhando. Agora não preciso mais dele. Aquilo tudo acabou.

Ela se inclina para a frente.

— Confesse, você não sente saudade às vezes? Só um pouquinho?

Medito por um momento.

Já faz muito tempo que não penso seriamente sobre isso; sobre como costumava ser, dia após dia — a espera, os testes.

— Não — digo, afinal —, acho que não sinto saudade alguma.

❦

Olho o relógio.

Vou chegar atrasada.

Somos doze fazendo teste hoje, apertadas numa estreita sala de espera de um escritório no Soho. Parecemos todas iguais — variações sobre o tema de olhos e cabelos compridos castanhos. É muito embaraçoso, quando você está acostumada a imaginar que é única, descobrir que é só um tipo.

Aqui estão duas garotas que eu encontro em todos os testes que faço. Uma delas, a quem chamo mentalmente de "Borbulhante", é muito parecida comigo, só que mais roliça, mais cheia de corpo. Cada vez que a vejo, tomo a decisão de comer menos. Borbulhante claramente se acha gorda e, para compensar, é superpositiva e supersimpática com todo mundo. Passa muito tempo conversando com as recepcionistas, como se elas fossem agentes secretas de recrutamento, capazes de influenciar em segredo a decisão do diretor. A outra garota é mais velha, provavelmente está perto dos trinta, e é magra demais. Eu a chamo de "Polegada". Quando preenchemos nossos dados e medidas, ela sempre pergunta, no seu sotaque marcante, aristocrático: "Quer os números em centímetros ou polegadas?" A resposta é sempre a mesma, mas ela pergunta, mesmo assim, como um oráculo propondo enigmas a tolos. Ela carrega uma garrafa grande de água Evian e passa muito tempo no banheiro. Recentemente, começou a tricotar. Antes, fazia livros inteiros de palavras cruzadas à caneta, cronometrando o tempo no relógio.

Borbulhante, Polegada e eu fingimos que não nos conhecemos, o que exige muita habilidade numa sala tão estreita quanto esta. Concentramo-nos, então, na recém-chegada, uma linda garota, esguia, vestindo uniforme escolar e carregando uma mochila. Isso é justo? Como podemos competir com a pele suave de uma garota de quinze anos?

A sala é decorada com um único sofá quadrado, de couro preto, uma mesa de centro de vidro e um enorme quadro do Camarada Mao, de Andy Warhol. A Rádio Capitol berra ao fundo. Uma moça está sentada à mesa da recepcionista. O mundo da publicidade é descolado demais para as roupas comuns de escritório: ela usa jeans e uma camiseta regata, e duas tranças louras artisticamente desiguais. Não pareceria estranha empoleirada num fardo de feno em algum show de música country.

Consigo me levantar do sofá, onde estou entalada junto com mais três garotas, e vou até a mesa. – Desculpe – não quero falar muito alto, para que as outras não me ouçam –, mas será que eu poderia ser a próxima? Preciso apanhar uma pessoa no aeroporto daqui a uma hora.

A moça suspira. – Seu nome?

– Eve Albery.

Ela consulta uma prancheta, guardada debaixo de uma edição especial de *Marie Claire*. – Tudo bem.

– Obrigada. – Volto para o sofá e me aperto entre as outras garotas. Elas me olham, zangadas por eu tentar me sentar de novo. Pego um exemplar de uma revista da moda chamada *The Face*.

Minha saia está subindo. Puxo para baixo, mas ela não vai. É de Hayley: preta, de poliéster misto, da Warehouse, combinando com a blusa que comprei na Oxfam. Pareço uma secretária. É que o meu agente, Dougie, não foi muito claro nas instruções.

Isso não me espanta. Dougie Winters é conhecido no meio como louco: não engraçado, ou maluquinho, mas mentalmente insano, de verdade. Nascido numa família

Inocência

aristocrática pouco importante, ele é alto e magro, com olhos de louco, muito azuis – daqueles que se reviram nas órbitas por conta própria, sem nenhuma relação com o ato de enxergar. Tem um espaçoso apartamento de subsolo em Hyde Park Gate, entulhado de antigüidades e com uma razoável coleção de arte pornográfica homossexual de baixa qualidade, boa parte pintada em grandes faixas de veludo preto. Nunca o vi usar nada além de shorts, não importa a temperatura. E adora andar de bengala. Fica se exibindo pelo apartamento de bermudas, como uma baliza, batendo a bengala em qualquer coisa, desde um pé de mesa de elefante até uma escrivaninha Queen Anne. Agora com sessenta e poucos anos, ele trabalha no "negócio", como ele o chama, há quase trinta anos. Tem uma lista enorme de clientes, principalmente porque quase nunca recusa alguém – não se preocupa com CV, falta de experiência, nem mesmo talento, trabalhando apenas com a premissa de que toda a indústria é uma loteria. É a única coisa a seu respeito que tem se mostrado incrivelmente sã. Ele apenas manda todos os seus clientes tentarem tudo. E, mais cedo ou mais tarde, alguns de nós damos sorte. É impossível, no entanto, conversar com ele, não só porque raramente se lembra do nome de alguém, mas também porque ele grita. As conversas são mais ou menos assim:

– Consegui um teste para você! Terça-feira! Comercial! Três da tarde!

– Que legal, Dougie! Qual é o endereço?

– Como é que vou saber? Ligue pra secretária. Sei-lá-o-nome-dela vai dizer.

Clique.

Os funcionários do seu escritório são clientes desempregados, em desespero de causa. O rodízio é espantoso: sobreviver um dia a sós com Dougie já é impressionante, quanto mais uma semana. Ainda não tive de me rebaixar tanto, até agora. Mas, se as coisas piorarem muito, poderei estar fazendo chá para Dougie e me esquivando de bengaladas antes do fim do ano. Há meses não faço um teste; já se passou quase um ano desde o meu último trabalho pago – o papel de "Repórter Histérica" num filme de ação de baixo orçamento, *A sangria*, sobre um senhorio psicopata e suas jovens locatárias. Olho em volta da sala e não posso deixar de pensar que as outras garotas, até Borbulhante e Polegada, emitem certa luz, um brilho interior que só acontece quando você está trabalhando.

Um urso de pelúcia gigante é empurrado sobre rodinhas pela recepção.

Tento me concentrar de novo na revista.

Preciso muito desse emprego. Quando você consegue um comercial, é fácil conseguir mais. E muitas vezes os diretores passam a fazer projetos maiores, melhores – filmes ou televisão. Se você é bonitinha e faz um bom trabalho, eles se lembram de você. "Ei, Bob, por que não usamos aquela garota do comercial de papel higiênico? Você sabe qual... Como era mesmo o nome dela? Eve?"

O truque é pensar positivo, agir como se o emprego já fosse meu.

A garota ao meu lado folheia a *Vogue* italiana. Suas unhas estão pintadas no estilo francesinha, os dedos longos parecem bem cuidados e chiques. Por que não pensei em pintar as unhas? Provavelmente estão procurando alguém com mãos lindas. Por que Dougie não falou em mãos? Olho para baixo. As minhas estão rachadas e calosas, ainda com pedacinhos da tinta preta que usei na pintura do teatro a semana passada.

A porta da sala de testes se abre. Sai outra garota de mãos limpas e fantásticas. Está corada e sorrindo. – Obrigada, caras! Tchau! – Ela ri, acenando alegremente.

Merda! Ela foi escolhida.

Com certeza foi escolhida – até os chama de "caras".

Todas nós olhamos enquanto ela sorri triunfante, cumprimentando a moça de tranças. – Obrigada. Até mais!

E ela a conhece, também! Claro que faz montes de comerciais. Merda, merda, merda! Por que eles fazem essa encenação de nos testar?

O telefone toca na mesa da recepcionista.

– Eve Albery – chama a moça de tranças. – Você é a próxima.

Saindo do sofá com dificuldade, puxo minha saia preta para baixo e abotôo minha jaqueta. Tem um fio começando a correr na parte de baixo da minha meia-calça. Agora é tarde demais.

Por favor, Deus. Tudo bem, respire fundo. É meu. Este emprego é meu.

Lembre-se: simpática, porém sedutora, indiferente, porém de um entusiasmo sem limites...

Sorrio, bato à porta e abro. É mais uma sala minúscula, bastante escura, com persianas fechadas para evitar o sol de verão. Dois homens estão lá: um mais velho, barrigudo, vestindo uma camiseta preta com um triângulo que diz "Recuperação, Unidade e Serviço", sentado atrás da câmera, e um outro mais jovem, com cabelo castanho curto, rosto comprido e anguloso, que não deve ter mais de vinte e poucos anos. Veste jeans e jaqueta de couro, tipo um James Dean do mundo da publicidade. Quando entro, ele se levanta e aperta a minha mão.

– Jason Wiley – apresenta-se. – E você é... – Ele procura na grande pilha de CVs e fotos na mesa à sua frente. – Carole? – arrisca, pegando um nome qualquer.

– Evie. Ou melhor, Eve – corrijo-me. Ainda não me acostumei com a mudança de nome.

– Certo. Vamos lá, Eve. – Ele parece estar morrendo de tédio. – Quero que você fique aqui. – Ele me pega pelos ombros, colocando-me em frente a uma tela azul-céu. – E preciso que tire a jaqueta e a blusa.

– Desculpe, não entendi. Você disse blusa?

Ele se vira para o cameraman e abana a cabeça. – Tá vendo? Eu não disse?

Em seguida, revirando os olhos, se volta de novo para mim. – Preciso que você tire a jaqueta e a blusa. Certo?

Sorrio, desculpando-me. – É que meu agente não falou nada sobre nudez...

Ele está ficando aborrecido. – Claro que não – dispara – porque não tem nudez. É um anúncio de desodorante, querida. Por isso precisamos dar uma boa olhada nas suas axilas. – Ele folheia os papéis à sua frente, procurando algo importante, algo interessante. – Agora, podemos começar?

Olho para o homem atrás da câmera.

Ele me sorri. E tem dois dentes de ouro na frente.

— Não ligue para o Boris, querida. Ele já viu de tudo. Pode colocar suas coisas aqui. — Jason aponta para uma cadeira de metal preto.

Titubeio. Não me lembro de qual sutiã estou usando, e em que condições ele está...

Jason não tira os olhos de mim.

Se me virar de costas para tirar a roupa, vou parecer puritana e pouco à vontade. E ninguém quer contratar uma puritana. Então congelo o rosto numa expressão de simpatia indiferente e desabotôo a blusa. Mesmo sendo junho e fazendo calor lá fora, minha pele está arrepiada e fria. Dobro minhas roupas com cuidado na cadeira. Parece demorar uma eternidade, como se eu estivesse me movendo em câmera lenta. Talvez fosse mais sexy, mais atraente, se eu distraidamente jogasse as roupas na cadeira. Agora já é meio tarde para isso. Queria parar de pensar...

— Muito bem. Agora, por favor, dê um passo à frente, querida. — Jason começa a agitar os braços para mim, como os funcionários de terra num aeroporto. — Fique na luz, aí! Pare!

Paro. Os dois analisam a minha imagem na tela do vídeo.

Jason está carrancudo. — O que você acha? — cochicha.

Boris aponta algo, supostamente no meu corpo, e abana a cabeça.

Jason aperta os olhos. – Entendo o que você quer dizer. – Ele levanta a cabeça. – Pode levantar o braço, por favor?

Levanto o braço.

– Mais alto.

Boris arqueia as sobrancelhas.

– Legal – diz Jason, fazendo com o dedo um contorno na tela. – Isto aqui. Bom. Então, Eve. Você depila ou raspa as axilas?

– Raspo. – Será que essa é a resposta certa? – Mas posso depilar, quer dizer, se vocês preferirem. – Meu Deus, falei com ansiedade demais. Aja com indiferença!

– E esse sutiã tem enchimento?

– Não. – Franzo a testa. – Acho que é... acho que é da marca Playtex, básico... comprei nos Estados Unidos...

– Não estou pensando em comprar um, querida. Só estou curioso em saber se os seios são de verdade ou se você está ajudando a natureza.

Enrubesço. – Não, não, são de verdade.

– Ótimo. – Ele vem até onde estou e me dá um desodorante em bastão. – Agora, quero que você passe o desodorante. Mas devagar, com sensualidade. E precisamos ver o seu rosto, mantenha-o virado de lado, bem aqui. – Ele empurra o meu nariz para a dobra do braço. – Entendeu? O rosto fica parado. Acha que consegue fazer isso, querida?

Odeio o seu jeito de me chamar de "querida" o tempo todo. Mas dou uma risada, como se a coisa toda fosse divertida demais para ser posta em palavras. – Vou fazer uma tentativa!

Começo a esfregar.

– Não, não, não, não, não! – De novo ele agita os braços. – Você já teve um orgasmo, querida, não teve? Alguma vez na vida?

Boris não consegue conter um risinho.

– Desculpe – incentiva Jason, colocando a mão em concha na orelha, em resposta ao meu silêncio –, não consigo ouvir você.

Mordo o lábio. E faço que sim com a cabeça.

– Bem, não parece. Dá para representar de verdade, agora?

E assim, nos cinco minutos seguintes, esfrego o bastão debaixo do braço, fechando os olhos e suspirando de prazer – mas não tanto a ponto de ser obrigada a mexer a cabeça, enquanto Jason grita coisas como: "Abra a boca! Mais! Lábios relaxados! Sim, desse jeito! Mais relaxados! Está bom para você? Sim, querida! Acho que sim!"

Exatamente quando acho que não pode ficar pior, chega Guy.

Guy é o mensageiro de dezenove anos, a quem pediram para comprar sanduíches e café. Ele tem a aparência saudável de um aluno da elite de Eton, exatamente o que ele é. Alto, cabelo bem louro, e com covinhas em todos os lugares onde é possível uma pessoa ter covinhas quando sorri, ele entrega o lanche e caminha até Boris, olhando para mim com admiração na tela do vídeo.

– Guy, precisamos de um cheirador! – anuncia Jason.
– Tudo bem. Certo. – Guy vem andando, relaxado.
– A última tomada de que precisamos é de um modelo masculino cheirando a sua axila – explica Jason.

Olho para ele, assustada.

– Isso é problema? – pergunta ele, ameaçador.
– Não, não, tudo bem! Nenhum problema! – minto, como se não conseguisse pensar em nada melhor para esta tarde do que um adolescente enfiado na minha axila.
– Guy, tire a camisa.
– Certo.

Guy se despe – e tenho certeza de que isso é totalmente desnecessário –, depois coloca seu lindo rosto com covinhas em posição.

Estou começando a suar; sinto a umidade se acumulando entre as minhas omoplatas. Merda. Será que passei desodorante hoje? – Desculpe – cochicho. – Sinto muito, mesmo!

Guy sorri para mim com seus olhos claros, azul-acinzentados. – Não se preocupe, tudo bem.

– Sem conversa – grita Jason. – Agora cheire, Guy! Cheire!

Dez minutos depois, estou vestindo a blusa e apertando a mão de Jason em despedida.

– Vou lhe dar uma dica. – Ele segura minha mão com força. – Você tem que aprender a ser mais flexível. Entende? Tem belos seios. Mas, com essa cara emburrada, vai ser difícil arranjar trabalho.

Eu deveria dizer alguma coisa. Alguma coisa do tipo "Vá se ferrar, não quero o seu trabalho imundo e humilhante mesmo, *querido*!". Mas apenas enrubesço e murmuro "Obrigada", assentindo com a cabeça solenemente, como se ele tivesse acabado de me contar o segredo do Santo Graal.

Abro a porta.

Num só movimento, toda a sala de espera cheia de garotas se vira para me encarar.

– Ei, obrigada, caras! – Aceno, animada, toda sorrisos. – Foi legal! A gente se vê!

Pisco o olho para a moça de tranças. – Até mais!

E, cruzando a porta, passo para a segurança do corredor vazio. Com as costas contra a parede, fecho os olhos. Esta foi a última vez. A última, mesmo.

Sei, porém, que estou apenas me enganando.

Alguém vem vindo.

Endireito-me e finjo esperar o elevador.

É Guy.

– Ei! – Seu rosto está muito vermelho. – É que eu pensei que, se algum dia, sei lá, você quiser sair. – Ele inclina a cabeça para o lado e me entrega um pedaço de papel.

– Guy! – A voz de Jason troveja pela recepção.

Ele se demora mais um segundo.

– E queria que você soubesse que o seu cheiro é, assim, maravilhoso!

E ele se vai.

Fico lá, segurando o pedacinho de papel. Depois levanto o braço e dou uma cheirada. Não é tão ruim quanto eu imaginava. Aperto o botão do elevador, enfiando o papel na bolsa. É o melhor elogio que recebi nos últimos tempos.

O setor de chegadas em Heathrow está apinhado de crianças agitadas, pais ansiosos e namorados impacientes. Motoristas de táxi estão recostados, com caras indiferentes, segurando placas e procurando pessoas que ainda não encontraram. Chego bem a tempo de vê-la sair da área da alfândega. Como sempre, ela chama a atenção, com sua calça preta apertada e o suéter de tricô verde mais feio que já vi.

Aceno. – Robbie!

Ela me vê, e vem puxando sua tradicional mala Louis Vuitton, grande e bem usada.

– Evie! – E me dá um abraço perfumado: Chanel N.º 5. De repente, é como nos velhos tempos.

– Estou tão feliz por você estar aqui! – Aperto-a junto a mim. – Há quanto tempo!

– Anos! Dá para acreditar?

Abraço-a de novo.

– Estou tão feliz por você estar aqui – torno a dizer.

– Querida, que roupa é essa que você está usando? – Ela ri, afastando-me para me examinar.

Estremeço.

– Fiz um trabalho hoje. Um comercial de desodorante. A coisa toda foi tão ruim que fico até sem graça de contar. E, por favor, pelo menos por cinco minutos, não me chame de querida! – Começo a andar em direção ao trem, mas ela me puxa.

– Vamos pegar um táxi, estou exausta – pede.

– Eu... Robbie, eu não pensei que... é que ainda não fui ao banco.

– Eu tenho dinheiro. – Ela se adianta para entrar na fila.

Abrindo a bolsa, examino o meu porta-moedas, onde tilintam duas libras e cinqüenta e sete pence. Fecho o porta-moedas e vou atrás dela.

Robbie se recosta no táxi.

– E aí, como vai a vida de casada, Evie? – Ela dá o mesmo sorrisinho maroto de todo mundo ao usar a expressão "vida de casada", como se fosse apenas um eufemismo para muito sexo.

– Beleza! Legal. Onde comprou esse suéter? E como consegue usar isso nesse calor?

– Eu mesma fiz! – Ela ri, olhando o suéter como se ainda não acreditasse na genialidade do seu trabalho manual. – Fiz um para você, também – acrescenta alegremente. – Descobri um lado meu totalmente novo, que tem tudo a ver com o visual. É surpreendente! E adoro a textura da lã entre os meus dedos... é tão... tão...

– Lanosa? – sugiro.

Ela franze o nariz para mim.

– Eu ia dizer natural. Ligada à terra. Já contei que comecei a fazer um curso de tecelagem? Estou me dando muito bem. Na verdade, sou um gênio. Na semana passada, fiz um casaco todo de sacos plásticos reciclados. Vai entrar no show do fim do curso! Claro, tem um cheiro meio ruim e faz um barulho horrível quando você se mexe, mas meu professor diz que sou inspirada.

— Você dormiu com ele? — brinco.

Ela sorri, pega um maço de cigarros no bolso.

— Não, desta vez não. — E tira o celofane do maço. Robbie parece inchada; seus olhos verde-acinzentados estão meio apagados. Talvez seja só a diferença de fuso horário.

— Mas eu deveria — acrescenta, piscando para mim. — Ele é baixo.

— E isso é bom?

Ela acende o cigarro.

— Eles querem muito agradar.

— Isso, eu não sei! — Dou uma risada. O cheiro do cigarro é forte e acre. — Robbie, pode abrir a janela, por favor? — E aperto o botão do meu lado.

— Qual é o problema?

— É o calor. — Respiro fundo.

Ela segura o cigarro com graça para fora da janela.

— Essa é minha amiga, a princesa da história da ervilha. Aliás, obrigada por me hospedar esta noite. Boyd só volta de Moscou amanhã. — E ela pisca para mim outra vez.

Abano a cabeça.

— O que você anda fazendo, Robbie?

— O que sempre faço. — Ela dá de ombros, levemente. — Ele é um amor. Gosto dele. A gente se entende, Evie. —

Inocência 305

Ela dá mais uma tragada e olha pela janela. – Boyd vai levar o Teatro de Arte de Moscou para o Festival de Edinburgh. Ele precisa de companhia. E, para falar a verdade, eu também.

Sua voz parece meio perdida, com uma tristeza repentina. Viro-me para olhá-la de novo. Robbie está afundada no assento, olhando pela janela, mordendo, distraída, o lábio inferior. Sinto que ela está diferente: algo vago, um estranho sentimento de resignação. Ficamos em silêncio.

Londres passa rapidamente, conjuntos habitacionais intercalados por retalhos de verde intenso, depois mais prédios cinza, empilhados tão precariamente quanto os blocos de armar de uma criança – improvisados, sem planejamento. Roupas estão penduradas em fileiras e fileiras de sacadas, agitando-se ao calor do sol de fim de tarde. Nuvens escuras se acumulam ameaçadoras no lado leste; negras, como um bando de corvos.

Quando chegamos, Robbie paga ao motorista, enquanto eu tiro sua mala do carro.

– Bem, pelo menos não temos que andar muito para beber alguma coisa – observa ela, apontando para o pub.

– É verdade. Ouça, espero que você não esteja imaginando nada muito sofisticado. – Destranco a porta lateral e puxo a mala escada acima. Abro a porta e acendo as luzes.

– Olá? – grito. Nenhuma resposta; pelo menos neste momento, não tem ninguém. Fico aliviada.

– Venha, quero que você conheça o lugar – ofereço, colocando a mala perto da bilheteria.

Robbie se adianta, passando do pequeno saguão para a sala maior, o teatro propriamente dito, com seus assentos de metal inclinados e o grande espaço vazio.

– Então, é isso. – Ela se vira, uma inequívoca expressão de orgulho no rosto. – Como você se sente, fazendo o que gosta?

Dou de ombros, subitamente tímida.

– Não tenho certeza de que ser alvo de tortas no meio de *Macbeth* é o que eu gosto. "Sai, mancha maldita!", em especial, é uma porcaria, porque você tem que ficar estática.

Ela ri.

– Não dá para se esquivar?

– Ahh! Isso seria trapaça. – Empurro a cortina que separa as coxias da área atrás do palco, do banheiro e do anexo. – E aqui é a nossa casinha!

Ela me segue até o cômodo de trás, olhando os dois colchões no chão, as pilhas de roupas e objetos de uso pessoal, amontoados entre potes de tinta, géis, material de iluminação, praticáveis e velhos panos de fundo.

– Íntimo – conclui.

Fico constrangida, ao ver o cômodo com os olhos dela. Rapidamente, pego dois cinzeiros sujos e uma xícara vazia que Jake deixou no parapeito da janela, como se de repente isso tornasse o lugar mais aceitável. O ambiente está quente e abafado. Abro a janela.

– O palco vai ficar só para você – prometo. – Ajax vai trazer um saco de dormir – acrescento, como se isso fosse uma perspectiva atraente.

O sorriso maroto de Robbie volta a aparecer.

– Ele é bonito?

– Só se você gostar de um furão. – Tiro a jaqueta. – Vou só mudar de roupa. O que você quer fazer? Quer descansar um pouco? Pode dormir aqui. – Desabotôo minha blusa.

Ela abana a cabeça, examinando as lombadas dos livros empilhados no chão.

– Não, vou agüentar firme. Meu Deus, Evie! Seus peitos são fantásticos! Não me lembro de você ter peitos tão fantásticos... tão firmes e redondos... Posso pegar?

– Sai pra lá! – Dou uma risada. – E pare de olhar, sua pervertida!

Ela se recosta num velho arquivo de metal.

– Sorte do Jake! E, por falar nele, onde anda o cara?

Visto a calça jeans.

– Ah, acho que ele tem umas coisas para fazer hoje... Talvez gravação num estúdio. Não sei quando ele volta. Essas coisas levam horas... Sabe como é, não?

Ela está abrindo as gavetas do arquivo, fuçando tudo, sem nenhum constrangimento.

– E a banda? Está perto de conseguir um contrato?

Considero a possibilidade de pedir-lhe que pare, mas isso só vai fazer com que ela bisbilhote quando eu não estiver por perto; é melhor estar presente caso ela encontre alguma coisa.

– Eles estão sem baixista. E é difícil encontrar um. Todo mundo quer ser o primeiro guitarrista; baixistas são como ouro em pó.

Ela encontrou o meu passaporte.

– Olhe! – Ela o segura aberto. – Você era uma garotinha! E tinha essa cara aqui, só se viam os olhos.

Pego o passaporte e jogo na gaveta.

– E então, o que quer fazer? Desde que a gente não vá a lugar nenhum, nem gaste dinheiro, o céu é o limite.

Ela dá uma virada.

– Vamos tomar um porre.

– Na verdade, estou sem dinheiro nenhum – confesso.

– Bem, então, vamos dar uma fugida aí embaixo e beber até cair. Eu pago. – Ela pendura a bolsa no ombro. – Como nos velhos tempos.

⁂

– Por aqui, por favor! – ordena Bunny, gritando do alto da escada da cozinha. – Evie! Pode mostrar a eles onde é para colocar?

Abro a porta da cozinha e no mesmo instante o som da música do ensaio de Piotr com seu novo trio de música de câmara invade o ambiente. É surpreendente como está impecável para um primeiro ensaio. Dois homens carregando caixas de vinho e cerveja descem os degraus com dificuldade.

– Caramba! – Dou uma risada. – Tanta bebida! Está querendo deixar todo mundo de porre, Bunny?

– Deixa eu ver! – Alex pula para examinar as garrafas mais de perto. Hoje cedo, o dia estava úmido e deprimente, por isso Alex e eu nos refugiamos na cozinha. Ficamos

Inocência

colorindo uma grande faixa para a festa de Allyson, esta noite, e vendo o vídeo favorito de Alex, Thomas o Trem, enquanto comemos pipoca. A peça de Mendelssohn que está sendo tocada pelo trio é uma mudança agradável da música-tema de Thomas que conheço bem.

— Aqui está bom. — Mostro aos homens um dos únicos lugares da cozinha não ocupado por suprimentos para a festa.

Bunny desce correndo atrás deles.

— Bom! Excelente! Ah, espero que seja suficiente! Você acha que é suficiente? — Ela se volta para os homens da entrega. — O que vocês têm além disso? Tem mais na van?

Eles se entreolham.

— Bem, o que tem já foi comprado por outras pessoas...

Ally convidou no mínimo oitenta pessoas para esta noite, e Bunny está nervosíssima. Ela deve ter dado festas com freqüência quando Harry era vivo, mas agora perdeu a prática e está obcecada com cada detalhe de última hora. Ally, por sua vez, saiu de cena e tirou o dia de folga para ir ao cabeleireiro.

— Está bom assim — opino, pegando gentilmente no braço de Bunny. — É mais do que suficiente. Além disso, querida, as pessoas sempre trazem bebidas para festas.

— É mesmo? — Ela parece insegura. — E se trouxerem só flores e eu não tiver vasos suficientes?

Ela me olha com uma expressão tão desamparada que eu rio, beijando sua testa.

— Confie em mim. Alex e eu vamos ajudá-la. Vamos lá, baixinho!

– Não sou baixinho! – ele me corrige. – Meu nome é Alexandre, Alexandre, o Grande!

– Muito bem, Sr. Grande. Pode, por favor, me passar as garrafas de vinho branco, uma de cada vez? – Abro a porta da geladeira.

Bunny fica indecisa no meio da cozinha, testa franzida, observando-nos enquanto empilhamos as garrafas.

– Isso não está certo – conclui, depois de algum tempo. – Acho que deveríamos ir à Harrods.

– Harrods? Por quê? Obrigada, querido.

Ela, porém, só me olha, de cara amarrada.

– Bunny?

– Porque – diz ela, com firmeza –, quando você dá uma festa, tem que ir à Harrods. Para comprar azeitonas e salgadinhos e chocolate e... e... Simplesmente é assim que se faz, Evie! – Não é próprio dela ser tão ríspida.

Alex me olha. Eu olho para ele.

– Tudo bem – digo calmamente, encaixando a última garrafa em cima das outras. – Vamos todos à Harrods. Alexandre, pode pegar o seu casaco?

Ele sai. Fecho a porta da geladeira. Bunny ainda está no meio da cozinha, lábios apertados, braços cruzados no peito.

– Qual é o problema? – pergunto.

Ela me olha, zangada, depois sua expressão se atenua.

– Eu estou bem. – Ainda dá para notar sinais de aborrecimento na sua voz. – É que, veja tudo isso! – Ela aponta para os pacotes de chips e biscoitos salgados, rolinhos de salsicha, pastinhas e palitos de queijo... – Uma festa é um acontecimento! Hoje em dia, as pessoas não entendem a importância das coisas pequenas, dos detalhes! Esse não é o jeito certo de fazer!

Eu já deveria estar esperando esse tipo de crítica; ela esteve estranha a semana toda – numa hora mandona e alegre, na outra mal-humorada e tristonha.

E parece que só há uma coisa a fazer.

Vamos à Harrods.

Piotr se aproxima, parecendo exausto.

– Como foi o ensaio?

Ele liga a chaleira, suspirando.

– Bem, pelo menos agora sabemos o que tem que ser trabalhado. – E, encostando-se na bancada da cozinha, ele sorri para Bunny. – Tudo pronto?

– Vamos à Harrods – informa ela, animada.

– Bunny acha que esquecemos alguma coisa – acrescento.

Ela me lança um olhar.

– Eu não acho, Evie, eu tenho certeza!

Não sei por quê, mas hoje eu sou a vítima.

Piotr entende o meu olhar.

– Boa idéia. – Ele desliga a chaleira. – Preciso de meias. Eu também vou.

São quase quatro horas da tarde, no dia da festa, e estamos passeando pela seção egípcia da Harrods, andando no meio de grupos de turistas atarantados. Nenhum de nós sabe realmente o que está procurando ou por que está aqui. Bunny insiste em dizer que ela se lembra de como chegar à seção de comestíveis, e se recusa e pedir informações. Nós a seguimos.

— A Harrods não é mais como antigamente! — dispara ela, desviando-se de um americano gordo, já usando short, embora o tempo não esteja nem remotamente quente.

— Costumava ser exclusiva, discreta; os atendentes se dirigiam a você como "senhor" ou "madame". Você era bem atendido. E sabia disso. Veja agora! — Ela faz um gesto em direção a um falso busto de Nefertiti. — Isso parece Elizabeth Taylor com uma toalha de banho na cabeça! Onde estará a seção de comestíveis? Ficava bem aqui... Não estou entendendo...

Alex aperta minha mão. Ele sente que algo está errado, sem que nada seja dito.

— Bunny, por que não nos diz o que quer e aí nós vamos comprar? — sugiro. — Você e Alex poderiam se sentar e tomar um sorvete, e Piotr e eu teríamos o trabalho de procurar. Afinal, está tão lotado hoje. — Falo com o tom de voz que reservo para Alex quando ele está supercansado.

Ela não me dá ouvidos.

— Comecei a vir aqui quando você ainda não era nascida! Sei o que estou fazendo!

Damos outra volta e acabamos chegando à seção de artigos de couro, que, por sorte, não está cheia. Além disso, manteve-se relativamente intacta através dos anos. As paredes são forradas de madeira, os mostruários de vidro e mogno, revestidos de veludo preto e vermelho, ainda exibem bolsas de couro de crocodilo e bolsinhas de noite brilhantes.

Esse ambiente familiar parece ter um efeito calmante; Bunny desacelera. Ela se aproxima de um dos mostruários exclusivos de luvas de couro e aperta a mão contra o vidro.

– Minha mãe confessou, certa vez, que teve um caso com o vendedor do departamento de luvas. – Sua voz é sonhadora. – Parece que ele costumava segurar sua mão de tal maneira que ela ficava louca de desejo, enquanto ele deslizava as luvas de pelica mais macias e mais caras bem devagar pelos seus dedos. Eles se encontraram todas as terças, no Basil Street Hotel, um verão inteiro e durante todo o relacionamento ela nunca soube o primeiro nome dele. Sua coleção de luvas era fora de série. – Ela parece triste. – Tudo mudou.

Ponho minha mão sobre a dela que, tempos atrás, estaria coberta por uma macia luva de pelica. Ela aperta a minha mão.

– Eu sabia como receber convidados com a maior facilidade. Harry e eu podíamos estar brigados e, mesmo assim, eu conseguia. Agora, só faço festas de despedida. – Seus ombros se inclinam para a frente. – Estou cansada, Evie. Estou cansada de dizer adeus. E estou cansada de fazer isso com um sorriso nos lábios.

– Certo! – Piotr se adianta. Ele dá um sorriso para Bunny e passa o seu braço pelo dela. – Por aqui, por favor! – Ele a acompanha até a seção seguinte, de jóias finas. – Alex e eu tivemos uma conversa. Nós vamos fazer as compras, não vamos?

– Isso mesmo! – Alex dá um grande sorriso, fazendo o possível para imitar a autoridade de Piotr, e obviamente satisfeito por ter sido incluído no grupo dos machos-caçadores da excursão.

– Enquanto isso, você se senta aqui! – ordena Piotr, levando Bunny para uma luxuosa sala de exposição da Boodle & Dunthorne, com direito a candelabros de cristal e sofás de camurça bege.

Bunny olha para ele, atônita.

Um cavalheiro de boa aparência, de uns quarenta e poucos anos, aparece vindo do fundo da loja.

– Posso ajudá-lo, senhor?

– Sim. – Piotr estica o corpo alto e afasta o cabelo dos olhos. – Essas senhoras gostariam de ver brilhantes. Brilhantes grandes. E muitos! – Ele segura o ombro de Alex. – Meu amigo e eu voltamos daqui a pouco. Até lá – pegando a carteira, ele tira um cartão e o entrega para mim com um gesto teatral –, elas podem comprar o que quiserem!

– Sim, claro! – O homem sorri, indicando o sofá elegante. – As senhoras gostariam de uma taça de champanhe, para começar?

Observo com assombro Piotr conduzir Alex, feliz da vida, para fora da sala, depois olho para o cartão na minha mão. É um cartão da biblioteca da Sorbonne, em Paris. Escondo-o rapidamente no bolso do casaco, antes que alguém o veja.

Bunny se acomoda no sofá, passando a mão cansada pelos olhos.

Inocência

– Realmente, champanhe *seria* ótimo. Mas não muito seco! – pede. – Sou como a rainha, tenho um fraco por vinhos doces!

– Claro! – O vendedor desaparece, e volta com uma garrafa de Taittinger no gelo.

Ele faz saltar a rolha e Bunny relaxa ao meu lado, folheando um catálogo com naturalidade, como se sua única intenção durante todo o dia tivesse sido comprar jóias. E, de repente, a tarde se transforma num evento festivo, cheio de charme; a salvação do caos, pelo gesto ousado e afetuoso de Piotr. Aceito a taça de champanhe, refletindo mais uma vez sobre todas as contradições dele. Como podia saber que isso acalmaria os nervos em frangalhos de Bunny? Será que ele já comprou brilhantes alguma vez? E, o mais importante, para quem?

– Saúde, senhoras!

Bebericamos caladas, enquanto o atendente abre com a chave uma das vitrines, tirando uma bandeja cintilante, cheia de anéis solitários espetaculares.

– Oh, Evie! – suspira Bunny, os olhos brilhando de encantamento.

Ele sorri com malícia.

– Vamos começar pelos menores, está bem?

Imagino que este seja exatamente o tipo de passeio extravagante que Harry teria lhe proporcionado em momentos de crise; nos velhos tempos, antes de a honestidade, em todas as suas formas de intromissão e deselegância, ser considerada o único passaporte para a intimidade.

Enquanto fico lá sentada, bebendo champanhe, segurando brilhantes entre os dedos, uma coisa é certa: não há nada que substitua a imaginação romântica e os atos de inesperada gentileza, absurdos e ousados.

E me lembro de Robbie. Tanto que quase acredito que ela vai aparecer, pegar uma taça de champanhe e insistir em ver a coleção de tiaras.

Aguardo, sentindo que, dessa vez, poderia ser bom vê-la de novo; ela faria Bunny rir e flertaria descaradamente com o vendedor. Por um momento, a atmosfera está carregada de possibilidades.

Os minutos passam, a sensação desaparece.

Rodo no dedo um anel com um brilhante enorme.

E sinto saudades dela.

⁂

Os clientes habituais do Angel são um grupo de irlandeses idosos: Paddy O, Mick Carrapato, Joe Malvadeza. Quando Robbie e eu chegamos, eles já estão alterados; cabeças caindo, olhos meio fechados, escondidos em cantos empoeirados, onde vão se machucar menos quando caírem. Ian está atrás do bar. Ele é sobrinho da proprietária, mora em Dublin e está passando o verão em Londres. Com vinte e poucos anos, cabelo castanho e olhos muito azuis, Ian é engraçado, tímido e inteligente, e sonha em fazer carreira como comediante. Sei quando ele está flertando porque faz o número de sempre – uma piada atrás da outra, olhos brilhando. Quando Robbie e eu nos acomodamos no bar, ele oferece uma rodada de rum e Coca-Cola por conta da casa, encantando Robbie com suas melhores piadas.

Eileen, a proprietária, desce, fumando sem parar, o cabelo pintado de louro enrolado num coque monumental. Ela tem cerca de cinqüenta anos, é magra como uma alma penada e tem um rosto duro, vincado. Sua pele é quase cor de laranja, graças às sessões de bronzeamento artificial no salão da esquina. Ela prepara um gim-tônica grande e grita com Joe Malvadeza que, segundo Ian, foi o amor da vida dela há muitos, muitos, muitos anos. Agora ele só olha para ela acovardado, oferecendo-se para acender o cigarro já aceso e depois se encolhendo no canto, acumulando uma dívida que nunca será paga. Com descrições detalhadas e claras, ela lhe assegura que ele é um nada, o pior dos piores, e sempre foi, desde que ela o conhece. E, quando acha que já falou o suficiente, serve-se de mais bebida e sobe batendo os pés.

– É como acaba o amor verdadeiro. – Ian passa-nos furtivamente dois pacotinhos de amendoins.

Com o avançar da tarde, o pub se enche de gente e Robbie se anima, contando-me todos os detalhes do noivado de Imogene e Carlo Café. Ela considera que era inevitável, desde o início.

– Ele é *enorme* – confidencia, atraindo o olhar de Ian, que fica vermelho e finge estar limpando o bar. – Eu mesma quase não consegui escapar, Evie. Ele é realmente o mais maravilhoso fenômeno da natureza, e, considerando-se que ela era virgem... pois é! Além disso, sendo italiano, ele é uma mistura perfeita de profano e sagrado: prostituta, santa, prostituta, santa... ela adora isso! Aposto que ainda tem alguns daqueles velhos vestidos Laura Ashley escondidos no guarda-roupa, caso vá precisar deles... Ele fala em abrir lojas de café. – Ela dá de ombros. – Nunca vai dar certo. Mas ele é tão teimoso...

Sua voz flutua e dá voltas na minha cabeça; como um monólogo contínuo, acima da agitação crescente no meu cérebro. – Vamos nos sentar perto da porta – sugiro. – O calor e a fumaça estão começando a me incomodar.

Ela pega as bebidas.

– Você está bem?

– Estou só cansada.

Mudamo-nos para uma mesa perto da porta.

São quase 6:30. Preciso comprar alguma coisa para o jantar. Vai ter que ser massa, de novo. Massa, atum e tomates em lata. E uma cebola, se o dinheiro der. Só de pensar, já fico enjoada. O calor é sufocante. Ponho mais gelo na minha bebida, que fica lá, derretendo. "Soul II Soul" começa a tocar no sistema de som, e Robbie se balança de um lado para o outro, continuando a tagarelar. Concordo com a cabeça e sorrio.

Eu me pergunto onde estará Jake. O que estará ele fazendo.

Rodo o anel de pérolas no dedo.

Robbie pega minha mão.

– Você usa isso o tempo todo?

– Claro que sim! – Abro bem os dedos. – É meu anel de noivado. E de casamento, também.

Inocência 319

—Você não pode fazer isso com pérolas. Veja, Evie. – Ela aponta para a superfície embaçada. – Está ficando gasto. Pérolas não são fortes o bastante para usar todo dia, são muito frágeis. Em pouco tempo, não vai restar nada.

Puxo a mão.

– Como você sabe?

– Todo mundo sabe disso. – Ela procura o isqueiro. – É mais do que sabido.

Eileen vem apanhar os copos vazios. E pára, a boca caída nos cantos, agitando o cigarro no meu rosto.

– É melhor manter aquele seu cara longe daqui, entendeu? Não vou permitir esse tipo de coisa no meu pub! Uma bebida, sim, é diferente, dá para entender? – Ela continua a me olhar furiosa, com seus olhos cinza lacrimejantes.

Eu me encolho.

– Não sei do que você está falando!

– Você sabe, sim, do que estou falando – afirma. – Você sabe muito bem do que estou falando! – E ela volta cambaleando para o bar, deixando os copos para serem levados por Ian. Observo-a completar sua bebida e depois sentar no canto com Joe Malvadeza.

Robbie franze o cenho.

– Qual o motivo disso tudo?

– Ela está de porre. É só isso. – Empurro a mesa e ponho-me de pé. – Vamos embora daqui. Tenho mesmo que ir ao mercado.

Quando viramos a esquina com as compras, ouço música e vozes vindas das janelas abertas do teatro. Como sempre, é o prédio mais barulhento da rua.

Robbie e eu subimos as escadas e abrimos a porta. Hayley, CJ e mais dois caras que não conheço estão sentados no palco, em um sofá e duas poltronas, como numa comédia inglesa sobre a vida doméstica; CJ toca um solo de "Brown Sugar" diferente na guitarra e Jake está concentrado em enrolar um baseado. O chão está coberto de latas de cerveja vazias, e só restou uma fina camada de pó no espelho equilibrado nos joelhos de Hayley.

Jake levanta a cabeça; ele está alto. Sorri para mim e aperta os olhos quando vê Robbie.

– Bem-vinda, gata. – Ele chega perto e beija meu rosto. – Eu falei com vocês que ela era linda. – E me vira para mostrar aos amigos. Eles sorriem. – Estes são Gary e Smith – apresenta. – E, claro, diretamente de Nova York, a querida amiga da minha mulher, Robbie.

CJ acena. – Ei, Evie!

Eu o ignoro. Ele vem aqui com tanta freqüência, é como ter um animal de estimação.

– E aí, quando você chegou? – Tento fazer uma voz agradável e relaxada, como se eu fosse uma anfitriã dos anos 1950, recebendo os colegas de trabalho do meu marido. Não quero brigar na frente de Robbie.

– Há pouco – diz Jake. – Esses caras vão fazer uma turnê pela Europa com Eric Clapton a semana que vem. – Ele acende o baseado, dá uma tragada, depois passa-o para Smith. – Ah! Vamos tirar novas fotos! Gary conhece um fotógrafo de moda genial que vai fazer tudo só pelo preço do filme. Vamos nos encontrar com ele esta noite... Não é

Inocência

legal? – Ele tem sempre um novo plano para conquistar o mundo, especialmente quando está alto. – Estou morto de fome, gatinha. O que tem para comer?

Smith pergunta a Robbie quanto tempo ela vai ficar na cidade, CJ e Gary começam a discutir sobre dedilhado...

– Gatinha? – repete Jake. – Estou com fome. – Ele se levanta e me abraça, caindo por cima de mim. E se apóia com força demais, cheirando a suor e loção pós-barba.

Eu o afasto.

– Não tem comida suficiente – digo, em voz baixa. – E onde conseguiu esse bagulho?

Ele me agarra de novo.

– Não fuja de mim – avisa.

– Você me disse que não ia mais fazer isso!

Ele me solta.

– Estou me cuidando. – Essa é sua resposta padrão. – Não precisa se preocupar. Pode deixar comigo.

Coloco as sacolas numa cadeira e me abaixo, apanhando as latas vazias do chão.

Robbie está rindo. Gary agora pegou a guitarra e está dedilhando. CJ se balança de um lado para o outro. Hayley apenas pisca, com o olhar parado a média distância.

– O que quer dizer isso, Jake? – Olho em volta. O palco, razoavelmente limpo quando saí, agora dá a impressão de que alguém despejou uma lata de lixo no meio – papéis, cinzas e guimbas de cigarro, um pacote meio vazio de biscoitos... Robbie vai dormir aqui esta noite.

– Olhe como está este lugar! – Estou com as mãos nos quadris.

— Tudo bem. Sabe, de repente você podia acreditar em mim, só pra variar! Ter um pouco de fé! — Ele pega a jaqueta nas costas da cadeira onde estava sentado. — Vamos lá, caras. Vamos sair e comer alguma coisa. Você paga, CJ.

— Ah, que merda! — CJ protesta, mas, mesmo assim, se levanta. Gary e Smith também se levantam, amparando-se mutuamente. Smith tropeça e esbarra na cadeira. As compras e a minha bolsa caem, o conteúdo rolando pelo chão: chaves, atum, maquiagem, tomates, absorventes...

— Merda! Desculpe, cara. — Smith se abaixa em câmera lenta para apanhar as coisas, oscilante como um salgueiro ao vento.

— Pode deixar — ordena Jake. Ele agarra punhados de coisas, enfiando tudo de volta na minha bolsa.

E aí pára.

Está segurando alguma coisa. Um pedacinho de papel. Levantando-se, abre o papel e olha para mim.

— O que é isso?

É o número de Guy.

Fico vermelha.

— Não é nada. Foi um garoto, lá na gravação... Era para um anúncio de desodorante e... — Todos estão olhando para mim. — Aliás, foi até engraçado. Você tem que fingir que está passando o desodorante e aí um modelo cheira você, quer dizer, embaixo do braço, mas, claro, não tinham o modelo. Só esse mensageiro que deve ter uns doze anos. — Robbie ri. CJ e Gary estão sorrindo. — Então, fiquei lá, de sutiã, com aquele garoto cheirando minha axila... E aí

Inocência 323

comecei a suar... – Eles estão rindo. Eu estou rindo. Nesse momento, a única pessoa que não está rindo é Jake. – Depois, ele me deu o telefone dele. Era só um garoto – digo, mais uma vez.

– Então – a voz de Jake é fria –, por que não jogou fora?

Todos voltam a olhar para mim, é como num jogo em Wimbledon.

– Porque eu só queria sair dali. E não tinha lata de lixo. E... e eu precisava correr para o aeroporto.

Seus olhos não se afastam do meu rosto.

– Que negócio é esse de ficar de sutiã?

– Vamos, cara! – CJ ri e puxa o braço de Jake, que se desvencilha.

– Como eu disse, era para desodorante – explico. – Eles queriam ver as minhas axilas. Jake, não seja bobo! – imploro.

– Vou ser bobo – repete ele. – Eu sou bobo.

– Jake... – Isso é exatamente o que eu esperava evitar esta noite. – Você não está entendendo!

– Não, não estou. Não estou entendendo o que a minha mulher fazia, só de sutiã, no meio da porra do Soho!

A sala está em silêncio.

– O que você quer dizer? – pergunto.

Ele me olha, furioso.

– Que não confio em você! É isso que quero dizer! – Ele amassa o papel e o joga em cima de mim. – Vá ligar para o seu namorado!

– Jake!

– Você era especial. – Ele anda de um lado para o outro. – Fora do comum! Com seu longo vestido florido...

– Do que você está falando? – As lágrimas queimam os meus olhos. – Ainda sou a mesma! Mas aquele vestido não era meu, Jake! Nunca usei vestidos compridos!

Ele agarra o meu pulso, puxando-me para perto.

– Então era tudo conversa fiada? Quando disse que queria amar alguém tanto que nada mais importasse? Era?

– Nunca o vi tão zangado. – Não importa o que aconteça, foi o que você disse!

Ele me solta.

– Jake!

Mas ele sai, furioso, batendo a porta. Os outros, CJ, Smith e Gary o seguem de mansinho.

Hayley pisca para mim.

– Foi uma ótima cena.

Estou trêmula. Sento no sofá, escondendo a cabeça entre as mãos.

Hayley escorrega e engatinha para apanhar a lata de atum no chão.

– Posso comer isso?

Faço que sim. Puxando a tampa para trás, ela começa a comer o atum com os dedos. O cheiro forte invade a sala. E, de repente, meu estômago fica embrulhado. Corro, chegando ao banheiro bem a tempo.

Quando volto, Robbie está no saguão, perto da janela, olhando para a rua lá embaixo. O crepúsculo se aproxima, faixas arroxeadas num céu cor de lavanda. Os pássaros estão cantando, como fazem em tardes quentes de verão.

– Há quanto tempo você não menstrua?

Fito suas costas.

Como é que ela sabe?

– Fale, Evie. – Ela me encara. – Quanto tempo?

Olho para baixo, para as minhas mãos.

– Quase dois meses. Pensei que fosse estresse...

Ela se vira de novo e contempla a igreja do outro lado da rua. Um ronco surdo de trovoada ecoa a distância.

– Você quer? – Sua voz é cansada.

Não sei a resposta; parece uma pergunta impossível, uma pergunta que uma pessoa casada não deveria nem se fazer.

– Contou a ele? – continua ela, ignorando meu silêncio.

– Não. As coisas têm sido difíceis. Não é do jeito que imaginei que fosse ser – acrescento, bobamente.

– O que não é?

– Nada é. – Não tenho ânimo para analisar todas as expectativas infantis, otimistas, nem as decepções inevitáveis. Abano a cabeça, olhando meio anestesiada para o chão. – Nada é do jeito que imaginei.

Ela não tenta argumentar, nem dar conselhos, nem mesmo fazer um discurso de encorajamento só para constar. Apenas se recosta no parapeito da janela e fica muito quieta, por um longo tempo.

A porta se abre. Chris, ofegante pelo esforço de subir a escada, entra a passos pesados, a pele branca salpicada de bagas de suor. Usa bermudas e uma camisa branca, totalmente molhada debaixo dos braços gordos. Seu cabelo ruivo desgrenhado parece uma pequena raposa ou um esquilo excepcionalmente grande em cima da cabeça. Carrega uma pasta cheia de papéis em uma das mãos e na outra um picolé cor-de-rosa, que se derrete rapidamente.

– Acabei de chegar do contador. Estamos fodidos! – Ele olha para Robbie com interesse, mas descarta a opção de uma apresentação civilizada. Só enfia o picolé de volta na boca. – O que tem para jantar? – Ele anda até a mesa, verifica a secretária eletrônica. – Quem desligou isso? Droga! Tenho que fazer tudo aqui? – Ouve-se um bip alto quando a máquina é ligada. – Como vamos ser contratados, porra? E, de agora em diante, vamos nos levantar todo dia de madrugada e fazer Tai Chi. Como uma empresa! Brook faz isso – acrescenta. – E precisamos começar a ficar unidos, entende? – Ele agita o picolé em minha direção. – Precisamos começar a funcionar como uma entidade única, certo? Como se lêssemos a mente uns dos outros no palco. Senão, não vale a pena. Somos tão imprestáveis como a porra da CRS! Onde está Hayley?

– Chris, esta é minha amiga Robbie...

Ele se afasta, entrando no teatro. Chris está sempre de mau humor, sempre insistindo nessa história de ficarmos unidos. Estou cheia disso. As únicas vezes em que o vejo feliz é quando está recebendo aplausos.

– Puta merda! Olhe só para este lugar! – Ele vai representar um Rei Lear perfeito qualquer dia desses, vociferar é sua especialidade. – O que é isso? Peixe? Que nojento!

Em seguida, silêncio.

Robbie se volta para mim.

— Simpático. E tão sexy!

Sorrio.

Ainda zangado, ele entra no saguão. Sua fúria é elétrica.

— Onde está Jake? — sibila. — Fale, Evie! Droga, onde ele está?

Chris é tão dramático...

— Vou limpar tudo — digo, com um suspiro. — Fique calmo. Ele saiu.

Em vez de se acalmar, ele me agarra pelo braço e me arrasta para o outro cômodo.

— Ei! — grita Robbie. Ele me puxa, unhas cravadas no meu braço, e me atira diante do sofá.

Hayley está deitada e parece achar graça em alguma coisa. Ele dá um puxão no seu braço com violência.

— Olhe aqui! — grita, mostrando uma marca vermelha reveladora perto da dobra do cotovelo dela. — Está vendo isso? Está? Chega, Evie! Agora acabou! Ele tem que sair daqui! Sabe quanto tempo levou para ela ficar limpa da última vez?

Fico olhando para Hayley, que se vira de costas.

— Foda-se — sussurra ela para Chris, docemente, depois ri de novo.

Não consigo ligar os pontos na minha cabeça.

— Mas... Mas por que você acha que isso tem alguma coisa a ver com Jake?

Chris levanta Hayley, depois se vira.

– Você é o quê, cega? Todo mundo sabe que Jake trafica, Evie!

– Não. Não, ele não faz isso. – Pareço pequena, como uma criança. – Ele parou. E, além disso, era só erva.

– Quero que ele saia daqui! – Chris carrega Hayley para o quarto lá atrás. – Senão chamo a polícia!

Está tudo errado, deve haver um engano.

Jake prometeu.

Volto-me para Robbie.

Ela põe a mão no meu ombro.

– Temos que encontrar Jake.

Mink Bikini fica sob os arcos, num beco atrás de Portobello Road. A aparência é a mesma de todas as outras oficinas de carros e depósitos de ferro-velho, e somente a batida surda e constante da música e as roupas extravagantes entregam o jogo. É o tipo de clube sem letreiro, que rejeita turistas e festas de despedidas de solteiras. Aqui, só os ultradescolados são admitidos, os que fumam e transam nas sombras, bem longe da lâmpada acima da porta.

Embora ainda seja cedo, a festa já está animada. Robbie e eu não estamos com roupas apropriadas para este ambiente. Somos barradas na porta por dois enormes leões-de-chácara negros, usando roupa de sadomasoquismo de couro preto.

– Vocês estão na lista? – rosna um deles.

– Somos as excitadoras. – Robbie sorri, com sua combinação característica de vulgaridade e charme. – Vamos começar a trabalhar daqui a pouco, caso queiram dar uma olhada.

Eles dão um sorriso irônico e nos deixam passar.

— O que é uma excitadora? — pergunto.

— Melhor nem perguntar — retruca Robbie. — Vamos andar logo, está bem?

Lá dentro, a escuridão é quase total. O bar, no entanto, é iluminado por tubos azul-elétrico sob vidro, e o palco tem um brilho índigo. A pista de dança está cheia de gente bonita. Um holofote gira em todas as direções; rostos famosos aparecem por um segundo e depois desaparecem, a música é brutal e aguda, vagas incessantes de som. Nesse momento, à nossa frente, uma jovem lindíssima, com longo cabelo castanho-avermelhado e pele de marfim, vestida apenas com um retalho de seda, como uma fralda, circula oferecendo doses de um líquido azul, servido em mamadeiras de plástico. Todo mundo está se agitando, sugando e gritando para ser ouvido.

Volto-me para Robbie.

— Não vamos conseguir encontrá-lo, eu mal consigo enxergar.

— Fique perto de mim — ordena Robbie, enquanto me puxa pelo meio da multidão.

Ela pára um pouco à direita do palco, onde outros dois seguranças estão postados, dessa vez mais sobriamente vestidos, de jeans escuros e camisetas. Um deles se adianta quando nos aproximamos.

— Temos uma entrega — grita Robbie, para ser ouvida acima da música. — Estão nos esperando.

O homem nos avalia. Nossos rostos são impassíveis, sem expressão.

Então ele abre a porta que fica nos fundos. Atravessamos um corredor de cimento frio e comprido, cheirando a umidade, atulhado de material e equipamento de som. A porta se fecha atrás de nós. Ouvimos vozes que ressoam em algum ponto no fim do corredor e eu reconheço, acima de todas, a risada cortante de Jasmine.

— Não vou conseguir fazer isso — digo a Robbie.

Ela agarra minha mão.

— Temos que fazer.

O vestiário está cheio de homens: homens de meia-idade usando ternos, homens mais jovens de jeans, reclinados em sofás, recostados nos bebedouros, todos com um olhar fixo. Jasmine e sua banda são o centro das atenções. Ela veste um macacão justo de plástico transparente, com uma tanga cor de pele e fita adesiva preta nos mamilos, no estilo Wendy O. Williams. Está recostada, pernas abertas, fumando um baseado.

Ela ergue o rosto e nos vê na soleira da porta.

— Ohh! Olhe só quem é que deixaram entrar! Quanta gentileza vocês aparecerem aqui! — ela ronrona. Seu cabelo está descolorido e cortado bem curto, os olhos vermelhos e inchados, com excesso de delineador preto. Não que isso importe, ninguém está reparando no seu rosto mesmo. — Vocês vieram me dar os parabéns?

Engulo com dificuldade.

— Na verdade, estou procurando o Jake.

— Um marido perdido! — De novo ela leva o cigarro à boca, virando-se para encarar sua platéia de admiradores. — Parece que estou colecionando maridos esta noite!

Eles riem.

Eu sou o espetáculo.

Robbie aperta minha mão.

— Vocês estão juntas? — Jasmine acena com o baseado em nossa direção. — Vejam só, até eu pagaria para ver isso.

Mais risinhos.

— Ele está aqui? — pergunto, em voz baixa.

Ela se vira, admirando sua imagem no espelho. Apertando os olhos, pega o delineador preto.

— Por que você mesma não vai procurar? — E faz um sinal de cabeça, mostrando a porta do banheiro.

Caminho até a velha porta de metal e viro a maçaneta.

A primeira coisa que me chama a atenção é o cheiro, um odor doce e enjoativo, de coisa queimada, mais forte que o fedor de urina. Aqui está mais escuro do que no vestiário; a única luz vem de uma lâmpada bruxuleante acima do espelho. À medida que os meus olhos se ajustam, distingo duas silhuetas. Jake está encostado na pia, com o braço esticado. Smith, concentrado, enche a seringa...

Jake ergue o rosto.

Sua expressão é mais de decepção do que de surpresa.

— É de Los Angeles, gata. — Sua voz está rouca. — Coisa fina. Vamos ganhar uma fortuna... Uma verdadeira fortuna...

Smith nem titubeia. Com rapidez, enfia a agulha. Jake fecha os olhos e expira.

Fecho a porta.

Jasmine passa a língua nos lábios. Sua pele está suada e vermelha sob o plástico.

– Conseguiu o que queria? – Ela olha em minha direção, mas seus olhos estão fora de foco.

Saio andando, e Robbie vem atrás de mim.

O ar quente da noite é pesado e úmido. Observo Robbie fumar um cigarro, andando de um lado para o outro entre as bocas de chaminé. Estou sentada, com as pernas penduradas para fora do telhado.

A distância até lá embaixo não é tão grande. Só uns dois andares.

– Vamos dar o fora daqui. – Ela joga fora o cigarro. – Venha, Evie.

Tem um quadradinho de calçada entre os meus pés, apenas algumas dezenas de metros abaixo.

– Para onde?

– Vamos. Levante-se.

Olho para ela, com seu suéter de tricô verde disforme.

– Acho que não consigo. – E fito a calçada, de novo.

– É por isso que estou aqui. – Ela me puxa para longe da borda. – Vamos.

Na esquina, com as bagagens a reboque, ela faz sinal para um táxi preto.

– Leve-nos ao hotel onde Oscar Wilde foi preso, por favor.

– Você quer dizer o Cadogan Hotel. – O homem sorri. – Tem um poema sobre isso em algum lugar!

— Típico — diz ela, suspirando.

Entramos.

— Vamos dormir numa cama de verdade, pedir uma comida deliciosa e beber champanhe na banheira — promete Robbie.

— Não temos como pagar — advirto.

— É, mas estamos fodidas, você e eu. Então vamos pelo menos aproveitar, certo?

Eu deveria argumentar com ela. Deveria protestar e dizer ao motorista para parar. Mas só me encosto no assento e abro as janelas.

Talvez ela esteja certa.

É outra Londres que vejo passar: uma Londres de praças com jardins verdes e mansões de tijolinhos vermelhos, de butiques e roupas de grife, uma Londres limpa, de boas maneiras, que fala corretamente, educada nos melhores colégios e com entradas para festivais de ópera.

Espero num canto do lobby, enquanto Robbie fala com o atendente na recepção. Ela tira da bolsa um cartão de crédito e o seu passaporte, apresentando-os no balcão com muita segurança. E somos levadas a uma suíte com vista para a Cadogan Square.

É muito bonita. Não tem poeira, nem sujeira, nem coisas empilhadas; é limpa, arrumada, impecável. Ali está o espaçoso banheiro de mármore, com uma banheira com pés de leão, potinhos de creme para as mãos e xampu perfumado, pilhas de enormes toalhas, brancas e felpudas; e aqui, o espaldar da cama de mogno entalhado, o teto alto e as janelas francesas, altas e estreitas, elegantíssimas. Robbie abre as janelas. O verão se instala com um sopro, tomando conta do quarto. Não é o verão que eu conheço – ar parado e suor –, é perfume de madressilva, de lençóis limpos e de grama recém-cortada na praça ali embaixo.

Robbie vai encher a banheira. Sento-me na beirada da cama, com as mãos sob as coxas.

Tenho vontade de chorar. As minhas lágrimas, porém, sumiram todas.

– Veja, querida. – Ela volta, segurando o grosso menu do serviço de quarto, páginas e páginas de refeições requintadas. – Veja todas as coisas maravilhosas que podemos comer!

Ela pede champanhe, um bule de chá Earl Grey, hambúrgueres com uma porção extra de batatas fritas e morangos com sorvete de creme. Não tenho coragem de dizer-lhe que perdi o apetite.

Entro na banheira e fico imersa na água morna e perfumada.

A bolsa de Robbie está caída em cima da tampa do vaso, com a ponta do recibo do hotel para fora. Sacudindo a água dos dedos, tento alcançá-lo para dar uma olhada. Quando puxo o papel, porém, um vidrinho de pílulas rola para o chão.

"Lítio", diz a etiqueta, "tomar duas cápsulas ao dia." E tem outros. Inderal. Prozac. São remédios de venda restrita, não são medicamentos comuns.

– Estou enchendo a banheira para você – digo, ao sair, enrolada em um dos robes brancos macios. – Quer que eu fique lá conversando?

– Não. – Ela se vira para o outro lado. – Não vou demorar muito.

Realmente, daí a pouco ela aparece, um modelo de recato vitoriano, com uma camisola branca esvoaçante, de mangas compridas, daquele tipo que Imo costumava usar. Deitamo-nos, lado a lado, meus cabelos escuros em um travesseiro, seus cachos louros no outro.

– Venha para Nova York, Evie. Nós podemos criar o bebê, você e eu.

Estou tão cansada, meus olhos doem.

– Não vamos falar disso agora.

– Eu adoraria morar com você de novo, teríamos muitas aventuras.

– O que são aquelas pílulas?

– São só pílulas. – Ela se vira de costas, com os olhos fechados. – Às vezes, o nível da água sobe demais.

– Como assim?

Ela parece uma estátua, um daqueles monumentos expostos na Catedral de São Paulo.

– Virginia Woolf se afogou num rio... Não é nada. Tive uma daquelas fases ruins, que eu detesto. Fazem tudo parecer... sem graça.

– Sinto muito. – Toco sua mão. A pele é fria e seca. – Sou tão egoísta.

Ela reabre os olhos e sorri.

— Na verdade, é legal quando sei o que tem que ser feito, só para variar.

Onde moro, nos arredores de Islington, sempre dá para ouvir os sons de alguma desavença doméstica, acontecendo durante a noite. Mas aqui, em Knightsbridge, os lençóis de linho são frescos e agradáveis em contato com a nossa pele, a cama é firme, porém acolhedora, e todos esses confortos são proporcionados como se fossem um direito nosso, de nascença. Até o tráfego, lá fora, é lento, silencioso.

Mais ou menos às cinco horas, acordo com passarinhos cantando. A temperatura caiu inesperadamente. Deve ter chovido durante a noite. Robbie está imóvel ao meu lado, abraçando o travesseiro numa posição de meia-lua, como se fosse um amante que ela não quer largar. A manga da sua camisola subiu até o cotovelo durante a noite.

Em silêncio, com cuidado, cubro-a com o lençol.

Deitada de costas, contemplo o brilho dourado do sol, que toma posse do céu matutino. E, esticando os braços, imagino o peso de um corpinho quente, apertado contra o meu peito.

⁂

Alex atravessa a sala, saltitante, segurando na mão de Piotr, dando cinco pulos para cada passo de Piotr, enquanto arrasta pelo chão uma sacola verde com o nome da loja. O seu corpo é todo elétrico, é como observar um vagalume em movimento no céu noturno, iluminando tudo à sua volta.

Uma sensação conhecida, quase dolorosa, me inflama o peito: puro amor. Ainda usando a camisa do pijama de Thomas o Trem, do qual não se separa, o cabelo rebelde que não consigo domar, por mais que tente, o rosto de covinhas e a intensidade impetuosa, destemida, meu filho é uma força da natureza: puro, forte, uma visão milagrosa.

Largando a mão de Piotr, ele entra correndo na sala da Boodle & Dunthorne e se joga em cima de mim.

– Já compramos *tudo*! – Ele ri, enfiando o rosto no meu colo.

Beijo rapidamente sua cabeça e ele escapole, ansioso para mexer em todas as jóias antes que o vendedor as carregue para locais mais seguros.

– E aí? – Piotr sorri, carregando, por sua vez, duas sacolas cheias. – Qual você vai querer?

Ele se encosta no balcão, bem à vontade, nem um pouco incomodado com a nossa tapeação.

Não resisto à tentação de perturbar a sua aparência impassível. Pego o maior dos anéis solitários da bandeja e sorrio com candura.

– Gosto deste aqui.

Bunny dá uma tossida.

Piotr, porém, apenas retorna o meu sorriso.

– Ponha no dedo – sugere.

Deslizando o anel pelo dedo, levanto a mão.

– O que acha?

O vendedor está tenso de expectativa.

– Mamãe, você vai comprar esse? – Alex puxa o meu braço para poder olhar mais de perto. – Vai?

Piotr olha para mim.

Eu olho para ele.

Ele está se divertindo, percebo pelo brilho dos seus olhos, pela curva suave dos seus lábios.

– O que acha? – pergunto mais uma vez, tão calma como se estivéssemos discutindo qual sanduíche escolher para o almoço.

Bunny esvazia o seu copo e se levanta.

– Vejam a hora! Temos mesmo que ir!

Mas Piotr mantém a fleugma.

– Acho que você pode escolher o que quiser – diz e, virando-se para o vendedor, pega a carteira. – Espero que venha numa caixa de veludo, certo?

– Mamãe?

Meu rosto está ficando vermelho, estou fazendo tudo que posso para evitar o riso.

– Ah, sim! Claro, senhor!

Tiro o anel e o coloco de volta na bandeja.

– Na verdade, mudei de idéia. – E, pegando na mão de Alex, levanto-me. – Não é exatamente o que eu procurava.

Os olhos de Piotr são firmes.

– E o que você procurava?

Aproximando-me dele, faço algo nada típico, num dia cheio de acontecimentos atípicos. Passando o braço pelo dele, beijo o seu rosto, bem de leve.

– Não quero brilhantes – digo, com suavidade.

O vendedor abana a cabeça, desanimado.

– Obrigada – acrescento. – São todos muito lindos.

— Sim, obrigada! — Bunny sorri, pegando no outro braço de Piotr. — O champanhe estava delicioso!

— Foi um prazer. — O homem se inclina, seu profissionalismo intacto. Cuidadosamente, ele começa a recolocar todos os anéis na ordem correta.

Nesse momento, Alex tira alguma coisa da sacola e entrega a ele.

— Oh! — O homem pisca, surpreso. — O que é isso?

É uma caixa de chocolates dourada, com uma bela fita de seda preta.

— Fui eu que escolhi! — anuncia Alex, com orgulho. — Não tem nozes nem marzipã!

E ele corre para se juntar a nós, pendurando-se na mão de Piotr, rindo de prazer.

— Você é cheio de surpresas — digo, enquanto Piotr nos guia para a saída mais próxima.

Sinto os seus olhos no meu rosto, mas concentro-me em observar como é fácil para ele andar com um garoto de quatro anos equilibrado no seu sapato.

Ele me puxa para perto, evitando um grupo de alemães, pasmos de admiração diante do balcão de peixes.

— Você também.

⁓⁓⁓

Jake e eu estamos sentados num banco na Soho Square. Faz um dia lindo e quente de verão; as folhas dos altos plátanos sussurram na brisa. Não há nem uma nuvem sequer no céu. Algumas pessoas estão esticadas na grama, funcionários de escritórios, aproveitando o sol antes de voltar para suas mesas de trabalho.

Jake está encolhido, braços encostados nos joelhos. Ele usa sua jaqueta de couro, embora faça muito calor, e óculos de sol. Observamos uma criança pequena, um garotinho louro de dois ou três anos, correr atrás de um pombo pela alameda e rir satisfeito, apesar da perseguição impossível.

Quando fala, Jake não me olha, e seu braço direito abraça o velho estojo da guitarra.

– Por que você faz esse drama todo? Não é nada, só um jeito de ganhar algum dinheiro. A gente podia se mudar... Ter um lugar só nosso.

Já ouvi tudo isso antes.

– Está tudo sob controle – acrescenta. – Não é o caso de eu ter um problema.

– Então, pare.

– Já parei.

Fico rodando o meu anel no dedo.

– Não acredito em você.

– Puxa, Evie! – Jake me olha, mas não consigo ver os seus olhos por trás das lentes espelhadas. Ele está sem dinheiro, o cheque do seguro-desemprego já acabou há muito tempo. Suas mãos tremem. – Não podemos fazer isso, você sabe, não sabe? Você não entende como é difícil.

– Se você ficasse limpo, a gente poderia!

– Não. – Ele abana a cabeça. – Quero tudo como era antes, só você e eu.

– É uma parte de nós...

– Eu não quero um bebê! – dispara ele, de repente. – Não quero mais uma boca para sustentar, porra! Agora, não vai demorar muito para a banda conseguir um contrato. E aí? Além disso, não estou fazendo nada que Keith Richards não faça todos os dias da semana, porra!

– Só que você não é Keith Richards, é? – reajo. Estou magoada e com medo, quero magoá-lo também.

Ele passa os dedos pelo cabelo, depois esconde o rosto nas mãos. E fica assim por um longo tempo.

–Você não sabe de nada – murmura, afinal. – Por favor, Evie! Isso é o que eu mais quero... Quero muito!

–Você quer exatamente o quê? – Estou chorando. Não quero, mas, assim que enxugo uma lágrima, outra aparece logo atrás. – Você quer a mim? A nós?

– Não faça isso...

– Já estou fazendo! Não posso mais viver assim!

Espero que ele diga alguma coisa. Qualquer coisa.

Mas ele só fica lá, sentado.

Levanto-me.

– Gata?

Não consigo olhar para ele.

Ele se levanta, me abraça.

– Não é uma coisa assim tão complicada – sussurra. – Quase todas as garotas fazem... – Tento me desvencilhar, mas ele me aperta. E, por um momento, paro de lutar e escondo o rosto no seu peito. Este costumava ser o lugar mais seguro do mundo. – Vamos lá, gatinha. Relaxe. – Ele faz carinho no meu cabelo. – E agora, como é que ficamos, hein?

O garotinho sorridente tropeça e cai, seus gritos cortam o ar. A mãe o levanta com brutalidade, grita com ele e o coloca de volta no carrinho.

– Não ficamos. – Empurro Jake.

– Evie...

– É o meu bebê! Eu cuido disso. – Agora, não consigo mais ver nem falar direito. – Não quero nada de você. Nunca.

Começo a andar.

E, de repente, estou correndo.

Faz um dia lindo e quente de verão.

Do alto de um escritório que dá para a Soho Square, o editor de arte de uma revista chamada *The Face* está folheando um portfólio de fotografias. O fotógrafo espera, paciente, olhando pela janela a praça lá embaixo, catalogando as pessoas na cabeça: dois varredores de rua vagarosos, uma mulher com um carrinho de bebê, uma garota correndo...

O editor vira as páginas; um homem jovem retribui seu olhar; anguloso, desafiador, uma guitarra cruzada no peito nu.

– Quem é esse?

O fotógrafo sai da janela.

– Ah, esse! Foi um favor que fiz a um amigo. Uma banda chamada Raven. Esse cara era incrivelmente fotogênico!

– Já apareceu na imprensa? – pergunta o editor.

Ele faz que não com a cabeça.

– Bem. – O editor se recosta na sua cadeira de rodinhas, bota os pés em cima da mesa. – Acho que já temos uma capa.

Duas semanas depois, numa sexta à noite, bem no meio de um "clássico torta de creme" de Otelo, começo a perder sangue. No começo, a platéia pensa que é algum tipo de efeito especial, mas em seguida desmaio por cima de um cara na primeira fila. Um cara segurando uma torta.

Na ambulância, um jovem paramédico australiano segura a minha mão. Ele me dá uma injeção e me pede para contar alto até dez. Chego a cinco.

Quando acordo, estou na enfermaria de um hospital. Tento virar a cabeça, mas o travesseiro está grudado. Passo a mão no cabelo; está melado, ainda cheio de torta. E aí noto o soro no meu braço.

Um médico aparece ao pé da minha cama, cercado de alunos.

– Olá – digo. Eles são tantos...

Ele pega a minha papeleta.

– Mulher, vinte e quatro anos. Infecção e complicações resultantes de aborto. Qual seria o tratamento? – pergunta ele a uma ruiva bonitinha.

– Procedimento padrão, seguido de antibióticos? – sugere ela.

– Muito bem. Mas, neste caso, a infecção foi complicada por uma doença venérea secundária a longo prazo. O dano é permanente.

A ruiva olha suas anotações.

– O que isso significa?

Ele coloca a papeleta de volta ao pé da cama.

– Que ela ficou estéril.

༺༻

– Nossa, The Sluts! O que aconteceu com eles?

– Ei! Pode aumentar o volume, por favor? Vamos, Evie! Dance comigo!

Ally pega minhas mãos, tentando me atrair para a pista de dança improvisada na sala da frente. Já passa de uma da manhã e a casa ainda está apinhada de gente, que se espalha pelo hall, agitando-se ao som da música.

Eu recuo.

– Não, obrigada. Mais tarde, talvez! – grito para ser ouvida naquela barulheira.

– Você sempre diz isso! Qualquer dia, menina, vai ter que relaxar e se divertir! – Ela rodopia para o meio da multidão onde Andrew, um barítono negro e alto, dança para perto dela.

"*Why don't we go aaaaaaall the waaaaaaay!*" A voz de Jasmine berra, mais alto do que o baixo rascante.

Ally segura Andrew pelos quadris e joga a cabeça para trás, rindo.

Escapo pelo meio da multidão, pulando por cima das pessoas recostadas na escada, absortas em conversas, e subo para o último andar. Ainda dá para ouvir a pulsação monótona da música, mas Alex continua a dormir profundamente, esparramado na cama. Ele ficou acordado até 10:30, andando para lá e para cá de pijama, comendo salgadinhos demais e tentando roubar bebidas. Allyson fez um espalhafato em torno dele, chamando-o de seu namorado e apresentando-o a todos. Num dado momento, encontrei-o dormindo embaixo do piano, o rosto encostado numa pilha de partituras.

Fechando a porta do quarto, vou em direção à escada.

A primeira metade da noite foi fácil: passei o tempo enchendo copos e guardando os casacos das pessoas... Mas, agora que começou a sessão discoteca, não sei o que fazer. O barulho é demais para dormir, mesmo que eu quisesse... Está um ar quente e enfumaçado. Faço uma pausa no patamar da escada e abro mais uma janela, permitindo a entrada de uma rajada de ar fresco. Debruço-me para fora.

– Não pule. – Piotr está subindo a escada, com uma cerveja na mão. Vestindo jeans e camisa preta, ele está bonito, seguro de si.

Sorrio.

Tenho tentado evitá-lo.

É por causa dele que estou usando esta blusinha de seda e renda, com alças finas, braços à mostra, e uma calça jeans nova, moderna, de cintura baixa... Durante toda a noite, eu sabia quando ele estava por perto, com quem estava conversando, quando saía. Se eu levantava os olhos, encontrava os olhos dele me esperando, escuros, confiantes. A tensão, repentina e misteriosa, aumenta.

É perigoso.

– Agora não tem mais graça – digo, olhando para a noite lá fora.

Ele pára ao meu lado.

Só de ficar perto dele, meu sangue corre mais rápido e aquece a minha pele. Ele está usando um perfume com aroma de cedro e incenso: quente, profano, sexy.

– Você também não dança?

Faço que não com a cabeça.

– Estou entediado. – Ele suspira, esfregando os olhos. – Venha. Converse comigo.

– Mal consigo ficar de pé, quanto mais conversar. – Eu me oponho, mas não com muita ênfase.

A porta do banheiro se abre. Saem duas garotas, abraçadas pela cintura, rindo sem parar.

Ele pega minha mão. – Vamos.

Deixo que ele me conduza pelo hall, até a calma relativa do seu quarto.

Ficamos no escuro. A lua brilha, por trás de um acúmulo de nuvens escuras; um brilho claro e sobrenatural ilumina a grande cama. Ele fecha a porta.

– Deite-se. – Sua voz é grave, íntima. – Converse.

Passo os dedos pelo frio espaldar de ferro da cama. – Por quê?

Quero ficar perto dele; quero muito.

– Porque – ele se deita, fitando-me – é isso que eu quero, Evie.

Ele diz meu nome de um jeito especial, com aquelas vogais longas, características; minha respiração pára, ficando presa um momento no peito. Isso é loucura, penso, deitando-me ao seu lado. Não sou uma criança. Esta posição é sabidamente comprometedora. E, no entanto, há uma sensualidade lenta e deliberada nos meus movimentos.

Sob o meu rosto, o travesseiro é frio. E tem o cheiro dele.

— Conte-me sobre Paris. — Eu me viro para olhá-lo.

— O cartão da biblioteca. — Ele sorri, aquele sorriso charmoso, de dentes separados.

— É.

Ele sopra o ar, como se forçasse as lembranças para longe. — Fiz o que todo mundo faz em Paris. Estudei. Apaixonei-me. Deixei crescer a barba. Raspei a barba. Deixei crescer o bigode. Raspei o bigode. Ah, sim! Também aprendi a fazer cheeseburgers no McDonald's do Champs Elysées... — Ele ri. — Le Big Mac.

— Você usava uniforme? — gracejo.

Ele confirma. — Com chapéu. Muito elegante.

— Por que Paris? — Minha voz está mais baixa.

— Eu estava infeliz. Se você não está feliz, pelo menos esteja em Paris. — Seus olhos brilham no escuro. — Solte o cabelo, Evie.

Ele é muito atrevido.

— Por quê? — pergunto, baixinho.

— Porque é isso que eu quero.

Pareço uma cortesã do século XIX, atendendo a pedidos...

Levanto a mão e dou uma puxadinha no elástico. Meu cabelo cai, comprido, escuro e sedoso pelo travesseiro.

– Quer dizer que você estava infeliz...

Ele enrola uma mecha de cabelo no dedo, bem devagar.

– Eu fiquei perdido.

– Como assim?

– É uma longa história.

– Conte-me.

Ele suspira.

– Entrei num concurso. O Concurso Tchaikovsky, em Moscou. Na etapa final, abandonei tudo.

– Eu sei.

Esticando o braço, ele afasta um cacho de cabelo do meu rosto e seus dedos se demoram, acariciando-me.

– Sabe? – Seus olhos examinam o meu rosto. – Toquei feito um macaco... Sem sentimento. No meio do segundo concerto, não agüentei mais. Levantei-me e fui embora. E aí começou o pesadelo. Parece que ninguém faz isso. Foi um escândalo. Assim que saí do palco, havia agentes, gravadoras... Foi pior do que se eu tivesse ganho. Agora acham que sou audacioso, diferente. Um rebelde. Mas eu nem desconfiava de como seria tocar noite após noite, as viagens, as críticas... Em todos os concertos, a platéia só queria ver o pianista que tinha abandonado o Tchaikovsky. Esse era eu. – Seu rosto se entristece. – Antes, nunca pensava em mim quando tocava; depois, foi só o que restou. Minha liberdade foi embora. Fiquei perdido.

– Aí você foi para Paris e deixou a barba crescer?

Ele passa o dedo pelos meus lábios. – Sim, Evie.

– E se apaixonou.

Inocência

Mais uma vez ele confirma. – Sim, Evie.

– E agora? – Minha voz é pouco mais do que um sussurro.

– Agora eu dou aulas e toco música de câmara e penso demais...

– Piotr...

– Sim?

– Acho você uma pessoa fantástica.

Por um momento, ele fica muito quieto, olhando para mim. Depois desliza a mão pelas minhas costas e me envolve nos seus braços. Encosto o rosto no dele.

– Você é extraordinário, raro! – Passo os dedos pelo seu cabelo. Ele me abraça forte. E a transparência, que sempre foi uma ameaça desde que o conheci, se dissolve. – Eu também estou perdida... – sussurro.

Ele segura o meu rosto nas mãos. – Não.

E depois me beija... muitas e muitas e muitas vezes.

– Você não vai sair daqui esta noite – murmura. – Sabe disso.

Ele enche o meu pescoço de beijos delicados, e depois a curva do meu ombro.

Fecho os olhos. – Por quê?

Minha blusa escorrega para baixo.

– Porque – seus lábios estão por toda parte – é isso que eu quero.

Jake bate à porta, querendo entrar. O céu está negro, o vento uiva. Não consigo ouvir sua voz por causa do barulho do vento, mas sei que ele está chamando e esmurrando a porta.

Tento me mexer, minhas pernas são como chumbo. Algo me esmaga, um grande peso escuro.

Ele chama. A tempestade ruge.

E não consigo me mexer.

– O nível da água subiu!

Levanto o rosto.

É Robbie.

Ela está sentada no meu peito, esmagando minhas costelas, fazendo tricô. Longos fios vermelhos se enlaçam nos seus dedos, manchando-os de cor-de-rosa.

– Está alto demais! – Ela ri.

E sua boca se abre num buraco negro. Ela não tem dentes.

De repente, não é a voz de Jake, é a de Alex.

– Mamãe! Mamãe!

Tento empurrar Robbie.

– Mamãe!

Não consigo mexer as pernas.

– Mamãe!

Acordo sobressaltada.

– Mamãe!

Pulo da cama. Faz frio. Estou nua.

Este não é o meu quarto.

– Mamãe! – Ele está chorando.

Piotr se senta na cama.

Estou sem roupa e confusa.

– Alex! – suplico. Ele não pode me ver assim.

Piotr joga as pernas para fora da cama, veste o jeans.

– Fique aqui – ordena, abrindo a porta.

Meu coração está disparado, batendo contra as costelas. Onde está minha calcinha? Visto a blusa. E se ele não estiver bem?

Tropeço nos sapatos, enfio a calça... Ouço Piotr falando com ele, levando-o para a cozinha lá embaixo.

– Ela já vem – diz ele, tranqüilizador. Olho pela fresta da porta, vejo Piotr descendo com Alex, que esfrega os olhos, lágrimas no rosto.

O sentimento de culpa me dilacera.

O meu garotinho estava chorando, sozinho no quarto, só Deus sabe há quanto tempo.

Assim que eles desaparecem, subo correndo para o último andar. Consulto o despertador. São 6:35 da manhã. Troco de blusa às pressas e desço para a cozinha.

– Mamãe! – Alex corre para os meus braços. – Eu acordei e você não estava lá! – Ele fica grudado em mim.

Aqui está todo o meu mundo. Meu universo. Este corpinho, apertado contra o meu.

Onde é que eu estava com a cabeça? Como pude ser tão descuidada?

– Estou fazendo torrada – diz Piotr, tranqüilo. Ele está na bancada da cozinha, fatiando um pão.

– Não – digo, ríspida. – Deixe que eu faço.

– Evie...

– Eu faço. – Pegando Alex no colo, sento com ele numa cadeira da cozinha. – Eu tomo conta dele.

– Alex não é um bebê. – Piotr suspira.

Ele não entende, nunca vai entender.

– E eu também não. Não preciso de ajuda!

– Evie!

– Por favor, Piotr, deixe-nos a sós!

Alex recomeçou a chorar. Piotr larga a faca e sai. Fico ali, segurando o meu filho; o cheiro de torrada queimada invade a cozinha.

A porta que bate no andar de cima é como uma porta que se fecha no meu coração.

Conheço esse sentimento.

É seguro. Entorpecedor.

Já senti isso antes.

Afundo o rosto no pescoço de Alex.

E não me importo.

Doris me olha, de pé no meio da sala, com o roteiro na mão.

– Isso foi simplesmente horrível! – confessa, rindo sem graça.

Ela tem razão.

O resto do grupo desvia os olhos, pigarreia; faz qualquer coisa para não rir.

– Não. – Procuro um comentário mais construtivo. Mas sua blusa com a figura de um cachorro scottish terrier e os brincos compridos, tipo candelabro, me desconcentram um pouco. Seu busto lendário faz a cara do cachorro parecer um Cachorro Elefante, com uma cabeça cinco vezes maior do que o corpo. Faço força para voltar a olhar para o seu rosto. – É uma fala difícil, Doris. É sobre a motivação oculta da personagem.

Ela abana a cabeça; os brincos chacoalham como um mensageiro dos ventos.

– Não consigo entender! "Eu sou uma gaivota"? O que significa isso?

– Bem. – Não há uma resposta simples. E, hoje, eu gostaria muitíssimo que houvesse. Esfrego os olhos. – Você acha que diz isso por quê?

– Porque sou maluca – decide ela. E abana a cabeça. Os brincos badalam.

Franzo o nariz.

Ela tenta de novo.

– Não sei. Suponho que porque eu penso que sou uma gaivota.

– E o que significa isso? – encorajo.

– Que sou maluca?

Respiro fundo. Tchekhov não é fácil de ensinar, na melhor das hipóteses. E *Tio Vânia* teria sido melhor para este grupo; mais de acordo com sua idade e experiência. Só que não preparei *Vânia*; há uma semana não consigo me concentrar em nada mais sério do que uma caixa de cereal. *A gaivota* me pareceu fácil – algo que eu poderia fazer de olhos fechados. Mas não contei com o entusiasmo das perguntas de Doris del Angelo.

– O que você acha que significa? – Ela me devolve a pergunta.

– Bem... – Não posso dizer a ela que não sei. Há mais ou menos catorze anos que estudo essa fala e não a entendo melhor agora do que quando a li pela primeira vez. Supostamente, a especialista sou eu. Faço, então, o que todos os professores acabam fazendo nos maus dias: uso evasivas.

– Doris, não posso dizer a *você* o que *eu* penso. Para que as associações tenham realmente valor, você, como atriz, tem que fazer suas próprias ligações, encontrar o seu significado.

– Ah.

Acho que ela está percebendo que não sei.

– O importante é fazer as perguntas a você mesma. – Tento dar uma conclusão. – E se conseguir manter as palavras no momento, vai ver que a cena fica muito mais forte.

Ela franze o cenho.

Clive chega mais para a frente na cadeira. Seu topete está maior esta noite.

– Isso significa exatamente o quê?

Merda. Às vezes sou capaz de jurar que eles se unem contra mim.

Olho para o chão, como se a resposta pudesse estar escrita entre os meus pés.

– Significa que – falo devagar, procurando às cegas um caminho que me leve a algum tipo de resposta – alguma coisa que está acontecendo aqui e agora, entre Nina e Konstantin, está motivando aquela fala. Você está tentando dizer a ele alguma coisa; explicar alguma coisa; alguma coisa importante. E o melhor que consegue é dizendo "Eu sou uma gaivota". Você não está desligada, tendo um momento de loucura; você pode estar louca, mas é tudo muito real e você está tentando de todas as maneiras comunicar essa idéia a ele.

Ela fica frustrada. – Sim, mas *qual* idéia?

Eu deveria ter alegado doença para não ir trabalhar.

– Que você é uma gaivota. – Paro.

Começo de novo.

– Está bem. Vamos examinar as evidências. Você veio falar com Konstantin. E ele diz que está apaixonado por você, que você é maravilhosa, que ele beija a terra onde você pisa.

– Sim...?

– Ele age como se você não tivesse mudado, mas você mudou. E quer que ele saiba disso.

– Mas saiba *o quê*?

Olho para o mar de rostos ansiosos. O ar está denso de poeira, quente e pesado. O barulho do ventilador é um zumbido incessante ao fundo.

Quando falo, minha voz surpreende pela dureza.

– Que você é uma gaivota, Doris. Que você não é uma jovem linda e talentosa, no limiar de uma emocionante carreira de atriz, apaixonada por um homem inteligente e famoso. Você perdeu o seu amor. Seu filho morreu. E agora você é uma atriz de segunda categoria, do interior. Você é uma gaivota. Uma coisa morta. Um pássaro desajeitado e estridente que alguém viu e matou, por nenhum motivo em especial, simplesmente porque quis.

A sala está em silêncio.

— Mas você é mais forte do que isso. Cada vez que pensa em desistir, ergue-se de novo. "Eu sou uma gaivota." E aí você diz: "Não, não é isso." Você se recusa a desistir. Embora tenha perdido tudo.

Ela me olha fixamente. Na verdade, toda a sala tem os olhos fixos em mim. Apóio a cabeça entre as mãos.

De que adianta?

— É a capacidade de suportar. — O Sr. Hastings solta as palavras no silêncio, como uma pedrinha num lago parado.

Levanto a cabeça. — O quê?

— Ela diz — repete ele, suavemente — que é a capacidade de suportar.

Uma luz se acende nos olhos de Doris.

— Sim, é verdade. — Sua voz está transbordante de animação. — "... o que importa não é a glória, não é o esplendor, não é aquilo com que eu tanto sonhava" — cita —, "mas sim a capacidade de suportar. Aprenda a carregar a sua cruz e acredite."

Sinto um aperto no peito.

— "... e quando penso na minha vocação" — acrescenta o Sr. Hastings, terminando a fala — "não sinto medo da vida."

A sala está quente demais. Empurro minha cadeira para trás.

— Vamos fazer uma pausa. Dez minutos, pessoal.

E saio imediatamente para o hall.

— Você não acha que está certo? — Doris vem atrás de mim, correndo com suas botas de salto alto. — Agora ela é uma atriz de verdade. Não é?

Inocência

– Sim, está certo. – Tenho um zumbido na cabeça.

– O sofrimento fez com que ela ficasse mais forte.

– Certamente.

Ela põe a mão no meu braço.

– Você está bem?

– Estou – digo, tocando sua mão. Depois me afasto. – É só que tenho que fazer... uma coisa.

Caminho. Os corredores são como um labirinto entre as salas de aula; ouvem-se barulhos, pedaços de aulas; vozes firmes, confiantes, passando informações a alunos ansiosos. Estou angustiada. Chego à porta lateral, que dá para o beco sem saída. Saio para o ar frio e escuro da noite. Lá no alto, as estrelas piscam. Pressiono minhas costas contra a parede e fecho os olhos.

E, quando penso na minha vocação, não sinto medo da vida.

– Você não é gaivota porra nenhuma, Evie.

– Deixe-me em paz, Robbie. – Não quero abrir os olhos, não estou a fim de me envolver nessa loucura de novo.

– Falo sério, Evie.

– O que você sabe sobre isso, hein? – reajo, olhando para ela.

Robbie está ali, usando aquele pulôver ridículo, com as mãos nos bolsos da calça jeans.

Continuo, sem esperar resposta.

– Você nem se deu o trabalho de realizar seus próprios sonhos. Você os empurrou para mim, para que eu os realizasse! Não é por isso que está aqui? Porque eu a decepcionei? Bem, não precisa se incomodar! Eu já sei disso! Não há necessidade de você vir do outro mundo a cada cinco minutos para me dizer que fiz merda!

– Você está infeliz – diz ela, como se isso fosse uma revelação surpreendente.

Não consigo mais segurar as lágrimas.

– Claro que estou infeliz!

– Mas por quê? Você está apaixonada, não está?

– Não, não estou! – reajo com veemência. – Fiz uma bobagem, só isso! Uma idiotice! – De que adianta explicar? – Eu deveria ter sido mais cuidadosa.

– Esse é exatamente o problema, Evie...Você é cuidadosa demais! Quando começou a ser tão cuidadosa? Tão medrosa? Onde está a garota que arriscava tudo, ousava tudo?

– Essa era você, Robbie, não eu! Lembra-se?

– Não, era você – afirma ela. – Era você.

Viro o rosto para o outro lado.

Como posso fazê-la entender, quando eu mesma não entendo? Essa ambivalência, os sentimentos em ondas que se deslocam, sem nenhum aviso, e num segundo destroem por completo todo um cenário íntimo e me deixam perdida? Sou como uma criança, lutando para construir com blocos uma torre, para depois chutar tudo para o alto por trinta segundos de poder e liberdade. Só que não são blocos: é a minha vida.

– Quando não tenho cuidado, coisas ruins acontecem, Robbie.

– Do que você tem tanto medo?

– Tenho medo de mim mesma! – Enxugo as lágrimas com a mão. – Você não sabe do que sou capaz!

– Então me diga!

– Não! – Abano a cabeça. – Não. Tenho que ir.

Abro a porta.

Mas ela não pára.

– Diga, Evie! Quando foi a última vez que você baixou a guarda? Consegue ao menos se lembrar?

Eu não deveria morder a isca; mas me viro, encarando-a no beco estreito.

– Posso dizer exatamente quando! – grito, com amargura. – Foi há cinco anos, no dia 21 de junho de 1996!

Entro. A porta se fecha com violência.

Meus saltos batem rapidamente no assoalho.

Agora, porém, a semente foi plantada, e cresce.

A aula continua. Concordo com a cabeça, faço os gestos e sons apropriados.

Mas não estou ali.

Voltei no tempo, para aquela manhã cinco anos atrás, cada detalhe tão nítido como se tivesse acontecido ontem.

Se pudéssemos, escolheríamos quais lembranças conservar e quais jogar fora para sempre. A memória, porém, se fixa em acontecimentos desconcertantes; e exibe-os muitas vezes, como um filme, sem ter, no entanto, o poder de alterá-los.

PARTE TRÊS

21 de junho de 1996

Abro os olhos.

A casa está em silêncio.

Deitada de costas, contemplo o jogo de luzes através das cortinas do quarto; figuras douradas dançam no tapete. O perfume de rosas entra pela janela aberta, vindo do jardim. Mais um dia perfeito de verão.

Odeio as manhãs.

Estico o braço para pegar a caixinha de comprimidos esmaltada. Aquela que comprei na loja de presentes em Stratford-upon-Avon, com uma frase gravada na tampa: "Dormir, talvez sonhar." Balanço-a, escutando o barulhinho agradável dos comprimidos lá dentro. Atualmente tenho uma coleção de comprimidos para dormir, receitados por três médicos diferentes, dois de Londres e um daqui de Warwickshire. Nunca vou ter que passar noites solitárias acordada. Só o fato de saber que a promessa de oito horas de desmaio garantido está aqui de alguma forma torna tudo mais suportável.

Recoloco a caixinha na mesa-de-cabeceira e me viro para o lado. Sinto os efeitos da ressaca. Nada que um analgésico não resolva. As festas de comemoração de estréias de peças são notórias pelos porres e pela promiscuidade. Consegui pegar leve. Ou será que peguei pesado e não me lembro?

Lembro-me de flertar com Anthony Kyd e com aquele garoto, o Fiennes... Pois é, mas quem não flertaria com ele? Nada aconteceu. Tenho quase certeza.

Não que isso tenha importância.

Supostamente, estou apaixonada.

Supostamente.

Fecho os olhos.

O meu coração é uma jaula. Bem fechada.

Evan é um homem encantador. Bonitão. Pelo menos, é o que dizem minhas amigas. Mais velho, trinta e três anos; trabalha na área de Recursos Humanos do Deutsche Bank, na City. Eu o conheci há quase um ano, quando filmava um vídeo de treinamento corporativo. Com sua fala mansa e olhos meigos, ele fazia as vezes do cliente; dizia gracejos sobre a comida e brincava comigo por causa do conjunto de lã marinho que tive de usar. Solícito, afável. Bonzinho.

Talvez um pouco bonzinho demais.

Uma corrente fria e escura me puxa para baixo. Passo os dias lutando contra ela. Fingindo ser boa. Exige enorme energia e vigilância. Qualquer dia desses, porém, vou desistir. É só uma questão de tempo.

Vejo no chão um maço de cigarros amarrotado. Não me lembro de tê-lo comprado. Debruço-me, pego o maço, enfio um cigarro na boca e o acendo.

Evan me acha fascinante. Não sei por quê. Quanto menor o meu interesse, maior é a sua devoção. Quer que eu me mude para o apartamento dele, em Maida Vale. Eu disse que vou pensar no assunto. Talvez quando acabar a temporada em Stratford. Mas a verdade é que não ligo. Nem para sexo: passo umas tarefas para ele, uma vez tentei fazer com que me batesse, mas ele não aceitou... Represento uma personagem, observando-me a distância... "Pare!", digo, quando ele tenta falar. "Só trepe comigo." Ele obedece. Faço os movimentos, fecho os olhos e tento sentir alguma coisa. Depois, ele pode dizer o que quiser; contar-me como é maravilhoso ser assim tão livre... Sinto-me presa. E confusa.

O jornal de ontem está amontoado do outro lado da cama; o lado do passageiro.

Hoje faz cinco anos: 21 de junho.

Evan diz que não se importa.

Ele nunca quis mesmo ter filhos. "Podemos adotar." É assim que ele fala; como se fôssemos ficar juntos para sempre.

Fumo com sofreguidão.

Ele diz que não se importa.

Dou uma tragada longa e profunda e amasso o toco do cigarro numa velha caneca de café.

É o último.

De agora em diante, vou ser boa.

A temporada mal começou. "Temos agora o inverno do nosso descontentamento transformado em verão glorioso..." Um contrato de dois anos com a Companhia Real de Shakespeare, primeiro em Stratford-upon-Avon e depois em Londres. Dois anos inteiros, com o tipo de estabilidade e segurança financeira que a maioria dos atores apenas sonha em conseguir.

Tenho sorte. Sorte que Boyd Alexander é um dos diretores; sorte que ele se lembrou de mim. Estou em três peças esta temporada: *Como gostais*, *The Rover* e *Ricardo III*, que estreou a noite passada. Os papéis são pequenos, e ensaiei alguns outros maiores para o caso de substituição, mas já é um começo. Tenho sorte.

Sorte, sorte, sorte.

A corrente escura me puxa de novo.

Levante-se. Saia da cama.

Pare de pensar e mexa-se.

Forço minhas pernas para fora da cama e levanto o corpo. É isso: fazer xixi, escovar os dentes, fazer café...

Na cozinha, no andar de baixo, ligo o rádio e abro a geladeira. Só tem café, leite e geléia. Meia dúzia de potes de geléia. Não tenho muito apetite. E sempre posso comer alguma coisa na cantina do teatro. Meço a quantidade de café e encho a cafeteira com água, depois ando até o hall da frente para pegar a correspondência.

É um lugar curioso esta casinha que aluguei: tem tudo que uma casa grande teria, só que em tamanho menor. É afastada da rua, no fundo de um jardim de 12 mil metros quadrados que pertence a uma propriedade rural muito maior e imponente chamada Antiga Reitoria. Os proprietários construíram este chalé no final dos anos 1970 e atualmente o alugam para atores da CRS. Claro que não precisam do dinheiro, é mais para servir de assunto para as conversas locais; os moradores daqui têm atores, da mesma maneira que o resto do mundo tem bichinhos de estimação. "Ah, sim, o meu está em *A tempestade* e *Rei Lear*. Praticamente só come feijão enlatado. Razoavelmente limpo – uma dicção impecável!"

Minha senhoria é uma mulher chamada Amanda, de cinqüenta e poucos anos e cabelo louro curto. Ela tem filhos já crescidos e seu marido está sempre viajando a negócios (suspeito que tenha outra família em algum lugar). Quase todos os dias ela me convida para ir ao que chama de "caminho do jardim" e tomar um copo (ou quatro) de vinho, embora eu esteja sempre no ensaio ou em cena. Mesmo assim, ela me convida, com uma voz animada, quase metálica no seu desespero alegre.

Um grande envelope pardo me espera na porta de entrada – é a minha correspondência enviada de Londres por Kelly, a amiga que morava comigo. Aluguei o meu quarto a uma japonesa, que veio estudar inglês durante um ano, mas mantive o antigo endereço. Abro o envelope: um catálogo de uma loja de roupas, um cartão de votação, um horário de aulas do Guildhall... e mais uma carta da firma Strutt and Parker, de Mayfair.

De novo.

Por que ele simplesmente não me deixa em paz?

Volto para a cozinha, recosto-me na bancada e rodo a carta fechada nas mãos. O papel é caro, pesado, com marca d'água, indicando que os serviços prestados são caros, de peso. Eu deveria jogá-la fora; é isso que faço normalmente. Esta, porém, é mais pesada, mais grossa do que as outras. Estou num estado de espírito perverso, hoje (provavelmente por causa da ressaca).

Abro-a.

Prezada Sra. Albery,
Envio anexa uma carta, encaminhada a pedido do nosso cliente, Sr. Jake Albery.
Espero que a senhora esteja bem.
Atenciosamente,
Alfred Albert Manning

De fato, dentro há outra carta. Foi redigida em papel timbrado de hotel, sem dúvida durante uma das muitas turnês de sucesso de Jake. Em relevo, está escrito Hotel Del Coronado, San Diego. Talvez ele esteja gravando mais um álbum: o terceiro. Meu nome, "Evie", está rabiscado na frente, sublinhado com força. Sinto o estômago revirar ao reconhecer sua letra, e logo em seguida uma sensação de indignação. Ele não tem o direito de me chamar de Evie. Meus amigos me chamam de Evie.

Passo o dedo por baixo do lacre e abro o envelope.

São duas folhas cheias; o papel é fino, como lenço de papel.

Começa de forma abrupta, "Evie-Ex".

Não sei por que me dou o trabalho de escrever. Você só faz me ignorar. Deveria aceitar o dinheiro. Poderia comprar uma casa. Nunca cuidei bem de você. Agora que tenho dinheiro, deixe-me fazer isso por você. Pode comprar o que quiser – um apartamento em Chelsea, em Mayfair, na droga de Eaton Square...? Não me importo...

A escrita é inclinada e irregular, toda apertada ou então saindo da folha. "Não terminamos... não acabou... você pode ter o que quiser..."

Amasso a carta entre os dedos; é igual a todas as outras... A mesma coisa, de novo. Agora que ele fez sucesso, acha que pode apagar o passado.

Jogo no lixo, em cima do pó de café usado, junto com a carta de Alfred Albert Manning.

Essas coisas me perturbam. Não sei por que faço isso.

Sirvo-me de uma xícara de café forte e tento me concentrar. Hoje tem um ensaio para substitutos de *Ricardo III*; faço o papel de Lady Anne. Boyd vai estar lá, tenho que estar em forma. Também tenho que pensar em suprimentos para o fim de semana; Evan vai aparecer... Esfrego os olhos. É um esforço tão grande pensar nele que, por alguma razão, não consigo fixá-lo em minha mente.

"São dez e vinte, uma bela manhã de quinta-feira... Você está ouvindo 105, Rádio Warwick, e este é o Raven..." "Baby Home Wrecker!"

Estico o braço e arranco da parede o radinho portátil, que também vai para o lixo.

Nunca mais vi Jake.

Depois que saí do hospital, nunca mais falei com ele, nem tive qualquer contato. Antes disso, ele já havia se mudado: Chris o obrigou. Durante algum tempo, dormiu no chão na casa de CJ e depois foi visto, segundo Hayley, perto do apartamento de Jasmine, em Westbourne Grove...

Foi um choque quando a revista apareceu nas bancas. De repente, ele estava em toda parte; a banda foi contratada; quase imediatamente eles estavam em turnê, junto com o Guns and Roses, nos Estados Unidos. É assim que acontece; assim é o sucesso.

Parece que não é nada. E de repente explode.

Depois houve telefonemas, cartas que ignorei. Com o tempo, pararam.

E então ficaram mais formais.

Divórcio é fácil, o que parece irônico, considerando-se como é difícil casar. Só tive de assinar uns papéis e esperar.

Depois recomeçaram, do nada. Vinham através do advogado dele, algumas com cheques incluídos, outras eram só cartas. Uma tinha até uma passagem aérea de primeira classe para Hong Kong. Parece que eles sempre sabem onde estou, o que estou fazendo. Seguem-me país afora.

Mas não quero nada dele. Nunca.

Claro, fico sabendo sobre as mulheres: os "casos", os carros, as arruaças de bêbados, o processo judicial no Arizona envolvendo uma menina de dezesseis anos, as modelos e as irmãs das modelos... Mas tudo a distância.

Fico longe de qualquer coisa relacionada a Jake. Ele não é tão onipresente como gostaria de ser, embora eu tenha certeza de que ficaria arrasado se soubesse disso. Enfim, segundo ouvi falar, ele mudou. E sua música agora é cheia de sintetizadores, superproduzida. De vez em quando, num bar ou numa loja, não posso deixar de ouvi-la.

Na verdade, o melhor é imaginar que nunca aconteceu; refreio minha memória, como um cachorro na coleira, sempre que ela vai se perdendo no passado.

Meu coração é uma jaula.

Não existe chave.

Mais tarde, naquele mesmo dia, estou nos bastidores do teatro, dividindo um cigarro no camarim com uma atriz mais velha, Eloise Kurtz, que é a substituta da personagem Margaret. O ensaio está quase no fim e já estamos mortas; já estou morta há pelo menos uma hora e nesse momento me ocupo em pregar no espelho os cartões de boa sorte que recebi. Eloise está lendo o jornal. A maior parte da vida de um ator é feita de espera; somos peritos em prolongar as atividades mais banais para que durem horas. Recebo flores dos meus pais, que virão me visitar no próximo mês, e até um telegrama de Robbie. "Já estava mais do que na hora!!!", as palavras berram. Ela está estudando ioga na Índia e diz que essa moda vai pegar. Afirma que está mais calma, mas eu duvido. Não tenho mais jeito para me manter em contato com os velhos amigos; parece que agora me dou melhor com estranhos. As rosas de caule longo enviadas por Evan são elegantes, de bom gosto, e previsíveis. Ele queria vir a noite passada, mas eu o convenci a aparecer outro dia.

Ligo para ele mais tarde.

No alto-falante, Ricardo pede um cavalo, e há ruídos de luta e gritos, com os atores tentando representar um clima de grande batalha, mesmo havendo só três deles em cena.

Eloise dobra o jornal.

– E aí, vai tirar férias este ano?

David, o diretor de palco, bate à porta. Ele é alto, magro e meio careca, com óculos grossos de armação preta e um senso de humor espirituoso e penetrante.

– Boas e más notícias, senhoras! – anuncia. – Parece que Janice comeu um camarão estragado no almoço. Então, *mazel tov*, Eve! Você é a nossa Lady Anne esta noite!

Fico olhando para ele.

Só fiz dois ensaios e a primeira entrada de Lady Anne é famosa: tem de entrar com tudo, senão a cena inteira e a primeira seqüência da peça perdem toda a graça.

Eloise percebe o meu pavor com satisfação. Finalmente, um drama de verdade.

– Nossa! Vai perder sua virgindade daqui a pouco! É melhor eu ir pegar um chá para você. – E ela sai correndo, parando em todos os camarins ao longo do corredor comprido para dar a notícia. Nada é mais excitante para Eloise do que uma fofoca quentinha.

David fica de pé atrás de mim e massageia meus ombros.

—Você vai conseguir, querida. Afinal, é a segunda noite. Ainda tem gente da imprensa, e isso vai dar uma levantada no espetáculo. Segundas noites às vezes são tão sem graça...

Concordo com a cabeça, olhando sem expressão para a minha imagem no espelho.

Eu realmente tinha a intenção de conquistar o mundo; só não havia pretendido fazer isso hoje.

Boyd vem me ver quando falta meia hora para começar.

Ele se senta, observando-me enquanto faço a maquiagem.

– Pronta? – pergunta.

– Pronta – minto, retribuindo seu sorriso pelo espelho.

– Quero que você faça com muita intensidade.

– Certo – prometo. No meu atual estado de nervos, tudo vai ser muito intenso.

– E não deixe Anthony aparecer mais do que você – aconselha. – Ele é um sacana mesmo.

Faço que sim. A coisa mais importante é que eu me lembre de todas as minhas falas. E a segunda coisa: que elas saiam razoavelmente em ordem.

Mas não quero dizer isso a ele.

Improvisar em pentâmetro iâmbico é uma arte que ainda não domino; é a prova de fogo da representação. Claro que a única maneira de aprender é me lançando no abismo, que sinto já estar diante de mim: imagino-me abrindo a boca e não conseguindo dizer nem uma palavra sequer. Vão fechar as cortinas, devolver o dinheiro, me levar até o estacionamento e me matar.

Entretanto, estou cercada de ajuda. Meus colegas atores me apóiam: trazem sanduíches que não como, contam histórias engraçadas que não consigo ouvir, ajudam a compor a maquiagem e o cabelo, fazem dos elogios uma rede de proteção.

Chega a ajudante dos vestuários. A roupa de Janice é grande demais para mim, e não tiveram tempo de fazer as roupas dos substitutos. Ela pegou alguma coisa do estoque: um vestido pesado de veludo preto com uma longa cauda. Pesa uma tonelada. Seguro o batente da porta enquanto ela amarra o espartilho, encaixando o joelho nas minhas costas e apertando. Depois, a ajudante das perucas coloca o véu: metros de seda transparente, caindo pelas minhas costas.

– Lotação esgotada! – grita David, correndo pelo corredor.

Nem me lembro de ligar para Evan. E, quando lembro, estou apavorada demais para falar.

As luzes diminuem. Vem a deixa para a música. E lá estou eu, na coxia, fazendo o possível para não vomitar.

Um projetor se acende à esquerda do palco e Anthony começa:

"Temos agora o inverno do nosso descontentamento transformado em verão glorioso por esse astro rei de York; e todas as nuvens que pesaram sobre nossa casa estão enterradas no fundo do coração do oceano."

Atrás de mim, os padioleiros que vão carregar o corpo de Edward estão prontos, acabaram de sair do camarim, onde vêem televisão e fumam. Eles receberam ordens severas para não me fazer rir esta noite.

— Boa sorte, Evie!
— Merda!

"Mas eu, que não fui moldado para as proezas dessas brincadeiras, nem fui feito para cortejar espelho de olhar amoroso; eu, que sou de rude estampa..."

Michael, que faz o papel de Berkeley, se inclina e dá uma espiada na platéia.

— Nossa, tem todo tipo de gente! Veja aquela velhinha na fila da frente, já começou a cochilar! E ela tem até bigode!

Ele está tentando me fazer rir. Não precisava nem tentar.

— E olhe lá aquele babaca do *Financial Times*... Nunca vou perdoá-lo. Ele disse que o meu Oberon era "Uma nulidade sem energia e sem força usando meia-calça". E não fez nem menção às minhas pernas!

Não posso deixar de sorrir.

— Oh, meu Deus! Veja! — Ele puxa Sam, que faz o papel de Clarence. — No meio da fila da frente do primeiro balcão!

— Ei, amigo, cuidado com minhas correntes! — Sam dá uma olhada. — Merda! Você tem razão! Tenho que ir. Boa sorte, Evie!

Michael me puxa pelo braço.

Inocência 375

– Evie! Olhe! Você nunca vai adivinhar quem está lá!

Sam entra em cena, escoltado por dois guardas. "Sua Majestade, o Rei, preocupado com minha segurança pessoal, designou estes guardas para me levarem até a Torre."

– Mikey, agora não é uma boa hora – aviso. Preciso me concentrar. Qual é minha primeira fala? "Parem, larguem um pouco a vossa honorável carga..."

– É aquele cara... Você sabe, daquela banda... – diz ele, num repente. – Que diabos ele está fazendo aqui?

Eu o empurro e olho pela cortina entreaberta.

Realmente, sentado entre dois casais idosos de classe média, na fila da frente do primeiro balcão, está Jake, de terno.

Dou um passo atrás. Durante cinco anos, todos os dias eu imaginava como seria este momento. E agora aconteceu. Tinha de ser exatamente esta noite. Como ele soube?

E todo o medo que estava a ponto de me dominar um segundo atrás se concentra, transformado em algo cortante como a ponta de uma adaga.

Esta noite não posso falhar.

David aparece, nervoso e inquieto.

– Levantem o cadáver! – ordena aos padioleiros. – Está na hora. Respire fundo, querida. – Ele me olha. – Evie? Está na hora. Ouviu?

Levanto a mão e puxo o longo véu preto sobre o meu rosto.

– Estou pronta.

"ANNE — Foste provocado por tua mente sanguinária, que jamais sonha com outra coisa que não carnificinas. Por acaso não mataste o Rei?

RICARDO — Eu lhe garanto que sim.

ANNE — Ele me garante, o porco-bravo! Então, que Deus me garanta também que tu possas ser amaldiçoado por teu ato infame. Ah, ele era gentil, meigo, conciliatório, virtuoso.

RICARDO — Tanto melhor para o Senhor do Céu, que agora o tem consigo.

ANNE — Ele está no Céu, onde jamais te será concedida entrada.

RICARDO — Que ele me agradeça por tê-lo ajudado a chegar lá, pois ele combinava mais com o céu do que com a terra.

ANNE — E tu não combinas com lugar algum que não seja o inferno.

RICARDO — Tem mais um lugar, sim, se você quiser me ouvir nomeá-lo.

ANNE — Em masmorra ou calabouço?

RICARDO — Em tua cama."

Quando cai a cortina ao fim da primeira metade, Anthony me agarra pela cintura e me beija na boca; ele está suado e nojento.

– Se ao menos Janice pudesse fazer *isso* toda noite! Falando sério, quase tive uma ereção de tão boa que você foi! Ih, veja só! Acho que estou tendo uma agora!

Eu o empurro.

– O que vem fácil vai fácil. – Finjo estar menos emocionada do que de fato estou.

Ele aperta minha mão.

– Eu estava muito preocupado, segunda noite, e coisa e tal. Mas você me deixou de queixo caído, garota. – Seus olhos brilham. – Vamos, cuspa em mim de novo! Adoro quando você é má!

Tiro a coroa, desço do trono e minhas pernas ameaçam não me sustentar, mas David corre para dar uma ajuda e eu me animo, sorrindo para ele.

– Puxa vida! Quem diria que você poderia ser tão intensa! – exclama ele.

Durante todo o percurso até o camarim, recebo congratulações de todos os lados. Até Boyd entra no camarim feminino, sem nem bater à porta, e me dá um beijo.

– Agora você conseguiu! – Ele dá um largo sorriso. – Pois é, Frances Guin, do departamento de elenco, estava sentado ao meu lado. – Boyd abana a cabeça. – Prepare-se, Evie! É só o que eu tenho a dizer. Prepare-se!

Alguém traz uma garrafa de champanhe, que as garotas estouram, distribuindo copos plásticos.

– Cinco minutos para subir a cortina – anuncia o gerente de palco pelo microfone, provocando uma correria de preparativos de última hora.

E em meio às conversas e brincadeiras, entro no banheiro e fico de pé, com as costas apoiadas na fria porta de metal. Ninguém nunca saberá a tremenda força de vontade que precisei ter... mas, além disso tudo, a presença de Jake pulsa como batidas de um coração...

O que estará ele fazendo exatamente agora?
Dando autógrafos? Bebendo alguma coisa?
O que será que uma estrela do rock bebe?
Champanhe? Uísque?
No caso de Jake, os dois.
Algo há muito enterrado revira meu estômago.
Então, é isso, ele está aqui.

Mais uma vez ouve-se o anúncio pelo sistema de som: "Visita para a Sra. Albery na entrada dos bastidores."

Michael enfia a cabeça pela porta do camarim.

– Vamos, Evie! Você vai sair com a gente, não vai?

– Claro! – Faço sinal para ele ir. – Daqui a pouco chego lá. Podem ir andando.

Todos estão indo para o Dirty Duck, do outro lado da rua. Cada vez que acho que estou sozinha, aparece mais alguém me oferecendo uma bebida, até pessoas que não estão nesta peça, outros atores que acabaram de saber da novidade. Eu deveria estar felicíssima. Fiz sucesso, quando o fracasso já avultava. Nesse momento, porém, sentada aqui, limpando os últimos vestígios de rímel dos olhos, a sensação de enjôo volta, como se a noite não estivesse terminando, mas apenas começando.

Ele está lá, esperando por mim.

"Sra. Albery, favor comparecer aos bastidores."

Solto e escovo o cabelo, que estava preso num rabo-de-cavalo. Fico imaginando como ele sabia que eu estava aqui. Talvez aquele homem, Alfred, o mantenha informado. Não importa. Ele não pode mais me atingir.

Coloco a escova de cabelo na bancada com todo o cuidado e examino minha imagem no espelho.

Não sou a mesma. Estou diferente. A última vez que ele me viu eu era uma garotinha boba e desajeitada. Agora sou uma atriz de verdade; uma atriz que acabou de entrar no palco principal da CRS esta noite e deixou todo mundo de queixo caído.

Michael volta correndo.

– Ai, meu Deus! Evie! Você nem imagina quem...

– Querido – eu o interrompo –, será que pode me fazer o favor de ir conversar com ele? Não quero que fique entediado.

– Como você o conhece? – Ele pisca os olhos. – Ele é...

– Um primo de segundo grau – corto. – Por favor?

Ele concorda, entusiasmado.

– Credo, você é um poço de mistérios! – E ri, antes de correr lá para cima.

Jake vai estar cercado de pessoas, claro. Dando autógrafos e flertando. Eles estão acostumados com pessoas famosas nos bastidores, principalmente atores; Hollywood vem à cidade para ver os colegas. Mas nada que se compare a Jake.

O telefone no canto do camarim começa a tocar.

Não atendo.

Calço as sandálias, pego minha bolsa e apago a luz. Os bastidores estão vazios. Percorro os corredores empoeirados, repletos de araras e adereços cênicos. Abro uma das saídas de emergência e deslizo, às escondidas, da lateral do prédio para o ar frio da noite.

O teatro fica no meio de um parque elegante, que margeia o rio Avon. Caminhando no escuro, ouço o barulho da água correndo e do vento nas árvores. Do outro lado da rua, ondas de riso e música vêm do Dirty Duck. No fim do parque há um antigo adro de igreja e uma comprida rua residencial; um lado é mais escuro do que o outro. Vou andando para casa grudada nas sombras. Sou invisível, acho divertida minha aventura secreta para fugir sem ser notada.

Fora do centro da cidade, sou dominada por uma sensação eufórica de liberdade. Um lampejo de triunfo: ele deve estar lá, cercado de gente, todo mundo olhando, enquanto as chamadas para que eu apareça se sucedem.

Por que ainda dói, depois de tanto tempo?

Ele conseguiu tudo com que sempre sonhou — fama, sexo, dinheiro —, mas quer perdão, também. Eu tenho tateado às cegas, entorpecida, dia após dia, lutando; só um fragmento de raiva brilha dentro de mim, vibrante e quente.

Tudo que me restou foi o meu silêncio. E, enquanto eu tiver o poder de magoá-lo, eu o farei. É a única parte de mim que sinto estar, de verdade, dolorosamente viva.

Nada disso, porém, importa; esta noite alterou tudo.

Agora posso respirar. É assim a sensação do sucesso – como poder respirar, finalmente. Demorou muito a chegar. E eu gosto dela.

Os campos de ambos os lados sussurram, as estrelas cintilam no céu de veludo. A loja da esquina brilha a distância. Lá está a Antiga Reitoria, com sua longa entrada. Minha casa está só uns poucos metros à frente. Consegui. As pedrinhas do chão fazem barulho sob os meus pés. Ponho a mão na bolsa para pegar as chaves.

De repente, um carro dá uma guinada na entrada da casa, os faróis me cegando.

Eu continuo a andar, olhando para a frente.

Uma porta de carro bate.

– Evie!

Enfio a chave na fechadura. A porta se abre.

Jake atravessa o braço na porta e a mantém aberta.

– Evie! Pelo amor de Deus!

Não quero olhar para ele; não quero vê-lo, ouvi-lo, tocá-lo.

– Me deixe em paz. – Ponho todo o meu peso na porta.

– Cinco minutos! Só quero cinco minutos. – Ele empurra e abre a porta.

– Vou chamar a polícia!

Ele consegue entrar.

– Ligue! Pode ligar.

Não dá para ver quase nada. Tropeçando na semi-escuridão, eu me jogo em direção ao telefone. Esticando a mão por trás de mim, ele arranca o fio da parede.

Fico com o fone solto na mão.

– Só quero conversar com você!

Jogo o telefone nele, que se abaixa; o aparelho bate na outra parede.

– Você está maluca! – grita ele.

– Não, *você* é que está maluco, Jake. Por que está me seguindo? Como soube que eu estava aqui?

Por um momento ele pára, recuperando o fôlego. Na penumbra, distingo as mesmas feições aquilinas, os membros angulosos, longos, realçados pelo terno feito sob medida, o cabelo farto caindo até quase os ombros.

– Alfred é seu fã. Você esteve muito boa, sabia...

– O que você quer? – interrompo.

– Droga, Evie! – Ele esmurra a parede, frustrado. – Por que você tem que tornar tudo tão difícil! Só quero... conversar com você...

– Não quero conversar! Não quero nada que tenha a ver com você! Nem dinheiro, nem casa... O que você me deve, Jake, dinheiro nenhum pode comprar! – As lágrimas queimam os meus olhos. Não vou chorar. – Vá embora. Só isso. Acabou.

– Não. Não acabou! – Subitamente, ele está perdido, deslocado ali, abanando a cabeça, puxando o cabelo.

Sua agitação me aflige. Eu gostaria de conseguir me desligar dele.

—Vá para casa, Jake – digo em voz baixa.

Mas ele anda de um lado para o outro; um animal selvagem, aprisionado.

– E o cara que você está namorando? É legal? Aposto que ele é muito legal, Evie.

Não sei como ele descobriu a respeito de Evan, mas o fato me deixa abalada.

—Vá se foder! – Passo por ele e subo as escadas.

Ele agarra o meu braço.

—Você e eu somos iguais, nós nos entendemos.

– Prefiro morrer a ser como você. – Dou um puxão para livrar o braço.

– Por quê? Olhe para mim! – Ele me pega pela cintura. – Olhe para mim! Eu mudei!

Luto para me soltar. Jake cai, arrastando-me junto até o meio da escada.

– Estou limpo! – Ele agarra minhas mãos. – Estou limpo há três meses, Evie!

– E daí? O que eu tenho a ver com isso? – Tento livrar minhas mãos, mas ele as segura com força. – Você espera que eu acredite em você?

Ele me puxa mais para perto.

—Você tem que acreditar em mim! – Sinto o cheiro de álcool no seu hálito.

– Por quê?

– Faz toda a diferença! – Ele me olha fixamente, seus olhos são selvagens e escuros. – As coisas seriam diferentes agora.

– Do que você está falando? – O pavor, como um fio delgado e gélido, me invade. Ele está alto, ou louco, ou ambos. – Fique longe de mim! – Eu o empurro e corro escada acima.

Ele me segue, movendo-se agora mais lentamente.

– Temos dinheiro, não vamos ser pobres, nem viver na merda, posso fazer tudo certo dessa vez... – Ele tenta me tocar. – Entende?

– Fique longe de mim! – Meu coração está em pedaços. – Olhe para você! Acha que é só chegar aqui com seu terno Armani de merda!

– Você não gosta? – Jake tira o paletó e o joga no chão. – Não gosta do terno? Então veja! – Ele arranca a camisa e se vira.

Por um instante, não compreendo o que estou vendo e então, de repente, não consigo nem respirar.

O luar se espalha pelo seu torso nu e vejo, tatuado nas suas omoplatas, em incríveis e minuciosos detalhes, um par de enormes asas negras. Elas se espalham, sinistras, em pleno vôo, chegando até a sua cintura. Ao longo dos braços, mais desenhos – todos entrelaçados com o mesmo nome, muitas vezes... Raven, raven, raven...

– Você é a única coisa que eu consigo sentir... – Ele fala baixo e vai se aproximando. – A única coisa na vida que eu já senti de verdade!

– Ah, não, não! – Minha cabeça parece que vai explodir.

– Eu era tão apaixonado por você, costumava ficar parado, olhando, enquanto você dormia!

– É mentira! – Começo a chorar, é insuportável. – Pare! – Dou um tapa no seu rosto com toda força. A palma da minha mão arde, mas ele nem se mexe.

Bato de novo, com mais força.

E mais uma vez.

Ele agarra o meu pulso.

– Continue, me diga como você ama o seu namorado tão legal! – murmura ele.

E aí me aperta junto dele, forçando sua boca sobre a minha.

Bato nele com os punhos fechados, mas ele me aperta mais. Mordo sua boca, mas ele me beija com mais força e sinto na boca o gosto de sangue quente.

– Diga que não me ama! – exige ele.

– Odeio você! – Cuspo as palavras. – Odeio você como jamais odiei outra pessoa!

– Eu não me importo! Diga que não me ama.

– Você arruinou a minha vida! – Estou invadida por ele; é perigoso, embriagador.

– E você arruinou a minha. – Ele me aperta mais contra a parede. – Não tenho nada, não sinto nada!

– Me deixe em paz! – Minha cabeça cai sobre o seu peito. Algo em mim se quebra, frágil e fino, como um graveto seco. Sua pele é quente, macia, tem cheiro de tuberosa e suor... Quase sem perceber, ergo o queixo na direção dos seus lábios.

Ele me levanta, carregando-me para o quarto ao lado.

– Nunca.

Jake acaricia o meu rosto. – Você é tão bonita...

Fico deitada, muito quieta; meu corpo todo dói.

Em algum lugar, na noite escura e fechada, um rouxinol canta.

– Lembra? Como dançamos aquele dia? Com os velhos.

Fecho os olhos; uma lágrima escorre pelo meu rosto.

Ele se enrosca em mim.

Estou flutuando, em algum lugar bem acima do meu corpo...

Ele se aconchega mais; seus braços estão cobertos de marcas de picadas.

– Vou me redimir. Nunca amei outra pessoa. Podemos recomeçar.

Estou me afogando, encharcada de nojo e ódio por mim mesma; a água está bem acima da minha cabeça.

Faço força para me sentar.

– Desprezo você – murmuro, vendo sua expressão mudar. – E nunca vou perdoar-lhe.

Ando cambaleante até o banheiro, tranco a porta e fico agachada, nua, até ouvi-lo sair.

O motor do carro ronca, voltando à vida, e os freios rangem.

Ele se foi.

Abro a porta. Ainda está escuro.

Deitada na cama, com as cortinas escondendo a alvorada, soluço; e aspiro o cheiro dele, impregnado, como perfume, nos travesseiros, nos lençóis e em mim.

Fim de tarde. Estou na fila da loja da esquina, comprando leite e aspirinas. O homem à minha frente está comprando um jornal. Tem uma foto na primeira página.

Um carro preto, jogado para fora da estrada, porta aberta. Um homem de cabelo escuro, pálido, lábios azulados, cabeça caída para trás no banco do motorista.

"Tentativa de suicídio de estrela do rock", diz a manchete.

Minha mão se move em câmera lenta. Pego um exemplar do jornal.

O homem atrás do balcão está falando comigo.

Dou a ele uma nota de cinco e saio.

Ele me chama. Continuo a andar.

Assim que fecho a porta da frente, minhas pernas cedem.

Abro o jornal. As palavras flutuam diante dos meus olhos: "Encontrado numa vala perto de Coventry... overdose... sedativos... possíveis danos cerebrais e problemas no fígado... condição estável... espetáculo da CRS... bilhete suicida..."

Outra foto: a mão de Jake, segurando um pedacinho de papel.

E depois o pedaço de papel aberto, uma única linha, um garrancho com a letra de Jake: "E agora, como é que ficamos?", diz.

É tarde.

Subo a escada silenciosamente.

As palavras de Robbie dão voltas na minha cabeça. "Do que você tem tanto medo, Evie?"

Faço uma pausa no patamar. Allyson não está mais aqui; o luar ilumina as paredes nuas do seu antigo quarto. O guarda-roupa vazio, com as portas abertas, convida algum novato a enchê-lo. Passo pela porta de Piotr, fechada. Abaixo a cabeça, mesmo assim, como se ele pudesse sentir que estou passando. Piotr sai de manhã bem cedo, ensaia na Royal Academy, volta tarde.

Ele tem me evitado.

E eu tenho tentado não me encontrar com ele.

Já faz quase duas semanas.

Subo até o meu quarto, tiro o casaco e acendo o abajur na cabeceira. Tem um baú ao pé da minha cama. Abrindo a tampa, pego lá dentro uma velha caixa de arquivo azul.

Há muito tempo não faço isso.

Sento na cama e levanto a tampa. É uma caixa de arquivo comum, da Ryman's, cheia de fotos antigas, papéis, cartas... Vejo o rosa esmaecido, típico do *Financial Times*. Já antigo e frágil, suas folhas estão rachadas pelo tempo.

Desdobro o jornal com cuidado.

Substituindo Janice Waites, que estava indisposta, Eve Albery mostrou-se uma Lady Anne poderosa, com intensa carga sexual, páreo para o Ricardo sibarita de

Anthony Kyd durante toda a sua primeira cena, lançando as palavras com uma segurança pouco comum em atriz tão jovem. O vazio da dor de Lady Anne, nas mãos capazes de Albery, transforma-se com a rapidez de um relâmpago em algo muito mais potente e perigoso, às vezes sobrepujando a própria personagem; há um momento forte no fim dessa cena, quando ela percebe, atônita, ser vítima da força dos seus próprios sentimentos. Tenho certeza de que veremos muito mais desta atriz no futuro.

Houve outras críticas, no *Telegraph* e no popular *Warwick Bear*, mas essa foi a melhor; a que ficou na minha cabeça. Nesse momento, para minha surpresa, sinto-me estranhamente desligada.

Remexo o conteúdo da caixa: a certidão de nascimento de Alex, um par de meinhas de bebê brancas, um passaporte velho, postais, documentos do divórcio...

E uma carta, selada e endereçada a Jake, aos cuidados de Strutt and Parker.

Não é muito longa; conheço-a de cor.

Prezado Jake,
O seu filho, Alexander, nasceu no dia 14 de abril de 1997.
É um bebê saudável e excepcionalmente bonito.
Achei que você deveria saber.
Saudações,
Evie

Naturalmente, agora o envelope está amarelado e o selo perdeu a validade.

Por cima do endereço, alguém escreveu "Devolver ao Remetente".

Foi devolvido com um bilhete de Alfred Albert Manning, informando que a firma Strutt and Parker não estava mais encarregada de administrar os negócios do Sr. Albery. Àquela altura, havia pouco a ser administrado. A banda tinha se dissolvido; o terceiro álbum fora abandonado, a turnê cancelada; as casas e os carros foram confiscados pelo Imposto de Renda.

E Jake tinha desaparecido, daquele jeito que só os famosos sabem fazer, depois que algo assim acontece. Houve boatos sobre uma clínica de recuperação em Antigua, uma casa em Genebra...

Alex suspira durante o sono, virando-se na cama no quarto ao lado. Fico de ouvido atento enquanto ele se acomoda.

Foi incrível Jake ter sobrevivido, assim disseram os jornais.

Só depois, dias depois, dei pela falta da caixinha de comprimidos.

Ninguém soube que ele veio me ver. Para qualquer outra pessoa, ficou parecendo que ele tinha esperado em vão na entrada dos bastidores.

Tentei vê-lo, mas o hospital estava apinhado de repórteres e paparazzi. Depois que soube que ele iria se recuperar, percebi, envergonhada, que eu não saberia o que dizer.

E aí aconteceu o impensável, o impossível.

Fiquei grávida.

Eu tinha ido à médica de clínica geral da empresa, queixando-me de sintomas de gripe. Nunca me ocorreu que seria feito um teste de gravidez. Ela apenas sorriu e falou: "Você vai ter um bebê", como se isso fosse a coisa mais natural e mais fácil do mundo.

– Não é possível – retruquei.

Ela me olhou meio de lado.

– Você tem vida sexual ativa, não tem?

Fitei-a, pasma. Eu tinha terminado com Evan. O único homem com quem eu tinha dormido era Jake.

Depois que saí do consultório, comprei todos os testes caseiros de gravidez que encontrei e coloquei-os em fila, um ao lado do outro, no peitoril da janela do banheiro, apavorada com a idéia de que algum deles pudesse revelar que a médica estava errada. Isso, porém, não aconteceu. E quando dois meses passaram a três e depois a quatro, a jaula no meu coração de novo se abriu com um rangido.

Em nenhum momento hesitei sobre o que fazer.

Algo mais está no fundo da caixa. De baixo da pilha de papéis, puxo um maço de folhas mal amarradas, curvadas nas pontas, cobertas de letras datilografadas ligeiramente tortas. É o velho manuscrito, dos dias do teatro em cima do pub: "Inocentes no submundo: uma história de amor."

Nunca terminei de escrever.

Talvez não fosse uma história de amor, afinal de contas.

Que tipo de amor destrói as pessoas como nós nos destruímos?

E mesmo assim tem o poder de criar a mais profunda de todas as paixões?

PARTE QUATRO

Fevereiro de 1997

É uma manhã chuvosa de dezembro. O táxi preto entra na rua estreita em Fulham; os limpadores de pára-brisa movem-se de um lado para o outro, de um lado para o outro. Olhando para fora, vejo passar fileiras e fileiras de casinhas idênticas. Por fim, o motorista pára em frente a uma delas, com uma porta em vermelho vivo.

– Aqui estamos – diz ele. – Número catorze.

Entrego a nota de dez libras que estou segurando desde que entrei no carro, na estação Euston.

A chuva está mais forte agora. Tento fechar o casaco, que não cabe mais em mim. Não consigo fazê-lo cobrir a barriga crescida. Abro a porta do táxi, lutando para pegar a minha mala.

– Pode deixar, menina. – Rapidamente, ele sai do carro. Um dos poucos prazeres de estar obviamente grávida é o súbito heroísmo de estranhos. Prestativo, ele pega a mala com facilidade, ficando ensopado, enquanto eu o sigo com meu andar de pata pela entrada que dá na porta da frente.

Toco a campainha e ouço o barulho de cachorros latindo, correndo, suas pequenas unhas batendo no piso de madeira lá dentro.

– Quietos! Junto!

Eles não atendem, latindo ainda mais alto enquanto ela desce as escadas.

– Tudo certo, então? – pergunta o motorista, esperançoso.

– Sim, obrigada. O senhor foi muito gentil – digo. Ele corre de volta e entra rapidamente no táxi. E eu o observo descendo a rua.

A porta se abre.

– Entre! Oh, Evie! É, a barriga está crescendo mesmo, não está?

Sorrio. Em muitos aspectos, Gwen tem exatamente a mesma aparência de quando a conheci, anos atrás, no escritório do subsolo da Academia Oficina de Arte Dramática. Ela mantém o mesmo corte de cabelo, em estilo Chanel, só que agora o cabelo está mais grisalho; o mesmo sorriso fácil e a mesma expressão inteligente, animada; o mesmo gosto por casaquinhos de lã, compridos e meio embolotados, e muitos colares tipo corrente em volta do pescoço.

– Deixe-me ajudá-la. – Ela puxa a mala para dentro; está cheia de roupas que não cabem mais em mim, mas que tive que trazer de Stratford, mesmo assim. Minha inquilina japonesa deve ficar ainda muitos meses lá, antes que eu possa me mudar de volta para o meu quarto. E agora estou grande demais, grávida demais para manter o meu contrato com a CRS. De repente, eu me vi sem emprego e sem ter onde morar. Foi Boyd quem sugeriu que eu entrasse em contato com Gwen. Parece que estão precisando de mais uma funcionária na administração da Academia. Ele também insistiu que eu me candidatasse ao Curso de Ensino de Oratória e Arte Dramática no Guildhall, para me qualificar como professora de interpretação. Boyd se tornou o meu aliado mais querido.

– Estou achando ótimo você ter vindo. – Gwen empurra com o pé um terrier de pêlo arrepiado. – É tão bom ter companhia. Deita, Mordrid! Deita!

Mordrid, um pequeno pug babão, com uma cara preta amassada, está tentando de todas as maneiras subir pela minha perna. Afago sua cabeça com cautela.

– É só dar um empurrão – ensina Gwen. – Os dois são bem velhos e meio surdos. Este aqui é Parsifal. – Com um sorriso melancólico, ela aponta para o terrier. – Meu filho era um grande fã de *The Once and Future King*. Quer um chá? Vamos lá para a sala.

Eu a sigo pelo corredor vermelho-escuro, repleto de pilhas de livros em estantes improvisadas. A sala da frente é pintada num espantoso tom de verde-garrafa. As paredes estão cobertas de quadros e esboços, cujas cores se repetem nas lombadas de mais livros, empilhados nas estantes nos dois lados da lareira.

Dois antigos sofás de veludo vermelho ficam de frente um para o outro, forrados com mantas desbotadas, e, encostado em uma das paredes, está um velho piano de armário, coberto de partituras, a maioria trilhas sonoras de peças musicais. Pequenos objetos de porcelana estão agrupados na prateleira em cima da lareira, sem nenhuma ordem em especial. É como uma casa numa peça de teatro vitoriana: transbordante de vida, cheia de conhecimento e experiência. Até os cachorros, refestelados no tapete oriental, estão envolvidos em batalhas do bem contra o mal.

Vou gostar daqui, sinto-me segura.

Acomodo-me num dos sofás de veludo vermelho e Gwen sai para pôr a chaleira no fogo. Logo em seguida, tenho que fazer xixi, mais uma das alegrias da gravidez.

Quando subo para o primeiro andar, dou uma espiadela no quarto que vai ser meu durante os próximos meses. Era o quarto do filho de Gwen, anos antes de ele ir para Cambridge e depois começar a filmar mundo afora, como fotógrafo de natureza. Logo se vê que é um quarto de garoto. Tem grumos de cola numa parede, onde com certeza pôsteres de Madonna e Pamela Anderson estavam pendurados, pilhas de edições antigas de *Viz* e *Private Eye* e o cheiro ligeiramente mofado de garoto, que na verdade é apenas a ausência de produtos de beleza perfumados. Gwen preparou a cama para mim, com bonitos lençóis de cor clara, sob a foto emoldurada de um Lamborghini Countach vermelho. Sinto-me confortável e bem-vinda, como um membro da família. Vou empilhar minhas roupas em gavetas que já guardaram meias esportivas descasadas e cópias ocultas da *Playboy*.

Quando retorno, Gwen já acendeu a lareira e preparou um lanche: um bule de chá, xícaras de porcelana e um prato de biscoitos variados. As peças de porcelana não combinam umas com as outras e parecem bem usadas, mas todas são de boa qualidade e devem ter sido valiosas um dia.

Ela me serve chá.

– Pois é, aqui estamos. – Ela sorri e eu noto certa tristeza dissimulada. – Espero que você fique bem – acrescenta ela, em voz baixa.

– Tomei a liberdade de dar uma espiada na casa quando fui ao banheiro – confesso. – É tudo tão bonito, não tenho como agradecer a você o bastante.

Ela segura o seu chá, envolvendo a curva arredondada e morna da xícara com a palma da mão.

– Não foi isso que eu quis dizer. Fico satisfeita, claro, mas estava pensando em você... – Ela faz uma pausa. – O pai de George e eu nos divorciamos quando ele tinha três anos. Não é fácil, Evie. Pelo menos, não foi fácil naquela época, e tenho a impressão de que as coisas não mudaram muito.

Ficamos caladas por um tempo e eu contemplo o fogo. Parsifal se deita de costas, suspirando de satisfação com o prazer das chamas aquecendo sua barriguinha.

– Sabe, Gwen... – Paro.

Ela toma um gole de chá e espera.

– O momento não foi dos melhores – admito. – Mas nunca pensei que ficaria grávida; na verdade, tinham me dito que eu jamais poderia ter filhos. Então, o que aconteceu foi maravilhoso.

Isso é tudo que ela realmente precisa saber.

– Uma coisa milagrosa, assustadora e muito, muito inconveniente – acrescento.

Ela sorri de novo.

– Fico muito agradecida pela sua ajuda. Meus pais querem que eu vá morar em Ohio. Mas... não sei, não consigo me imaginar voltando. Depois de tudo que aconteceu, Londres se tornou a minha casa, o lugar onde estão todos os meus sonhos.

– E o pai da criança? – pergunta ela com delicadeza. – Ele vai ajudar?

Eu me concentro nas rajadas cinzentas de chuva.

– Nós não estamos em contato.

Em silêncio, ela faz um sinal de compreensão com a cabeça. Da calha d'água, vem um barulho ritmado e contínuo.

– Claro que isso não é nada – diz ela após um tempo – comparado a trabalhar com Simon dia após dia!

Ela me passa o prato e eu pego um biscoito.

– Enfim... qual é a palavra para isso? Desafio? – pergunto.

Ela suspira.

– Algumas personagens são grandes demais para qualquer palco. Acho que você vai gostar do novo escritório, depois que arrumarmos tudo. Vai ser muito bom ter você por perto. Os estúdios são realmente maravilhosos. E Boyd vai dar algumas *masterclasses* no próximo período.

Dou um sorriso torto. Com que rapidez as coisas mudam: numa hora, sou atriz, na outra, uma secretária grávida, arrumando papéis e atendendo ligações de jovens estudantes americanos que sonham em conquistar o mundo. Deus tem um bocado de senso de humor.

Sinto uma pontada nas costas. Levanto-me e vou examinar os vários objetos que enchem a prateleira em cima da lareira. Tem bonequinhos, mais xícaras e pires, fotografias em molduras prateadas... e uma estranha placa de madeira, com a frase "Isto também passará" entalhada.

Levanto a placa e olho para Gwen.

– O que é isto?

– Eu sei, é feio – ela admite. Nós duas rimos da sua franqueza.

– E por que motivo está aqui, no meio dessas coisas tão lindas?

– Tenho uma afeição especial por essa placa. – Ela termina de beber o chá. – Tive um primo, Ralph. Ele era extremamente brilhante e um homem muito bonito, as mulheres o adoravam. E tão divertido! Ele bebia – continua ela. – Do jeito que algumas pessoas bebem, assim, como se fosse uma profissão. Com o passar do tempo, não conseguia mais ficar em emprego nenhum. Minha tia mandou-o para uma clínica de recuperação. Havia lá uma oficina de marcenaria, o que foi até engraçado, porque Ralph era tão desajeitado que mal conseguia cortar uma fatia de pão. Fui visitá-lo logo depois do meu divórcio e ele me deu essa placa. Isso foi há muitos anos. – Ela dá um biscoito a Mordrid. – Foi o jeito que ele arranjou de me dizer que tudo ficaria bem.

Rodo a placa nas mãos; é uma coisa tosca, sem acabamento. Corro os dedos pelas palavras: Isto também passará. Parece uma idéia muito triste.

– Como está ele agora?

Ela me olha.

– Agora? Ah, infelizmente, ele morreu. Pessoas assim em geral não vivem muito tempo. – Ela se levanta, sacudindo a saia para tirar os farelos de biscoito e pêlos de cachorro. – Mas foi bem simpático da parte dele pensar em mim. Claro que ele estava certo, de fato nada se mantém do mesmo jeito. E agora, posso ajudá-la a desfazer a mala? Vou só levar isto até a cozinha, senão os cachorros comem tudo.

Ela pega a bandeja de chá e sai pelo corredor. Coloco a plaquinha de volta, no meio dos bonequinhos delicados e das fotos de família.

Mais para o fim da tarde, depois que já desfiz a mala e me instalei, volto ao meu quarto para deitar um pouco. E vejo, em cima da cômoda, a curiosa plaquinha de madeira. Gwen deve tê-la colocado lá, percebendo algum significado que não consigo enxergar.

Enquanto estou deitada, porém, me vem à cabeça a figura de um belo homem de mãos desajeitadas, trabalhando com muita concentração, como se algo tão simples pudesse redimi-lo.

A Academia Oficina de Arte Dramática, na Bayswater Road, tem vista para o Hyde Park, ocupando os dois primeiros andares de uma grande casa georgiana. O andar de cima é dividido em dois amplos estúdios de representação e uma pequena sala de ensaio, e os escritórios ficam no térreo.

Gwen, uma recepcionista chamada Amber (jovem cantora com farto cabelo ruivo e apaixonada por Rhythm and Blues) e eu trabalhamos em uma sala. Simon divide a sua com o contador, Alan, duas vezes por semana. Isso talvez seja meio cruel para o Alan, que foge na hora do almoço, pálido e traumatizado, em direção ao pub mais próximo; como ele consegue se recuperar para os outros cinco dias, todos achamos que é justificável.

Os alunos estão se preparando para as apresentações de fim de período. Eles estão por toda parte, andando encurvados pelos corredores e tomando cafés que compram no Carlo's, aquela rede americana cara que abriu uma loja na esquina há poucos meses. Parecem incrivelmente jovens e ao mesmo tempo tão confiantes e charmosos, exibindo-se pelas ruas de Londres com naturalidade, numa agitação constante de idas ao teatro e visitas regulares a clubes noturnos. Eles são agora muito mais numerosos do que no meu tempo: cada período recebe no mínimo cinqüenta alunos e, naturalmente, tem cinqüenta fotos Polaroid instantâneas pregadas no quadro de avisos. Para eles, sou apenas uma adulta gorda e vagarosa. Muito poucos sabem o meu nome.

Passo a maior parte dos dias desempacotando caixas de arquivos, selecionando os que devem ser passados para o computador e os que devem ir para o arquivo geral (uma maneira elegante de dizer que são colocados de volta nas caixas, etiquetados e enfiados num armário).

No período da noite, faço o curso de ensino de oratória e arte dramática no Guildhall e ocasionalmente escrevo alguma coisa, quando não estou exausta. A vida está cristalizada numa rotina certinha de trabalho, estudo e a casa em Fulham.

São 5:20 da tarde de uma terça-feira em fevereiro, e o sol está se pondo. Gwen e Amber se arrumam para ir embora. Eu vou ficar um pouco mais, trabalhando numa cena para uma *masterclass*; Boyd me encorajou a escrever alguma coisa que possamos usar com os alunos. Estou adotando a convenção clássica de Shakespeare, uma personagem feminina vestida de homem, e faço experiências, usando um cenário atual que inclui um alfaiate de elite, em Savile Row. As horas passam sem que eu perceba, sentada diante do computador, mas ninguém mais no escritório parece se incomodar com isso.

A conhecida atriz de teatro Fiona Richards, que está dando uma aula de interpretação geral, entra na sala, ansiosa por uma platéia. Ela é atraente, de um jeito ansioso e animado demais, com seus grandes olhos castanhos, cabelo escuro e curto e um corpo magro de menino. Faz pausas para o chá com regularidade, mesmo no meio das aulas, e vem nos regalar com histórias das novas torturas que ela inventou para os alunos, apenas por capricho. Pegando uma caneca da prateleira, ela se recosta num arquivo. – Mandei todos eles representarem uma vaca! – anuncia. – É *muito* engraçado!

Amber olha para ela, chocada.

— Mas isso é horrível!

Ela faz um gesto de pouco-caso.

— Bobagem! É bom para eles treinarem a voz! Agora estão mugindo em pentâmetro iâmbico: o prólogo de *Romeu e Julieta*. — Ela mal consegue prender o riso. — É hilário! Vocês deviam ver. "Muas masas miguais em mignidade!"

Encontro o olhar de Gwen e sorrio.

— Agora vou mandar que representem bebês! Alguém quer assistir? — E enchendo a caneca com água quente, ela volta para os seus encargos bovinos.

Amber se vira para nós.

— Ela é má! Vocês não deviam deixar que ela faça isso.

Gwen, no entanto, apenas dá de ombros.

— Ela sabe o que faz. Talvez seja um pouco dominadora. Mas os alunos a adoram.

Simon irrompe na sala, seus cabelos brancos rebeldes flutuando em volta da cabeça.

— Gwen! Tenho uma idéia! Precisamos abrir outra escola nos Estados Unidos! Com atores famosos de Hollywood como professores! Será enorme! Venha até aqui! — E ele retorna rapidamente ao seu escritório.

Gwen continua a procurar uma ficha no arquivo Rolodex.

— Lá vamos nós. Mais um plano para dominar o mundo. — Ela suspira. — E ainda estamos na terça-feira.

— Gwen! — berra ele. — Gwen, isso é importante! E não temos muito tempo!

Ela se levanta de má vontade, afastando-se da sua mesa.

– Agora ele vai me prender aqui a noite toda.

Amber também se levanta.

– Chá ou café? – oferece ela, ligando a secretária eletrônica para o período da noite.

– Ah, chá! – Gwen sorri, agradecida. – Não posso enfrentar Simon sem pelo menos mais uma xícara de chá. Evie, você poderia, por favor, ligar para o Peacock Theatre e confirmar o uso do palco nos dias 27 e 28?

– Gwen! Gwen! – Ele está no seu escritório vazio, gritando. – Pegue o número de telefone do Dustin Hoffman.

– Pode deixar – digo. – Eu vou pegar.

Sento na cadeira de Gwen e procuro o número no Rolodex, enquanto Amber prepara duas xícaras de chá para Simon e Gwen. Depois veste o casaco e pega a bolsa.

– Boa-noite, Evie. Até amanhã.

– Boa-noite – digo, olhando-a levar o chá para a sala ao lado.

Esses são os momentos que eu amo, intervalos raros e calmos, quando há pessoas por perto e, no entanto, estou sozinha.

Lá no canto, a máquina de fax começa a cuspir folhas.

Encontro o número de telefone que eu procurava, deixo um recado e escrevo uma notinha para Gwen, que ponho na mesa dela. Depois, lavo as canecas sujas de café e arrumo a cozinha, antes de pegar as folhas de fax e grampeá-las juntas. As mensagens são invariavelmente para Simon ou Gwen, e às vezes chega uma longa carta para um aluno, enviada por pais nervosos, preocupados com o rápido sumiço de dinheiro em sua conta bancária.

Olho as folhas. O meu nome está na primeira.

Sentando-me, leio rapidamente. É uma mensagem de Robbie, por incrível que pareça; escrita à mão, num estilo tipo fluxo de consciência.

EVIE!
Que história é essa que eu soube de você sair da CRS?!!!
Boyd me disse que você está estudando para ser professora!!!! POR QUÊ?!!!!

Meu coração quer saltar pela boca. Robbie é a última pessoa de quem eu esperava notícias, a última pessoa que aprovaria o que estou fazendo. Ela mergulha de cabeça num relato alucinante da sua vida.

Estou pensando em voltar a estudar, tem tantas coisas que ainda não fiz, estou achando o trabalho no Herbanário Chinês UM SACO... eles não me entendem, não apreciam minha criatividade, na verdade eles me demitiram – disseram que eu não sabia dar troco, mas isso é balela. Só tenho estado um pouco... não sei... ultimamente. Então estou tendo umas aulas de desenho vivo... na verdade, eu sou a modelo... meu namorado... contei que tenho um namorado? Acho que ele é tipo um barão das drogas no submundo... riquíssimo, nunca fala nada, anda por aí numa Mercedes preta com motorista e dois seguranças enormes... tem um pau divino, que faz o Empire State parecer pequeno... acho que ele está

Inocência

apaixonado por mim... enfim, odeia que eu pose nua para outros homens... muito possessivo... difícil me concentrar... Evie... estou meio deprimida... muita coisa acontecendo ao mesmo tempo... entende? pensei que você podia... você sempre foi tão minha amiga... acho que você me compreende... lembra da Casa de Tchekhov? Iremos a Moscou! Iremos!
Enfim...

Tem mais três páginas totalmente cheias.

Ela piorou.

Piorou muito.

Estou apavorada. Quero rasgar as folhas, gostaria de nunca tê-las visto.

Fiona aparece de novo e larga sua caneca na pia, sem lavar.

– São uns anjinhos! Rolando no chão e chupando dedo! Adoro ver como são maleáveis! – Ela pára. – Você está bem?

Dobro as folhas, enfiando-as dentro da minha bolsa.

– Você não deveria fazer isso – digo, calmamente.

Ela me olha, espantada; aquele tipo de espanto estou-representando-para-a-última-fila-do-teatro, no qual os atores são especialistas.

– O quê? Do que você está falando?

– Eles vieram para cá para aprender a interpretar.

Olho bem nos olhos dela.

– E eu estou ensinando. Se não podem agüentar uma pequena humilhação, então este trabalho não é para eles! –

Sua voz revela amargura. – Além disso, a maior parte deles nunca vai fazer sucesso mesmo – conclui, caminhando para a porta.

Odeio o modo como ela fala, como se os alunos fossem descartáveis.

– Mas eles não sabem disso! E você também não!

Ela aperta os olhos.

– Acho que sei. Tenho experiência suficiente, Evie, para reconhecer o verdadeiro talento quando o encontro. E, de qualquer maneira, é preciso mais do que talento. A pessoa tem que querer isso – seu olhar é penetrante – mais do que qualquer coisa no mundo. O mundo é cheio de gente que seria, poderia, ou deveria ter sido alguma coisa... quantas pessoas você conhece que serão um dia algo mais do que isso? – E ela levanta uma sobrancelha para mim, antes de sair.

Eu não deveria ter feito aquilo, não deveria ter falado nada. É bem capaz de ela fazer um drama e contar a Simon... Esfrego os olhos.

Herbanário chinês... recepcionista... professora... o que aconteceu com os nossos sonhos?

Foda-se.

Aperto a tecla "Delete". A cena que eu escrevia desaparece para sempre.

Foda-se tudo.

Fiona está certa: o mundo está cheio de fracassados ambiciosos agarrando-se às suas ilusões. Está na hora de viver no mundo real. Abro a bolsa e pego a carta de Robbie de novo.

Por que ela não toma a droga dos comprimidos? O que posso fazer para ajudá-la, a mil milhas de distância?

Rasgo a carta em pedacinhos e jogo fora.

Dois dias depois, Robbie deixa uma mensagem na secretária eletrônica do escritório: "Evie, eu estava pensando, será que dá para você me ligar... eu estou... será que dá para me ligar?" A voz dela está estranha. Mas, bem do seu jeito, ela não deixa o número do telefone.

Prometo a mim mesma que vou telefonar para Boyd e perguntar se ele tem um número atualizado.

Prometo, mas não faço.

Não sei o que dizer a ela, o que dizer de mim. E não suporto ouvi-la falar desse jeito tão maluco. Vou ligar para ela depois, quando as coisas estiverem diferentes. Teremos uma longa conversa, vamos rir dos velhos tempos.

Além disso, nenhuma de nós vai sumir nem nada.

Estou voltando do correio, andando pelo corredor. Os alunos têm ensaio final no Peacock Theatre, o prédio está praticamente deserto.

Meus sapatos de sola macia quase não fazem barulho, avançando devagar.

Dobro uma quina do corredor. E paro.

Uma figura alta sai das sombras para a luz.

É Boyd. Ele parece velho, perdido.

— Aconteceu um acidente. Em Nova York.

É assim que começa.

Estou grávida de nove meses e meio e vomitando na pia uma manhã quando, de repente, percebo uma poça aos meus pés, um lago de água morna e clara.

Água, penso comigo mesma.

Que estranho. De onde terá vindo?

Sim, claro!

A bolsa d'água se rompeu.

Gwen já saiu para o trabalho, foi apanhar alunos no aeroporto. Estou sozinha em casa. Ligo para um serviço de táxi, aquele que sempre coloca cartões por baixo da porta, e depois, com esforço, subo as escadas.

Consigo me vestir com dificuldade. Agora só uso dois conjuntos, que alterno dia após dia – a calça azul para gestante com a bata azul para gestante, e a calça preta para gestante com a bata preta para gestante. Hoje, o dia mais importante da gravidez, é o conjunto preto.

E eu me sinto assustada, emocionada, diferente, enquanto jogo minha escova de dentes na sacola, A Sacola do Hospital, que está há mais de três meses arrumada e pronta, perto da porta do quarto – cheia de roupas de bebê cuidadosamente passadas e camisolas brancas de algodão extragrandes para mim, além de um par de chinelos que guardei para O Hospital.

Algo mais? Será que esqueci alguma coisa?

O táxi está a caminho e a bolsa d'água se rompeu.

Está acontecendo.

Ponho um livro na sacola (como se eu fosse voltar a ler algum dia). E luto para vestir o casaco – aquele que só

Inocência

cobre os braços, ficando ridiculamente aberto na frente. Depois desço a escada, tranco a porta e espero nos degraus da frente, no ar frio da manhã.

O táxi encosta e o homem me olha de cima a baixo.

– Para onde vamos? – pergunta ele, desconfiado.

– Hospital Chelsea and Westminster, por favor – falo com um largo sorriso. E, subitamente, sou dominada por outra onda de náusea. Aperto os lábios e me concentro.

Não consigo, porém, convencer o motorista, que percebe o meu esforço para afastar a ânsia de vômito. Ele fica de pé, em frente à porta do carro, relutando em me deixar entrar. – Meu carro não é ambulância – informa ele indiferente, na dúvida se brigar comigo agora vai fazer com que eu realmente, *realmente*, entre em trabalho de parto.

Preciso abrir a boca. Preciso responder de maneira convincente, parecer simpática, relaxada, e não desesperada como me sinto, embora eu esteja carregando a mala, apertando a parte de baixo das costas e lutando com todas as minhas forças contra a vontade imperiosa de vomitar bem aqui, no meio da rua.

Mas só o que consigo fazer é gemer e ficar encolhida.

Isso não vai dar certo.

O motorista, instintivamente, se afasta de mim, como se eu fosse explodir.

O corretor de imóveis do outro lado da rua me vê. Ele é o cara que parece achar necessário passar a maior parte do dia andando de lá para cá na calçada, gritando a plenos pulmões no seu celular, apesar de ter um escritório quentinho e aconchegante só para si.

– Ei! – Ele pára no meio de uma conversa gritada. – Você está bem?

Faço que sim com a cabeça. – Eu... eu preciso ir para o hospital – falo, arquejante. (Não importa se estou em trabalho de parto, eu me recuso a vomitar na rua.)

O motorista do táxi levanta as mãos. – Não faço serviço de ambulância, cara. Não vou assumir responsabilidade por *isso aí*!

(É destino das mulheres grávidas perderem sua identidade, somos apenas um casulo.)

O corretor gritalhão está indignado. – Vou ter que ligar para você depois. – Ele desliga o telefone. – Seu ignorante filho-da-puta! – grita ele para o motorista que agora, tenho certeza, jamais me levará ao hospital (e vem outra onda de náusea; tenho uma sensação de desmaio e agarro a lateral do carro para me equilibrar). – Não dá para ver que ela precisa ir para o hospital? Ela está em trabalho de parto, seu idiota filho-da-mãe!

O motorista não gosta de ouvir aquilo. Ele balança a cabeça. Entra no carro. Fecha a porta. – Resolva aí. Não é problema meu.

– Por favor! – Sinto um filete de água morna escorrendo pela minha perna direita. Mas ele já se foi. O corretor grita, correndo atrás dele pela rua, e eu começo a ter engulhos, contra a minha vontade.

Isto também passará, digo para mim mesma. De algum jeito, de alguma maneira, vou chegar lá. Isto também passará.

É o corretor gritalhão quem me leva, como numa cena de filme, presa pelo cinto no banco da frente do seu Range-Rover e sentada num saco plástico preto, para evitar imprevistos. Ele liga antes e grita com as enfermeiras, de modo que, assim que chegamos, buzinando em frente a Acidentes e Emergências, uma delas aparece com uma cadeira de rodas para me levar.

As coisas estão acontecendo mais rápido agora.

Luzes fluorescentes passam rapidamente acima da minha cabeça enquanto sou empurrada pelo hall. Depois estou numa sala, e a enfermeira me ajuda a vestir uma roupa de papel verde. Vomito na pia, segurando a lateral da cuba, e atrás de mim a sala se enche de gente. Tiram-me aquela roupa íntima gigantesca, minhas pernas são afastadas, tem um exército de rostos olhando para mim, gorda e imóvel. Sou uma tartaruga virada de costas. Sou propriedade pública. Minhas costas estão me matando. Minhas mãos tremem e vem a náusea. Eles estão colocando os monitores. E isto também passará, digo para mim mesma. De algum jeito, de alguma maneira, isto também passará.

Dói. Dilacera. Não conheço a enfermeira que está segurando a minha mão, mas estou quebrando, esmagando a mão dela. Respire, ela me diz. Apenas respire. E tenho vontade de matá-la a bofetões. Eu a odeio. Odeio isso tudo. Dói, dói, DÓI! Isto... isto também... porra!!! Isto também... merda!... passará!

E aí o monitor começa a piscar: os números disparam, 154, 160, 172, e vão aumentando cada vez mais.

– O bebê está entrando em sofrimento – dizem. – Não faça força. Pare de fazer força – diz a parteira. Mas não posso... não posso parar de fazer força... tenho, *tenho* que fazê-lo sair!

– Pare – diz ela de novo –, você tem que parar! – Ela não entende, ela não sabe que estou no meu limite, que vou morrer se o bebê não sair e não posso, de jeito nenhum, parar de fazer força.

Os números verdes estão piscando. Pessoas me futucam, me puxam, injetam alguma coisa na minha perna, e o tempo todo eu grito, quero que o bebê SAIA! Quero muito que ele saia! Oh, Deus! Faça com que isso passe... faça... e estão me empurrando, estou num centro cirúrgico, uma máscara de anestésico no rosto, o cirurgião me olha, todo mundo se movimenta rapidamente e isto também pass... isto também pass... isto também...

Abro os olhos.

Não sinto nada. Nada além do sono que, como uma corrente, me puxa para baixo.

Eu estava fazendo alguma coisa. Estava no meio de alguma coisa.

Alguma coisa importante.

Minhas pálpebras se fecham de novo. Faço força para abri-las.

O que era?

E, de repente, não estou sozinha.

Tem mais alguém no quarto: um corpinho cor-de-rosa, encolhido como um feijão, deitado num berço de plástico transparente ao lado da minha cama. Ele está dormindo, braços junto ao peito, e a enfermeira, aquela cuja mão eu esmaguei, sorri. Em silêncio, ela o levanta e o entrega para mim.

Ele está vivo aqui nos meus braços, quentinho e seguro. A dor passou. Agora só tem o meu filho. E ele é perfeito: o teto da Capela Sistina, o crescendo de um coro de Verdi, o Taj Mahal e o Grand Canyon, tudo isso junto.

Uma mãozinha delicada aparece e enrosca os dedinhos nos meus.

Eu me pergunto se Robbie pode nos ver agora.

E isto também...

Isto também passará.

"– Ó andorinha andorinha
Le Prince d'Aquitaine à la tour aboile
Com fragmentos tais foi que escorei minhas ruínas
Pois então vos conforto. Jerônimo outra vez enlouqueceu.
Datta. Dayadhvam. Damyata.
Shantih shantih shantih"

O Sr. Hastings levanta o rosto.

Sua testa está molhada de suor. Ele me observa, uma pergunta em seus olhos. Pela primeira vez em muitos meses, deixei-o à vontade, não o interrompi nem uma vez. E agora ele parece angustiado, com medo da liberdade inesperada.

Será que é impressão minha, ou ele pulou algumas páginas? Não pareceu tão longo esta semana, nem tão estridente. Será que o Sr. Hastings está se tornando uma pessoa mais serena?

O restante do grupo está pasmo, como era de esperar.

Sorrio para ele e isso parece apenas perturbá-lo ainda mais.

– E então? – pergunta ele, irritado.

– Então – respondo, cruzando as pernas –, é assim, não é?

Ele me olha, chocado.

Estou sendo desrespeitosa. Tento de novo.

– Sr. Hastings... posso chamá-lo de Gerald?

– Sim, claro. – Ele faz um gesto de impaciência.

– Gerald, por que você gosta tanto deste poema?

Ele franze o cenho.

Sinto que está ficando indignado. Mudo a abordagem.

– O que eu quero dizer é: o que faz com que você goste tanto dele? O que o atrai... do ponto de vista pessoal?

E de novo ele me olha carrancudo, mais intensamente dessa vez.

A essa altura, o resto do grupo voltou a unir-se a nós, tanto em espírito quanto fisicamente. Clive se endireita na cadeira, Brian afrouxa a gravata, a Sra. Patel não consegue segurar um bocejo. Doris tira da bolsa um pequeno leque de madeira, que ela abana em frente ao peito, sedutora e levemente, como uma personagem de uma peça da Restauração, um gesto que me parece de uma modéstia quase impertinente.

Inocência

O Sr. Hastings, porém, está em silêncio.

Ouve-se o som ligeiramente metálico de água correndo em canos invisíveis.

– Bem, é um poema longo – arrisca ele, depois de um tempo.

Clive sorri com ar superior.

– E você gosta disso? – Eu o incentivo, ignorando Clive.

O Sr. Hastings se apruma, na defensiva. – Na minha idade, as pessoas muitas vezes não ouvem o que você diz. E, claro, ele tem tanto a dizer, o Eliot. E diz de maneiras maravilhosas. Tem citações e referências, toda uma linguagem secreta.

Concordo com a cabeça.

– O que eu gosto – continua ele – é que Eliot era um joão-ninguém, um bancário. Um gênio, sem dúvida alguma – acrescenta rapidamente –, mas ninguém soube disso durante um longo tempo. Pensavam que ele era... comum.

– Mas ele não era – afirma Doris, com um sorriso afável.

E, por um momento, o Sr. Hastings se distrai.

Recosto-me na cadeira, imaginando a vida de T. S. Eliot, gênio oculto, poeta, dramaturgo e erudito, aparecendo para trabalhar com seu terno de flanela cinza, as mãos movendo-se mecanicamente por pilhas de documentos, enquanto a cabeça era atormentada por imagens de heróis, bifes quentes e preces hindus. Um mundo interior cheio dos desejos secretos de homens comuns, se é que homens comuns desejam ser heróis, comer bifes e recitar preces hindus. Parece que sim.

– Mas acima de tudo – o Sr. Hastings fecha o velho livro no seu colo – é triste.

Clive levanta os olhos.

Doris pára de se abanar.

– Meu pai gostava deste poema. Acho que ele não o entendia. Mas queria ser o tipo de homem que entende.

Ele me olha; seus olhos têm certa fúria que aprendi a admirar.

De repente, um sorriso aparece no seu rosto. – Sempre me esforcei para ser o tipo de homem que lê Eliot.

– E qual é esse tipo de homem? – pergunto.

– O tipo de homem que está disposto a apreciar aquilo que não compreende.

E ele se recosta na cadeira, satisfeito.

A aula terminou há vinte minutos; os alunos já se foram. Do lado de fora, o balde de metal da faxineira chacoalha com o esfregão, à medida que ela trabalha, avançando pelo hall.

Já vesti o casaco, estou pronta para ir embora há algum tempo. Não consigo, no entanto, pôr todos os meus papéis e livros na sacola; sinceramente, não sei como consegui enfiar tudo lá dentro, hoje de manhã. Quanto mais empurro, mais difícil fica. Já esvaziei a sacola e rearrumei os livros – primeiro de lado, depois de pé...

Dou um passo para trás, respiro e tento de novo.

Tem de haver um jeito.

Ponho tudo na sacola de qualquer maneira, jogo todo o peso do meu corpo em cima e empurro para dentro. As costuras laterais estalam, mas afinal consigo. E pendurando-a com esforço no meu ombro (aquele que é dois centímetros mais baixo do que o outro, de tanto carregar essa sacola pela cidade, dia após dia), vou caminhando devagar pelo corredor.

Assim que saio pela porta lateral, névoa e chuva fina vêm ao meu encontro. Olhando para cima, observo a beleza misteriosa do céu noturno, com a lua coberta por um acúmulo de nuvens pesadas e escuras.

No momento seguinte, só sei que estou caindo.

Despenco para a frente, agarro o corrimão.

A alça da sacola arrebenta.

E todo o conteúdo rola escada abaixo, parando numa poça funda e escura nas pedras irregulares do chão.

Merda!

Lá estão todos eles: minha *Anthology of Poetry*, da Norton, meu *Oxford Companion to Literature*, meu Tchekhov, meu Congreve, o livro de couro vermelho de John Donne do sebo na Charing Cross Road, as peças de Sheridan, os Poetas da Guerra e, o pior, meu *Complete Works of Shakespeare*, o mesmo exemplar que trouxe comigo de Ohio há mais de quinze anos, todos encharcados.

– É uma porção de livros.

Eu me viro.

Robbie está encostada na parede em frente, segurando a xícara de porcelana azul e branca de R. Fitzroy, ainda vestida com o feio pulôver cor de laranja da eternidade.

– O quê?

Ela toma um gole de chá. – Eu disse que é uma porção de livros para ficar carregando.

Pego o Shakespeare ensopado que pinga, pendurado na minha mão. Tento sacudi-lo, mas a espinha, frágil por anos de uso, cede. Ele se rompe, as páginas caindo como folhas de árvore. – Tenho este livro há tantos anos – digo.

– Talvez você não precise mais dele. Talvez você não precise de nenhum deles.

Fico lá, contemplando a poça.

A chuva aumenta.

– Claro que preciso desses livros! – Esfrego os olhos, irritada e sentida. Não estou com humor para ela esta noite. – Como vou dar aulas? De memória? – Agachando-me, pesco o Tchekhov; as páginas se dissolvem nos meus dedos. Jogo-o de volta na água escura. – Droga!

– Não foi um acidente.

– Claro que foi! – Olho para ela. – Eu tropecei!

– Evie – sua voz é clara e tranqüila –, não foi um acidente. Eu vi que ele estava vindo. Eu podia ter corrido. Mas não corri.

A chuva fria bate na minha nuca, como uma mão fria.
– Do que você está falando?

Robbie olha para o céu, a água formando gotas, como pequenos cristais, nas suas feições delicadas. Ela fala com cuidado, encaixando as peças pela primeira vez. – Fazia muito frio. O céu estava branco. Não dava nem para abrir a boca que os dentes doíam, de tanto frio que fazia. Eu saí sem casaco. O cara que vende frutas na esquina gritou, perguntando onde eu tinha deixado o casaco. Eu ri. Disse a ele que era só um minuto, o tempo de comprar uma Coca-Cola Diet, mas já sabia que não importava se eu estava com ou sem casaco... sabia que não queria voltar, que o frio não me afetaria. – Ela se vira de novo para mim. – Não foi um acidente.

– Mas... você disse que foi... você disse...

– Eu sei o que eu disse. – Agora ela está confusa, olhando para a xícara de porcelana. – Mas eu só me lembrei um minuto atrás. O seu pé estava na beirada do degrau, você olhou para o céu, continuou indo, mas não tinha mais nada! E me lembrei... – Sua voz está carregada de emoção. – Eu pensei que tinha sido enganada, Evie! Todo esse tempo, em lugar nenhum, presa! E aí me lembrei... eu nem me dei o trabalho de levar o casaco!

Ficamos lá, olhando uma para a outra.

– Você não percebe? Eu tomei uma decisão, Evie! Devo ter tomado!

A chuva cai mais forte.

Agora ela está muito quieta. Seus ombros magros pendem para a frente, o cabelo molhado gruda no rosto. Ela está ainda mais pálida, sua pele é só um brilho translúcido, suave. Nunca a vi tão tranqüila, tão calma.

Gotas de chuva enchem a xícara na sua mão, ondas minúsculas no chá morno.

– Você nunca quis ir para a Juilliard, não é?

Sinto como se o meu coração se partisse em pedaços: meu segredo mais íntimo perto de ser revelado. – Como você sabe?

Sua voz é delicada. – Porque acidentes não acontecem. Nem erros. Nós não caímos simplesmente da calçada para o abismo, não é? Mesmo que não tivesse havido o Jake, mesmo assim você não teria ido, teria?

Ela espera que eu diga alguma coisa.

Abro a boca. Não sai uma palavra.

– Você não é o que pensa ser.

Mal consigo falar. – E o que eu penso que sou?

– Um fracasso.

Uma parte de mim quer rir, de alívio. A outra parte quer chorar, pelo mesmo motivo.

De repente, a história na qual baseei toda a minha vida está destruída, dissolvendo-se como as páginas dos livros aos meus pés. Evie, a atriz fracassada, a amiga má, a filha indisciplinada e a amante fria, sem sentimentos. Evie, que deveria estar em outro lugar, fazendo outra coisa, sentindo-se de outra maneira, realizando mais. Evie, sempre lutando para tentar chegar lá, sempre atrasada, ainda atrasada...

Fecho os olhos; as lágrimas se misturam com as gotas frias no meu rosto.

– Mas o fracasso é o preço que se paga... não é? Para ter amor.

Não há resposta.

Abro os olhos.

– Robbie! – Minha voz faz um eco. – *Robbie!*

Não tem ninguém lá.

Estou sozinha, segurando a sacola quebrada.

A xícara de R. Fitzroy está na calçada, na minha frente.

Pego-a.

Ainda está morna.

– Desculpe.

É uma voz de mulher, suave, com uma cadência irlandesa.

Eu me viro, olhando na direção do corredor.

Ela tem cerca de quarenta anos, cabelo comprido castanho-escuro e olhos de um azul vivo. Carrega uma pilha de livros e no seu ombro está pendurada uma bolsa de couro grande, não muito diferente da minha antiga sacola, tão cheia de papéis que não há possibilidade de ela conseguir fechá-la direito, embora também não pareça que tenha tentado. Usando um longo vestido preto de lã, num modelo estranho, assimétrico, ela me observa com um olhar curioso.

– Pois não?

Ela continua a me olhar com a testa franzida. – Desculpe, mas onde você encontrou essa xícara?

Olho para a xícara na minha mão. Claro que não posso dizer a ela a verdade... – Estava aqui fora – digo, exausta – eu a encontrei aqui fora.

Ela dá mais um passo em minha direção. – É que há meses eu procuro essa xícara. Ela me pertence, tenho certeza.

– É mesmo? – É claro que ela acha que estou mentindo, que escondi a xícara esse tempo todo. – E qual é o seu nome?

— Rowena Fitzroy — apresenta-se. — Sou professora de dramaturgia. O que ela fazia aqui fora?

Fico atrapalhada. — Acho que alguém... a usou... — Não estou me defendendo com muita eficácia. — Eu só saí para pegar um pouco de ar fresco... — Rapidamente, entrego a xícara a ela. — Desculpe, acho que não está muito limpa.

Rowena pega a xícara e então sorri, um sorriso sincero, encantador. Eu relaxo. — Isso é tão esquisito! Normalmente eu não ligaria tanto, mas é que minha filha me deu essa xícara de presente de aniversário... é uma coisa de mãe, qualquer coisa que um filho dê a você é especial...

Concordo com a cabeça. — Tenho um menino. Prefiro morrer a perder uma única obra de arte toda grudada de cola.

E rimos, reconhecendo que temos algo em comum.

— Ei, o que houve com a sua sacola? — Ela aponta para a sacola arrebentada, pendurada no meu braço.

— Nada. Um... — Por pouco não digo "um acidente", mas paro a tempo. — Nada. Estava sempre... cheia demais. Sinto muito sobre a xícara. Eu realmente não a escondi, não sou esse tipo de pessoa.

— Claro que não — diz ela. — Bem, foi um prazer conhecê-la, e obrigada por recuperar a xícara para mim. Vou ter que tomar mais cuidado daqui pra frente. Infelizmente, tenho o mau hábito de confiar na natureza boa das pessoas. Ellery diz que sou louca!

— Ellery? — repito. — Ellery King? O instrutor de luta?

Ela fica vermelha. — Tão lugar-comum, não é? Um namoro entre colegas! Você o conhece?

Abano a cabeça com um vigor um pouco excessivo. – Eu já... é... já o vi por aí, só isso.

Ela ri de novo, tocando no meu braço. – Parece que ele sempre roubava o meu chá de camomila!

E eu rio também. Ainda tenho em mente a imagem dele flertando com a aluna ruiva.

Ela está prestes a ir embora, mas pára. – Escute, eu não sei nem o seu nome!

– Evie. Evie Garlick. – Estendo a mão, que ela aperta. – Dou aulas, eu ia dizer de interpretação, mas é mais como se fosse uma aula de leitura em voz alta com o meu grupo. Já tentei escrever uma peça, uma ou duas vezes... não é fácil, não é mesmo?

Ela inclina a cabeça, olhando para mim pensativa. – Não, acho que não. Por outro lado, se você chegar a um ponto em que não escrever é mais difícil do que escrever... tem escrito alguma coisa ultimamente?

– Não, eu... – Gostaria de fazer um relato fascinante e detalhado de por que isso é verdade, mas não consigo dizer mais nada.

Depois de remexer na sua grande bolsa de couro, ela puxa um cartão meio amassado.

– Aqui está o meu telefone. Se algum dia quiser falar sobre alguma coisa que tenha escrito, por que não me liga? Às vezes a gente só precisa dos olhos de outra pessoa para ver algo que estava o tempo todo bem na nossa frente. – Ela sorri de novo. E posso entender por que Ellery gosta dela; há algo de sensual no seu jeito simpático e sem rodeios. – Foi um prazer conhecê-la, Evie. E, mais uma vez, obrigada!

Ela acena e eu a observo andar pelo corredor comprido, a xícara e o pires de porcelana azul e branca chacoalhando na sua mão.

O portão da frente range, batendo de forma irritante atrás de mim. Subo os degraus o mais rápido que posso, giro a chave na fechadura e abro a porta. Largo minha sacola rasgada e meu casaco e corro para a sala de estar.

Está vazia.

E o desânimo toma conta de mim.

Pensei que talvez ele estivesse aqui. Durante todo o trajeto, no trem, tive na cabeça a imagem de Piotr, sentado ao piano, completamente imóvel. Mas, não.

Claro que não.

Sento-me no sofá. Uma dor difusa invade o meu peito. Fui tão idiota! Tão lerda e impossível e insana! Eu estava pensando o quê? Que ele estaria aqui me esperando, no escuro, como um bobo?

Escondo a cabeça entre as mãos.

Houve um tempo em que meu coração estava trancado para o mundo. Com o nascimento de Alex, ele se abriu de repente e foi invadido por uma capacidade assustadora para a alegria e o medo.

Agora, algo novo aconteceu: um sentimento belo e raro, ao mesmo tempo calmo e poderoso, correndo pelas minhas veias.

Só que eu estraguei tudo.

Fecho os olhos com força.

– Por favor, Deus – sussurro –, seja o Senhor o que for, esteja onde estiver... por favor, me dê mais uma chance! Por favor, eu lhe peço!

Abrindo os olhos, procuro à minha volta.

A sala continua vazia.

Caminho devagar para o andar de cima.

É sempre o mesmo degrau que me denuncia, o terceiro de cima para baixo. Ele range sob o meu pé e eu a escuto se mexer lá em cima.

– Evie? É você?

– Sim, Bunny.

– Bem, então venha aqui me dar boa-noite direito.

Empurro a porta. Ela ainda está toda vestida, óculos equilibrados na ponta do nariz, sentada à escrivaninha do canto.

Virando-se, faz sinal para eu entrar. – Entre e sente-se – ordena, apontando para a cama. Acomodo-me na beirada. Ela destaca um cheque e o coloca num envelope já endereçado. – Tem uma coisa que quero conversar com você.

Sinto-me totalmente adolescente, como se eu tivesse sido apanhada com a garrafa de xerez dos meus pais na boca.

Bunny cruza as mãos no colo e me olha por cima dos óculos. – Em circunstâncias normais, eu não me meteria, querida, mas aconteceu alguma coisa entre você e Piotr?

— Piotr? — tento falar com naturalidade.

Ela continua a me fitar.

— Não, quer dizer, eu... por quê? — gaguejo, meu rosto ardendo.

— Porque ele partiu para Paris hoje de manhã.

Meu coração pára de bater.

— Paris? Por quanto tempo?

— Ele não disse. Achei esquisito, só isso. — Ela se vira de novo para a escrivaninha, pegando outra conta.

— Ele falou o motivo? — arrisco, daí a pouco.

Bunny nem levanta o rosto. — Não.

— Ah.

Fico lá, sentada.

Passa-se mais um minuto. Levanto-me. — Bem...

— Embora — ela me olha de novo — eu tenha tido a ligeira impressão de que ele está apaixonado por você.

— É mesmo? — Meu coração volta a bater, uma alegria secreta me invadindo. Olho para ela com ansiedade. — Como você sabe?

— Ah, Evie! — Ela suspira, abanando a cabeça. — Você sempre foi assim tão... tão ingênua?

— Sim, Bunny — admito, tristemente. — Acho que sim. O que posso fazer? — continuo. — Há alguma coisa que eu possa fazer?

Ela me olha por um longo tempo.

— Você tem que esperar, querida. — Ela estica o braço e aperta a minha mão. — Apenas dê a ele o tempo de que ele precisa.

Lavo o rosto, a água morna na minha pele. Só consigo pensar nele: o perfume do seu cabelo na altura da nuca, o brilho dos seus olhos, seu sorriso brincalhão, de garoto, as mãos que cortam o ar quando ele está animado.

Dar a ele tempo.

Por que motivo não fazer nada é a coisa mais difícil?

Eu deveria estar cansada, exausta. Deitada na cama, porém, meus pensamentos ricocheteiam, reverberando dentro da cabeça. As emoções incendeiam minha imaginação, que pega fogo. Mas ela queima em vão: ele se foi.

Eu me viro, frustrada.

Fecho os olhos. Imagens vêm à tona.

Subitamente, algo mais está provocando as imagens, o pequeno núcleo brilhante de uma idéia...

Sempre fui tão ingênua?

Sempre fui...

ingênua...

E então está tudo lá, pronto.

Acendo a luz, afasto as cobertas. Tiro a caixa azul da Ryman's do baú ao pé da cama. Jogo o conteúdo no chão.

Pego uma caneta na mesinha-de-cabeceira.

"Inocentes no submundo", está escrito no velho manuscrito.

Risco o título com um traço grosso.

"A ingênua", escrevo em cima.

O título me olha, claro e objetivo.

Empilho dois travesseiros e aperto para ajeitá-los. E volto para a cama.

Pego de novo a folha do título.

Primeiro Ato, Cena Um...

As palavras vêm rápidas e abundantes, preenchendo a página, como se sempre tivessem estado lá, adormecidas, só esperando que eu acordasse.

O homem seguindo Bunny pela casa tem uma prancheta e um par de óculos estreitos, de leitura, em cima do nariz. Ele veste um terno feito sob medida. É fácil reconhecer que o terno é especial em virtude da estranha combinação de alfaiataria rigorosamente tradicional com o incrível forro de seda azul-turquesa do paletó. Eles caminham, vagarosamente, por cada cômodo, parando para examinar certos móveis ou algum objeto fora do comum, de valor artístico... e conversam entre si, em voz baixa.

Só depois que ele sai, noto o catálogo esquecido: Christie's leiloeiros.

E outros homens aparecem, não tão bem vestidos, com trenas e câmeras.

Eu os observo ir e vir quando estou de passagem para fazer mais xícaras de chá, antes de me arrastar de volta para o meu quarto e continuar o trabalho. Acordo cedo, escrevo páginas e páginas, aproveito as horas no trem, quando vou para as aulas e quando volto, um ouvido sempre atento às vozes tagarelando na minha cabeça e o outro esperando escutar os seus passos ou o som da porta da frente se abrindo, quando todos já chegaram em casa. Bunny brinca comigo, diz que estou possuída.

Mas não sou a única.

Ela também mudou; está mais quieta, mais reservada. Tem uma idéia na cabeça, uma fila de homens de terno para lhe fazer companhia.

E aí, um dia, termino.

Já é tarde. A sala de funcionários está quase vazia.

Eu me sento na mesa bamba de madeira e tiro da bolsa o comprido envelope pardo. É um peso agradável nas minhas mãos. Mais de setenta mil palavras em três atos.

Um medo conhecido me domina.

Não tenho que fazer isso.

Posso pôr de volta na bolsa e ninguém vai saber.

Minha mente fica tensa, examinando a questão sob um outro ângulo: o que poderia acontecer, o que deveria acontecer, o que pode acontecer...

De repente, o barulho da torneira pingando no canto fica insuportável de tão alto.

Levanto o rosto.

A pilha de louça por lavar está lá: as mesmas canecas lascadas e colheres de chá manchadas, a mesma esponja marrom, velha e imunda, sob o mesmo suporte para papel-toalha vazio. E o mesmo aviso plastificado furioso, agora com as pontas já encurvadas para dentro: "AQUI NÃO É HOTEL!"

Não, aqui não é hotel.

Aqui é a sala dos funcionários onde tenho me sentado, semana após semana, noite após noite, há três, quase quatro anos, com a esperança de que de algum jeito, alguma coisa, em algum lugar, fosse mudar.

Desde que não tivesse que ser eu.

"Você é o herói da sua história." Lembro dele dizendo isso, o timbre da sua voz. Ele estava recostado na bancada da cozinha e falava de matar dragões, de felicidade... "A felicidade é um objetivozinho bem medíocre."

Naquele momento, eu não entendi.

Existe uma paz, proveniente da integridade pessoal, que as nossas vicissitudes não conseguem afetar. Mas ela só pode ser adquirida com atos de coragem.

Levanto-me e vou até as caixas de correspondência dos funcionários.

Aqui está: R. Fitzroy.

Coloco o envelope lá dentro, silenciosamente, com cuidado.

Não há fanfarras nos grandes momentos da sua vida. Apenas torneiras pingando e o som dos seus passos, andando de uma sala para a outra.

Faço uma pausa ao chegar à porta.

A sala é de um cinza encardido, sob as lâmpadas fluorescentes que piscam e jogam uma luz doentia, esverdeada sobre os móveis: cadeiras literalmente afundadas, mostrando as marcas de milhares de diferentes traseiros letárgicos, mesinhas tão manchadas por canecas de chá e embalagens plásticas de café que os círculos parecem fazer parte do modelo, e o carpete mal colocado, cheio de nódoas.

Por muito tempo, isto foi o melhor a que pude aspirar. Apago a luz.

Assim que abro a porta da cozinha, sou envolvida por uma grande onda de calor e fumaça, vinda de uma frigideira gasta e escura, ardendo no antigo fogão de Bunny.

Ele está inclinado sobre uma tábua de carne, com as mangas arregaçadas, seu rosto expressando intensa concentração. Poderia ser Hefesto na sua bigorna, forjando armas para os deuses nas profundezas incandescentes. Mas, nada disso, ele está apenas batendo um bife com um velho amassador de batatas.

Nunca vi nada mais belo na minha vida.

Piotr levanta o rosto, afasta o cabelo escuro dos olhos.

– Oi – diz ele, cauteloso.

– Você voltou! – O meu sorriso é tão largo que as bochechas chegam a doer.

– Sim. – Ele sorri com suavidade. – Voltei.

E joga na frigideira o bife, que chia e espirra no azeite. Seus olhos encontram os meus; ele vira o rosto, timidamente. – Por que você está me olhando desse jeito?

– Porque fui uma idiota – confesso.

Quero tanto tocá-lo, passar os braços pelo seu pescoço e afundar o rosto no seu peito.

Deslizo os dedos pela borda da bancada. – E você não tem nem idéia da saudade que senti de você!

Ele está calado.

O bife assobia e pula. O cheiro bom, gostoso, enche a cozinha.

Ele vira o bife com uma única mão, enquanto a outra fica pendurada no bolso da calça jeans. Sua postura e seus movimentos têm a elegância desenvolta e confiante de um caubói.

– Você já comeu? – pergunta ele.

Faço que não com a cabeça.

Ele indica uma cadeira. – Sente-se.

Eu observo, minha preocupação crescendo como um nó na boca do estômago, enquanto ele tira o bife do fogo e o coloca num prato. Depois chega perto e se agacha na minha frente.

Ai, não.

Aí vem, aquele discurso do "não acho que a gente seja realmente compatível".

Por que ele não poderia se sentir assim? Olho para baixo, mordendo o lábio inferior e contemplando minhas unhas.

Por favor, meu Deus...

– Evie, olhe para mim.

Com esforço, levanto os olhos.

Como pude algum dia na minha vida não amar esse rosto, essas feições?

– Conte-me sobre o pai de Alex.

Fico perplexa. – Por quê?

– Porque – seus olhos são tristes e carinhosos ao mesmo tempo – acontece que eu também senti sua falta. Mas faço questão de não ficar fora da sua vida. Quero saber de tudo.

Ele se levanta e pega uma garrafa de vinho tinto.
— Eu... eu não sei por onde começar — balbucio.
Ele serve dois copos, dando um para mim.
E sorri, aquele sorriso fantástico, brincalhão, que me fez tanta falta. — Por que não começa falando de novo da saudade que sentiu de mim?

Alguém bate à porta do meu quarto.
Ponho a cabeça para fora, como sempre meio vestida e já quase atrasada para levar Alex à escola.
— Sim?
É Bunny, com uma cara séria. — Piotr está fumando — diz ela. — Ele recebeu uma ligação e agora está no jardim, fumando!
— O quê? Cigarro? — pergunto, tolamente.
— É. — De alguma maneira, ela consegue imbuir essa única palavra de profundas e sinistras implicações.
Sigo Bunny, descendo a escada. No jardim dos fundos, conforme ela havia relatado, Piotr está andando o gramado inteiro de um lado para o outro, fumando com ansiedade. É evidente que ele tem experiência na arte de fumar, uma habilidade sem dúvida aperfeiçoada durante aqueles anos em Paris.
Antes que eu consiga chegar perto dele, Alex aparece e passa correndo por mim para agarrar as pernas de Piotr. — Eia!
A ligação afetiva entre os dois segue esse padrão básico: Alex se atira repetidas vezes em cima de Piotr e Piotr permite.

– Oi! – grita Alex todo feliz, enquanto Piotr o levanta acima da cabeça. – Oi, oi, oi! Me bota no chão!

Piotr gira com ele e depois o deposita na grama. Alex, rindo sem parar, se atira em cima dele de novo.

– Você está bem? – Observo Piotr jogar Alex no ombro como um saco de batatas.

– Não. Acho que não. – Ele coloca Alex no galho mais baixo do castanheiro-da-índia, de onde ele desce, alvoroçado. – Pogorelich desistiu de um concerto, uma apresentação com a Philharmonia. Fui convidado para tocar o terceiro de Prokofiev.

– Meu Deus! Piotr! Alex, pare com isso, já! Quando?

Alex, carinhoso, se abraça à perna de Piotr.

Piotr descansa a mão na sua cabeça. – Hoje à noite.

– Oh! Caramba!

Acho que eu também vou precisar de um cigarro.

– Eu posso ir? – Alex vira o rosto para cima e olha para Piotr. – Posso virar as folhas?

Piotr mexe no cabelo de Alex. – Não vai ter nenhuma folha esta noite. Bem – acrescenta ele, irônico – com um pouco de sorte, não vai. – Ele se volta para mim. – Você se lembra do que eu contei sobre ter que tocar dois concertos na etapa final do Tchaikovsky?

Faço que sim.

– O terceiro de Prokofiev foi o que eu abandonei no meio. Rostropovich é o maestro esta noite. A moça da Philharmonia disse que ele mesmo me recomendou.

– Oh, Piotr! – Estou estourando de orgulho por ele.

Ele abana a cabeça. – Você não está entendendo. Já perdi a confiança! Pogorelich é um enigma, é complicado. A platéia vai estar cheia de músicos e críticos... – Ele anda de um lado para o outro, cada vez mais agitado.

– Mas Rostropovich recomendou você – observo.

– Ele se lembra de uma apresentação de... o quê? Oito anos atrás?

– Mas ainda está no seu repertório?

– Claro que sim! – Ele dá uma virada. – É minha obsessão! É o que me impede de dormir à noite. Não consigo fechar os olhos sem ouvi-lo! Mas isso não significa que sei tocá-lo!

– Piotr...

Ele se afasta e dá uma tragada forte no toco do cigarro.

– O problema é que eu sou um bobo! – Ele parece horrorizado. – Quero que gostem de mim, Evie!

Não posso deixar de rir; esta não é a reação que ele deseja.

– Isso é tão natural...

Ele abana a cabeça repetidas vezes. – É insuportável. Eu sou um bobo! No final das contas, sou igual a todo mundo!

– Piotr. – Estendo minha mão.

Ele a segura.

O sol se infiltra através da copa frondosa acima da nossas cabeças. O ar tem cheiro de terra negra e grama nova, fresca e verde.

– Você vai aceitar? – pergunto.

Ele faz que sim, com cara de enterro.

– Bem, então, pare com isso. – Aperto sua mão com mais força. – Admiro você. Não me importa se vai aceitar ou não. Mas por que não tentar? É só aparecer lá.

Ele abana a cabeça. – Tão fácil, hein?

– Não, não tão fácil! Na verdade, o mais difícil de tudo. – E então falo uma coisa que me surpreende. – É uma questão de fé.

Ele suspira, esfregando os olhos. – E se eu não acreditar em Deus?

– Então acredite no amor – sugiro, com tranqüilidade.
– Amor num universo aleatório.

Alex corre em volta de nós, com um graveto grande que ele encontrou e agita como uma espada.

– Eia! – grita ele, batendo no tronco da árvore.

O rosto de Piotr fica mais relaxado, seus ombros menos tensos. Ele joga fora o cigarro, amassando-o com o calcanhar.

– Faz tanto tempo – desculpa-se – que a gente perde o gosto pelo desafio.

Ele enfia as mãos nos bolsos.

– Venha. – Passo o braço pelo dele e faço-o caminhar de volta para casa. – Você precisa comer alguma coisa, provavelmente não vai ter muito apetite mais tarde. E não sei se a sua casaca foi lavada recentemente. Quando é o ensaio?

Alex caminha saltitante à nossa frente. – Vou fazer um sanduíche para você – anuncia ele, agitando o graveto. –

Você pode escolher: sanduíche de presunto ou sanduíche de manteiga de amendoim. Ou pode querer presunto com manteiga de amendoim, mas isso é *nojento*! E uma caixa de suco – completa, como se isso fosse uma tentação, já que suco é a bebida mais requintada do seu mundo infantil.

Abro a porta da cozinha. – Piotr vai tocar o terceiro de Prokofiev esta noite com a Philharmonia!

Bunny bate palmas. – Que emocionante!

– E – continuo – precisa de um banho quente, chá de menta, uma casaca bem passada e um bom café-da-manhã, antes que fique nervoso demais para engolir qualquer coisa.

– Não estou nervoso – protesta ele. – Estou em pânico. E você – ele me olha desconfiado – está muito mandona!

Abro a porta da geladeira e empilho ovos, manteiga, bacon e presunto na bancada. – Mexidos ou fritos? – Pego uma frigideira. – Se não quiser o bacon bem torrado, fale agora. Bunny, com que roupa você vai?

– Meu vestido preto de crepe, claro. – Ela obriga Piotr a se sentar na cadeira da cozinha. – Onde está aquela casaca? Não se preocupe, eu encontro. Eu passava todos os ternos do Harry. E você precisa cortar o cabelo, meu jovem. Não vou deixar que pise no palco antes de uma tosa. Vou chamar o Newton. Ele trabalhava para o Príncipe de Gales. Tem mais ou menos oitenta anos, mas ainda é o melhor barbeiro da praça. – Ela pára antes de subir, ajustando a temperatura do fogão. – A manteiga deve ter o cheiro de avelãs recém-tostadas, querida. É assim que se sabe quando a temperatura está correta.

– E então, a que horas é o ensaio? – Ligo a chaleira. – Você não deveria estar fazendo um aquecimento?

Piotr, no entanto, só abana a cabeça. – Vivo com mulheres demais!

Alex dá a ele uma caixa de suco. – Eu também.

Estou sentada na beira da cama, de roupão, meu cabelo enrolado numa toalha no alto da cabeça. Pendurado na porta do guarda-roupa, está um elegante vestido estilo império: camadas de chiffon franzido num tom cor de pele delicado, que não é exatamente nem rosa nem pêssego, com duas alcinhas finas. Allyson me deu esse vestido antes de ir embora, alegando que com ele ficava com cara de menina levada e que não tinha espaço para levar tudo mesmo. Cara de menina levada é justamente do que preciso. Na cômoda estão um colar de pérolas de Bunny e uma bolsinha dourada em forma de maçã. É um objeto incrível, tão extravagante que não dá nem para descrever... – Você vai parecer uma Atalanta. – Bunny me entregou a bolsinha com delicadeza. – Cuidado para não ser apanhada! – E lá está ela, uma promessa dourada, brilhando ao sol do fim de tarde.

Aqui, neste momento, nada aconteceu ainda. Em um minuto vou começar a me maquiar, secar meu cabelo, borrifar uma camada fina e invisível de perfume de rosas nos braços... mas, exatamente agora, a calma é completa.

E, no entanto, tudo já foi feito.

Sei, com tanta certeza como a de que estou sentada aqui, que a esta hora, amanhã, tudo estará diferente.

O Royal Festival Hall está apinhado de gente, rolhas de champanhe fazem eco a brindes bem-humorados e o zumbido de conversas está no ar. De pé ao lado de Bunny, agarro sua mão com força, tentando manter os nervos sob controle.

É um vasto salão: abobadado, grandioso. Olho para cima, para os três enormes balcões enchendo-se de gente, e para os camarotes, aparentemente suspensos no ar. É um lugar estourando de expectativa, elétrico de possibilidades.

Bunny e eu ocupamos nossos lugares na platéia.

Um homem magro, de uns quarenta anos, senta-se ao nosso lado.

– É uma excelente notícia, sobre o Prokofiev! – Ele parece não conseguir conter o entusiasmo. – Vocês sabem quem ele é, não sabem?

Fazemos que sim com a cabeça.

– Trabalho na Steinway há doze anos – continua ele. – Lembro de quando ele tocou em Roma, o primeiro concerto de Chopin, e em Berlim, as *Variações Diabelli*. Isso faz muito tempo! Tempo demais!

A orquestra começa a entrar no palco, e por um momento o primeiro violino se levanta e toca um lá no piano.

Bunny se vira para mim. – Acho que você deveria saber, querida, que decidi começar a sair com outros homens.

Rostropovich entra no palco, em meio a uma salva de palmas.

— O quê? — Estou pasma. — Quem?

Ela está batendo palmas e sorrindo timidamente. — Ninguém que você conheça. Um amigo de Belle.

Olho para ela, espantada. — Um amigo de Belle?

— Decidi que está na hora de partir para outra, Evie — diz ela, com firmeza.

Piotr entra, em meio a mais palmas. Ele está muito atraente, incrivelmente bonito com seu cabelo cortado e a casaca. Rostropovich aperta sua mão.

— Mas... quer dizer... assim tão de repente!

Ela leva um dedo aos lábios.

Piotr senta ao piano.

Ele segura minha mão, puxando-me para perto dele enquanto atravessamos a multidão. Não conseguimos dar dois passos sem receber mais cumprimentos, convites. Um fotógrafo da imprensa tira uma foto nossa conversando com Rostropovich, que beija Piotr não menos de cinco vezes no rosto.

Bunny o interrompe. — Oh! Por favor, eu adoraria ter uma cópia dessa foto! — Ela escreve seu endereço num pedaço de papel. — Uma noite memorável! — E pisca um olho para mim.

Eles conversam numa mistura de polonês, russo e um pouco de francês. A única coisa que posso fazer é sorrir, com cara de boba, mas ele não me larga. E eu não quero que largue.

Dois homens estão atrás de mim.

— Qual foi o encore? Rachmaninoff?

— Espetacular, não foi? O Prelúdio em Si Menor... *Le Retour.* — O retorno. Uma das peças que Rachmaninoff compôs ao fim do seu exílio da Rússia.

Estou exalando orgulho por todos os poros.

— Le Caprice! — Subitamente, Rostropovich está falando comigo. — Diga a ele — pede enfaticamente. — Vamos todos ao Le Caprice!

Mas Piotr abana a cabeça. — Vou levar essas senhoras para casa. Tem um sanduíche de manteiga de amendoim e presunto me esperando.

— Você é maluco! — Rostropovich ri, batendo nas costas de Piotr. — Venha a Washington! Toque o que quiser! Você conhece Franco? Franco Panozzo, o melhor agente da Europa! Franco! — grita ele, acenando para o outro lado da sala.

Piotr se vira para mim. — Você está tão bonita — diz ele, baixinho. — Não é natural que eu esteja apaixonado por você?

E, sorrindo, ele se vira para apertar a mão de Franco.

O vestido de Allyson está embolado no chão.

— Venha comigo para Paris. — Piotr se estica na cama, os pés pendurados na borda. — Quero mostrar Paris a você.

Viro de costas. — Tudo bem.

— Talvez eu me mude de novo para Paris. — Ele passa a mão pelo meu cabelo. — Você quer ir?

— Fale sério.

— Estou falando sério.

— E Alex? E eu, vou fazer o que em Paris?

Ele beija minha testa. — Eu sustento você. Como minha amante. Vou lhe dar pérolas em troca de favores.

— Não gosto de pérolas... — Estico sua mão, os dedos bem abertos. — E os favores você pode ter de graça.

— Você é tão americana! — Ele ri.

— Vou fingir que não escutei isso. — Encosto minha mão na dele, admirando a diferença de tamanho. — Não posso sair de Londres. Isto é, não quero.

Ele fecha os dedos sobre os meus. — Nós podemos ir a qualquer lugar, Evie.

— Nós? — Falo como se não ligasse, mas não ouso olhar para ele.

— Nós. — Ele me puxa para encará-lo. — Agora somos "nós".

— Sim, mas...

— Mas o quê? — Ele sorri, desenhando com o dedo o contorno dos meus lábios. — Minha América! Minha terra à vista.

Dou uma risada, feliz da vida. — Desde quando você lê John Donne?

— Você se esquece, *mon ange*, que eu tenho um cartão da biblioteca! — E ele me vira de costas, espiando com malícia debaixo do lençol. — Agora, vamos voltar àquele assunto de você ser minha bela e entediada *paramour*...

Uma semana depois, estou sentada num café em Long Acre. Minhas mãos seguram uma xícara de café, que ainda não provei e provavelmente não vou provar.

Estou adiantada, claro. Sou uma daquelas pessoas que sempre chegam cedo, até para receber notícias ruins. Se eu tivesse um encontro marcado com a guilhotina, chegaria com meia hora de antecedência. Por outro lado, se as boas notícias podem esperar, as más devem ser engolidas rapidamente, com urgência, como um remédio.

Está na hora do almoço. À minha volta, os garçons empurram pratos do dia para clientes famintos, que comem avidamente suas refeições. Eu, no entanto, não tenho apetite.

Agora me arrependo, com todas as minhas forças. Quando eu o dei a ela, eu queria uma mudança, desejava mesmo que acontecesse. Atualmente, só quero que as coisas continuem do mesmo jeito, quero ser invisível de novo. Foi um erro. E daqui a pouco ela vai se sentar na minha frente, sorrindo, sendo educada, tentando achar a melhor maneira de me dizer que o meu roteiro é um monte de merda que não pode ser encenada e que eu deveria continuar a torturar pensionistas.

As portas do café se abrem. Eu gelo.

Entram dois homens de terno, falando alto e dando tapinhas nas costas um do outro.

Relaxo.

Certo.

Preciso de um plano de fuga. Vou dizer que tenho um compromisso em dez minutos, um compromisso inesperado que não dá para cancelar. Assim, pelo menos, ficamos pouco tempo.

Meu café esfriou.

Empurro a xícara para longe, descubro que não sei o que fazer com as mãos, puxo-a de volta.

As portas se abrem de novo.

Não agüento olhar, então me fixo no líquido preto e forte.

– Evie?

Ergo a cabeça.

São duas pessoas: Rowena e um homem bem vestido, de óculos, cabelo curto e louro, aparentando ter trinta e poucos anos. Ele está com as mãos nos bolsos do terno e sorri para mim.

Duas pessoas?

Ai, meu Deus! Ela trouxe um escudo protetor!

Levanto-me de um salto, quase derrubando o café frio.

– Olá! – Minha voz está animada demais. Estendo a mão, embora não tenhamos sido apresentados. – Que bom que vocês vieram! – Estou falando bobagem. Tenho que parar. – Querem se sentar?

Como ela pode fazer isso comigo?

Como ela pode acabar comigo na frente de um estranho?

Sorrio ainda mais. – Café? Ou almoço? É hora do almoço, não é? Vocês gostariam de ver o cardápio?

Olho em volta, procurando um garçom.

– Evie – ela começa, puxando uma cadeira –, desculpe, eu deveria ter ligado para você e pedido a sua permissão.

Onde está aquele garçom?

– Mas, como escritora que sou, não pude resistir a fazer um pouco de drama. – Ela troca olhares com o seu amigo de óculos.

Tenho vontade de bater nela.

– Enfim, talvez você me perdoe quando entender...

Não, nunca vou perdoar-lhe.

Onde está aquele garçom, porra?

– Gostaria de lhe apresentar Nigel Watts, do Royal Court.

Olho fixamente para Rowena.

Ela parece muito empolgada.

– Ele gostaria de falar com você sobre a sua peça.

– Pode apanhar aquilo ali para mim, por favor? Ai, meu Deus! Cadê minha bolsa? – Bunny passa correndo por mim e entra no quarto. – Ele chegou cedo! Todo mundo sabe que as mulheres estão sempre atrasadas... como ele pôde chegar aqui tão cedo?

A campainha da porta toca de novo.

– Por favor, Evie! Nossa, meu cabelo parece o de um locutor de TV!

– Já estou indo – grito, descendo as escadas. – Calma, você está linda!

Se eu achava que Bunny era meticulosa quando estava solteira, aquilo não era nada, comparado ao que ela é quando está saindo com alguém. É só a terceira vez que eles vão se encontrar, e desde meio-dia ela está se cuidando e se enfeitando. Mas gosto de ajudá-la a escolher o vestido e os adereços, fazer o papel de mãe protetora e ir abrir a porta. Divirto-me com a idéia de levar o velhinho para a sala e submetê-lo a um questionário. – E então, onde vocês se conheceram? Você tem um bom emprego? – Ela ficaria chocada, claro.

Eu deveria fazer isso.

Paro na frente do espelho ao pé da escada. Desde que Bunny resolveu vender a casa, muitas das peças mais antigas já foram a leilão. Este espelho, porém, com seu defeito fatal, que aliás o torna mais interessante, ficou. Estou sorrindo. E percebo que gosto do meu jeito de enxergar além das aparências, não me limitando ao exame cuidadoso das qualidades e dos defeitos físicos.

Enquanto atravesso o hall, reparo que há muito tempo não me vejo dessa maneira. Consigo perceber quem eu sou, sem ter que procurar mais.

Giro a maçaneta.

– Já estou indo! – anuncia Bunny, cantarolando. Ela começa sua descida triunfal, enquanto eu abro a porta.

Ela pára. – Oh, céus! Você não é quem eu esperava.

Fecho a porta com violência.

– Evie, você fechou a porta na cara do homem! – Ela desce correndo. – Por quê?

Minhas mãos tremem.

– Evie! – Ela espreita pela janela. – Ele está parado lá fora! Não, está descendo a escada. Agora parou...

Inocência 449

— Saia da janela, Bunny, por favor! — Meu corpo todo está ficando dormente. Entro na sala. — Fique pronta. O seu namorado já vai chegar.

— Esqueça o meu namorado! Quero saber por que você fechou a porta na cara daquele rapaz! — Ela está de pé na minha frente, com as mãos nos quadris.

Eu me viro para o outro lado.

Isso não pode estar acontecendo. Não de novo. A pressão cresce na minha cabeça, apertando o cérebro. Tenho que pensar.

— Se você não me disser, vou lá fora perguntar a ele! — Ela espera um pouco. Depois anda de forma dramática em direção à porta.

— Ele é o pai de Alex. — Digo as palavras em voz muito baixa.

Ela me olha, e seu silêncio é como um peso, empurrando-me para um espaço vasto, desconhecido.

Estou gelada.

— Ele é o pai do meu filho — digo outra vez, agora mais alto.

É estranho como anos de silêncio podem desaparecer em segundos.

Viro-me para olhar para ela.

Está feito.

— Bem, nesse caso — diz ela, calmamente —, é melhor abrir a porta.

A Acacia Avenue está abandonada, com sua longa fileira de plátanos esticando os galhos delgados em direção à fina camada de luz acinzentada que varre o céu de fim de tarde. Uma rajada de vento frio arrasta um punhado de folhas secas pela calçada, antecipando o outono. E elas dançam, presas num redemoinho, girando em círculo.

Jake está perto do portão, cabisbaixo.

Ele ergue a cabeça.

Sei que é ele porque reconheço as feições. Mas alguma coisa... tudo nele está mudado. A sua postura é diferente, como se todo o seu centro de gravidade tivesse se deslocado; ele está mais sólido, porém não mais pesado; seu cabelo está limpo, curto, e não há sinais da agitação nervosa que eu conheço tão bem. Agora ele me olha de maneira simples e clara. É a luz nos seus olhos, o olhar direto que mais me perturba. E percebo, espantada, que ele não tem nada a esconder.

Desço os degraus. O vento frio joga meu cabelo para trás.

– Desculpe – diz ele, estranhamente –, eu não sabia que você morava aqui.

Não sei o que dizer, nem por onde começar.

Na verdade, não preciso.

– Vi uma foto no jornal. – Ele escolhe as palavras com cuidado, devagar. – Você estava num concerto. Liguei para a reportagem... eles me deram o nome do fotógrafo e ele tinha este endereço para contato... pensei que a mulher, Bunny Gold, talvez conhecesse você... – Ele pára. – Tenho procurado por você, Evie. – Sua voz é extremamente suave. – Há mais de três anos procuro por você...

Enfiando a mão no bolso da jaqueta, Jake puxa um velho envelope pardo, rasgado nas bordas e amassado, que parece estar com ele há muito tempo.

– Eu ia pedir a ela para lhe dar isso.

– O que é isso? – digo, na defensiva.

Ele passa a mão pela superfície do papel, como se relutasse em se separar dele. – É uma coisa que pertence a você – diz ele, afinal.

E me entrega o envelope.

Dentro, está um caderninho de couro preto.

Enquanto viro as páginas, sinto uma curiosa sensação de queda.

"Roma conhece bem os heróis..."

– Você tinha mesmo jeito para escrever – diz ele, calmamente.

Uma luz na rua pisca, projetando um círculo de luz branca à nossa volta.

– Quando foi que você... – Não consigo falar.

Ele muda de posição, pouco à vontade. – Quando Chris me forçou a sair, encontrei o caderno. Pensei que talvez, um dia... – Ele faz uma pausa e se esforça para continuar. – Pensei que talvez, um dia, eu pudesse me tornar o homem que você viu. – Nossos olhos se encontram. – Sinto muito, Evie. Por todo o sofrimento que causei. A você, a nós... sei que não é o bastante dizer que sinto muito... – Ele pára, cenho franzido.

Por um momento, acho que vai continuar.

Em vez disso, no entanto, ele se vira e abre o portão.

O portão se fecha, com a batida da velha trava de metal.

– Jake! – Abro o portão de novo.

O vento aumenta.

Subitamente, todas as peças se encaixam, embora tudo pareça incompreensível. – Você está limpo, não está?

Ele sorri de leve, passando a mão pelo cabelo num gesto um pouco tímido. – Já era tempo, você não acha?

Eu deveria dizer alguma coisa, dar parabéns a ele. Só consigo, porém, ficar lá, totalmente incapaz de articular uma palavra.

Ele deve estar acostumado com esse tipo de reação. – Bem... cuide-se, Evie.

Dou mais um passo. – Você desapareceu.

Ele pára.

– Mandei uma carta, para Alfred Manning. – Minhas palavras ecoam na rua vazia, são sons ocos, vagos. Mas saem, mesmo assim. – Foi devolvida. E depois achei que talvez fosse melhor você não saber... você estava tão, tão... eu não acreditava que você poderia mudar um dia...

– Saber o quê?

Agarro o caderno com mais força.

– Jake, me perdoe – sussurro.

Ouço os passos leves, pulando escada abaixo atrás de mim, de dois em dois degraus.

– Por favor, me perdoe...

– Mamãe?

Jake levanta os olhos.

Inocência

— Mamãe! Olhe!

Alex, seu arremedo de capa ondulando atrás dele, corre pela entrada, de braços abertos. E ri, jogando a cabeça para trás, um som de pura alegria, emocionante e livre.

Ele é tão lindo, o meu filho. A curva dos seus lábios, os olhos escuros, amendoados...

Por um momento, ele quase parece voar.

Brian se levanta e anda decidido até o meio da sala. Olha em volta. Depois, respirando fundo, começa.

> *"This world is Not Conclusion.*
> *A Species stands beyond —*
> *Invisible, as Music —*
> *But positive, as Sound —*
> *It beckons, and it baffles —*
> *Philosophy — don't know —*
> *And through a Riddle, at the last —*
> *Sagacity, must go —*
> *To guess it, puzzles scholars —*
> *To gain it, Men have borne*
> *Contempt of Generations*
> *And Crucifixion, shown —*
> *Faith slips — and laughs, and rallies —*
> *Blushes, if any see —*
> *Plucks at a twig of Evidence —*
> *Asks a Vane the way —*
> *Much Gesture, from the Pulpit —*

Strong Hallelujahs roll –
Narcotics cannot still the Tooth
That nibbles at the soul –"

Aprumando-se, ele sorri, radiante.

— Muito bem, Brian! — digo, batendo palmas. — Que excelente leitura!

— Muita clareza. — O Sr. Hastings concorda, surpreso. — Mais um da Dickinson, suponho?

Brian confirma, voltando ao seu lugar.

— Nada mau — comenta o Sr. Hastings. — Quase tão bom quanto Eliot.

— Na verdade — Brian cruza as pernas, alisando uma dobra da calça com uma passada de mão displicente —, Dickinson foi uma grande inovadora. Eliot provavelmente não existiria sem ela.

Faz-se silêncio.

O Sr. Hastings arregala os olhos. — Bem — diz ele, tenso —, não sei de nada disso.

— Mas eu sei — interrompe a Sra. Patel.

Todos nós olhamos para ela.

Esta é a primeira vez que ela diz alguma coisa.

— São as solteironas esquisitas, trancadas em seus quartos silenciosos, que dizem as coisas mais chocantes — afirma.

O Sr. Hastings pisca com indignação, subitamente abalado.

Eu me intrometo. — Você gostaria de ler alguma coisa, Gerald?

Ele franze a testa, tirando lentamente do bolso do casaco o velho livro de Eliot.

– *A terra desolada* – sugiro, tão animada quanto possível. Ele parece bem velho esta noite.

Mas o Sr. Hastings abana a cabeça. – Não, não... – E vira as folhas, desajeitado.

O nível de energia na sala muda de forma quase audível.

– Eu gostaria de ler... uma coisa bem mais curta...

Doris me lança um olhar preocupado.

Até Clive parece apreensivo.

– Uma coisa... – Ele coloca os óculos de leitura na ponta do nariz. – Uma coisa de *Journey of the Magi*.

Fevereiro, um ano depois

— Evie...
   Levanto os olhos, surpresa.
   A mulher ao meu lado, na esquina da Madison com a East Fiftieth, esperando o sinal abrir, tem os olhos fixos em mim.
   – Evie Garlick, não é?
   Ela tem algo de familiar...
   – Sim. – Tento de todas as maneiras me lembrar. Quantas pessoas eu conheço na cidade de Nova York?
   Fechando mais o comprido casaco de pele de raposa prateada, para se proteger do vento gelado, ela leva aos lábios um fino cigarro Sobranie preto. E parece quase se divertir com o meu embaraço. – Você não se lembra de mim, não é? – deduz.
   E aí, de repente, eu me lembro.
   Ela está mais velha, mais magra; mechas prateadas se misturam ao seu cabelo louro cuidadosamente penteado, mas seus olhos cinza-pálido são penetrantes como sempre, e me perscrutam como se o tempo não tivesse passado desde o nosso último encontro.

— Sra. Hale! Claro! — Estendo minha mão enluvada. Ela aperta a ponta dos meus dedos.

— Então, você agora é teatróloga — diz ela, inclinando a cabeça para um lado, enquanto expira a fumaça pelo nariz. — Parabéns!

O sinal abre. Uma multidão passa correndo por nós, competindo por um lugar nas ruas lotadas na hora do rush, fazendo o possível para manter a velocidade na calçada coberta de neve.

— Obrigada. — Enrubesço, apesar do frio.

— Eu vi a primeira. — Ela faz um movimento rápido de cabeça. — Na Brooklyn Academy. Foi boa — admite. — Você está na cidade com outra peça?

— Não, dessa vez estou com meu marido.

— Oh! — Ela levanta as sobrancelhas, como se isso fosse uma surpresa. — E o que ele faz?

— Ele é músico. — Agora estou sorrindo de orgulho. — E tem um concerto hoje à noite.

— Que interessante! — E ela dá mais uma tragada, me observando com os olhos apertados. — Mas, diga-me, você afinal foi para a Juilliard? Alice nunca me contou nada.

É estranho, até meio chocante, ouvir alguém se referir a Robbie pelo seu nome verdadeiro. Abano a cabeça. — Não, decidi não ir. Mas Ro... quero dizer, Alice me ajudou tanto... — Minha voz vai sumindo. Estou insegura quanto às formalidades. Não quero ofendê-la. Robbie está entre nós agora, quase palpável.

Ela olha para o outro lado, de novo puxa o casaco com suas mãos longas e magras. E então sorri, só um lampejo rápido e nervoso dos dentes.

– Bem, minha filha tinha um talento especial para o faz-de-conta. – Ela parece cansada. – Muitas vezes me pergunto o que teria acontecido se ela tivesse continuado.

O sinal muda outra vez. Somos cercadas por uma nova onda de pessoas.

– A senhora quer dizer – estou confusa – continuado a ser atriz?

– Eu quis dizer na Juilliard – diz ela, com um suspiro. – Mas chame como quiser. Foi bobagem dela sair depois de apenas um ano, desperdiçar a bolsa de estudos e fugir para Londres. – Um olhar de resignação entristece seu rosto. – Acho que foi porque ela não estava muito... muito bem.

Ela se vira e faz sinal para um táxi que passa. – Vou chegar atrasada. Quer uma carona? Para onde você vai?

– Carnegie Hall – murmuro.

O táxi encosta. Ela abre a porta.

– Estou indo para o outro lado. – E estende a mão, outra vez apertando os meus dedos. – Foi um prazer encontrá-la de novo.

Franzindo o cenho, ela olha irritada para a neve que cai como um véu fino. – Detesto este tempo! A gente tem que ter muito cuidado – avisa. – Estas calçadas são traiçoeiras. É tão fácil escorregar do meio-fio!

A porta se fecha. O táxi se afasta, desaparecendo num mar de amarelo, sob um gélido céu de fevereiro.

E esta é a última coisa que vocês deveriam saber sobre Robbie.

Nada jamais foi exatamente do jeito que parecia ser.

Gostaria de agradecer às seguintes pessoas por seu inestimável apoio e ajuda:

Jonny Geller, Lynne Drew, Maxine Hitchcock, Meaghan Dowling, Michael Morrison, Lisa Gallagher e Gillian Stern.

Meus queridos amigos e colegas escritores: Gillian Greenwood, Deborah Susman, Annabel Giles, Kate Morris, todas as mulheres da Wimpole Street Writers Workshop e especialmente minha mentora e fonte de inspiração, Jill Robinson.

Tenho uma dívida especial de gratidão para com Peter De Havilland, Stephen Harris, Dr. Mathew Knight e Bob e Ragni Trotta, tanto por seu precioso tempo quanto por sua extraordinária generosidade.

E, finalmente, Lucy Mellors. Pelos serviços prestados.

Este livro foi impresso na Editora JPA Ltda.
Av. Brasil, 10.600 – Rio de Janeiro – RJ
para a Editora Rocco Ltda.